ふたり道三（上）

宮本昌孝

祥伝社文庫

目次

第一章　赤松囃子《あかまつばやし》

一

澄明《ちょうめい》な水中の岩の下から、のそりと這《は》い出た大山椒魚《おおさんしょううお》が、口ばかり大きい、ぬめっとして平たい頭を、川面《かわも》へのぞかせた。

山間《やまあい》に深く刻《きざ》み込まれた槇谷川《まきだにがわ》の流れは、両岸の雑木林の中からだしぬけに屹立《きつりつ》する岩壁が迫って、蒼天旭日《そうてんきょくじつ》の下でもなお暗い。板状や柱状の規則的な割れ目をもつ岩壁の列《つら》なりは、どこか恐ろしげで、神の仕業《しわざ》としか考えられぬ。

大山椒魚が、淀《よど》みで、太い首をもたげた。が、はるか上方のただならぬ気配に驚いたらしく、素早く反転して水中へ戻ってしまう。尾が川面をぴちゃりと叩《たた》いて、波紋を拡《ひろ》げる。

天を突き刺そうとでもいうのか、高く鋭利に聳《そび》え立つ巨大な石柱の頂《いただき》に、人が立っていた。

双腕《そうわん》に枯れ木のようなものを抱きかかえたその男は、風折烏帽子《かざおりえぼし》に、白い水干小袴《すいかんこばかま》という装《よそお》いで、水干の両袖《りようそで》を黒い紐《ひも》でたすき掛けに括《くく》りとめ、帯には白鞘《しらさや》の短刀をたばさんでいる。何かの儀式に臨む出《い》で立ちとみえた。

六尺をこえようかという巨軀《きよく》に、頰骨《ほおぼね》高く、下顎《したあご》が張り、鼻筋の通った相貌《そうぼう》は、切れ長の右眼と相俟《あいま》って、異邦の血の混合を疑わせる。左の眼は、黒革の眼帯の下だ。

風の唸《うな》る高処《たかみ》で、石柱の頂上の縁《ふち》に立ち、眼下に千仞《せんじん》の谷を望みながら、男は微動だにせぬ。ただ鬢《びん》の毛をほつれさせ、水干の袖をはためかせるばかりであった。

前方には、果てしなく広がる吉備《きび》高原と中国山地の嶺々《みねみね》。しかし、男の視線は、茫《ぼう》漠《ばく》として、とりとめがない。山々のさらなる彼方《かなた》を、探っているかのようであった。

男は、双腕に抱えるものへ、視線を落とした。枯れ木ではない。人の裸身であった。

骨と皮ばかりの双脚の付け根に、皺《しわ》にしか見えぬふぐりと、だらりと垂《た》れたものが認められることで、性別が知れる。すでに亡骸《なきがら》であった。

老いた屍《かばね》の白髪に縁取られた顔面は、無残というほかない。斑《まだ》模様に被《おお》われ、皮膚が引きつったり、隆起したりしている。この瘢痕《はんこん》は、過去に酷《ひど》い火傷《やけど》を負ったせいでもあろうか。

石柱の頂上部は、直径三間《けん》ばかりの狭さで、真ん中が少し窪《くぼ》んでいる。崖《がけ》っ縁《ぷち》の男は、向きを変えると、その窪みへ、無造作に死体を放り捨てた。

それから、自身もそこへ歩み寄り、帯の白鞘から短い白刃を抜いた。平造《ひらづく》りで、身幅広く、わずかに反《そ》りがある。その刃文《はもん》は、勾玉数珠《まがたまじゅず》とよばれるきわめて特異なもので、そこに砂流《すながし》と金筋《きんすじ》が働いて匂《におい》深く、華《はな》やかそのものといえた。いずこの名工の作であろうか。

男は、屍の右腕をとって、その腋《わき》を大きく開けると、にわかに、右の眸子《ぼうし》を炬《きょ》と燃えあがらせ、短刀の切っ先を突き立てた。

切っ先は、怖いほどなめらかに皮と肉を裂《さ》いて、一気に手首のあたりまで達した。短刀の斬《き》れ味の凄《すご》さと、男の尋常でない手錬《しゅれん》を想《おも》わせる。

斬り口からどろっとしたものが洩《も》れ出た。

「鬼が死して血を流すか……」

嘲《あざけ》るように呟《つぶや》いて、男はさらに、死体の右腕の付け根へ短刀を突き刺し、こんどはその周囲を裂いていく。

やがて、太陽が中天に達したころ、石柱の上空に、どこからか一羽また一羽と、鳥が飛び来たって、思い思いの旋回を始めた。いずれも大型で、翼も大きく、脚に鋭い鉤爪《かぎづめ》をもっている。明らかに肉食の猛禽《もうきん》たちだ。

屍は、凄惨《せいさん》きわまる肉塊《にくかい》に変わり果てていた。

四肢《しし》の肉が、すべて外向けにひっくり返されて、剥《む》き出しである。首から下腹までの皮が斬り取られた胴体は、中のものを失い、赤黒い不気味な空洞と化していた。引きずりだされた臓物《ぞうもつ》は、細切れに、屍の周辺にふり撒《ま》かれたのである。

さながら解体作業ではないか。

両掌《りようて》と水干の前身《まえみ》のあたりを、血でぬらぬら光らせた男は、地に片膝《かたひざ》をつき、棟《みね》を返した短刀を、屍の頭へ打ち下ろした。頭蓋骨《ずがいこつ》の砕《くだ》ける感触が、男の腕に伝わる。

五、六度、同じことを繰り返してから、ようやく男は立ち上がった。見上げれば、血に飢えた猛禽の数が増えている。二十羽ほどもいようか。

「魂《たましい》を天上へ運んでもらおうとは……」

男はまた、屍へ視線を戻す。冷《ひや》やかであった。

「似合いもせんぞ、親仁《おやじ》さまよ」

屍は、男の父親だったのである。さすれば、この惨《むご》たらしい所業も、厳粛《げんしゆく》なる鳥《ちよう》葬《そう》の儀式ということか。

　人目にたたぬ山の窪地で、西枕《にしまくら》に横たえた遺骸《いがい》を解体し、その屍肉《しにく》を鳥のついばむにまかせ、翌日、遺骨の中から、向こう脛《ずね》の骨を持ち帰り、これをあらためて定めの場所に弔《とむら》う葬法を、鳥葬という。屍肉を食らった鳥が空高く飛ぶことで、その人の魂魄《こんぱく》も昇天するという信仰によるものだが、もとより日本の葬法ではない。西蔵《チベット》や天竺《インド》に伝わるものである。

「願いは叶《かな》えた。骨を拾ってもらおうとまでは、親仁さまも思うていまい。天上から母者に蹴落《けお》とされるがよいわ」

　なおも死者を鞭打《むちう》つ罵言《ばげん》を吐きかけてから、男は、父に背を向け、再び崖っ縁に立った。

「親仁さまよ。刀は作るより使うほうがおもしろいとは思わんか」

　振り返りもせず、死者に語りかけたあと、男は天に向かって叫んだ。

「おれは、刀鍛冶《かたなかじ》なんぞ、やめてやる」

　その後の男の行動は、人間離れしていた。石柱の絶壁を素手で下り始めたのである。

　高さ百丈余《よ》もあろうかという絶壁を、蜘蛛《くも》が壁を伝う姿にも似た速さで、するする、するすると……。

その間に猛禽どもが、上空から、屍肉に向かって、一斉に急降下を開始した。

いったん石柱の裾《すそ》を隠す雑木林の中へ没した男は、ほどなく岸辺の岩場へ出現すると、風折烏帽子と眼帯を外した。石榴《ざくろ》の実を潰《つぶ》したような左眼が陽《ひ》に曝《さら》される。

男は、川へ飛び込んだ。着衣ごと血を洗い流すつもりなのであろう。

頭上から、猛禽どもの羽音や、争い合う鋭い鳴き声が降ってくる。だが、川中に腰まで没した男の表情は変わらぬ。まずは短刀の血を洗い落とし、それを岸辺の岩の上に置いてから、水干に浴びた父の血を掌《てのひら》で拭《ぬぐ》い始めた。

ふいに男の右眼が、くわっと瞠《みひら》かれる。おのれの不覚を察して、身を翻転《ほんてん》させたが、下肢を水中に浸《つ》けていたせいで動きが鈍り、一瞬の後《おく》れをとった。その手が岩へ達する寸前に、短刀は奪い取られてしまう。

「久しいな、おどろ丸《まる》」

岩の上に立って、川中のおどろ丸を見下ろす者は、長髪で被われた顔に半首《はつぶり》の鉄面《かねめん》をつけ、黒い鎖帷子《くさりかたびら》に、黒い裁付《たつつけ》という異様な装《なり》であった。野太刀《のだち》を背負っている。

「無量斎《むりようさい》……」

おどろ丸は、流れの真ん中へとあとずさり、首の下まで水中へ没した。

「得物《えもの》を失うて、われら裏青江《うらあおえ》から逃れられると思うてか」

酷薄《こくはく》そうな、のっぺりしたおもてを、うれしげに歪《ゆが》めて、無量斎は舌なめずりをする。

両岸に、無量斎の配下が現れた。林の中にひそんでいたのである。左右とも、無量斎を含めて五人ずつ、とおどろ丸は数えた。

さらにおどろ丸は後退して、水深の最も深い場所まで移動した。ここでは、六尺を抜く長軀も立ち泳ぎになる。

だが、無量斎率いる裏青江衆は、すぐには襲ってこず、なぜかおどろ丸の動きを注視しているではないか。

(おかしい……)

裏青江衆は、獲物を見つけて、これを襲うのに躊躇《ためら》いをみせるような、やわな者どもではない。しかも、対手《あいて》が徒手《としゅ》ともなれば、嬉々《きき》として攻撃を加えるはず。

「死ね、おどろ丸」

勝利を確信した宣告が、無量斎の口から発せられた。おどろ丸は、水中から殺気が迫るのを悟った。

とっさに川底を強く蹴ったおどろ丸の巨軀が、一瞬、水面上を横たわるように飛んでから、下流へ没した。あたりに、烈《はげ》しい飛沫《しぶき》が撒かれる。

上下流の両方から潜水してきた裏青江の二名は、それぞれ突き出した九寸五分の鎧《よろい》通《どおし》を、虚《むな》しく水中で交差させていた。

下流の者は、おどろ丸の野太い双腕を首にまかれ、そのひとひねりで頸骨《けいこつ》を折られた。口から息が一挙に吐き出されて、ごぼごぼと泡が立ち昇る。手から離れた鎧通は、川底へ沈む。

この揉《も》み合いで、川底から砂煙が立ち、視界が昏《くら》くなったため、上流から襲った者は、おどろ丸の姿を見失い、いったん川面へ顔を出そうとする。そのとき、腹を下から突きあげられた。

そやつの腹に鎧通を突き刺したまま、おどろ丸は、そのからだの下に隠れて、川底すれすれに下流へ動いた。創口《きずぐち》から洩れる血が、水中に煙となってたなびく。

このあたりの流れは穏やかだが、三十間ほど下ると、地相が変化して、白い泡を嚙《か》む奔流《ほんりゆう》となる。おどろ丸がその流れにのって逃げるつもりだと看破した無量斎は、左右両岸から二名ずつ、奔流の手前へ先回りするよう指示しておいて、

「弓」

と傍《かたわ》らの配下へ命じた。

直《ただ》ちに手渡された強弓《ごうきゅう》に矢をつがえるや、無量斎は一動作で満月まで引き絞る。たいした膂力《りょりょく》といわねばなるまい。

矢が弦《つる》から放たれた。

水中を往《ゆ》くおどろ丸は、楯《たて》とした死体の胸から、斜めに突出してきた鏃《やじり》に、さすがにいささか驚き、思わず息を乱してしまう。これでは、奔流まで肺がもたぬ。

武器になるものを、みすみす見逃すことはない。おどろ丸は、矢柄《やがら》の先をへし折って、鏃を左手にもつや、死体から鎧通を抜き、無量斎のいない右岸へ向かって泳いだ。

無量斎が第二矢をつがえたとき、石柱の頂で屍肉を漁《あさ》る猛禽どもがけたたましく鳴きだし、それが合図だったかのように、一帯が急激に冥《くら》くなった。狭い空一面、青から黄へと変じ始めたではないか。

春に稀《まれ》に起こる奇怪な現象で、蝦夷《えみし》の吹いた息が起こす霧だといわれ、胡沙《こさ》の名がある。

「不吉な……」

「やはり櫂扇《かいおうぎ》は呪《のろ》われておるんじゃ」

配下たちが、声を顫《ふる》わせた。

「あほうどもが」

と無量斎は叱咤《しった》する。

「呪われておればこそ、殺すのやないか。怯《ひる》む者は、この無量斎が容赦《ようしゃ》せえへんぞ」

唸りをあげた第二矢が、川中のおどろ丸の背めがけて、飛んでゆく。おどろ丸は、身をよじって、これを躱《かわ》すと、右岸へ這い上がった。

腰の打刀《うちがたな》をすっぱ抜いた裏青江衆三名が、岩や石ころだらけで足をとられやすい川原にもかかわらず、軽やかな動きで、おどろ丸を取り囲む。

とつぜん、下流で、悲鳴が噴きあがった。奔流の手前の川中へ突き出た岩場に先回りしていた配下のひとりが、見知らぬ武士に、斬り倒されたところではないか。

おどろ丸を囲む三名の心にも、乱れが生じた。その隙《すき》をとらえて、おどろ丸は、鏃を正面の対手の喉首《のどくび》へ命中させている。と同時に、左の敵へ鎧通を投げうって、前へ大きく跳んだ。

喉首をおさえて倒れる者の手から、打刀を奪ったときが、すでにして、残るひとりを袈裟《けさ》がけに絶命せしめたときでもあった。凄絶《せいぜつ》ともいえるおどろ丸の刀術である。

「退《ひ》けや。皆、退けや」

裏青江衆は、音もたてずに出現するだけでなく、退き際《ぎわ》も疾風《しっぷう》の如《ごと》き迅《はや》さであった。武士と斬り結んでいた者たちも、直ちに遁走《とんそう》していく。

武士は、放り出しておいた笠《かさ》を拾いあげてから、岸を伝って、おどろ丸のもとへやってくる。小太りのからだを左右に揺らすさまは、どこか滑稽《こっけい》であった。

「何者か知らんが、要《い》らざる助太刀《すけだち》をしくさった」

おどろ丸は、にべもない。

「それがし、松波庄五郎基宗《まつなみしょうごろうもとむね》と申す。いや、多勢に無勢を見過ごすことができかねたのだが、相済まぬことをいたした」

ぺこりと頭を下げた庄五郎の顔貌《かおかたち》というものは、その造作《ぞうさく》ひとつひとつを陰陽であげつらうならば、ことごとく陽《よう》という、明朗のきわみであった。

「されど、ご安心なされよ。棟打ちにござったによって」

庄五郎は、陽の顔をさらに綻《ほころ》ばせた。棟打ちだから、助太刀したことにはならぬとでも言いたげではないか。

（おかしなやつだ……）

おどろ丸はかえって警戒した。

「いやあ、胡沙の空とは、気味の悪い」

と庄五郎は、空を見上げて、素《す》っ頓狂《とんきょう》な声を放つ。

「空は青。青に限る」

「あれは、胡沙などというものじゃない。唐土《からくに》の黄色い土が、砂塵《さじん》となって風に運ばれてきたものだ」

思いもよらぬことを聞いたのか、庄五郎は、へっ、と眼をまるくしたものの、すぐに笑いだした。

「唐土の土とは、また、たいそうな法螺《ほら》を吹く」

すると、おどろ丸の巨軀から殺気が立ち昇ったのを察した庄五郎は、後ろへ跳んで、待たれよ、と手を挙げた。

「去《い》ね」

吐き捨てて、おどろ丸は背を向けようとしたが、

「そうはまいらぬ、おどろ丸どの」

名を呼ばれて、動きをとめる。

「おれを知っているのか」

「櫂扇隠岐允《おきのじょう》どのがお子であろう」

「親仁に用なら、無駄足だったな」

「存じており申す。きのう、卒《しゅっ》せられた。日本《ひのもと》一の刀匠を……まことに残念なことで

ござった」

「親仁を日本一と奉《たてまつ》るか。汝《うぬ》は、まっとうな武士ではないな」

「下剋上《げこくじょう》の世に、まっとうな武士などおり申さぬよ」

にっ、と庄五郎は眼許《めもと》をゆるめた。

「隠岐允どの亡《な》きいま、櫂扇派の太刀を鍛《きた》えられるは、もはやおどろ丸どの、そこものみにござる」

「おれに太刀を作れというのか」

「さよう」

「櫂扇派のことをよく知らんな」

「呪われた刀工」

「…………」

ふん、とおどろ丸は鼻を鳴らした。

「なれど、おどろ丸どの。鍛えた太刀が兇事《きょうじ》に用いられたことと、太刀そのものがもつ品格や刀工の技とは別物にござろう」

「別ではないわ。太刀の魔が、大事を引き起こす」

「では、それほどの太刀をつくることがおできなら、ますますつくっていただきたくなり申した」

「櫂扇派は親仁でおわった」

「刀鍛冶の奥義《おうぎ》は一子相伝《いっしそうでん》。おどろ丸どのに伝わっておらぬはずはない」

庄五郎の表情は、いつのまにか真摯《しんし》なものに変わっている。

「太刀は汝が欲しいのではなかろうが」

探るように、おどろ丸は言った。

「ご賢察。主命にござる」

「あるじは、どこの何者だ」

「赤松《あかまつ》左京大夫《さきょうのだいぶ》政則《まさのり》さま」

おどろ丸のおもてが、初めてひきつった。

赤松政則といえば、播磨《はりま》・備前《びぜん》・美作《みまさか》三ケ国の守護で、大御所足利義政《あしかがよしまさ》の随一の寵臣《ちょうしん》といわれる実力者である。だが、おどろ丸に色をなさしめたのは、そのことではない。

「左京大夫さまのご所望は……」

庄五郎がそこまで言ったところで、おどろ丸は遮《さえぎ》る。

「言わずとも察したわ」

その一言を、承知の返答、と庄五郎はうけとった。

「では、京へ上っていただきたい」

「都か……」

羽音を聞いたので、おどろ丸が振り仰ぐと、一羽の鳥が石柱の頂上から、黄砂《こうさ》の空を背景に墜落してくるのが見えた。苦しそうにもがいている。

川面へ、その身を烈しく叩きつけた鳥は、クソトビのようだ。鷹《たか》の一種だが、大型ではない。おそらく、屍肉の争奪に敗れて、致命傷を与えられたものであろう。

おどろ丸は、隻眼《せきがん》に挑戦的な炎を灯《とも》し、心のうちで父に語りかけた。

（赤松囃《ばや》子《し》だ……）

二

鎌倉《かまくら》幕府打倒に失敗し、隠岐島《おきのしま》へ流された後鳥羽《ごとば》上皇は、文事は言うに及ばず、武事にも傑出した才を明らかにし、相撲《すもう》・水練・狩猟・競馬・流鏑馬《やぶさめ》など、いずれをとっても坂東《ばんどう》武者にひけをとらぬと鑚仰《さんぎょう》された剛毅《ごうき》の人であった。宮廷警固《けいご》の軍事力として、従来の北面《ほくめん》の武士に加え、新たに西面《さいめん》の武士を置いたのも、その顕《あらわ》れであったろう。

刀剣を愛し、その鑑定眼は、『増鏡《ますかがみ》』によれば、専門家よりも、

「立ち勝《まさ》りて」

というほどであった。

愛しただけでなく、院の御所に御番鍛冶制度を設け、備前・備中《びっちゅう》の刀工を主として、諸国から名ある匠《たくみ》を集めて鍛刀《たんとう》させている。むろん倒幕準備のため武器製造をもくろんだという側面もあったが、後世に菊御作《きくぎょさく》とよばれる刀剣を、みずから作った事実を思えば、紛《まぎ》れもなく愛刀家であったというべきであろう。

上皇の配流《はいる》後、その無聊《ぶりょう》を慰めるために、幕府執権北条泰時《しっけんほうじょうやすとき》が名工六名を隠岐へ派遣したといわれるが、これはおそらく伝説にすぎぬ。手負いの獅子《しし》に武器をもたせる愚を、泰時ほどの者が犯すはずはない。

もはや還京をあきらめた上皇は、純粋に愛刀家として、島の鍛冶に刀剣を作らせた。

その中に、こうらと綽名《あだな》される者がいた。ほんとうの名は誰も知らないが、いちど高所から落ちて岩場に背をうちつけたにもかかわらず、かすり傷ひとつ負わなかったそうで、亀の甲羅《こうら》の如き堅牢《けんろう》な肉体の持ち主ということから、そう称《よ》ばれるようにな

ったらしい。こうらの鍛えた鎌や庖丁《ほうちょう》はよく切れるので、島の人々に重宝がられていた。

こうらは、刀工としてめざましい才能を示して、上皇から鍾愛《しょうあい》され、名目のみながら隠岐允の官名と、

「櫂扇」

という派名を賜《たまわ》る。

若き日の上皇は、みずから乗舟して盗賊捕縛《ほばく》の指揮を執《と》ったさい、その自慢の膂力をもって、櫂を扇のように易々《やすやす》と旋回させてみせ、盗賊を震え上がらせたという逸話をもつ。そのことを懐《なつ》かしんだ上皇のいたずら心から出た派名であろう。

以来、隠岐允は、刀剣の茎《なかご》の鑢目《やすりめ》に、櫂と扇を刻むようになる。

櫂扇隠岐允の名は、都にまで聞こえた。

さらに、長子をもうけた隠岐允は、上皇の命名という二重の栄誉に浴する。

「おどろ丸」

これもまた、英気熾《さか》んだったころの上皇が詠《えい》じた和歌の中からとられたものだ。

〈奥山のおどろが下もふみわけて道ある世ぞと人に知らせん〉

おどろは、棘、あるいは、藪、と書く。文字通り、棘《とげ》のある草木が乱れ繁《しげ》った場所

をさすが、この場合は幕府のことで、倒幕の決意を披瀝《ひれき》した御歌である。幕府を諷喩《ふうゆ》した一語を、敢《あ》えて与えることで、幕府になびくような人間には決して育つな、という上皇の願いであったと察せられる。

その後の隠岐允の家系が、代々の跡継ぎにおどろ丸の名を付けたことは、言うまでもなかろう。

上皇は、臨終のさい、隠岐允の刀工としての類稀《たぐいまれ》な才能を惜《お》しみ、島を出て、名匠のもとで学ぶことを奨《すす》めてくれた。その綸言《りんげん》に感激した隠岐允は、妻と幼いおどろ丸を伴《つ》れて出雲《いずも》へ渡り、次いで備後《びんご》から備中へと入った。上皇の御番鍛冶の中に幾人も名を列ねた備中青江派への憧《あこが》れが、心の中に膨《ふく》らんでいたからである。

隠岐允は、青江派のもとで修行をするにあたって、おのが官名と櫂扇の派名を隠した。すでに一派を興《おこ》して、後鳥羽院の認知をうけた者であることが露顕《ろけん》すれば、隠岐允にそのつもりはなくとも、刀工の引き抜きや秘伝の漏洩《ろうえい》を、青江派が危懼《きぐ》するに違いないからであった。

だが、隠岐允は、修行を始めてみて、青江派の作風が、想像していたものとは違うことが分かってくる。のちの南北朝期はそうでもないが、当時の青江派は、優美ではあっても、華やかさに欠けた。島鍛冶時代、華やぎを求める上皇のために鍛えた櫂扇の刀剣とは、相違がありすぎた。

それでも、鍛刀技術において、いまだおのれの未熟を嘆く隠岐允は、自身の驕慢《きょうまん》を叱《しか》りつけて、一心不乱に学びつづける。やがて、師匠の嫡子《ちゃくし》が病死すると、養嗣子《ようしし》として迎えられ、ついには相伝をうけて、紹次《つぎつぐ》の名を与えられた。そのころには、おどろ丸も、立派に向鎚《むこうづち》をつとめられるまでに成長していた。

すでに櫂扇は伝説と化しており、隠岐允は、このまま、青江派の一刀匠として生涯を了《お》えるか否《いな》か迷った。ところが、鑢目に櫂扇を刻んだ隠岐允の秘蔵のひとふりを発見したおどろ丸が、父が伝説の刀工であったことを知ると同時に、その太刀の華麗さに魅了されてしまう。おどろ丸は、隠岐允に内緒で、そのひとふりを真似《まね》て、櫂扇の鍛刀を修錬しはじめた。

もともと、父の異才の血を享《う》けたおどろ丸である。隠岐允が創始した勾玉《まがたま》互の目《め》の頭を、数珠《じゅず》状に整然と揃《そろ》えるところまでは至らなかったが、かつて見たこともない異風の焼刃を鍛えあげることに成功した。

しかし、それは、青江派への裏切り行為にほかならぬ。不運なことに、そのひとふりを、隠岐允父子《おやこ》の才を妬《ねた》む弟子に見つかってしまい、ここに櫂扇隠岐允の存在が露顕するところとなった。

隣国の備前の刀工は、平安朝《へいあん》のころから、長船《おさふね》を核とし、八百八流などと称されたほどの大集団で、早くから座が組織され、その結束力には眼を瞠《みは》るものがあって、備中鍛冶はこれに吸収されかけた時期がある。備中鍛冶を代表する青江派は、対抗手段として、ひそかに警固集団を組織し、武技を鍛えさせた。これを裏青江衆と称する。以来、裏青江衆は、備中国が大名らの争覇《そうは》の巷《ちまた》と化したときも、武器供給者としての青江派を守るなど、その任務の範囲をひろげていく。

この裏青江衆に捕らえられた隠岐允父子は、秘蔵のひとふりも、おどろ丸の鍛えたそれも、みずからが折ることで、青江派の名を汚《けが》した罪の償《つぐな》いとした。が、裏青江衆は、それでも赦《ゆる》さず、おどろ丸が二度と鍛刀のできぬよう、その両手首を斬り落とし、隠岐允からは紹次の名を剝奪《はくだつ》する。

そうして備中を逐《お》われた父子は、その後、刀剣界の表舞台から消え、杳《よう》として行方が知れなかった。

櫂扇の太刀が、忽然《こつぜん》と世に出現するのは、嘉吉《かきつ》元年（一四四一）のことである。こうらに隠岐允の官名と櫂扇の刀工派名を授けた後鳥羽上皇の崩御《ほうぎょ》より、二百二年もの歳月を経ていた。

その太刀は、安積監物行秀《あづみけんもつゆきひで》という者の手にあった。行秀は、播磨国の揖保川《いぼがわ》上流の宍粟郡《しそうごおり》安積という土地の国人《こくじん》で、赤松家きっての剣の遣《つか》い手《て》といわれた男だ。

行秀の主君赤松大膳大夫《だいぜんのだいぶ》満祐《みつすけ》が、悪御所と万人に恐怖された足利六代将軍義教《よしのり》から粛清《しゅくせい》をうける前に、先手をうってこれを弑逆《しいぎゃく》せんと、義教を洛中《らくちゅう》の自邸へ招いたのが、嘉吉元年六月二十四日のことである。この日、義教に襲いかかって首を刎《は》ねたのが、行秀の揮《ふる》った櫂扇であった。行秀は、満祐に随《したが》って播磨へ退去するさい、先頭に立ち、義教の首を櫂扇の切っ先に突き刺して高々と掲《かか》げたという。

三ケ月足らずの後、山名《やまな》・細川《ほそかわ》を主力とした幕府の追討軍によって、赤松一族は滅ぼされ、行秀の首は主君のそれと並べて、京の赤松邸の焼け跡に梟首《きょうしゅ》された。行秀の愛刀が伝説の櫂扇だと判明したのは、そのさいのことである。

この太刀は、誰が名付けたものか知れぬが、赤松囃子とよばれるようになった。赤松家の自邸における将軍臨席の宴《うたげ》では、松囃子の演能を佳例とすることが、世に知られていたせいであろう。実は弑逆の日には演じられなかったらしいが、因縁《いんねん》がらみの命名など、往々にしてそうしたものではあるまいか。

赤松囃子を鍛刀したのは、こうらから数代のちの隠岐允に相違ないが、行秀の死によって、その存在はまたしても闇《やみ》の中に隠れたままとなってしまう。赤松囃子は、叩き折られた。

しかし、次の櫂扇の出現まで、世はそれほど待たされずに済む。

嘉吉の乱から十六年を経た長禄《ちょうろく》元年(一四五七)、後亀山《ごかめやま》天皇の皇子という小倉宮《おぐらのみや》の血筋の尊秀王《そんしゅうおう》と尊雅《そんが》王を奉じる後南朝の本拠吉野山《よしのやま》に、十名の赤松牢人《ろうにん》が上って仕《つか》えた。実はかれらは、後南朝の手に落ちて久しい神璽《しんじ》を奪還するのと引き替えに、赤松家の再興を幕府に願い出て、これを許されていたのである。

牢人の宰領《さいりょう》格だった間島彦次郎《まじまひこじろう》は、吉野御所に油断の生じるのを待って、一挙に神璽を奪うさい、王子を二人とも刃《やいば》にかけた。この刃こそ、櫂扇であった。

だが間島彦次郎も、逃げる途中で後南朝方の郷民の逆襲により、神璽を奪い返されたあげく、打ち殺されてしまう。その手に握られた一刀が、櫂扇と知れたとき、赤松牢人の差料《さしりょう》ということもあって、またしても赤松囃子とよばれたのである。

神璽については、翌年、同じく赤松牢人らが奪取に成功し、それによって、約定《やくじょう》通り赤松家の再興が成り、満祐の弟の孫である法師丸《ほうしまる》に、幕府から家督相続を認められた。法師丸は、のちの政則である。

ときに赤松囃子は、さきの将軍弑逆以来、備中鍛冶の作刀というのが、いつのまにか定説になっていた。備中鍛冶といえば青江と決まっているだけに、何者が流した噂《うわさ》かと青江派では怒りを渦巻《うずま》かせる。武人である将軍はともかく、皇胤《こういん》を弑したとなれば、備中刀の品格を取り沙汰《ざた》されよう。

裏青江衆が諸国へ放たれた。必ずやどこかで、隠岐允の子孫が刀工として命脈を保っており、青江派への積年の恨《うら》みから、備中刀が呪われているかのような流言《りゅうげん》を飛ばしているのに相違ないのだ。

しかし、永い歳月をかけて、隠れ潜むことと、危険を察知する能力とを身につけた隠岐允の子孫は、ときに争闘を繰り広げはするものの、ほとんどの場合、裏青江衆の裏をかいて居所を転々と移した。当代の隠岐允とおどろ丸も、裏青江衆がまさかと思う備中の山地へ入って五年の間は平穏無事だったが、ついに無量斎に発見されるところとなったものである。

赤松囃子について真実を明かせば、将軍義教を刎首《ふんしゅ》したそれは、おどろ丸の祖父にあたる八代隠岐允の作刀で、後南朝の王子たちの血に塗《まみ》れたひとふりが、父九代隠岐允の鍛刀による業物《わざもの》であった。

そして、吉野山の兇変《きょうへん》から三十二年後のいま、十代隠岐允を襲《つ》がねばならぬ者が、三ふり目の赤松囃子を切望されている。その歳月は、おどろ丸がこの世にありつづけてきた時間《とき》と重なる。

父の無残な亡骸に背を向け、刀鍛冶をやめると宣言したおどろ丸であったが、果たして、播・備・作三国の太守の前で、いかなる返答をするのであろうか。

三

洛中赤松邸の爛漫《らんまん》と桜花《はな》の咲き誇る広庭に、平伏するおどろ丸の姿がある。地面を瞶《みつ》める隻眼に怒りの炎を燃え立たせ、唇をきつく引き結んでいた。

現実には地下人《じげびと》であるおどろ丸が、正五位上・左京大夫という高き官位をもつ守護大名の殿舎へ昇ることは、決して許されるものではなかろう。その意味で、座を庭上に与えられたことは、恨む筋合いのものではない。

だが、おどろ丸は、名目だけとはいえ隠岐允の官名を称する者だ。自身、その作法に適《かな》った礼服を着けてもきた。次之間とはいわぬが、せめて広縁に上るくらいの待遇をうけてもよいはずではないか。袴《はかま》を土で汚すことは、屈辱《くつじょく》というほかなかった。

「十日で仕上げよ」

広縁に座す東条三郎《とうじょうさぶろう》という若侍が、居丈高《いたけだか》に命じた。赤松政則の近習《きんじゅう》らしい。

おどろ丸を京まで伴れてきた松波庄五郎の小太りのからだも、広縁に見ることができる。三郎とはやや離れて、いささか控えめな風情《ふぜい》だ。

庭に面した戸は開け放たれているので、おどろ丸が顔をあげれば書院の中を見通せるが、たとえそうしても、次之間の奥の上座之間に在《あ》る政則の姿形を眼にすることはできぬ。貴人の政則は御簾《みす》内にあった。

次之間には、側近たちであろう、武士が二人と位の高そうな僧がひとり、対《むか》い合って端座《たんざ》している。

おどろ丸は、おもてをあげ、三郎を睨《にら》んだ。

「太刀は、ぬしが所望か」

「こやつ、誰《たれ》がおもてをあげてよいと申した。分をわきまえよ」

と気色ばむ三郎にかまわず、おどろ丸はすっくと立ち上がる。

庄五郎が、慌《あわ》てて、これ隠岐允どの、と小声でたしなめるが、そちらへも、じろりと一瞥《いちべつ》をくれてから、おどろ丸は言い放った。

「御簾の向こうの御方《おかた》に物申す。わが櫂扇派を、数打《かずうち》を仕《つかまつ》るような下品《げぼん》の鍛冶と等しく思《おぼ》し召さるるか」

数打とは、束刀《たばがたな》とも称され、大量生産の規格品をいう。乱世では、数打の需要はひきもきらぬ。

「無礼者」

怒声を放って広縁から跳び下りた三郎が、おどろ丸を押さえつけようとするも、かえって投げとばされ、昏倒《こんとう》してしまった。

庄五郎は、腰を浮かせたものの、おどろ丸のひと睨みに、首をすくめる。

「櫂扇派の鍛えし刀剣は、わが子も同じ。顔も知らぬ者へ、子を託す親が、どこにいようか。太刀はこれを佩《は》く者のために、刀はこれを差す者のためにのみ鍛える。初代隠岐允が、畏《おそ》れ多くも後鳥羽院のご綸言をうけ給《たま》いしより二百六十有余年、いちどたりとも違《たが》えたことなき、わが櫂扇派の、これが矜持《きょうじ》にて御座有り候《そうろう》」

束《つか》の間《ま》、あたりは異様な沈黙に支配された。政則の一声によって、おどろ丸の死命は決するであろう。

（どうしたものか……）

と庄五郎は、自身に問いかけた。

おどろ丸は、殺すにはあまりに惜しい男である。備中の山中から京まで旅するあいだ、いささかの情も通い合わせた。といって、政則が家臣をよんで、これを討たせると決めたとき、おどろ丸の味方をしては、おのが身まで危《あや》うくする。

庄五郎の決心がつきかねているうち、御簾が巻き上げられて、上座之間から次之間へと政則が出てきた。

「左京兆《さけいちよう》どの」

と僧に呼びとめられ、政則はそちらを見やった。左京兆は左京大夫の唐名である。

七十歳ちかいとおぼしいこの僧は、京都建仁寺《けんにんじ》の二百十八世・天隠龍沢《てんいんりゆうたく》なる者だ。播磨国揖西《いさい》郡栗栖《くりす》村出身の天隠は、嘉吉の乱以後、政則の父時勝《ときかつ》を養いつづけた縁《えにし》をもって、赤松一族と家臣団から深く帰依《きえ》されていた。

「何かな、御坊《ごぼう》」

政則の口調は穏やかである。おどろ丸の非礼に怒りを発したようすはなかった。

「あの者、遠ざけたほうがよろしい」

「なにゆえに」

「大事をひきおこす相と看《み》ましてござる」

「ほう。御坊のおことばなれば、違《たが》えることはござらぬな」

政則の秀麗なおもてに微笑が浮かぶ。いったいに赤松の家系には美形が少なくない。

天隠は、小さく溜《た》め息をついた。政則の表情から、何かよからぬことを察したかのようである。

広縁へ現れた政則の姿に、おどろ丸は、驚きを禁じえなかった。

（おれより若いのか……）

実際には政則のほうが二歳年長なのだが、眉目《びもく》の美しさが、おどろ丸をしてそう思わしめたのであろう。

だが、おどろ丸の驚きは、政則の容姿に向けられたものではない。自分と年齢のかわらぬ者が、三国の太守の堂々たる風格を具《そな》えていることに対してであった。

ひきくらべて、おのれは、三十歳をこえてなお、一片の土地も定住の場所も持たぬ、一介の流浪《るろう》の刀工でしかない。いまや、刀工として鬼と形容するほかなかった父親の呪縛《じゅばく》から解き放たれ、刀を作る側ではなく使う側になりたいという大望を抱く男にとって、眼の前の赤松政則は、眩《まぶ》しいほどにきらびやかな人物に思われるのであった。

その思いは、しかし、嫉妬《しっと》と言いかえるべきであろう。

「赤松政則である」

と政則みずからの名乗りをうけ、おどろ丸は、少し怯みかけたが、嫉妬を力として、昂然《こうぜん》と胸をそらせた。

「よき面構《つらがま》えじゃ。予が佩く太刀を鍛えるにふさわしい」

政則という人は、武器としての刀剣を究《きわ》めるため、備前長船の義光《よしみつ》・宗光《むねみつ》らを招いて、みずから鍛刀技術を学んでは、実際に作刀したものを家臣や他国の武将などに贈呈している。それだけに、おどろ丸の刀工としての矜持を、理解し得たのやもしれぬ。そうでなければ、身分を逸脱して、地下人に語りかけるような軽々しい真似はせぬであろう。

「鍛刀なるや、赤松囃子」

政則に返答を迫られて、

「おれは、櫂扇派として太刀をつくるだけのこと。赤松囃子の名は、兇変のあと、世人が付けたものにござろう」

とおどろ丸は、思うところをこたえた。

「そうであったな。なれど、赤松囃子ほどの太刀が仕上がらねば、無用じゃ」

「兇変を起こすご存念か」

これには、次之間に控える家臣二名が、ぴくりと手指を動かす。天隠のみ黙念と眼を閉じていた。

庄五郎は、おどろ丸に向かって、かぶりを振ってみせる。余計なことを問うてはならぬと合図したのだ。

「隠岐允。そちは、太刀をつくるだけのことではなかったか」

やんわりと政則は言ったが、双眸《そうぼう》が笑っていない。

「太刀ひとふりにござったな」

おどろ丸も、話を元に戻す。

「お引き受け仕ろう」

「重畳《ちょうじょう》である」

「ただし、さきにご約定願いたき儀がござる」

「申してみよ」

「赤松囃子ほどの太刀、尋常の性根《しょうね》では鍛えることは叶い申さぬ。太刀づくりのあいだ、当方のいかなる非礼も咎《とが》めぬと、この場にて明言していただきたい」

「たいそうなことよ」

と政則は、薄く笑う。

「いかに、左京大夫どの」

名人とよばれる刀工には変わり者が多いことを、政則はよく知っている。おどろ丸もそうしたひとりにすぎぬ、と思った。

この折り、左方に列なる殿舎の渡廊《わたどの》を、しずしずと渡っていく人々が、おどろ丸の視野の隅に入った。女人《にょにん》ばかり七、八人である。

その中に、美々《びび》しい装束《しょうぞく》すら色をなくすのではないかと疑われる、際立《きわだ》って艶麗《えんれい》な顔容《かんばせ》の持ち主がいた。赤松家の姫君に相違ない。

「承知じゃ」

政則の許諾の一言を、おどろ丸は、どこか遠いところで聞いているような気がした。

「あとで向鎚を選ぶがよい。長船より十名ばかり上洛《じょうらく》させたによって」

そう言われて、おどろ丸は、ようやく我に返って、かぶりを振った。

「無用にござる」

「ひとりで鍛えると申すのか」

「さよう」

熱した玉鋼《たまはがね》を、鎚で叩いては延ばし、延ばしては叩く。この折り返し鍛錬を強く迅速に行うことが、刀剣作りの主たる作業といってよい。そのため、横座で小鎚をふるう鍛冶のほかに、前方から長柄《ながえ》の大鎚を打ち下ろす向鎚とよばれる者が二名ばかり必要となる。

「十日の期限は違え申さぬ」

そうおどろ丸に言い切られては、非礼を咎めぬと約束した手前、政則とて無理強い《むりじ》をできかねた。

「では、思うがままにいたせ」

政則は、おどろ丸に背を向ける。身分をこえた会話はそれで了わりであった。

おどろ丸は他派に秘術を見せることを懼《おそ》れたのであろう、と庄五郎は察する。

政則の御前を辞したおどろ丸が、庄五郎の案内で、邸内の一隅に設けられた鍛冶小屋へ入ると、そこには必要なもの、すべてが調《ととの》えられていた。

玉鋼は、おどろ丸には一目で、中国山地産の赤目鉄《あこめてつ》を原料としたものと知れた。

刀剣作りというものは、折れず、曲がらず、よく切れる、という本来は矛盾《むじゅん》した性質を同居させるために、原材料の砂鉄を選ぶところから始まる。幾分錆《さ》びて、他の成分の混じった赤目鉄は、不純物のきわめて少ない純鉄よりも、その性質に適していた。

火床《ひどこ》の傍らには、アカマツの木炭が堆《うずたか》く積まれてある。この木炭を用いると、火を撥《は》ねないし、火力の調節もしやすい。

「あれは、赤松の姫か」

おどろ丸のとうとつな質問が放たれた。

何のことかと一瞬戸惑った庄五郎だったが、やがて、ははあ、と思い当たる。

「松《まつ》さまにござるよ。お屋形《やかた》のご息女にあられる。ご当家は男児に恵まれぬゆえ、ご嫡出《ちゃくしゅつ》の松さまに、赤松七条家より婿《むこ》取りをいたすことになっており申す」

政則の正室は、八代将軍義政時代、その絶大なる信任を得て専横をきわめた政所《まんどころ》執事《しつじ》・伊勢《いせ》貞親《さだちか》のむすめである。松姫の血統は頗《すこぶ》るつきといってよい。当年十八歳という。

「そういえば、おどろ丸どのは、そのお年で嫁を娶《めと》ったことがないのでござるか」

「出てゆけ」

「これは、相済まぬことで」

ぺろりと舌を出した庄五郎は、這《ほ》う這《ほ》うの態《てい》で鍛冶小屋から退散していった。

おどろ丸の身も心も、いまや、高嶺《たかね》の花のかぐわしき香りで噎《む》せかえっている。

「松姫……」

名を口に出してみると、血潮が滾《たぎ》り立った。

おどろ丸は、火床に木炭を盛り、火を入れる。だが、すでに隻眼に、火が燃えていた。野性の火であろう。

この日から、赤松邸に鎚音が響き始めた。

四

空には、匂《にお》い立つように艶《なま》めく朧月《おぼろづき》。地に、万朶《ばんだ》の桜花《はな》明かり。

深更というのに、鍛冶小屋から鎚音が洩れて熄《や》まぬ。

松姫は、北の対屋《たいのや》の寝所で、衾《ふすま》も掛けず、輾転反側《てんてんはんそく》の夜を過ごしていた。

えも言われぬ恐怖心のせいであろう。えも言われぬというのは、尋常でない飢餓《きが》感が入り交じっていたからである。

(妾《わらわ》は、どうかしている……)

狂ったのではないかとさえ思われた。

(あの者……)

四日前、後鳥羽院の鍾愛をうけたという幻の刀工の苗裔《びょうえい》がやってきたと聞き、好奇心にかられたことが始まりであった。

松姫は、和歌の手引書でもあり歌論書でもある『後鳥羽院御口伝《ごとばいんおんくでん》』を愛読し、また院の御歌を好んだ。別して、配流されてなお屈せぬ凜然《りんぜん》たる大君の風格が伝わってくる一首を、最上とした。

〈我こそは新《にい》じま守《もり》よおきの海の荒き浪《なみ》かぜ心してふけ〉

いわば後鳥羽院は、松姫にとって理想の男子《おのこ》なのである。はるかなる時の隔たりはあっても、その後鳥羽院の香気にふれた者の子孫とあらば、興味を引かれて不思議はなかろう。広庭に面した渡廊を渡ったのは、おどろ丸と名乗り、隠岐允の官名を称する刀工の姿を垣間《かいま》見たいがためであった。

だが、松姫の期待は裏切られる。隻眼の容貌魁偉《ようぼうかいい》の男は、松姫がなかば偶像化した後鳥羽院を冒瀆《ぼうとく》しかねないような粗暴さを、総身から発散させているではないか。

（これは人ではない。大きな山猿じゃ）

眼が汚《けが》れたとさえ思い、その日は一日中、侍女たちとおどろ丸の姿を卑《いや》しみ合って嗤《わら》ったものである。

その翌日、赤松七条家の義村《よしむら》が、政則のご機嫌伺《うかが》いのため、赤松邸を訪問した。年内に良人《おっと》になることの決まったこの若者と松姫が会うのは、三度目のことである。

好悪《こうお》いずれの感情も義村に対して湧《わ》かせたことはないが、許嫁《いいなずけ》が美男であることは間違いない。周囲もそのことを褒《ほ》めそやすので、たぶん自分は幸せなのだろう、と松姫は思わぬでもなかった。

ところが、三度目の対面のさなか、義村は美男だが、

なぜか、そんなふうに感じてしまったのである。

すると、義村その人のことばかりか、婚礼の儀や、わが行く末のことまで、何もかもが色あせてしまったような気がした。自分でもわけが分からなかった。

同じ日の夕、おどろ丸の鍛冶小屋の中をこっそりのぞき見たことも、おのれの意思ではなかったような気がする。侍女を従えて広庭を散歩するうち、しらず鎚音に導かれ、ふらふらと足が向いてしまった。

鍛冶小屋は、鍛刀の秘技を人目にふれさせぬ要心であろうか、煙を逃がす突き上げ窓が開いているばかりで、戸もしとみもすべて閉め切ってあった。が、壁に小さな孔《あな》を見つけた松姫は、そこに眼を押しあててみた。

息を呑《の》ませる、おどろ丸の姿であった。下帯ひとつの素裸同然だったのである。頭から爪先《つまさき》まで汗まみれではないか。

おどろ丸は、鞴《ふいご》で風を送って、木炭の火勢を赤々と強めた火床の中へ、鉄梃子《かなてこ》を差し込んでいた。偏平《へんぺい》に延ばした玉鋼の上へ、さらに細かく割った玉鋼を積んで、これを熱しているところであった。

次いで、おどろ丸は、素早く鉄梃子を鉄床《かなとこ》へ移すと、灼熱《しやくねつ》の鉄の塊《かたまり》と化した玉鋼へ、鎚を打ち下ろした。

この鎚ばかりは、おどろ丸が持参したもので、柄は短くとも、頭は大鎚といってよいものである。他の刀工が見たら、不審を口にするに相違ない。柄はよほどにしなやかで強靱《きょうじん》な材質の木から作ったものとみえるが、長さと重量において釣り合いのとれぬこのような鎚を、満足にふるえるものであろうか。

その独特の鎚を、おどろ丸は、わが腕のつながりであるかのように、速く自在にふるうのであった。音に明らかな強弱があり、それは見えざる向鎚の存在を示していた。

玉鋼を叩き延ばすたびに、飛沫と見紛《みまが》う夥《おびただ》しい火花が鏘然《そうぜん》たる響きとともに散った。熱せられた細かい鉄片が飛ぶのである。それらは、おどろ丸の褐色《かっしょく》の膚《はだ》へあたって、しゅっ、しゅっと汗を蒸発させた。

それでも、おどろ丸は、叩きつづける。おどろ丸自身が、烈々たる物狂いの炎の塊と化しているのであった。

それは、松姫の眼には、いっそ華やかで、胸をしめつける光景と映った。にわかに息苦しくなった松姫が、膝から力が失《う》せたと感じたときには、眼の前は昏くなっていた。

一昨日も昨日も、松姫は鍛冶小屋をのぞき見て、そのたびに失神している。一刻《いっとき》か二刻《ふたとき》ほどの昏睡《こんすい》の後に目覚めるので、夜はかえって眠れぬのであった。

松姫は、寝床に横たわったまま、吐息をついた。もう何百回ついたか知れない。吐息のあとは、

（いま、もし、あの者が妾の前にあらわれたら……）

などと、あらぬ妄想《もうそう》を抱いては、打ち消した。

かぶりを振り、きつく眼を閉じる。閉じて眠ろうとする。すると、かえって妄想は膨らんだ。

松姫は、眼をあけ、上半身を起こした。その朱唇《しゅしん》を、大きな掌《て》に塞《ふさ》がれた。

松姫の双眸が恐怖に彩《いろど》られる。何者かに背中からぴたりと身を寄せられていた。

（おどろ丸……）

そうではなかろうかと一瞬、疑った。いつのまにか、鎚音が熄んでいる。

次之間を仕切る襖戸《ふすまど》が、向こう側から開かれているではないか。宿直《とのい》の侍女らが突っ伏しているのが、闇の中でも窺《うかが》える。松姫はおぞけをふるった。

次之間から、さらに二人、曲者《くせもの》が忍びやかに入ってくる。

「しばらくご辛抱《しんぼう》願う」

と背後の曲者が、松姫にさるぐつわをかませようとしたそのとき、室内は微《かす》かな明るみを帯びた。廊下側の舞良戸《まいらど》が開かれ、明障子《あかりしょうじ》から月明かりが射し込んだのである。

三人の曲者の忍び刀が抜かれるより、明障子を開けて巨影の躍《おど》り込んでくるほうが迅《はや》かった。

おどろ丸は、曲者の頭を両手で挟《はさ》み込むや、思い切りねじ切るようにして頸骨を折る。この一瞬必殺の技を、三度繰り返しただけであった。ほとんど物音もたてぬ。

松姫の寝所に、首を奇妙な方向へねじ曲げた死体が、三つ転がった。

松姫は、息ひとつ乱さぬ仁王立《におうだ》ちのおどろ丸から、眼を離すことができずにいる。

松姫自身は、息を荒くし、胸を大きく波うたせていた。

邸内に動きは起こらぬ。無言の闘いだっただけに、気づいた者がいないのであろう。

「よく曲者に気づいて……」

松姫が言いおわらぬうちに、その華奢《きゃしゃ》な肢体《したい》は、野太い腕に抱えあげられてしまった。

「曲者なんぞ知らん」

「………」

松姫は意味を解《げ》しかねた。

「おれは、姫を犯す」

宣言するや、おどろ丸は、寝衣姿の松姫を抱いたまま寝所を出た。

松姫は、おどろ丸の血が混じったような汗の匂いを吸い込みながら、しかし、悲鳴をあげようとも、もがいて逃れようともせぬ。

これが松姫の望みであったのだ。餓《かっ》えた心と肉体に、いまこそ、おどろ丸の鎚を叩き込まれる。焦熱《しょうねつ》焼くが如きあの鍛冶小屋において。

闇に浮かんで見える桜花《はな》の花弁がひとひら、白き胸もとへ舞いおりた。

五

轟《ごう》っ、轟っ……。

闇の中で、恐ろしげな音が間欠的に空気を顫わせる。そのつど、首を振り立てて暴れる大蛇のごとき、紅蓮《ぐれん》の炎が噴き上がった。

鞴《ふいご》から送られる風が、火床の木炭の火勢を強めているのであった。

火の蛇が暴れるたびに、あたりは煌々《こうこう》として、男女の妖《あや》しい姿態が一瞬の静止画となって浮き立ち、蛇が首を引っ込めれば、それは闇に没する。その繰り返しだ。

一糸まとわぬおどろ丸と松姫は、対面坐位《ざい》に肌を密着させ合いながら、いまだ昂《たかぶ》りを抑えている。

いや、松姫の肉置《ししお》き豊かな腰を、右腕に抱き寄せるおどろ丸だけが、律動を制しているというべきであろう。松姫が身内に情欲の火蛇をのたうちまわらせていることは、男を瞶める期待に充ちた双眸《み》と、喘《あえ》ぐような息遣いと、土間に転がる鎚の頭に這わせる左手の指先の動きとで、存分に察することができる。

「放すでない」

おどろ丸の叱咤が放たれる。

その熱い吐息を、汗ばんだ顔へ浴びて、松姫は、なかば陶然《とうぜん》となりつつも、横へ伸ばした右の繊手《せんしゅ》に力をこめた。

驚くべきことに、おどろ丸は、わが左手で鞴の把手《はしゅ》を操作しつつ、松姫の右手をもって鉄梃子を火床へ差し入れさせている。これが、伝説の櫂扇派の刀剣作りの技だとでもいうのであろうか。

板状に打ち延ばして幾重にも積まれた玉鋼が、鉄梃子の先端の台上で赤々と焼け、いまにも爛《ただ》れ落ちるのではないかと見える。この作業を積《つ》み爍《わか》しという。

おどろ丸は、鞴の把手より放した左手で、松姫の手から鉄梃子を取り上げ、その背後に置かれた鉄床の上へ素早く移す。火の粉が、ぱっと舞い立った。

そのときには、おどろ丸の右手も、松姫の腰を離れて、檑扇派独特の異形《いぎょう》の鎚を摑《つか》みあげている。

押さえつけられていた腰に自由を得た松姫は、両腕をおどろ丸の太い首へまわすや、みずから律動を始めた。と同時に、おどろ丸が、鉄床上の焼けて軟化した玉鋼へ、鎚を振り下ろす。

松姫の背後で、大きく鉄の火花が咲いた。

細かく飛び散った灼熱の花びらは、松姫の肩と背のほとんどを被う長い垂れ髪にくっついて、微かな白煙をあげては消える。毛の焼ける臭《にお》いがたちこめた。

おどろ丸の両腕は長い。胡座を組んだ両足の上に松姫をのせたまま、その背後で鍛刀をこなすのに、いささかの窮《きゅう》屈《くつ》さも感じぬようであった。

しかも、おどろ丸は、鉄床を見もせずに、さらに玉鋼へ鎚の打撃を加えていく。その狂気を宿したような隻眼は、鉄火の迸《ほとばし》りを生身の肌へも浴びて、美しいおもてを歪め、上体を弓なりに反らせる松姫に注がれていた。

松姫は、小さな声を幾度か洩らしたあと、おどろ丸に一層強くしがみつき、その筋肉の盛り上がった肩へ、白い歯を立てた。大きな声を怺《こら》えたのであろう。

だが、松姫の声は、痛みゆえではない。喜悦《きえつ》のためであった。

「姫。獣の歓《よろこ》びを露《あら》わにしろ」

おどろ丸が命じた。

「おまえの本能の歓びが、わが腕から鎚へ伝い、刃金《はがね》へと憑《のりうつ》りしとき、人を狂わせる魔性の太刀肌が生まれる。歓喜するのだ、姫。烈《はげ》しゅう歓喜するのだ」

おどろ丸の口から発せられる一言一言は、松姫にとって、言葉というより、この男の生命の源泉より直《じか》に湧き出た言霊《ことだま》であった。その言霊の群れは、ゆったりと飛び交って、鍛冶小屋を異次元の宇宙と化さしめ、松姫を涯《はて》なき暗黒へと誘《いざな》う。

誘われるまま、松姫は落ちてゆく。どこまで落ちるのか分からぬ名状し難《がた》い恐怖は、急速に滾り立つ愉悦《ゆえつ》の奔流に押し流された。

絖《ぬめ》で被われたと見紛う柔肌が、まるで爍したごとく紅に燃え熾る。豊かな乳房《ちぶさ》はおどろ丸の顔前で顫えて上下する。

松姫は、憑《つ》かれたように、おのれの女体を烈しく揺さぶっていた。

その動きに合わせて鎚を振り下ろすおどろ丸もまた、どこかへ落ちてゆく。それはおのれの血への旅である。

おどろ丸の脳裡《のうり》に、父であった九代隠岐允の姿が、鮮やかに蘇《よみがえ》った……。

九代隠岐允は、八代隠岐允より櫂扇派の秘伝を授かったさい、羽寿《はねひさ》と名乗ってい
る。

刀身の形ができると、荒仕上げ、土取りという工程を経て、さらに熱してから水槽に入れるのだが、これを焼き入れという。そのさいの刀身の温度と水温の加減によって、刀の出来、不出来が決する。両者の温度を僅《わず》かでも間違えれば、刀身の硬軟に狂いが生じたり、刃文にむらができたり、悪くすると刃切れさえ起こす。

だが、この火加減、水加減ばかりは、刀工の経験と勘に裏打ちされた精妙きわまるものであり、それゆえにこそ鍛刀工程の中でも、秘伝中の秘伝とされている。焼き入れのとき、鍛冶場を真っ暗にして余人《よじん》を寄せつけぬのが、そのやり方でもあった。

羽寿は、父である八代隠岐允羽信《はねのぶ》から奥義を伝授される以前の若き日、この水加減を盗もうとしたことがある。

羽信が焼き入れを行う頃合いを見計らい、年の離れた弟の宗助《そうすけ》を事故のようにみせて渓川《たにがわ》へ突き落としておき、宗助が足を滑《すべ》らせて渓へ落ちたと急報した。そうすれ

ば、宗助を掌中《しょうちゅう》の珠《たま》のように可愛《かわい》がっている羽信が、慌てて鍛冶場を跳び出すに違いないことを、羽寿は知っていたのである。実際、目論見《もくろみ》どおりになり、羽寿は水槽へ手を突っ込んで水加減を体感した。

しかし羽信が、宗助を渓川から救いだしたあとで、妻であり兄弟の母である紀沙《きさ》を折檻《せっかん》したことから、一家に悲劇が起こる。宗助が死にかけたのは、紀沙が眼を放したからだと羽信は激怒したのであった。

見かねた羽寿が真相を白状するや、羽信の怒りは嵐《あらし》のようなものとなり、伜《せがれ》に激烈な打擲《ちょうちゃく》を加えた。殺されると恐怖した羽寿は、鍛冶場へ逃げ込み、鎚を武器として父に抵抗するが、かえってとりあげられてしまう。そして、とめに入った紀沙が、その鎚の打撃によって絶命し、羽寿自身は蹴倒《けたお》されたさいに火床へ顔を突っ込む。

紀沙の死が羽信の嵐を鎮《しず》め、羽寿は命拾いをしたが、しかし、凄《すさ》まじい火傷《やけど》によって、二目《ふため》と見られぬ醜貌《しゅうぼう》となった。

この惨劇が起ころうと起こるまいと、隠岐允を宗助に嗣《つ》がせたいと期していた羽信だったが、しかし、宗助は長じても、見た目はなかなかに優美でも、櫂扇派独特の刃文である勾玉互《まがたまぐ》の目《め》を描くことができず、また殺人具としてみても物足らぬ刀剣しか鍛えられなかった。一方の羽寿が、刀工として自分を凌《しの》ぐやもしれぬ才能の持ち主であることを、羽信は認めないわけにはいかず、ついに秘伝を授ける決意をする。

当時、一家は因幡国法美郡《いなばのくにほうみごおり》宇倍荘《うべのしょう》に住み、武内宿禰《たけのうちのすくね》を祀《まつ》る因幡国一宮《いちのみや》宇倍神社の神官に養われていた。というより神官が、一家が伝説の櫂扇派と知って、むしろすすんで住居を提供したのである。宇倍荘は、その昔、後鳥羽院の所領であった。

そのころ、隣国播磨の守護赤松氏の麾下《きか》随一の剣の達人安積監物行秀は、永年、櫂扇派の太刀を欲して探し求めていた。あるとき、宇倍神社に見事な太刀が奉納されたことを聞きつけ、みずから足を運んだところ、その披見《ひけん》を拒絶されたので不審に思い、宝殿へ忍び入って手にとった。鳥肌が立つような峻烈《しゅんれつ》の気を秘めた太刀の茎《なかご》をたしかめるや、そこに待望の櫂扇の刻みを発見する。

その礼を尽くしての懇願《こんがん》に負けた神官は、隠岐允羽信のもとへ行秀を案内した。羽信は、恩ある神官のために、櫂扇派の存在を行秀が決して明かさぬことを条件として、太刀の鍛刀を引き受ける。

この行秀の太刀を鍛える工程で、羽信は羽寿に奥義を伝授するのだが、太刀が出来上がっていくにつれて、秘技をたちどころに吸収する子の能力の高さに舌を巻いた父は、心に魔物を育てはじめた。こやつを殺さねばならぬ。櫂扇隠岐允の最上は九代羽寿である、そう後世に評価されるやもしれぬことに、羽信は修羅《しゅら》を燃やしたのであった。

　のちに足利六代将軍義教の血を吸って、赤松囃子と俗称されることになるひとふりが完成した直後、殺されたのは、しかし父羽信のほうである。子は父の頭を鎚で叩き割ったのだ。かつて母紀沙の命を奪った鎚である。

　嘉吉の乱後、行秀の戦死により、将軍弑逆の太刀が櫂扇だったと世に知られてしまったので、羽寿は、ひとまず後難を避けるべく、宇倍荘の棲処《すみか》を捨て、宗助を伴《ともな》って奥州《おうしゅう》へ居を移した。羽寿の考える後難の中には、初代隠岐允以来、幾度か追跡の魔手をのばしてきた裏青江衆との確執《かくしつ》の再燃も含まれていた。

　羽寿・宗助兄弟は、津軽《つがる》の安東康季《あんどうやすすえ》をたよった。隠岐允二代と四代が安東氏の庇護《ひご》下で鍛刀に励んだことがある、と羽寿が父から聞かされていたのである。

　安東氏は、十三湊《とさみなと》を拠点に、北は蝦夷地《えぞち》から南は越前《えちぜん》・若狭《わかさ》まで、さらには朝鮮《ちょうせん》半島から大陸へと結んで交易に活躍した、いわば海商武士団で、その海外とのつながりを記録に繙《ひもと》けば、源頼義《みなもとのよりよし》に滅ぼされた先祖の安倍氏にまで遡《さかのぼ》ることができよう。櫂扇の刀剣に惚《ほ》れ込んだ安東氏が、当主一族の佩用《はいよう》と、交易対手の首長への土産《みやげ》としてのみ、これを隠岐允三代・四代に鍛えさせたのであった。

　羽寿・宗助兄弟を歓迎した康季だったが、当時の安東氏は、急速に勢力を伸長してきた八戸《はちのへ》の南部《なんぶ》氏の圧迫に衰退しており、兄弟の落ち着き先も決めぬうち、津軽から駆逐《くちく》され、松前《まつまえ》へ落ちてゆくことになってしまう。同行した兄弟は、そこで数年を暮らす。

宗助は生来、蒲柳《ほりゅう》の質である。冬の松前で過ごすことは辛《つら》すぎた。宗助の健康を案じた康季が、大和《やまと》の楠葉《くすば》西忍《さいにん》あての手紙をしたため、兄弟を松前から旅立たせてくれた。安東氏と西忍は、ともに貿易家としてつながりをもっていたのである。

羽寿は、滅亡しかけている安東氏のもとを離れ、宗助とともに大和をめざした。羽寿が宗助を大事にするのは、兄弟愛からではない。外交的なことからであった。火傷による醜貌のうえ、狷介《けんかい》な性格で口数の少ない羽寿は、最初の印象だけで人に敬遠されやすい。対蹠《たいしょ》的に、優男《やさおとこ》で素直とみられがちな物腰の宗助は、人を和《なご》ませる。兄にとって弟は、自分が生きていくための道具にすぎなかった。

大和国立野《たつの》の西忍は、兄弟を迎えるなり、その容貌に異邦の血を看破した。実は兄弟の母紀沙は、羽信が倭寇《わこう》より買い取った朝鮮人だったのである。紀沙は、羽信のつけた名で、母のほんとうの名を兄弟は知らぬ。

西忍が看破できたのは、この男自身もまた、混血児ゆえであったろう。

西忍の父は、ヒジリとよばれた天竺《てんじく》人で、南北朝時代に渡来して三代将軍義満《よしみつ》に仕え、京都相国寺《しょうこくじ》に居を構えた。天竺といっても、当時はインドのことではなく、唐《から》天竺《てんじく》という外国全体を指す一般用語のそれだったから、実際にはいずこの国の生まれか判然とせぬ。ヒジリは、義満のお声がかりで、河内《かわち》国の楠葉という里の女を娶《めと》り、子をなした。この子が、西忍である。奈良興福寺《こうふくじ》の大乗院経覚《だいじょういんきょうかく》によって得度《とくど》した西忍は、その被官商人として活躍し、遣明《けんみん》使節にも参加している。

嘉吉の乱後、応仁《おうにん》の乱を待つまでもなく、殺伐《さつばつ》の気の充ちる世の中では、武器が需《もと》められていた。西忍に気に入られ、鍛冶場を提供してもらった宗助は、数打《かずうち》を生産しはじめる。

一方、名人気質《かたぎ》の羽寿は、数打を拒否し、また九代隠岐允として、宗助が茎に櫂扇を刻むことを断じて許さなかった。羽寿の望みは、みずからが殺《あや》めた父の鍛えた赤松囃子のような魔性の剣を、いまいちどわが手ひとつで作ることにあった。赤松囃子を作ることができなければ、父を超えられぬ。

数年後、西忍が遣明船の外官《げかん》として、ふたたび明へ渡ったさい、宗助はこれに随行する。かれらは北京《ペキン》にまで至った。

宗助は、明より、倩倩《せんせん》という名の新妻を伴って帰国する。

実は宗助は、渡航にさいし、羽寿の鍛えた櫂扇のひとふりを黙って持ち出しており、それが明国の将軍の眼に触れた。櫂扇の太刀に魅せられた将軍は、引き替えに、養女の倩倩を宗助へ差し出したのである。倩倩は、かつて西蔵《チベット》を二百五十年にわたって支配した吐蕃《とばん》王朝の末裔《まつえい》だという。幸福にも、宗助と倩倩とは、出会ったときから魅《ひ》かれ合った。

羽寿は、宗助に烈しく嫉妬する。それほど倩倩は美しかった。かつて、その醜貌ゆえに、春をひさぐ遊女にさえ逃げられた羽寿が、生まれてはじめて恋をしたのである。

やがて、倩倩が身ごもると、羽寿の黙《もだ》し難き暗い恋情は、宗助への殺意にかわっていく。

嘉吉の乱で滅んだ赤松家の遺臣間島彦次郎が、ひそかに羽寿を訪ねてきたのは、ちょうどそのころのことである。彦次郎は、赤松家の再興という大事達成のために、櫂扇隠岐允の行方を探し求めていたと明かした。

当時、赤松氏の旧領の播・備・作三国は山名氏に帰していたが、その総帥持豊《そうすいもちとよ》を討ち果たし、赤松氏再興ののろしとしたい。そのために、赤松囃子をふたたび鍛えてほしい。銭は欲しいだけ払う、と彦次郎は熱弁をふるう。

もともと赤松囃子ほどの一剣を現出せしめることを夢見ていた羽寿に、否《いな》やはなかった。それに、父羽信の鍛えた太刀が結果的に赤松家を滅ぼした事実に照らし、もし自分の作った剣で赤松家を再興させることができれば、羽寿は父を超えることになる。

羽寿は、八代隠岐允を超えて、さらに一線を画すべく、太刀ではなく打刀を鍛えるという条件を提示して、彦次郎の依頼を承《う》けた。

このとき、彦次郎の嘘《うそ》を見抜けなかったことを、のちに羽寿は悔《く》いることになる。彦次郎の欲したものが、山名持豊の首などではなく、吉野朝が護持する神璽だったと知れば、魔性の剣を生み出そうとは思わなかったはずだ。結局、神璽奪還のさい、彦次郎は吉野朝の皇胤《こういん》の血を、羽寿の鍛えた打刀に吸わせたのである。

魔性の剣を鍛えるには、刀工自身も魔物に変貌《へんぼう》せねばならぬ。

ひとり立野をはなれて、生駒《いこま》山中に鍛冶小屋を設けた羽寿は、刀身をおおよそ形作り、肉置きも決める火造《ひづく》りのさい、宗助と倩倩をよび寄せる。妻子をもたぬ自分は、隠岐允を倩倩のお腹の子に譲るつもりなので、胎内にあるうちから櫂扇派の鎚音を聞かせたいという、名人気質らしい理由をつけた。

喜んだ宗助が、臨月の倩倩のために従者と取揚婆《とりあげばば》も伴《つ》れて訪れた羽寿の鍛冶小屋で、その日、惨劇は起きた。羽寿は、山道に喉を渇《かわ》かせた宗助と従者に毒入りの清水を振る舞って両人とも殺害するや、野獣と化して倩倩を犯したのである。心身両方に加えられたあまりの衝撃に、倩倩は息絶えてしまう。

素延《すの》べの棒状の刀身は、このとき鋩子《ぼうし》だけは造ってあり、羽寿はそれで、倩倩の腹を斬り裂いて、取揚婆に胎児をとりださせる。

鞴の風が火床から噴きあげる火炎の明かりの中で、嬰児《えいじ》はまさしく火がついたように泣きだした。男児である。羽寿は、その泣き声を耳にしながら、天上へ昇るがごとき昂揚感《こうようかん》の中で鎚をふるった。

皇胤の命を奪うことになる赤松囃子の魔性は、このとき刀身に宿ったのである。

いつであったか羽寿は、故郷の西蔵に鳥葬という葬法があることを、倩倩がたどたどしい倭《やまと》言葉で語ってくれたとき、その表情の可憐《かれん》さに恍惚境《こうこつきょう》へと落ちた。あの至福のひとときを取り戻すべく、羽寿は倩倩の遺体を鳥葬で送った。

完成させた打刀を間島彦次郎へ渡し、赤子を抱えて大和を去るさい、羽寿は取揚婆を解放する。取り揚げた児《こ》と呪術《じゅじゅつ》的なつながりをもつと信じられる取揚婆を殺しては、赤子が成長せぬと懼《おそ》れたからであった。

倩倩の子に、隠岐允を嗣がせたい。その思いだけは、羽寿に嘘はなかった。

この子こそ、いま、京の赤松邸内の鍛冶小屋で、赤松政則の息女松の裸身を、下から突き上げているおどろ丸なのである。

おどろ丸は、動きをとめぬ松姫の右手にふたたび鉄梃子《かなてこ》をもたせて火床へ差し入れ、みずからは鞴の風を起こしながら、虚空《こくう》へ向かって語りかける。

「親仁さまよ」

「おれは想うた女を殺しはせぬぞ。殺さずに、魔性の剣を鍛えてみせるわ」

轟然《ごうぜん》と火炎がのたうち、おどろ丸と松姫の重なり合った影を、壁に踊らせた。

父と弟とその妻を無残に殺害しながら、羽寿は天寿を全《まっと》うするが、その臨終にさいして、自身の屍《かばね》も鳥葬で送られることを願い、おどろ丸にすべてを告白している。

もともと、羽寿は鬼のような師匠であって、その物言いや態度から父親としての情愛など感じたことのないおどろ丸には、真実を告げられたところで、たいした驚きはなかった。ただ母親殺しには怒りを湧かせた。ある年齢まで母恋しで泣きじゃくった日々が、にわかに胸裡《きょうり》に蘇ったからである。おどろ丸が幼年期より体術や刀術に独学で励んだのも、母のいない淋《さび》しさから逃れるためだったといってよい。

羽寿の告白は、むしろ、おどろ丸の心を解き放った。流浪《るろう》の刀鍛冶の暮らしから逃れたいと、ひそかに望んでいたおどろ丸にとって、畜生道に堕した羽信・羽寿父子《おやこ》の相剋《そうこく》が、刀剣作りへのいささかの執着《しゅうちゃく》を、完全に断ち切ってくれたのである。

三ふりめの赤松囃子の鍛刀を承知したのも、羽寿のように、父を超えたいと欲したからではない。ある意味で後鳥羽院が生んだというべき伝説の刀工の存在に終止符《しゅうしふ》を打つためには、儀式が必要だと感じたのである。櫂扇派の頂点を示す赤松囃子の完成こそ、それにふさわしい。

完成後、おどろ丸は、十代隠岐允を捨てて、刀剣を作る側から、使う側へと転身する。その決意に揺るぎはなかった。

松姫の右手から取り上げた鉄梃子を、おどろ丸は火床へ移す。積み爍《わか》された玉鋼の放熱が、垂れ髪に被われた背を熱くする。

鎚が振り下ろされ、鏘然《そうぜん》たる音を迸らせ、火の花が開き、白い喉首が反り返って喜悦が洩れる。

「情けを、おどろ丸。情けを、情けを」

鈴が烈しく振られたような割れた声で、松姫は男の迸りを要《もと》めた。それでも、おどろ丸は放たぬ。

「弱いわ、姫。もっと暴れろ。暴れて、おれを食らい尽くせ。それが獣ぞ」

松姫は、物凄い力で、おどろ丸の首をひきつけるなり、その唇を吸い、そして嚙みついた。同時に、しっとりとした肉感をたもつ腰を、急調子にわななかせる。それは、白い跳ね馬の四肢の躍動を彷彿《ほうふつ》とさせた。松姫が微かに残していた羞《は》じらいを、すべてかなぐり捨てた瞬間であった。

おどろ丸の鎚音の響きも急を告げる。

十代櫂扇隠岐允の赤松囃子に、いまこそ魔性が憑依《ひょうい》しようとしていた。

六

赤松左京大夫政則は、座敷で片膝を立て、前のめりになっている。信じられぬものが眼前に存在することは、瞬《まばた》きひとつせず異様に輝かせた双眸と、絶え絶えの喘ぐような呼吸とが、歴然と示していた。

刀架《とうか》にのせられた、ひとふりの刀身。

鎬造《しのぎづく》り、庵棟《いおりむね》の刃長《はわたり》二尺九寸五分。身幅広く、腰反り高く、踏ん張りがあって、猪首鋒《いくびきっさき》という豪壮な姿であった。

だが、荒磯《あらいそ》の崖《がけ》っ縁《ぷち》に立って下をのぞき込むときに似て、政則を魔に魅入られたように吸い寄せるものは、その刃文の名状し難い佇《たたず》まいであろう。

頭を数珠状に完璧《かんぺき》に揃えた勾玉互の目は、後鳥羽院崩御のあと、その尊霊の無念の鬼哭《きこく》を耳にした初代隠岐允が、隠岐島出立《しゅったつ》の前、最後のご奉公として副葬品にすべく一心不乱の鍛刀をしたさい、太刀みずから顕現させたといわれる怪異の刃文であった。勾玉が涙の形に似ていることから、後鳥羽院の尊霊の流した怨念《おんねん》の涙珠《るいじゅ》が太刀に沁《し》み入ったのだという。それだけに、勾玉のひとつひとつが、修羅の神の造り給《たま》いしものではないかと疑われる鬼気を放って、見る者を畏怖《いふ》せしめずにはおかぬのである。

六代将軍義教も、南朝の二皇子も、あるいはこの刃文の前に、みずから命を捧《ささ》げたのやもしれぬ。

さらに、この太刀は、背筋をぞくぞくさせるほど妖艶無比であった。

約《つ》まれに約まれた鍛え肌は、女のきめこまかい肌と見紛う。刃中に光ってみえる金《きん》筋《すじ》も、日向《ひなた》で風にそよぐ女の曲線上の産毛《うぶげ》を彷彿とさせる。鋩子の白気《しろけ》映《うつ》りに至っては、甘い香りが漂《ただよ》い出そうな美女の吐息を吹きかけて仕上げたのではないか。

武人ならば、この太刀をいちどでよいから手にしたいと願うであろう。手にできないのであれば、せめてその刃に斬り裂かれたいと望むやもしれぬ。

茎《なかご》の鑢目《やすりめ》に櫂と扇。扇には、波をあらわす筋が十筋切ってある。十代隠岐允の意だ。

「まさしく魔性の太刀じゃ……」

ようやく我に返った政則が、大きな溜め息と一緒にその感想を洩らした。

「ようしてのけた、隠岐允」

書院の上座之間にある政則は、次之間の中央に座すおどろ丸へ、褒詞《ほうし》を与える。望みの太刀が仕上がったきょうばかりは、政則も、隠岐允の官名にふさわしい処遇で、おどろ丸に接しているとみえた。

だが、昂然とおもてを上げたままの隻眼の無愛想な表情に、いささかの変化も起こらぬ。刀工として依頼された仕事を、期限を違えずに了えた。おどろ丸にすれば、それだけのことにすぎず、褒められたところでうれしくもないのである。

ただ、これで伝説の刀工櫂扇隠岐允を、みずから葬《ほうむ》り去ったという満足感はあった。それも、しかし、おどろ丸だけの問題であり、余人の前にさらす感情ではない。

「お屋形さまのご褒詞である。御礼を申し述べよ」

政則の側近の東条三郎が、おどろ丸を叱りつけた。

次之間には、左右五名ずつ若侍が居流れており、三郎はその左の上席にあって、険しい眼を向けてくる。おどろ丸に投げとばされたことを、この男はいまだ根にもっているようであった。

「ことばは要らぬ。代物の銭を頂戴《ちょうだい》いたそう」

約束は、永楽銭《えいらくせん》三千貫。これが櫂扇隠岐允最後の作品の代価であった。

「御前であるぞ」

さらに三郎が怒声をとばしたが、

「よい、三郎」

と政則は上機嫌のようすで制してから、ふいに話題を変えた。

「隠岐允。そちは、この太刀、予がいかなることに用いるか、聞いておきとうはないか」

おどろ丸は不審を抱く。

(どうした風のふきまわしだ……)

過去の二ふりの赤松囃子に匹敵《ひってき》する太刀を欲したからには、兇事を引き起こす存念に相違なかろうが、鍛刀前にその推察の言辞を吐いたおどろ丸を、政則は要らざる穿鑿《せんさく》であると眼で黙らせたはずではなかったか。

「鍛える前ならば知らず、いまやわが手を離れた太刀の行く末に、いささかの介意もござらぬ」

にべもない返答を、おどろ丸は吐いた。

にもかかわらず政則は、世間話でもするような口調で、さらりと大事を明かしたのである。

「足利義材《よしき》さまを討ち奉る」

さしものおどろ丸も、一瞬、総身を強張《こわば》らせた。

南近江《みなみおうみ》守護六角高頼《ろつかくたかより》征討のため、みずから出陣中だった九代将軍義尚《よしひさ》が、先月末、近江鈎《まがり》で病没したのだが、二十五歳という若さでもあり、世継ぎの男児がなかった。大御所義政は、中風の悪化により言語不明瞭《ふめいりょう》、半身不随の病床のため、将軍継嗣《けいし》問題は、義政夫人日野富子《ひのとみこ》と前管領畠山政長《かんれいはたけやままさなが》の主導ですすめられた。結果、義政の弟義視《よしみ》の子である義材が、次期将軍に推《お》された次第であった。

応仁の乱後、土岐《とき》氏を守護とする美濃《みの》国へ逃れて、その守護代斎藤《さいとう》氏の庇護《ひご》下で逼塞《ひっそく》中だった義視・義材父子は、欣喜雀躍《きんきじゃくやく》して十余年ぶりに京の土を踏み、いまや三条の通玄寺《つうげんじ》に仮寓《かぐう》し、沙汰《さた》を待っている。

「三日後、相国寺鹿苑院《ろくおんいん》にて、常徳院《じょうとくいん》さまの追善供養《くよう》が挙行される。義材さまもご参列あそばす」

そこで義材を櫂扇の太刀をもって暗殺する、と政則は言った。常徳院とは義尚の法号である。

「この太刀もまた、後世に赤松囃子の名を残すことになろうの。どうじゃ、隠岐允。おもしろかろう」

政則自身が、ほんとうにおもしろそうに、破顔した。

義材暗殺計画が冗談ではなく、すでに決定事項であることは、列座の若侍たちの顔色を眺めれば、分かることであった。いささかの緊張感を醸《かも》してはいるが、驚愕《きょうがく》や動揺のようすを読み取ることはできぬ。

「かかわりなきこと」

おどろ丸は、きっぱり言って、座を立とうとした。刹那《せつな》、若侍十名が一斉に先んじて立ちあがるや、脇指《わきざし》の鞘を払った。

「わけを仰《おお》せられよ」

おどろ丸は、慌てもせず、隻眼を鋭く光らせ、政則を凝視《ぎょうし》する。

「大事を聞かれては、生かしておけまい」

とぼけたように政則はこたえる。

義材暗殺計画は政則がみずから明かした。理由は別にある。

「たかが刀鍛冶ひとりを殺すのに、大仰《おおぎょう》なことだ」

おどろ丸は、鼻で嗤った。

「おのれの胸に聞け、この下郎めが」

と三郎が一歩、踏み出す。

「松姫がことか」

それしかない、とおどろ丸は思い至った。

「こやつ、ぬけぬけと……」

「異《い》なことよ」

「なに」

「左京大夫どの」

おどろ丸は、正面の貴人から眼を離さぬ。

「太刀づくりのあいだ、当方のいかなる非礼も咎めぬと、ご約定いただけたのではなかったか」

「隠岐允。太刀づくりは……」

政則は、帯にたばさんでいた檜扇《ひおうぎ》を抜いて、それで刀身の棟を丁《ちょう》と打った。

「おわった」

つまり政則は、おどろ丸が夜な夜な、ひそかに、鍛冶小屋で松姫を抱いていた事実を承知だったのである。それをやめさせなかったのは、約定を守ったというより、なにものを犠牲にしても櫂扇の太刀が欲しかったということであろう。

最初に見つけたのは、おそらく三郎に違いない、とおどろ丸には見当がついた。

赤松邸に来てから五日目の夜、松姫を犯すべく、その寝所を訪れたおどろ丸は、偶然にも、松姫を拉致《らち》せんとした曲者三名を退治する。邸内で侵入者に気づいた者がいなかったことから、曲者を打ち捨てたままに、おどろ丸は鍛冶小屋で松姫を抱き、そのあと、松波庄五郎を起こして、曲者を殺したことを告げ、汝の手柄にしろと押しつけた。

ひどく困惑した庄五郎だったが、言うとおりにしなければ、曲者を邸内へ引き込んだのは汝であると讒言《ざんげん》する、そうおどろ丸に威《おど》しつけられ、ひどいお人だと泣きそうになりながらも服《したが》った。

だが翌朝、東条三郎が曲者の死体を検《あらた》めたさい、いずれも頸骨をねじ切るように折られていたことを不審がり、庄五郎に詰問《きつもん》している。それに対して庄五郎は、実はいままで隠していたが、自分は戦場組み打ちの奥義を会得《えとく》する者と胸を張ってみせたものだ。おどろ丸にとって庄五郎はどこか憎めぬ男になっていたが、あれでは三郎の疑惑を消せたものではなかったろう。

その夜から三郎は、鍛冶小屋を見張っていたのに相違ない。

「そちも存じておるとおり、松は婿をとる」

と政則は言って、唇許《くちもと》を歪めた。

その表情から、身分低き流浪の刀工にむすめを犯されたことへの怒りは、微塵《みじん》も感じられぬ。

肉親の情愛の発露《はつろ》による怒りと殺意ならば、おどろ丸も政則にうしろめたい思いをもったであろうが、

（おれを殺すわけは、婿に知られぬための口封じということか……）

そう見抜くと逆に、はらわたが煮えくり返った。肉親の愛をいちどとして与えられたことのないおどろ丸の性根は、幾重にも屈折して、おのれの意のままにならぬ。

いまや、おどろ丸の隻眼に映る政則は、初対面の折りにこちらを圧倒した悠然たる太守の風格が一挙に失せ、一個の冷血漢にすぎなかった。

「赤松政則、底が知れたわ」

憤怒《ふんぬ》とともに吐き捨てるなり、おどろ丸は巨軀を前へ投げ出し、上座之間へ転がり入った。

政則はあっけにとられるが、さすがに両脇の小姓は素早く反応する。主君の身を後

退させるや、脇指を抜刀した。

おどろ丸が、回転の勢いのまま跳ね起き、櫂扇の刀身の茎を摑んで刀架からとりあげた瞬間、小姓たちの斬撃《ざんげき》に襲われる。

横っ飛びに躱したおどろ丸は、障子戸へ体当たりを食らわせ、凄まじい破壊音を立てながら、縁から広庭の隅へと転がり落ちた。烏帽子が吹っ飛ぶ。

「お出合いめされ」

「乱心者にござる」

それらの叫びを背に聞きながら、おどろ丸は殿舎から離れて、広庭の真ん中へ走り出た。邸内の南側は全面が広庭で、建物はない。突っ切って塀を乗り越えれば、逃げきることができるやもしれぬ。

桜木《し》の下を抜け、池泉の岸辺に素足をとばす。だが、その途中で、おどろ丸は立ち止まることを強いられた。

前から、槍《やり》を揃えた者たちが八名、迫ってきたのである。

曲者の侵入をゆるしてしまった夜いらい、赤松邸では日中でも、屋敷警固の士を塀沿いに巡回させているのであった。おそらく、そうしたことのすべてが、足利義材暗殺計画と無関係ではないのであろう。

おどろ丸は、二尺九寸五分の櫂扇を、胸前に横たえるようにして掲げた。右手は茎を握り、左手を切っ先近くの棟に添えて。こうすれば、刀身が対手によく見える。勾玉数珠の放つ見えざる怨念の光と、男の中枢《ちゆうすう》を震動させる妖しき鍛え肌に、警固士どもは一様に息を呑んだ。一瞬の魅了というべきであろう。

「まいれ」

おどろ丸の誘いの一言に、ひとりが、ふらふらっと無防備に踏み出す。

転瞬、おどろ丸は、きらりと陽光をはじかせて、櫂扇を上段に構えるや、傍目《はため》にはゆっくりに見えるような動きで、これを下ろした。

斬人音《ざんじんおん》は、ほとんど聞こえぬ。鋭利きわまる斬れ味であった。

その者は、悲鳴もあげず、ただ前のめりに倒れた。信じられぬことだが、斬られたことに気づかなかったというほかない。突っ伏したからだの下から流れ出た血が、じわじわと芝へ滲《し》み込んでいく。

同じようにして、おどろ丸は、二人目、三人目と斬り伏せる。四人目が、池泉へ転落して、水飛沫を撒《ま》き散らした。

だが、その間に、邸内のあちこちから駈《か》けつけた人数が広庭に展開し、おどろ丸は分厚い包囲陣の中に取り込まれてしまった。袋の鼠《ねずみ》である。

「道をあけよ」

その声に、おどろ丸は振り返る。

割れた人波の間から進み出た政則が、直垂《ひたたれ》の袖を抜き、用意の弓に矢をつがえた。

おどろ丸は、血脂《ちあぶら》にぬらぬらと光る魔性の太刀を、いちど顔前に立ててみせたが、
ふいに不敵な笑みを浮かべて、一歩前へ出た。

右の足許《あしもと》に、庭石がある。おどろ丸は、その庭石へ対面し、太刀を振り上げた。刃が横を向いている。

「あっ」

と政則は、仰天した。おどろ丸の意を悟ったのである。

「早まるでない、隠岐允」

永年、焦《こ》がれつづけてきた櫂扇の太刀を叩き折られたのでは、たまらぬ。

「命を助けてとらすゆえ、太刀を予に渡せ」

政則は、弓矢を小姓の手へ戻した。

「命など惜しゅうはない」

振り上げた太刀を下ろさず、おどろ丸は応《いら》える。

「いや、いや、それはいかん」

と叫びながら、庄五郎がすっ飛んできたのは、このときのことであった。

「命あっての物種《ものだね》にござるぞ、おどろ丸どの」

政則とおどろ丸の間に小太りのからだを立たせて、庄五郎はなおも言い募《つの》る。

「あほうが。引っ込んでいろ」

犬でも追い払うように、おどろ丸は、しっ、という音を洩らした。

「そうはまいらぬ。おどろ丸どのを京へお伴《つ》れしたは、この松波庄五郎にござる」

「主命にしたがっただけだろう。もはや汝にはかかわりなきことだ」

「つれないことを言わっしゃるな。われらは友ではござらぬか」

「おれは、汝を友だと言ったおぼえはない」

「お心を察しておりますぞ」

「しつこいやつだ」

なんとも奇妙なことである。おどろ丸は、知らぬ間に、庄五郎の拍子に引き込まれているではないか。

庄五郎は、政則に向き直って、にわかに提案をもちだした。

「お屋形さま。隠岐允の刀術、ご覧あそばしたことと存じまするが、かようにされては如何《いかが》にござりましょう」

「どのようにせよと申すのだ」

問い返された庄五郎は、するすると政則へ近寄り、耳もとでささやいた。

「御企《おんたくら》みの儀、隠岐允にやらせるのでござりまする」

政則の左の眉《まゆ》がぴくりと上がる。

庄五郎は離れて、地に折り敷く。

「庄五郎」

「はっ」

「そちは、そのこと、なにゆえ存じおる」

足利義材暗殺計画は、重臣及び側近衆しか知らぬはずなのである。庄五郎は図抜けて機転の利《き》く男なので、政則は重宝しているが、新参者だから大事を明かしたことはない。

「お屋形さまは、それがしのつむりのめぐりのよきことを愛《め》でられて、奉公をおゆるしあそばした。そう思うており申す」

太刀をもたせたまま邸外へ解き放つぐらいなら、折られてしまってもやむをえない。むろんのこと、太刀を渡せば、その場で殺す。どう転んでも、生かしてはおかぬ。政則がそういう決断をする冷酷な人間であることを知る庄五郎は、おどろ丸を救うために、みずから虎口《ここう》に踏み入った。

「めぐりがよすぎると災いを招こうぞ」

「畏《おそ》れ入り奉ります る」

　と庄五郎が、頭を下げた瞬間、

「庄五郎を捕らえよ」

　政則は下知《げち》を放った。

　たちまち、庄五郎は四方から取り囲まれ、両腕を後ろへ捩《ね》じあげられる。

「お屋形さま。なにゆえ、かような無法を」

「そちは、間者《かんじゃ》であろう。あるじは左衛門督《さえもんのかみ》か、それとも小川第《おがわだい》か」

　畠山政長か日野富子かと糺《ただ》したのである。

「情けなき仰せにござる。それがし、新参とは申せ、お屋形さまへの忠勤は、誰にもひけをとっておりませぬのに」

　ほとんど泣きだしそうな声で訴えたあと、庄五郎は唇を噛んだ。

　このおり政則は、おどろ丸の表情に顕《あら》われた微かな動揺を見逃さぬ。

「庄五郎。そちの申したこと、興をそそられたわ」

　縛りあげて見張りをつけるよう家臣に命じて、庄五郎をどこかへ引っ立てさせてから、政則はおどろ丸へ自信に充ちた声音で話しかけた。

「命は惜しゅうないと申したが、庄五郎の命も同じことか」

「……………」

おどろ丸は返辞をせぬ。

「数日のあいだ、そちを殺さぬ」

「数日とは、どういうことだ」

おどろ丸が興味を示したので、政則はおのが眼力に確信をもった。

（隠岐允と庄五郎とは、やはり、まことに友垣《ともがき》を結んだようじゃ）

これならば、庄五郎の提案が現実味を帯びてくる。

「そのあいだに、そちに成し遂げてもらいたき儀がある」

「まわりくどい」

「その太刀を使うと申せば、察することができよう」

「……………」

たしかに、おどろ丸は察した。

「いやだとは申すまいな」

「してのければ、庄五郎の命を助けるというのか」

「そちの命もな。八幡大菩薩《はちまんだいぼさつ》にかけて、二言はない」

「しくじれば」

「知れたことであろう」

冷笑する政則を、一瞬睨みつけたおどろ丸だったが、庄五郎を人質《ひとじち》にとられては、いたしかたもない。生殺与奪《せいさつよだつ》の権が政則に帰したことを認めぬわけにはいかなかった。

おどろ丸は、ようやく両腕を下ろした。櫂扇の太刀の切っ先から血が滴《したた》り落ちる。

「三郎。柄《つか》と鐔《つば》と鞘《さや》を、急ぎ誂《あつら》えさせよ」

と政則が東条三郎へ命じた。

「はっ。すでに職人どもを控えさせております」

三郎は、勝ち誇ったように、ほとんど雀躍《こおど》りの態で、おどろ丸の前に立った。

「太刀を渡せ、下郎」

「ことわる」

おどろ丸は、櫂扇の切っ先を向ける。

「おのれは、この期《ご》に及んで……」

いったん鞘へ収めた差料の柄へ、三郎はふたたび右手をかけた。が、抜くより早く、その甲を、櫂扇の棟に押さえられてしまう。

「おれがふるう太刀だ。柄も鐔も鞘も、おれがえらんで作らせる」

この宣言は、政則に向けられている。

「勝手次第じゃ」

言い放って、政則は踵《きびす》を返した。

（三日後……）

それを過ぎれば、足利義材暗殺の成否にかかわらず、自分も庄五郎も殺される。政則は八幡大菩薩など平然と裏切る男だ。

どうにかして反撃せねばならぬ。だが、いまはその手だてが思いつかなかった。

おどろ丸は、櫂扇の太刀を、池泉の水に浸けて、血を洗い落とす。

魔性の刀身がくっきりと現れた。

「見ておれ」

三郎以下、監視役として残った者たちへ告げてから、おどろ丸は太刀を八双《はっそう》に構える。

「むっ」

腹の底より絞り出した気合一声、唸りをあげて打ち下ろされた刃は、二抱《ふたかか》えもある庭石を、なかばまで両断した。

引き抜いた刀身に、わずかな刃こぼれすらない。

おどろ丸は、庭石を蹴った。

すると、庭石は、ぴしり、ぴしりと生き物のように悲鳴をあげ、ついには無数の亀《き》裂《れつ》を走らせて、大小の石片を四方へ飛ばしはじめたではないか。

あまりのことに、三郎らはひとり残らず立ちつくす。

（庄五郎。必ず助けだしてやる）

わが手で鍛えた最強の太刀に、おどろ丸は誓った。

石片の落ちた池泉の水面に、大きな波紋が拡がってゆく。おどろ丸みずから動乱の世を現出せしめることを暗示するかのような、不穏の揺らめきであった。

第二章　飛《ひ》花《か》暗《あん》殺《さつ》剣《けん》

一

京の町が月夜の底に沈んでいる。

だが、二条西洞院《にじようにしのとういん》の一角は、仄《ほの》かに明るい。赤松《あかまつ》左京大夫《さきようのだいぶ》政則《まさのり》の邸宅だ。

邸内の一隅に建つ鍛冶《かじ》小屋は、四基の篝籠《かがりかご》より燃え立つ炎に浮かび、二十名を数える屈強の士卒の包囲陣の中にあった。

東条三郎の小具足《こぐそく》姿も見える。士卒の指揮を執《と》っているのであろうが、小屋内の武器をもたぬたったひとりの人間に対して、随分と大仰《おおぎよう》なことといわねばなるまい。

あるいは、化け物じみた男を見張るには、これくらい厳重でなければ、安心できぬのかもしれぬ。

ただ、安心しすぎると、しぜん緊張感が薄れるのか、包囲陣の誰ひとり、鍛冶小屋の屋根へ近づく影に気づかずにいた。

小屋の裏手、三間ばかり離れたところに植えられた松の木が、枝を何本か大きく伸ばしており、そのうちの一枝が屋根上にかかっている。それにへばりつき、枝先へと伝っていく薄い影があった。

枝は、音もたてず、ほんのわずかしか撓《しな》らぬ。枝そのものが強いのか、それとも影がよほどに軽いのか。

小屋内は暗い。火床《ひどこ》の火を落としてあるので、明かりといえば、煙を逃がす小さな突き上げ窓から降るわずかな月光のみ。

その微光の下、ひとり黙念と土間に胡座を組んで微動だにせぬ巨影は、おどろ丸のものであった。

赤松政則の需《もと》めに応じて、十代櫂扇《かいおうぎ》隠岐允《おきのじょう》として鍛《きた》えた魔性の太刀は、手もとにない。赤松邸に集められた名ある刀装細工師のうちから、おどろ丸自身が選抜した研《と》師《ぎし》・鐔工《つばこう》・柄巻師《つかまきし》・鞘師《さやし》らへ仕事をやらせているため、すべてが完成するまで、太刀はかれらの工房から戻されぬ。

太刀は明日早朝、ふたたびおどろ丸が手にすることになる。そのまま、おどろ丸は、相国寺《しょうこくじ》へ向かう。次期将軍足利義材《あしかがよしき》暗殺のために。

(松波庄五郎《まつなみしょうごろう》はどこにいるのか……)

政則が庄五郎を殺害するつもりでいることは明白である。

庄五郎は一体、邸内のどこに閉じ込められたのか。もしやして、よその場所へ移されてしまったとも考えられる。

まだ生かされてはいよう。おどろ丸に義材暗殺を決行させるための大事な人質を、政則が事前に始末するはずはない。

庄五郎の監禁場所さえ分かれば、戦場においてすら油断の生じやすい夜明け前に、乾坤一擲《けんこんいってき》、鍛冶小屋の包囲陣を突破して救出に奔《はし》ることもできよう。そうした無謀きわまる反撃は、なればこそ成功することがある。

どのみち、おどろ丸とて、暗殺の成否にかかわらず、無事ではすまぬ。庄五郎とども、政則に殺される。ならば、どれほどの愚行でも敢行すべきであろう。

(東条三郎に吐かせてやる)

あの者は激しやすい。挑発して、庄五郎の居場所を口走らせるのだ。

おどろ丸は、立ち上がった。瞬間、頭上からの微光が遮《さえぎ》られたことに気づいて、振り仰いだ。

開け放たれた突き上げ窓をいっぱいに塞《ふさ》ぐ恰好《かっこう》で、何かが抜け出てくるではないか。

（獣か……）

おどろ丸がそう見たのも無理はない。窓枠は、幼子《おさなご》の頭でも入りきらぬと思われる狭さなのである。

おどろ丸は、突き上げ窓の真下から、わずかに身を避ける。そこへ降り立ったのは、しかし、人であった。

おどろ丸の闇《やみ》に利《き》く隻眼《せきがん》は、小柄でか細く、ふにゃりと軟らかそうなからだつきを見てとった。

たぶん鼠染《ねずみぞ》めであろう、装束《しょうぞく》はその一色で、面体《めんてい》を頭巾《ずきん》で隠している。

「忍びの者だな」

おどろ丸は、声を落とす。

「猫」

と侵入者はこたえた。

「猫……」

なるほど、とおどろ丸は納得する。

獣の猫は、どんなに狭いところでも、鼻面《はなづら》さえ入れれば、そのしなやかな体軀《たいく》を何とかしてすり抜けさせてしまう。眼前の忍びも、その技をもつゆえ、猫なのであろう。

それにしても、こたえた声が、抑えられてはいたが、高く透《とお》っていた。

「女か」

間髪《かんはつ》を入れず、咎《とが》めの一言が切り返される。

「女で悪いか」

ひどくぞんざいな物言いだ。闇の中で、双眸《そうぼう》が、本物の猫のそれのように光った。

「何者か知らんが、何用だ」

おどろ丸がそう言うと、猫と名乗った女忍びは、こんどは小首を傾《かし》げ、

「われは阿呆《あほう》じゃな」

と吐き捨てた。

「なに」

「そうじゃろが。助けにきたのに決まっておるわさ」

「おれは、汝《うぬ》なぞ知らん」

「あたりまえじゃ」

忍びとはいえ、あまりに愛想のない女ではないか。

猫と名乗った女は、あたりを見回す。

「そうか、庄五郎だな」

「やっと分かりおった」

となると、庄五郎は、政則が詰問《きつもん》したように、ほんとうに畠山政長か日野富子の間《かん》者《じゃ》なのやもしれぬ。

（あやつ……）

腹が立った。拳《こぶし》の二、三発を食らわしてやらねば、おさまらぬ。

だが、あの愛嬌《あいきょう》や、おどろ丸を助けようと政則の前に身を投げ出した情け深さは、庄五郎の本性である。それだけは疑えぬ。

「生憎《あいにく》だったな。庄五郎は、ここにはおらん」

猫が、途方に暮れたようなしぐさをした。存外、可愛《かわい》いところもあるらしい。

「汝は、明日のことを存じているのか」

おどろ丸が訊《たず》ねると、猫はかぶりを振る。

猫は、庄五郎からのいつもの連絡が途絶えたことで、正体が露顕《ろけん》して囚《とら》われの身となったに相違ないと案じた。それで赤松邸へ忍び込んでみると、鍛冶小屋が見張られていたので、庄五郎の監禁場所と信じて侵入した。おどろ丸を見て、いささかも驚かなかったのは、かねてその存在を、庄五郎から知らされていたからである。

右のことを、猫は手短におどろ丸へ語った。もっとも、庄五郎と猫のあるじのことや、庄五郎の赤松家探索の目的など、肝心な部分は一切明かさぬ。

おどろ丸のほうは、足利義材を暗殺せねばならぬはめに陥《おちい》った経緯を、包み隠さずに話した。

「われは、庄五郎の命を助けるために、赤松に捕まったのか……」

何か奇天烈《きてれつ》なものでも発見したように、猫はおどろ丸をまじまじと瞶《みつ》める。

「おれの顔がめずらしいか」

「めずらしい」

いやな女だと思いながら、おどろ丸の頭に、ふいに閃《ひらめ》くものがあった。

「朝になれば、庄五郎をおれの前へ必ずつれてこさせてやる。あとは、汝ひとりで庄五郎を助けだせるか」

「易《やす》いことじゃ」

「よし」

それから、おどろ丸と猫は、急ぎ密談を交わした。

「庄五郎がわれのことを言うとった」

「何と申した」

「小夜《さよ》さまの婿《むこ》によい」

「小夜さまとは誰だ」

それに猫はこたえず、とうとつに、奇妙なことを言う。

「手を組め」

「なんのことだ」

むろん、おどろ丸は訝《いぶか》る。

「こうするんじゃ」

猫が、おどろ丸の両手をとり、腰の前で組ませた。掌《てのひら》を開いて上向かせている。

次いで、おどろ丸の双肩《そうけん》へ、おのが両手をおいたかと見るまに、腰の前の大きな掌へは一方の足をかけ、その状態から総身を蹴上《けあ》がらせた。

反射的に、おどろ丸も、両腕を持ち上げ、猫の軽いからだを放り上げてしまう。直後に癪《しゃく》にさわったが、後の祭である。

猫は、突き上げ窓の枠に手をかけ、そのまま、するりと屋根上へ抜け出て消えた。

窓内の朧月《おぼろづき》は、あわあわとして、笑いを嚙《か》み殺しているように見える。

おどろ丸の手に、猫の手の感触が残っていた。思いのほか、ふっくりしていたような気がする。

二

空は青く澄んでいるが、風が強い。

その朝、花吹雪《はなふぶき》の中、相国寺の周辺は、芋《いも》を洗うような喧噪《けんそう》に包まれていた。別して南側の総門前は、貴顕《きけん》紳士をのせた輿《こし》や牛車《ぎっしゃ》や馬に、それぞれの随行の人数とが入り交じって、雑踏のきわみというほかない。

一月《ひとつき》前に近江《おうみ》鈎《まがり》の陣中に没した九代将軍義尚《よしひさ》の追善供養《くよう》が、生母日野富子の主催により、相国寺塔頭《たっちゅう》鹿苑院《ろくおんいん》にて営まれるのであった。

三代将軍足利義満が、花の御所とよばれた上京《かみぎょう》室町第《むろまちだい》の東隣に、座禅道場として建立《こんりゅう》したのが、相国寺の起こりである。義満みずから土を運んだという。

当初は、広大な寺域に、高さ三百六十尺という七重大塔をはじめ、数々の壮大な伽《が》藍《らん》を有し、五山第二位の寺格をもって、塔頭のひとつひとつが歴代将軍の牌所《はいしょ》と定められた。しかし、将軍邸に近接していたせいで、応仁の乱では、東西両軍の必争《ひっそう》の地となって、まっさきに兵燹《へいせん》にかかり、一山滅亡《いっさんめつぼう》の憂《う》き目《め》をみる。

その後、少しずつ再建の道を歩むが、財源確保が思うにまかせず、大乱終熄《しゅうそく》から十年余を経たいまも、昔日《せきじつ》の寺観を取り戻すまでには至っておらぬ。

だが、依然として、洛中《らくちゅう》屈指の大寺であることにかわりはなかった。

「仕遂《しと》げたあとは、すみやかに北側の塀をこえる。わが手の者が馬を曳《ひ》いて待つゆえ、その馬に乗って鞍馬《くらま》へ逃れよ」

鹿苑院の前庭のはずれに立つ東条三郎は、視線を前に向けたまま、背後の木立の中にひそむ者へ声をかける。赤松邸を出る前に指示したことの念押しである。

前庭は、それぞれに場所をとって整然と居並ぶ諸侯の家来衆で、いまにも埋め尽くされそうな塩梅《あんばい》であった。

「庄五郎をあとから伴《つ》れてくるというのだったな」

木立の中のおどろ丸は、笠《かさ》の下の隻眼を光らせる。

「そうだ」

きっぱりと言った三郎が、おもてに薄笑いを過《よぎ》らせたに違いないことを、その背からおどろ丸は感じ取った。

（しらじらしいことだ）

馬など用意されているはずはないし、その前に、足利義材《よしき》を討ったその場で、おどろ丸は多勢に取り囲まれてしまうであろう。

刀装細工師たちの技によって、すべてを完成させた櫂扇の太刀は、明け方、東条三郎からおどろ丸の手に戻された。

そのとき、おどろ丸は、庄五郎の無事をたしかめぬうちは、出陣をしないと頑強に言い募《つの》った。やむをえず政則の許しを得た三郎が、いったんおどろ丸から太刀をとりあげておいて、しばらく後、庄五郎を引っ立てて戻ってきた。

「それがし、抹香臭《まっこう》くござらぬか、おどろ丸どの。妙本寺《みょうほんじ》の無住の塔頭に押し込められており申した」

と庄五郎は、あまり悲観したようすもみせずに明かした。妙本寺は、三条坊門堀《さんじょうのぼうもんほり》川《かわ》の地にあり、赤松邸にほど近い。

おそらく政則は、庄五郎を敵対勢力の間者とみなし、その奪還のために邸内を侵されることを懼《おそ》れて、外へ移したものと思われた。

「おれのほうは、昨夜、鍛冶場へ野良《のら》猫が入り、足を引っかかれたわ」

おどろ丸が猫と会ったことを暗示するや、庄五郎はにこっと微笑《わら》った。察したことは明らかである。

猫は、どこかで、この光景を必ず窺《うかが》っているはず。あとは、機を捉《とら》えて、庄五郎を助け出すであろう。

庄五郎はふたたびどこかへ連れ去られ、おどろ丸にあらためて櫂扇の太刀が渡されたのである。

（猫は何をしている……）

鹿苑院を望む木立の中で、さしものおどろ丸も、焦《あせ》りをおぼえてきた。

庄五郎を救出したら、猫はただちに、おどろ丸へ急報する。その手筈《てはず》だが、いまだ報《しら》せがこない。

おどろ丸と庄五郎との対面から、一刻半《いっときはん》は経《た》っていよう。おそすぎはしまいか。

参道から前庭へ、赤松の家士がひとり、小走りに入ってきて、三郎へ何事か耳打ちした。

うなずき返した三郎は、ちらりと背後を見やる。

「総門へご到着あそばした」

足利義材のことである。

そうと知りながら、おどろ丸はその場を去らぬ。

（猫はしくじったか）

もはやそう考えるほかない。庄五郎を助ける手だては失われた。

「何をしておる。早《はよ》う往《ゆ》け」

三郎が苛立《いらだ》った。

「庄五郎を殺すなよ」

「大事を成就《じょうじゅ》いたせば解き放つと申した」

「おためごかしは、もうよいわ」

おどろ丸の声に、覚悟の響きがある。

「足利義材は必ず斬《き》ってやる。斬って、おれはひとりで逃げのびる。そうして、おれのほうから赤松屋敷へ知らせる。そのとき、庄五郎が殺されていたら、足利義材殺しは赤松左京大夫の下知《げち》であったと言いふらす」

「こやつが……」

三郎は、怒りのあまり、腰挿《こしざし》へ手をかけたが、さすがに思い止《とど》まる。法要ゆえ、総門の内では、諸侍ことごとく腰挿以外の武器携帯をゆるされていない。

「左京大夫にもそう伝えておけ」

赤松政則はすでに鹿苑院の仏殿へ入っている。

「逃げきれると思うてか、隠岐允」

「語るに落ちたな」

おどろ丸は、鼻で嗤う。三郎の一言は、はなからおどろ丸を逃がすつもりのなかったことを、告白している。

おどろ丸は、木立の中を移動し、鹿苑院から離れていった。

左手にひっさげた櫂扇の太刀の柄は、おどろ丸が細身の握りを好むことから、糸を巻かぬ鮫柄《さめづか》である。その拳に見合った大きな木瓜形《もっこうがた》の鐔《つば》を嵌《は》め、鞘はありふれた黒《くろ》漆《うるし》。いずれも装飾をほとんど排した実用本位の拵《こしら》えといえよう。

おどろ丸は、雑人《ぞうにん》の装《なり》をして総門を入るさい、挟板《はさみいた》を担《かつ》いできたが、太刀はその中にしのばせた。挟板とは、主人の外出時に、供の者が着替えの衣服を運ぶために用いられたもので、後世の挟箱《はさみばこ》に相当する。

木立の一方のはずれまで進んで、おどろ丸は木陰に身をひそませた。

あと数歩を往けば、総門から本殿へまっすぐ延びる広やかな大参道の途中へ出る。

路傍に立つ武士が、こちらを見やって、うなずいた。赤松家の侍で、足利義材の顔を知らぬおどろ丸へ、それを伝える役だ。

「あれにまいられるのが、足利義材さまである」

おどろ丸は、路傍まで寄った。

総勢三十名ほどであろう、総門を抜けて、ゆっくりこちらへ向かいつつある武士の一団が見える。寺内に乗物を入れることは原則として法度《はっと》なので、尊貴《そんき》の人でも徒歩であった。

法体《ほったい》姿がどこやら馴染《なじ》んでいない老人と、侍烏帽子《さむらいえぼし》に上下《かみしも》姿も凜々《りり》しい青年武士が、一団の中央にいる。

老人は、入京後に薙髪《ちはつ》したばかりの足利義視《よしみ》であろう。道存《どうそん》と号するらしい。青年武士こそ義材とみて間違いない。そのことを、おどろ丸が赤松侍に確認すると、首肯《しゅこう》が返された。

義材が束帯《そくたい》を着していないのは、まだ無位無官だからであろう。だが、義視・義材父子《おやこ》と並んで歩く者は、束帯姿が堂に入っている。

「あれは」

おどろ丸が訊ねる。

「畠山左衛門督《さえもんのかみ》政長どのだ」

幕府前管領《かんれい》ではないか。義材を次期将軍に樹《た》てるにあたり、日野富子と結んで、これを強力に支援した人物だ。

「武運を祈っておる」

それを別辞として去りかけた赤松侍を、待て、とおどろ丸は呼びとめる。

「足利義材の後ろに寄り添うている男、あれは何者だ」

気になる武士であった。随身《ずいじん》どもはおそらく、いずれも腕におぼえの者であろうが、その男ひとり、おそろしく静かな佇《たたず》まいをもっている。

「知るものか」

うるさそうに言って、赤松侍は小走りに去った。

（何者であろうと、腰挿ひとつでは、櫂扇の太刀をふせげぬ）

赤松政則が、義尚の法要挙行のときを待ち、寺内における義材暗殺を計画した理由も、そこにあった。警固者たちは槍《やり》、薙刀《なぎなた》、太刀といった絶対的武器を携行せぬのである。

おどろ丸は、笠を脱ぎ、腕の自由を得るため素襖《すおう》の両袖《りょうそで》を引きちぎった。革を鞣《な》めしたような褐色《かっしょく》の筋肉が露《あら》わになる。足拵えはすでに充分だ。

太刀を背負って、下げ緒で括《くく》りとめる。

そうしながら、身内からふつふつと昂揚感《こうようかん》を沸騰《ふっとう》させる自分におどろいていた。

「刀は作るより使うほうがおもしろい」

備中の渓谷において、父羽寿《はねひさ》の屍《かばね》に向かってそう吐き捨てたおどろ丸は、まさしくいまその現実に直面しようとしている。

もとより足利義材には何の恨みもない。だが、次期将軍と定められた者を斬れば、おどろ丸は否応《いやおう》なく乱世の表舞台への登場を果たしたことになろう。

赤松政則とて、家臣が後南朝の皇胤《こういん》の命を奪ったことをきっかけに、家を再興させたのではなかったか。同様のことが、

（おれにできぬはずはない）

そう信じるおどろ丸の脳裡《のうり》に、刹那《せつな》、めくるめくような未来が拓《ひら》けた。

刀を使うとは、すなわち、武人となって国を斬り取ることにほかならぬ。

庄五郎を救うためなのか、それとも、野望への第一歩なのか。この瞬間、おどろ丸には分からなくなっていた。

三

大参道をすすむ足利義視・義材父子もまた、おどろ丸とは意味合いの異なる昂揚感を、顔つきに溢《あふ》れさせている。

別して義視は、万感の思いであった。

現実逃避癖の強い兄の八代将軍義政から、家督を嗣《つ》いでもらいたいと、ほとんど涙

ながらに懇望《こんぼう》され、還俗《げんぞく》して将軍継嗣となったのが、義視二十六歳のときである。将来もし実の男子が誕生しても、その子は幼いうちに仏門に入れるという誓書まで、義政より差し出されては、本意でなくとも義視は固辞するわけにはいかなかった。

その翌年、義政と正室日野富子との間に、男子が生まれる。のちの義尚である。

富子がわが子可愛さから、朝廷随一の権勢家で、兄である日野勝光《かつみつ》の力を背景に、義尚に次期将軍の座を望むと、もともと優柔不断の義政は、この問題から逃避してしまう。

当時、幕府内で、権力を二分したのは、細川氏宗家の勝元《かつもと》と、赤入道《あかにゅうどう》と怖《おそ》れられた山名宗全《そうぜん》（持豊）である。この二人、婿《むこ》と舅《しゅうと》の関係でありながら、おのれの勢力伸長のみを欲していた。義視が対抗上、勝元をたよると、富子は宗全を味方につけた。

これに、斯波《しば》・畠山両氏を筆頭に諸大名家の内訌《ないこう》が複雑に絡《から》み合って、義尚誕生の翌々年、応仁の乱へと突入する。

当初は、勝元を総帥《そうすい》とする東軍が有利で、将軍義政もその献言を容《い》れて、義視を迎える形をとった。

だが、義尚が成長するにつれ、わが子へ日増しに愛情を募らせ、動揺する義政の姿に、東軍諸将の中から宗全の西軍へ寝返る者が出はじめると、義視もおのが将来に不安を抱いて、突如、京から伊勢《いせ》へ出奔《しゅっぽん》する。

仰天した勝元だが、義政にとりなして、なんとか義視を還京させる。ところが、かねて義尚嗣立《しりつ》を画策する日野勝光と政所《まんどころ》執事伊勢貞親を、自分の不在中に義政が重用《ちょう》していたことを怒った義視は、この両名の排斥《はいせき》を強硬に主張した。ここに至り、かえって義政のほうが、義視を怖れるようになる。

そうした将軍兄弟の心と心が離れていく空気を読んだ勝元は、ついに義視嗣立をあきらめ、再度の出家をすすめた。

義視にすれば、冗談ではなかった。もともと仏門で静かに暮らしていた身を、無理やり乱世の巷《ちまた》に引きずりだされ、もてあそばれたのである。何の代償も得られぬまま、みずから引き下がるなど、屈辱《くつじょく》以外のなにものでもない。

義視は、一転、宗全の陣営へ身を投じた。

義尚の身柄が東軍軍政下の室町第にあり、実際に担ぐべき御輿《みこし》の不在に苦慮していた西軍にすれば、もうひとりの将軍継嗣の義視本人を迎えたことで、大いに士気が高まったのは言うまでもない。東西両軍の御輿が入れ替わったのである。

西軍は義視を、相公《しょうこう》と敬称した。将軍の意である。

これに対して、将軍義政を擁《よう》する幕府方の東軍は、朝廷に働きかけ、義視追討の院《いん》宣《ぜん》を賜《たまわ》った。

こうして東西両軍の戦いは奇々怪々の様相を呈し、都をすっかり荒廃せしめて、いつ果てるともなくつづく。

義尚が九代将軍に補任《ぶにん》されるのは、大乱勃発《ぼっぱつ》から六年後のことであった。両軍の巨頭、宗全と勝元が相次いで病死した年の暮れである。

将軍継嗣問題が結着したからには、義視は無力な厄介者《やっかいもの》でしかない。その後、数年のうちに、両軍の在京の諸将はそれぞれの領国へと帰っていく。

おのが領地どころか、屋敷すらもたぬ義視は、このまま流浪《るろう》の朝敵に堕してしまうのかと怖《おそ》れおののいた。これを救ったのが、美濃国守護代の斎藤妙椿《さいとうみょうちん》である。

妙椿は、主君土岐成頼《ときしげより》が西軍に属し、大兵《たいへい》を率いて在京した十一年の間、細川勝元が行わしめた西軍大名の本国攪乱戦《かくらんせん》を斥《しりぞ》けて、美濃国をよく守り、なんぴとにも侵させなかった。同時に、京の成頼や西軍方が不自由せぬよう、連絡路をも確保しつづけた。文武ともに秀《ひい》でており、後世に名将と評価される人物である。

妙椿の奔走により、義視は成頼に奉じられて、当時十二歳の嫡子《ちゃくし》義材とともに、美濃へ下ることができた。この義視の美濃落ちをもって、京都における足掛け十一年に及んだ大乱は、一応の終熄《しゅうそく》をみたといってよい。

美濃茜部荘《あかなべ》の一庵《いちあん》で、義視・義材父子は、十三年の長きにわたって逼塞《ひっそく》することになるが、決して平穏な歳月ではなかった。妙椿の庇護《ひご》下だった最初の四年は手厚くされたものの、妙椿が没するやいなや、生命《いのち》を脅《おびや》かされることもしばしばであった。妙椿の遺志を奉じた椿衆《つばきしゅう》の警固がなければ、父子はとうにこの世の人ではなかったであろう。椿衆とは、妙椿子飼いの忍び集団をさす。

そうして長く辛酸《しんさん》を嘗《な》めてきた義視だけに、九代将軍義尚が男子をもうけぬまま近江の陣中で卒《しゅっ》した直後、成長した義材を次期将軍にと望まれたとき、当初は素直に信じなかった。義材を推《お》したのが日野富子であると聞けば、なおさらに疑念が募った。椿衆に探らせてみると、しかし、富子の義材嗣立は本心だという。愛息を喪《うしな》い、また夫義政も重病とあって、さしもの女傑《じょけつ》も気弱になったものと察するほかない。

幕閣の実力者畠山政長も同意のことと知り、義視は、五十一歳にしては老《ふ》けすぎたからだを雀躍《こおど》りさせて、義材とともに美濃を出立した。

ところが父子は、近江大津《おおつ》に至って、足止めを食らう。幕閣において、細川政元《まさもと》の強硬な反対意見が出されたからである。

勝元の子である政元は、応仁の乱において、東軍優位で事が収束に向かいつつあったとき、にわかに西軍へ寝返った義視を、いまだにゆるしていないのであった。ありていに言えば、憎んでいる。その変節漢《へんせつかん》の子が将軍職に就くなど、容認できるものではない。政元はまた、義視自身が、義材を後見《こうけん》して専権をふるうことを懼《おそ》れてもいた。

政元は、ただ反対しただけでなく、べつの足利の血筋を担ぎだした。関東の堀越公《ほりごえく》方《ぼう》足利政知《まさとも》の子で、北山天龍寺香厳院《きたやまてんりゅうじこうごんいん》に入室していた清晃《せいこう》（のちの義澄《よしずみ》）である。

義材も清晃も、大御所義政の弟の子ということで、血筋の点では同格といえた。だが、政元の意見は却《しりぞ》けられる。

義政と義視はすでに和解を済ませているので、過去の経緯を鑑《かんが》みれば、順序として義視の子が次期将軍に妥当である。義尚もそれを遺言とした。また諸国に戦乱甚《はなは》だしく、幕政多難の折り、年齢的にみても、十歳の清晃より、二十四歳の義材がよろしいのは明白。さらには、仏門しか知らぬ清晃より、生まれついてより武門の子として育てられた義材が、その棟梁《とうりよう》となるのが自然ではあるまいか。

右のような理由で、義材嗣立は決定したのである。日野富子と、政元の政敵畠山政長の根回しが効《き》いたというべきであろう。政長にすれば、政元が幼い清晃を傀儡《かいらい》将軍として幕府を壟断《ろうだん》することを、阻止《そし》した恰好《かつこう》であった。

だからといって、義視は安心しなかった。政元は冷酷無残な男である。それは、何年も前から京へ潜入させている椿衆の報告で、重々承知のことであった。よほど要心してかからねば、たちまち足をすくわれよう。

入京して、富子に挨拶《あいさつ》をすませた義視は、幕政に口出しせぬことを誓い、その証《あかし》として頭をまるめた。むろん、政元への当座の牽制策《けんせいさく》である。

だが、義尚追善法要のこの段階に至っても、政元に不穏の動きはないらしい。本日も早《はや》、鹿苑院に入ったそうな。義材が正式に征夷大将軍《せいいたいしようぐん》に任ぜられるのは、まだ数ケ月先のことゆえ、それまでに、じっくり反撃の機会を窺うつもりなのやもしれぬ。

それより、いまは、赤松政則の動きのほうが気にかかる。

赤松家再興は、細川勝元の強力な後押しがなければ実現しなかった。以来、政則は、勝元を恩人と敬い、その没後は政元の後見を自任している。勝元を裏切り、いままた政元に敵対する義視・義材父子は、政則にとって生かしておけぬ憎悪《ぞうお》の対象であるはずだ。

義視からみれば、赤松家というのは、六代将軍義教弑逆《よしのりしいぎやく》といい、後南朝皇胤《こういん》殺害といい、神仏をも畏《おそ》れぬ悪行《あくぎよう》を断行する外道《げどう》の家である。政則もまた何をするか知れたものではない。

同じ危懼《きぐ》を抱いた日野富子が、政則の矛先《ほこさき》を鈍らせるべく、その息女松を拉致《らち》せんとして失敗したことを、椿衆の報告によって義視は知っている。

いまも政則が何かよからぬことを画策していることだけは、たしかであった。だが、椿衆の探索もそこまでで、政則が具体的に何をしようというのか、義視はいまだ摑《つか》んでおらぬ。

（猫がこのところ現れぬが……）

そのことも気がかりであった。

あるいは、まんまと赤松家に仕官することに成功して、政則から用いられはじめた松波庄五郎の身に何か起こったのか。しかし、それならば、なおさら、猫がすぐに知らせにくるはず。

実は、猫は昨夜、おどろ丸から義材暗殺計画を聞かされたあと、三条通玄寺を仮宿とする義視父子へ報《しら》せる余裕は充分にあったのだが、敢《あ》えて報せなかった。父子がそれを知れば、法要参列を急遽《きゅうきょ》取りやめることは眼に見えている。明敏な政則は、計画の露顕を察知し、その時点で庄五郎もおどろ丸も殺してしまうであろう。そうさせぬためには、父子には何も知らずに相国寺へ出向いてもらうほかない。

このように猫は考えたのだが、いまの義視が知る由《よし》もなかった。

「花吹雪とは、まことよい日和《ひより》であるな」

義視と畠山政長に挟まれた義材が、華やいだ声を出した。

「畏れながら、義材さま。きょうはお声を陰《いん》に」

と左衛門督《さえもんのかみ》政長が、たしなめる。義材がいかにも義尚の死を待ち望んでいたような素振りをみせては、参列諸侯の心証を悪くしよう。

「陰に、とは難しいわ。予は将軍になるのであるぞ」

義材は意に介さず、若々しいおもてを上気させた。

「喜怒哀楽を露わになされましては、敵につけ入る隙《すき》を与えることに相なりましょうぞ」

「敵とは政元か」

「お声が」

「よいではないか、左衛門督。そちも、いずれ政元とは結着をつけたいのであろう」

義材の物言いは、早くも政長を家来扱いしている。政長が微《かす》かに気色ばんだのを、義視は見逃さなかった。

「義材の鋭気盛んなことよ、のう左衛門督どの」

と義視は、親しげに、それでいて敬意を失わぬ態度をみせる。このあたり、さすがに義視は、苦労人というべきであろう。

「まことお行く末が愉《たの》しみにござる」

政長の害しかけた気分も元に戻ったようだ。

義視・義材父子の一団が、大参道から、鹿苑院の参道へ入るべく、右へ歩をとった
そのときである。参道脇の木立の中より、巨軀《きよく》が躍り出た。

四

「うあっ」

「ぎゃっ」

「乱心者」

「いや、刺客《しかく》ぞ」

一団の横合いから斬り込んだおどろ丸は、悲鳴と怒号の飛び交う中、櫂扇の太刀を
きらめかせ、一散に義材をめざした。事は速やかに決しなければならぬ。

「御父子を守り奉《たてまつ》れ」

下知を放った政長は、みずから義視と義材の背を押して、総門のほうへ戻ろうとす

る。だが、自身の着用する束帯と、義視の法衣《ほうえ》が動きを鈍くした。おどろ丸めがけて、四方から腰挿《こしざし》が繰り出される。それらを、おどろ丸は難なく払いのけ、義材へ迫った。

いかに数を恃《たの》んだところで、刃渡り一尺に満たぬ小《ちい》さ刀《がたな》ばかりでは、櫂扇二尺九寸五分の剛刀に敵すべくもなかろう。

暗殺の成功を確信したおどろ丸は、脛《すね》をとばして、瞬《また》く間《ま》に、義材らの前へ回り込んだ。

父子と政長の足がとまる。

「推参《すいさん》な」

義材は、おのが腰挿の柄へ手をかけた。わずか四年の間だったが、名将斎藤妙椿より兵法を学んだこの若き貴人は、刀術にも自信をもっている。

しかし、その手を、寄り添っていた警固者に押さえられ、抜刀できなかった。

「御免」

義材を制した者は、つつっと前へ出て、おどろ丸に対する。

櫂扇を上段に振りあげていたおどろ丸は、それなり固着した。

（やはり、ただ者ではなかった……）

襲撃直前、おどろ丸が気にした、静かなる佇まいの男であった。

眼の前にすると、風貌《ふうぼう》はどこといって特徴がなく、背丈もさしたるものではないが、直垂《ひたたれ》や袴《はかま》の下は鋼《はがね》の塊《かたまり》であることが、おどろ丸にはみてとれた。

「備前《びぜん》どの。手捕りにされよ」

と政長が言った。刺客に命令者の名を吐かせねばならぬ。

「それがしに死ねとの仰《おお》せか。手捕りできるほどやわな対手《あいて》ではござらぬ」

落ちつきはらったこたえを返したこの男は、松本《まつもと》備前守尚勝《なおかつ》という。鹿島《かしま》神宮祝部《はふりべ》の四宿老のひとりで、飯篠長威斎家直《いいざさちょういさいいえなお》より香取神道流《かとりしんとうりゅう》を学んで奥義《おうぎ》をきわめた武術の達人である。のちに、同門の後進塚原卜伝《つかはらぼくでん》が開眼した秘技「一《ひとつ》ノ太刀」は、尚勝の工夫によったともいう。

前名を守勝《もりかつ》。昨年、九代将軍義尚に近江の陣中へ招かれて、兵法を御前で披露《ひろう》したさい、諱《いみな》の一字を賜って改名した。その後、鹿島へ帰国していたところ、義尚薨去《こうきょ》の訃報《ふほう》をうけ、生前の恩義を感謝すべく、せめて追善供養に参列したいと上洛《じょうらく》したものであった。

本日、相国寺へ畠山政長に随行してきたのは、京の宿所を、近江陣で親しく交わった政長の屋敷としていたからである。

備前守尚勝が、腰挿の鞘を払った。

おどろ丸は瞠目《どうもく》する。刃渡り一尺五寸はあろうかという大腰挿ではないか。しかも、合口拵《あいくちごしら》えのはずが、一瞥《いちべつ》ではそれと分からぬくらい小さな鐔《つば》がつけられている。これならば、腕におぼえの者は、よほど闘えよう。

大腰挿を青眼《せいがん》につけた備前守尚勝には、隙というものがない。不用意に打ち込めば、かえって懐《ふところ》に跳び込まれる。

（くそ……）

おどろ丸は窮《きゅう》した。だが、ぐずぐずしている暇はない。

一団の余の者が、包囲の輪をつくりはじめた。異変を急報すべく、駈《か》け出した者もいる。

おどろ丸は、櫂扇の太刀を胸前へ立てるや、その刀身の表を備前守尚勝の眼にさらした。太刀は、刃を下にして腰に佩《は》くものだが、そのとき外側を向く刀身を表、内側のそれを裏とする。

どことい って特徴のない顔が、みるみる青ざめていく。勾玉互《まがたまぐ》の目《め》の刃文から燃え立つ修羅《しゅら》の炎と、鍛え肌や鋩子《ぼうし》の放つ凄艶《せいえん》の気に、一瞬にして圧倒されたことは明らかであった。

（勝った）

そう信じたおどろ丸が、間合いを詰めた刹那《せつな》、突風に見舞われ、双方を隔てる空間を花屑《はなくず》が群れて吹き抜けた。

眼前を過《よぎ》った花吹雪は、櫂扇の魔性にひきずりこまれかけていた備前守尚勝を、我に返らせた。

踏み込んだおどろ丸の、唸《うな》りを生ぜしめた渾身《こんしん》の斬撃《ざんげき》が空《くう》を切る。備前守尚勝はおどろ丸へからだを寄せ、大腰挿の刃で、櫂扇の棟《みね》を上から押さえ込んでいた。

咄嗟《とっさ》に、おどろ丸は、退《ひ》かず、そのままおのれの巨体を、対手へあずけた。賢明の策であったというべきであろう。退けば、その瞬間、おどろ丸は斬られていた。

両人、もつれ合って、地へ倒れ込んだ。無数の花屑が、あるいは舞い上がり、あるいは着衣にまとわりつく。

「あっ」

包囲陣の武士たちが、なかば悲鳴に近い驚声を発した。かれらの足許《あしもと》に、棒手裏剣《ぼうしゆりけん》が数本、たてつづけに突き刺さったのである。

いつのまにか、大参道を、本殿のほうからこちらへ疾駆《しっく》してくる者がいた。

頭巾《ずきん》、筒袖上衣《つつそでうわぎ》、裁付袴《たつつけばかま》、脚絆《きやはん》いずれも柿色《かきいろ》という忍び装束のその者は、争闘の場へ五間と迫ったところで、つづけざまに卵を投げつけた。いずれも正確に、武士たちの顔面をとらえる。

「うっ」

「ぐあっ」

「な、なんだ」

あてられた者はもちろん、その近くの者たちも、眼を押さえ、はげしく咳《せ》き込んだ。卵の殻《から》に詰めた眼潰《めつぶ》しであった。

（猫ではないか）

義視は、鼻口を手で塞ぎながら、眼を剝《む》いている。

混乱のきわみに達した包囲陣の中へ跳び込んだ猫は、備前守尚勝へも眼潰しを放っておいて、おどろ丸の巨軀をひきはがした。

「逃げるぞ、おどろ丸」

救出者を猫と見定めたおどろ丸は、庄五郎の安否を質《ただ》そうと口をひらきかけたが、眼潰しの粉を吸い込んでしまい、噎《む》せ返った。

「早《はよ》う」

猫が、もどかしげに、おどろ丸の腕をとる。姿形《すがたかたち》だけみれば、おとなが子どもにひきずられるような恰好で、二人は包囲陣を脱した。

このときには、総門のほうからも、鹿苑院の参道からも、足音も荒く馳《は》せ向かってくる人数が見えている。何百人という数であろう。

義視・義材父子の護衛者らも追わんとしたが、これを義視が制した。

「そちらの役目は、義材の身を守ることである。はなれるでない」

猫がどういうつもりで刺客の命を救ったのか見当もつかぬが、この場は逃げのびてもらわねば困る。捕まって、義視の手下《てか》であることが露顕しては、自身も義材も危《あや》ういことになろう。

猫とおどろ丸は、めざましい速さで、本殿の横手を回り込んでいく。

「北の塀をこえるんじゃ」

「なに。では、左京大夫はおれとの約定《やくじょう》を守って、馬をつないであるというか」

「阿呆《あほう》じゃな、まっこと、われは。塀の向こうで待っておるのは、庄五郎だわさ」

猫の頭巾の中の眼が和《なご》んだように見えた。庄五郎は無事なのである。

「助けだすのは易《やす》いと申したのは誰だ」

おそすぎた、とおどろ丸は文句を言いたかったが、

「か弱き女じゃ」

と猫は居直った。

口で敵《かな》う対手ではなさそうだ。おどろ丸は呆《あき》れて押し黙る。

北の塀をこえると、路上に庄五郎が待っていた。暢気《のんき》に、欠伸《あくび》などしながら。

「やあ、おどろ丸どの」

その笑顔を、おどろ丸は、思い切り拳で殴りつけた。庄五郎のからだが吹っ飛ぶ。

「わけは言わん」

言わずとも、殴られたほうにおぼえがあるはずであった。

「どうも相済まぬことで……」

血まみれとなった口中から、折れた歯を取り出しながら、庄五郎は、うれしそうに言った。

「追手がくる」

猫が男たちを促《うなが》す。

蒼天《そうてん》を切り取る洛北の山嶺《さんれい》を望んで、三人は駈けだした。

五

（妾《わらわ》はなぜ……）

あのような山猿に魅《ひ》かれたのであろう。

作法をはみ出してはならぬ退屈な日々。好きでも嫌いでもない男の妻となることへの不安。

自分の若さというものが、自身をして、そうした桎梏《しっこく》から解き放たれたいと思わせていたのではあるまいか。

そんなときに、かつて見たこともない非日常的な人間が現れた。おどろ丸は身も心も異形《いぎょう》の者というほかなかった。

鍛冶小屋における夜毎《よごと》は、眼の前で、光の洪水が血の尾を曳《ひ》いて天上へ駈け昇るような、狂乱と畏怖《いふ》と陶酔《とうすい》の体験であった。

それなのに、おどろ丸がいなくなって、未練も湧《わ》かぬとは。

一時の熱に浮かされていたのだ。そうとしか考えられなかった。

（夢から醒《さ》めたような……）

おどろ丸の消えた日から旬日《じゅんじつ》を経たいまはもう、その思いの中で、後悔をおぼえてすらいる。

松姫は、寝返りをうった。ようやく睡魔が訪れたようだ。

それから、どれほど経ったのであろう、からだがふわりと宙へ浮かんだ感覚に襲われ、びくりとして、松姫は眼覚めた。

「おれだ。おどろ丸だ」

松姫を抱き上げた対手が、声を落として言った。

闇の中に、肌を交えた男の匂《にお》いが鼻をつく。嫌悪感《けんおかん》が松姫の身内をかけめぐった。

「無礼者」

この怒声を聞きつけ、驚いたのであろう、次之間との襖戸《ふすまど》が開けられ、宿直《とのい》の侍女二名が跳び込んできた。

だが、誰よりも驚いたのは、おどろ丸である。松姫が声を立てるなどと、どうして予想できたであろうか。

「妾をはなすのじゃ。けがらわしい」

と憎々しげに、松姫から叩《たた》きつけられ、

「けがらわしい……」

　おどろ丸は茫然《ぼうぜん》とおうむ返しに呟《つぶや》く。

　そのせいで、侍女のひとりが、廊下側の明障子《あかりしょうじ》も舞良戸《まいらど》もあけて、助けを呼ぶまで、おどろ丸は何もせずにいた。

「曲者《くせもの》、曲者にござりまする。お出合いめされませい」

　いまひとりの侍女が懐剣を擬して立ちはだかる。

「なぜだ、姫」

　おどろ丸は、松姫をさらって、他国へ逃げるつもりでいたのである。松姫の心事を忖度《そんたく》したことはなかった。

「妾は、名門赤松と伊勢の貴き血筋ぞ。下郎が手をふれてよいものか」

　ならば、なにゆえ、その下郎に無垢《むく》の裸身をゆだねたのか。

　おどろ丸がそれを口に出すより早く、松姫が侍女らに命じている。

「この下郎めを討て」

　助けを呼んでから、おどろ丸の背後へ回り込んでいた侍女が、懐剣を突きだした。

　あっけなく、おどろ丸は、右脇腹を抉《えぐ》られる。烈《はげ》しい動揺が、この不覚をもたらしたというべきであった。

「おどろ丸どの」

驚愕《きょうがく》の呻《うめ》きが降ってくる。天井の羽目板《はめいた》をはずしてできた穴からのぞかせた顔は、庄五郎のものだ。

猫は、いない。おどろ丸が松姫をさらうため赤松邸へ戻ると言ったとき、なぜか不機嫌になって、背を向けたのである。

侍女の細腕ゆえに、おどろ丸は助かった。創《きず》は深くない。

おどろ丸は、双腕《そうわん》から松姫のからだを滑り落とすと、後ろへ振った右腕の肘《ひじ》を、侍女のこめかみへ叩き込んだ。

吹っ飛ばされた侍女は、頭から壁に激突する。頸骨《けいこつ》の折れる音がした。

戸外に松明《たいまつ》の炎が群れはじめている。屋内もどやどやと鳴り響く足音に揺れる。

おどろ丸が松姫に一瞥を投げると、名門の息女は、恐怖するどころか、冷然たる視線を返した。

おどろ丸は、背負っている櫂扇の柄へ右手をかける。

「それはならぬ」

慌てて天井から降り立った庄五郎が、両者の間におのが身を入れた。

「曲者は姫のご寝所だ。それ」

下知を放った声に聞き覚えがある。東条三郎に違いない。

「ぐおおおおっ」

おどろ丸は、野獣のように吼《ほ》えた。

喉奥《のどおく》から絞りだしたその叫びに、悲色《ひしょく》を見たのは、庄五郎ひとりであったろう。

おどろ丸の巨影が、松姫の寝所から、戸外の松明の群れの中へ躍り込んだ。

そのままおどろ丸は、満身を殺気の塊と化さしめ、東条三郎へ肉薄する。対手に躱《かわ》す余裕をあたえぬ、突風の迅《はや》さであった。

鞘から姿を現した魔性の太刀は、一颯《いっさつ》、三郎の首を高く斬り飛ばした。

余の者どもは、怯《ひる》んで、足を竦《すく》ませる。

「おどろ丸どの」

庄五郎が手招きした。勝手知ったる赤松邸である。逃げるのは造作もない。

だが、おどろ丸は逃げぬ。

「皆殺しにしてやる」

その宣言を放つや、右に左に、そして前に後ろに、凄《すさ》まじい斬撃を開始した。

血風吹き荒れ、断末魔《だんまつま》の叫びが迸《ほとばし》る。

「無益にござる、やめなされ」

必死に宥《なだ》めようとする庄五郎だったが、もはや聞く耳をもつおどろ丸ではない。

おどろ丸は鬼となったのである。

松明をもつ手が、肘から先を断たれて、そのまますっ飛び、松姫の寝所へ落ちた。

襖戸に火が燃え移る。

「姫さま。危のうございまする」

侍女が松姫の手をとり、廊下へ出る。

「誰《たれ》か、火を。火を消してくだされ」

わめきながら、渡廊《わたどの》を伝って、松姫を避難させていく侍女の足許に、また松明が飛んできた。床に転がった松明は、火の粉をぱっと舞い立たせる。

次いで、突んのめってよろめいてきた赤松侍が、渡廊の床板の端に頭をぶつけた。

背中をざっくり割られている。

松姫は、狂った殺人鬼と化したおどろ丸を見やって、はじめて心の底より恐怖した。逃げる足が、裾《すそ》を乱すほどになる。

轟然《ごうぜん》。

松姫の寝所から、壁や天井を這《は》い伝った炎が噴いて出た。かと見るまに、その紅蓮《ぐれん》の舌《じた》は軒下へ吸い込まれる。

狼狽《ろうばい》の極に達した赤松侍どもが、右往左往するところへ、

「なんのさわぎか」

南の表書院から、五、六名の小姓を従え、寝衣のままようやく駈けつけた赤松政則は、修羅場に仁王立《におうだ》つ者に愕《ぎょ》っとして、肌を粟立《あわだ》たせた。

巨軀の両腕を大きく拡《ひろ》げて、血まみれの剛剣を右手にもち、松姫の寝所より燃え出す火炎を背負ったその姿は、さながら不動明王《ふどうみょうおう》そのものではないか。

返り血で真紅に濡《ぬ》れた顔を、

「隠岐允……」

それと見定めた瞬間、政則も松姫と同じように、言い知れぬ恐怖をおぼえて、二、三歩後退する。

その政則を、血走った隻眼の中に捉《とら》えて、おどろ丸は血笑《けっしょう》した。

第三章　美濃《みの》へ吹く風

一

艶々《つやつや》と青葉若葉を繁《しげ》らせる木々が、にわかに立った風に揺れはじめた。一瞬にして光は失《う》せ、魔のような影があたりを支配する。

山の端《は》にかかる黒雲から、稲光《いなびかり》が放たれ、天を震わせる雷鳴が轟《とどろ》いた。北に伊吹連峰《いぶきれんぽう》、南に鈴鹿《すずか》の山塊《さんかい》をひかえた東西一里、南北半里の狭隘《きょうあい》な関ケ原《せきはら》は、沛然《はいぜん》として白雨《はくう》の中に没した。

桃配山《ももくばりやま》の裾道《すそみち》を東へ向かう旅人が二人。

雨が降りだしたというのに、かえって笠《かさ》をとって仰向《あおむ》けた、どこか茫洋《ぼうよう》たるおもては、松波庄五郎《まつなみしょうごろう》のものである。

庄五郎は、口中に雨が入るのもかまわず、深呼吸した。気持ち良さそうである。

「よい塩梅《あんばい》にござる」

衿《えり》もくつろげた。よほど蒸《む》し暑かったのであろう。

並んで歩くおどろ丸は、しかし、笠をつけたままだ。その背負い太刀は、みずから鍛《きた》えた櫂扇《かいおうぎ》である。

おどろ丸は、笠を叩《たた》くうるさい雨音にも気づかぬげに、黙々と歩く。その暗い表情をちらりと見やった庄五郎は、声をかけようとして思いとどまる。

（純なお人だ……）

庄五郎は思い遣《や》った。

自分を下郎と蔑《さげす》んだ松姫に、おどろ丸がいまだ未練を残していることは疑いない。京都相国寺《しようこくじ》における足利義材《あしかがよしき》暗殺を未遂に訖《お》わらせた後、おどろ丸、庄五郎、そして女忍びの猫の三名が、いったん逃れた先は、鞍馬《くらま》であった。鞍馬へ落ちのびられるよう手配したという赤松政則《あかまつまさのり》のでたらめを、自分たちで実行に移して、裏をかいたのである。

おどろ丸は、鞍馬に旬日《じゆんじつ》、隠れ潜んだ。その間に猫が、洛中《らくちゆう》三条通玄寺に仮寓《かぐう》する足利義視《よしみ》・義材父子《おやこ》をひそかに訪ね、赤松政則の陰謀の顚末《てんまつ》を伝えた。

暗殺計画を事前に察知しながら報告しなかったのは、庄五郎の命を救うためであったと明かした猫を、義視は咎《とが》めなかった。庄五郎と猫は、義視父子を最後まで見捨てなかった斎藤妙椿《さいとうみようちん》が最も愛した手足だったことを、誰よりもよく知る義視ゆえであったろう。

義材の反応は違った。猫が相国寺へ駈《か》けつけるのが、わずかでも後《おく》れていたら、自分は隻眼《せきがん》の刺客《しかく》に殺されていたやもしれぬ。尊貴のわが身を、庄五郎ごとき木っ端《こぱ》と等しく扱うとは、いかなる料簡《りようけん》かと激怒したのである。

さらに義材は、おどろ丸を引っ立ててくるよう、猫に要求した。この血気盛んな次期将軍は、おどろ丸の存在を、赤松政則ひいては細川政元の卑劣の証《あかし》として、反義材派に打撃を与えようと考えたのである。

だが、これを義視が諫《いさ》めた。政元・政則の実力を知る義視は、義材の正式な将軍職就任の前に、かれらと事を構えるのは得策でないと判断したのである。畠山政長ほか幕閣の支援をうけているとはいえ、父子自身には軍事力が皆無であるという現実も、義視を慎重にさせた一因であったろう。

それに義視は、畠山政長に全幅《ぜんぷく》の信頼をおいておらず、最後の切り札として椿衆《つばきしゆう》の存在を秘《ひ》してある。おどろ丸を白日《はくじつ》の下《もと》へ引き出せば、椿衆まで巻き添えにする危険を覚悟せねばなるまい。それだけは避けたかった。

義視は、おどろ丸から眼を離さず、またその身柄が赤松に取り戻されぬよう、どこぞへ落としておくことを、猫に命じただけにとどめた。

むろん猫は、そうした一切を、おどろ丸には告げていない。

しかし、おどろ丸が松姫奪取のために鞍馬から洛中赤松邸へ向かうと宣言したさい、猫が困惑し不機嫌になった理由は、右の義視の命令を奉じていたからではなかった。

播磨《はりま》・備前《びぜん》・美作《みまさか》三国の太守の姫君が、鍛冶《かじ》小屋における一時の情欲の嵐《あらし》が過ぎ去ったいま、一介の流浪《るろう》の刀工におとなしく順《したが》うはずはあるまい。そう思ったのである。女の勘というものであったろう。

庄五郎は、おどろ丸に同道して赤松邸へ向かう直前、猫からその思いを明かされ、なにやら微笑《ほほえ》ましいものを感じた。男女の愛憎について意見を披瀝《ひれき》する猫など、ついぞ見たことがなかったからである。

「さほどにご案じなれば、こっそりついておいでなされ」

そう庄五郎はすすめたが、猫はそっぽを向いた。

赤松邸では、猫の危懼《きぐ》が的中した。おどろ丸は、松姫の強い拒絶に遇《あ》ったのである。

怒りのおもむくまま、赤松侍たちを対手《あいて》に凄絶《せいぜつ》な斬人剣《ざんじんけん》を揮《ふる》い、ついには庄五郎ともども多勢に包囲されて死地に陥《おちい》ったおどろ丸を救ったのは、猫であった。猫は、邸内の奥へ遁《に》げ込んだ松姫を引きずり出し、その身柄と二人のそれとを交換した。折しも、松姫の寝所より出た火の手が燃え拡がっていた。それで赤松邸の者どもがうろたえるうちに、猫、おどろ丸、庄五郎は脱出に成功したのである。そのころには、おどろ丸の怒りも、幾分おさまっていた。

だが、赤松邸を焼き尽くした火が、時ならぬ山背風《やませ》に煽《あお》られて、京の町に甚大《じんだい》な被害をもたらした。翌日まで燃えつづけた凄《すさ》まじき炎は、二千戸を灰燼《かいじん》に帰せしめたのである。

九代将軍義尚《よしひさ》の追善供養《くよう》から日が浅かっただけに、その尊霊が、宿敵だった義視の子義材の将軍職就任を呪《のろ》って、父子を京の町ごと焼き殺そうとしたのだ。そんな噂《うわさ》が立った。

反義材派より出た流言に違いなかろうが、当時の人々というのは、巨《おお》きな災害時には、むしろそういう超常的な原因を信じたものである。その意味で、この大火は、義材にとって甚《はなは》だおもしろからぬ出来事というべきであった。

ただ、赤松政則が火事の真相を明かすとは考えられないので、猫と庄五郎さえ黙っていれば、それが義材に知れることもない。実際、両人は口を噤《つぐ》んだ。

それでも、おどろ丸を、洛中はもとより、洛外の鞍馬であっても、永くひそませておくことは危険すぎた。義材暗殺未遂の刺客を躍起《やっき》になって探しているのは、畠山政長だけではない。おどろ丸を刺客に仕立てた赤松政則のほうこそ、これを八つ裂《ざ》きにしても飽《あ》き足らぬほど憎んでいよう。

相国寺においても、逃げるおどろ丸の姿は、多くの者に見られている。隻眼異相《いそう》の巨漢とあっては、早晩発見されよう。

かくて、おどろ丸は、庄五郎の案内で美濃《みの》へと旅立った。美濃の各務野《かかみの》という広野に盛り上がる三井山《みいやま》の麓《ふもと》に、かつて庄五郎が住み暮らした茅屋《ぼうおく》が、いまだ残る。しばらく、そこに落ちつこうというのである。

義視の手足として諜報《ちょうほう》活動をつづけねばならぬ猫は、京にとどまった。

おどろ丸が美濃行きにあっさりと頷《うなず》いたのは、赤松や畠山の探索を怕《こわ》がったからでないことを、庄五郎は分かっている。

（松姫のことを忘れたい……）

それ以外の理由はあるまい。

だが、京を出奔《しゅっぽん》しても、おどろ丸は鬱々《うつうつ》として愉《たの》しまず、さしもの庄五郎が軽口をたたくことすら憚《はばか》るほどであった。

肉欲には放縦《ほうじゅう》でも、心は初心《うぶ》という者がいるが、おどろ丸はそれであろうか。

あるいは、もしやして松姫はおどろ丸が生まれて初めて愛した女人なのやもしれぬ。櫂扇隠岐允《おきのじょう》として鍛える最後のひとふりに、魔性を賦与《ふよ》すべく情交した事実を顧《かえり》みれば、おどろ丸にとって、天女か女菩薩《にょぼさつ》だったのではないか。

だとすれば、おどろ丸の心の傷は、今日明日のうちに癒《い》えるような浅手ではあるまい、と庄五郎は痛ましく思うのであった。

垂井宿《たるいじゅく》へ着く前に、雨はあがった。束《つか》の間《ま》のお湿りにすぎなかったようだ。

ふたたび、空は明るくなり、夏の太陽が顔を出した。この灼熱《しゃくねつ》の光が没するまで、まだ間がある。垂井から一里十二町の赤坂《あかさか》へ達するころ、ようやく日暮れてくるに違いない。

「おどろ丸どの。急ぐ旅ではなし、今宵《こよい》は垂井泊まりといたして、明朝、養老《ようろう》ケ滝《たき》の甘露《かんろ》を味おうてみるのは、いかがでござろう」

明るい調子で、庄五郎は提案した。おどろ丸の沈んだ気分を引き立たせたかった。

垂井から南下すること二里で、養老ケ滝へ達する。この滝水は、美泉として知られ、肌を美しくするばかりか、いかなる疾病《しっぺい》にも効果ありと珍重がられ、父親の病《やまい》を平癒《へいゆ》させたいと念じた孝子《こうし》の汲《く》んだ水が酒に変じたという伝説を残す。

「庄五郎……」

久々におどろ丸が口を開いたので、庄五郎は顔を綻《ほころ》ばせる。

「何か魂胆《こんたん》あってのことか」

「魂胆とは……」

「おれのために造作をかけすぎる」

「それがしは、べつだん無理をいたしておるわけではござらぬ」

「だから分からんのだ」

「造作といえば、おどろ丸どのこそ、この庄五郎を救い出すために、御身《おんみ》の命を投げ出されたではござらぬか。あれは、いかなるわけで」

おどろ丸は、一瞬、返答に窮《きゅう》したようすをみせてから、

「いきがかりだ」

ぞんざいに言って、そっぽを向いた。

（いやはや、あちらもこちらも素直でないこと、甲乙つけがたしじゃ……）

庄五郎は笑いを怺《こら》えた。あちらとは、猫のことである。猫も、おどろ丸の赤松邸乗

り込みに反対してそっぽを向きながら、土壇場《どたんば》で助けにきた。

「何をにやついている、庄五郎」

「にやついた顔は、生まれつきにて」

両掌《りょうて》で、ぱんぱんと両頰《りょうほお》を叩く庄五郎であった。

「せっかく、われら二人、友垣《ともがき》を結んだのでござる」

「また言うか。おれは結んだおぼえはない」

「これからは美濃を新しき天地として、倶《とも》に手をたずさえ合《お》うて生きてゆきましょうぞ」

「倶にとは、どういうことだ」

いささか驚いたのか、おどろ丸の隻眼が大きく瞠《みひら》かれた。

「汝《うぬ》は、おれを各務野へ落ちつかせて、京へ戻るのではないのか」

「はて。さようなことを申したおぼえはござらぬが……」

庄五郎は、空惚《そらとぼ》ける。

「猫が待っているだろう」

「待ってはおられぬ。だいいち、それがし、椿衆ではござり申さぬゆえ」

「なに」

またおどろ丸は隻眼を剝《む》いた。

「それがし、紛れもなく法印《ほういん》さまの手下《てか》ではござったが、法印さま亡《な》きあとは、わが意思にて小夜《さよ》さまを助けていたのにすぎ申さぬ」

庄五郎のいう法印さまが、九年前に没した美濃守護代、持是院従三位《じぜいんじゅさんみ》法印斎藤妙椿をさすことを、すでにおどろ丸は知っている。

「待て、庄五郎。小夜さまとは、誰だ」

「へっ」

庄五郎が素《す》っ頓狂《とんきょう》な声をあげる。

「おどろ丸どの。幾度もお会いなされたではござらぬか」

「猫……」

「やはりご存じで」

庄五郎の含み笑いが洩《も》れる。

「汝ら」

おどろ丸は庄五郎の胸ぐらを摑《つか》んだ。

「二人しておれを虚仮《こけ》にしくさったな」

「め、滅相《めっそう》もない。どうしてわれらが……」

「あっ……」

「おれが、あんないやな女の婿《むこ》によいとは、庄五郎、どういう料簡だ」

「はい」

「黙れ」

これには、さすがの庄五郎も絶句する。小夜にそういう意味合いのことを言ったのは事実だが、まさかおどろ丸自身の耳に入っていたとは、思いもよらなかった。

「い、いやな女では、決してござらぬ。小夜さまは、まことは心根のやさしい……」

「うるさい。おれは醜女《しこめ》はきらいだ」

「醜女なぞと、小夜さまのおもてをしかと見定めたことがおありでは……」

「見ずとも分かるわ」

思えば、たしかにおどろ丸は、頭巾《ずきん》を脱いだ小夜を見たことがない。だが、ことあるごとに男を阿呆《あほう》よばわりするような女だ。姿もひねくれているに決まっている。

実は、おどろ丸には、もうひとつ、小夜に腹を立てていることがあった。

鞍馬に潜伏中の一夜、ひとりの美しい女がおどろ丸の寝間を訪れた。猫の言いつけで夜伽《よとぎ》にきたというのである。目的は、強健なおどろ丸の精を貰《もら》って、椿衆の次代を産むことであるらしい。

おどろ丸は、女に言い放った。

「去《い》ね。知らぬ男に抱かれて、うれしいはずがない」

「男衆はそうではござりますまい」

「愛《いと》しい女子《おなご》がいる」

それは、やがておどろ丸を捨てる松姫のことであるが、このときのおどろ丸は、むこうにも愛があると信じていた。

「その女子のほかは抱かぬと……」

「そうだ」

しかし、突っぱねられて退《さ》がろうとする女の風情《ふぜい》が、ただ恥じているだけとも見えず、待て、とよびとめた。

「猫はおそろしいか」

役目を果たさねば、この女は猫にひどい目に遇《あ》わされる。そう思ったのである。おどろ丸の眼には、猫の振る舞いは野蛮な女山賊《おんなさんぞく》のように映っていた。

「おそろしゅうござりまする」

案の定、女は顫《ふる》えた。

「ここにおれ」

おどろ丸は、おのれの巌《いわお》のような胸に、女が顔を埋《うず》めるのにまかせた。肩を抱いてやった。それだけである。翌日のおどろ丸は、猫に口をきかなかった。

「養老ケ滝へは……」

胸ぐらを摑まれたまま、おそるおそる機嫌を窺《うかが》う庄五郎のからだを、おどろ丸は高々と持ちあげた。

「ご、ご勘弁」

「ひとりでゆけ」

怒鳴《どな》りつけざま、友を自称する男を放り投げるおどろ丸であった。

二

垂井宿に入ると、庄五郎が、木賃宿《きちんやど》の玄関土間で、宿の亭主と木賃の交渉をはじめた。

当時はまだ、江戸時代にみられるような、宿屋のほうで食事や酒肴《しゆこう》を用意する旅籠《はたご》屋《や》というものは存在せず、旅人は宿から薪《まき》を買って、それで携帯してきた米を炊《た》いたり、糒《ほしいい》を温湯《ぬるまゆ》に浸《つ》けてもどしたりした。この薪代を、宿泊代の意も含めて、木賃という。菜の漬物も持参である。

木賃を惜《お》しむ者は、前時代とかわらず、野宿がめずらしくなかった。民家に泊めてもらう者もいた。

交渉を済ませた庄五郎が、外で待つおどろ丸をよびに出ると、巨体が失せている。

だが、すぐにその後ろ姿を見つけた。おどろ丸は、宿内《しゆくうち》の往来を東へずんずん進んでいくではないか。

（やれやれ……）

小夜の一件をまだ怒っているのかと嘆息《たんそく》しながら、庄五郎は、小太りのからだを左右に揺らせて、おどろ丸に追いついた。

「おどろ丸どの。もうゆるしてくだされ。このとおり」

前へ回り込んで、両掌を合わせ、頭を下げる。

「不穏の気が漂《ただよ》うている」

歩みをとめずに、低声《こごえ》でおどろ丸が言った。

庄五郎は慌てぬ。おどろ丸の右へ左へ身を移して、なおも謝りつづけながら、周囲のようすを素早く眼の隅に焼き付けていく。

まだ日暮れ前のことで、往来には人通りがある。この蒸し暑さに、表戸も窓も開け放した家々から洩れる人声も騒がしい。問屋場《といやば》からは馬の嘶《な》き声が聞こえる。

宿駅として怪しむに足りぬ光景だが、庄五郎もたしかに不穏の気配を察した。

「どこまでまいられるおつもりか」

と庄五郎はおどろ丸に問うた。このまま進めば、垂井宿を通り抜けてしまう。

「戦いやすき場所へ」

平然と、おどろ丸は言ってのけた。

「それは早計と申すもの。われらと関わりなきこととは思われぬか」

「誘いをかければ、それも分かる」

「われらを狙《ねら》う輩《やから》だとすれば、なおさらのこと、宿にとどまるが賢明。人中では敵も下手《へた》な手出しはできかねましょうぞ」

「つまらぬことを言うわ」

「おどろ丸どのこそ、ご短慮《たんりょ》な」

「汝《うぬ》は、ここで待っていろ。命冥加《いのちみょうが》ならば、おれは戻ってくる」

「難儀なお人じゃ」

溜《た》め息を洩らしながら、庄五郎はおどろ丸と並んで、垂井宿をあとにした。

両人より先行すること二十間ばかりのところに、笠をかぶり、巻いた薦《こも》を背負う梵《ぼ》論字《ろんじ》の後ろ姿が見える。

梵論字とは、尺八を吹いて托鉢《たくはつ》する、普化宗《ふけしゅう》の有髪の僧である。江戸時代でいうところの虚無僧《こむそう》のことだが、当時はまだ、筒型の深編笠《ふかあみがさ》をかぶったり、小さい方形《ほうけい》の略式の袈裟《けさ》である掛絡《から》を胸に垂《た》らすといった、決まりきった風俗ではない。

相川《あいかわ》にさしかかるころには、尾行者たちをそれと確認することができた。

五人だ。いずれも行商人、旅芸人、巡礼、聖《ひじり》、百姓といった様々な装《なり》をし、それぞれに距離をあけて尾《つ》けてくるが、その眼つきや足運びに武術の心得を隠せなかった。

別して、行商人を扮《よそお》った者は、おどろ丸に劣らぬ巨軀《きょく》の持ち主である。

さきほどの雨は、一時の驟雨《しゅうう》にすぎなかったので、相川の水嵩《みずかさ》に影響はなかった。

この川に渡し舟はない。徒歩で渡る。

足場の悪い川中は、襲撃場所として絶好であろう。半弓でも隠しもっていれば、矢で狙い射《う》てる。手裏剣《しゅりけん》でもよい。

川中へ踏み入るとき、庄五郎は覚悟を決めた。差料《さしりょう》の栗形《くりかた》へ左手を添える。柄袋《つかぶくろ》は、もともとつけていない。

尾行者たちは、しかし、襲ってこなかった。即《つ》かず離れずを繰り返すばかりである。

渡れば、青野ケ原《あおのはら》。

青野ケ原は、その昔、大和国吉野へ奔《はし》った後醍醐《ごだいご》天皇を支援すべく、奥州より五十万騎と称される大兵を率いて西上の途《と》についた鎮守府《ちんじゅふ》大将軍北畠顕家《きたばたけあきいえ》が、幕府軍と激戦の末、これを撃破した場所として名高い。戦後、顕家が北陸の新田義貞《にったよしさだ》と合流して京へ進軍していれば、あるいは南北朝の勝敗は逆転し、その後の歴史も変わっていたやもしれぬが、伊勢路《いせじ》へ転進したために、千載一遇《せんざいいちぐう》の好機を逸したといわれる。

また、この青野ケ原の合戦場《かっせんじょう》は、後年、天下分け目の関ケ原の戦いが展開された場所も含むようだが、それだけ広範囲にわたって布陣されたということであろう。

「何者か知れぬが、彼奴《きやつ》ら存外、意気地のないことでござるな」

拍子抜けしたように、庄五郎が言う。

「それとも、人目を憚《はばか》るだけの分別を持ち合わせておるのか……」

依然として梵論字の後ろ姿が視界の中に入っている。道をこちらへやってくる者はいない。

「おれの見込み違いだったらしい」

おどろ丸が、呟《つぶや》いて、ふいに、道を右へとった。大垣へ向かう脇往還《わきおうかん》である。

このまま東山道《とうさんどう》を往《ゆ》くつもりだった庄五郎だが、訝《いぶか》りつつも、おどろ丸に随《したが》う。

このときを待っていたように、尾行の五人が、にわかに脚を速めた。

かれらは、脇往還へ折れたおどろ丸と庄五郎には眼もくれず、東山道の泥を蹴立《けた》てる。路面がわずかに湿っていた。

「あの梵論字でござったか」

庄五郎もようやく気づく。

「そのようだな」

「これは多勢に無勢じゃ。おどろ丸どの、助けてしんぜましょうぞ」

と踵《きびす》を返そうとする庄五郎に、おどろ丸はあきれた。

「阿呆なことを言うな。おれたちに何の関わりがある」

「僧侶《そうりょ》の危難を見て見ぬふりをいたしては、後生《ごしょう》を祟《たた》られ申す」

「入道もせぬ梵論字なんぞ、似非坊主《えせぼうず》だ」

「旅は道づれ世は情けのたとえもござる」

「口の減らんやつだ。舌を出せ。斬《き》りとってやる」

「ご勘弁」

身を翻《ひるがえ》した庄五郎は、尾行者たちのあとを追って走りだす。

その背を眺めながら、困惑《こんわく》げな面持ちのおどろ丸だったが、稍《やや》あって、くそ、と舌打ちを洩らしてから、道を戻りはじめた。

三
「用件は分かっておろう」

青草の生い茂る広野で梵論字を取り囲んだ五人の中で、大きな行李《こうり》を背負って旅商人を装《よそお》った者が、何やら確信に充《み》ちた声を放った。これが宰領《さいりよう》であろう。

「帯刀《たてわき》さまの密書、おとなしく渡せ」

「くっ……」

梵論字は、素早く笠を脱ぎ捨てるや、背負っていた薦を解いて、中から一刀を取り出し、鞘《さや》を払った。死地と観念し、孤軍奮戦する覚悟のようだ。

宰領は、にやりとした。

「おぬし、わが顔を知らぬわけではあるまい。この西村三郎左衛門《にしむらさぶろうざえもんのじよう》尉と渡り合うか」

美濃武士の中でも、豪の者として知られた男である。

三郎左衛門尉は、自分も笠をとると、行李を背後へ落とし、右腕を横へのばした。

すかさず、その手へ、配下から刀が渡される。

配下たちも一斉に、荷を捨てて、それぞれの得物を取り出したが、

「手出し無用である」

三郎左衛門尉の下知《げち》に、それなり動かぬ。

三郎左衛門尉が、鞘を投げ捨て、大上段に振り上げたひとふりは、身幅の広い刃渡り三尺五寸に及ぼうかという直刀《ちょくとう》であった。五十人力を誇る三郎左衛門尉は、戦場では、この分厚く長い直刀で、敵を斬るのではなく、叩き殺すのを得意とする。

その威圧感をはね返しきれず、梵論字は、ほとんど自暴自棄とも見える突きを繰り出した。

甲高《かんだか》い金属音が空気を切り裂き、火花が散る。梵論字の刀は叩き落とされた。鐔元《つばもと》から折られた刀身が、三郎左衛門尉の後ろへ飛んでいく。

直後、いまいちど、鋼《はがね》の打ち合わされる音が響いたので、三郎左衛門尉は振り向いた。

わが身と同じくらいの巨漢が、背負い太刀を抜いて、飛来した刀身を払い落としたところであった。そのまま脛《すね》をとばして向かってくるではないか。

巨漢の後ろからは、小太りの武士も駈《か》けてくる。

（なんだ、こやつら……）

いましがたまで、梵論字と自分たちの間に位置して、東山道を歩いていた者らではないか。脇往還へ逸《そ》れたはず。

「警固の者であったか」

とっさにそう思い込んだ三郎左衛門尉は、梵論字を振り返って、脳天へ直刀の一撃を見舞う。このあたりの果断さは、戦場往来を常とする武者らしい。

その一撃は、しかし、梵論字の頭蓋《ずがい》を叩き割る前に、飛んできた副子《そえご》を払い落とすことに費やさねばならなかった。

副子を投げうったのは、小太りのほうだ。自分と同じく戦闘に慣れた者に相違ない、と三郎左衛門尉は舌を巻く。

巨漢のほうは、さらに三郎左衛門尉を仰天させた。おそろしいまでの迅《はや》さで、太刀風を起こし、配下の四人を、ほとんど一瞬裡《り》に棟《みね》打《う》ちで昏倒《こんとう》せしめたのである。

わずかにうろたえた三郎左衛門尉だが、いくさ人《びと》のからだは勝手に動く。迫った巨漢の胸めがけて、直刀を下からはねあげた。

寸秒、早すぎた。直刀は、切っ先を、対手《あいて》の笠の庇《ひさし》に届かせただけである。

「うっ……」

腹に重い衝撃を浴びて、息が詰まり、そのまま青草の中へ突っ伏した三郎左衛門尉は、斬り裂いた笠の下から現れた黒革の眼帯をつけた対手の顔を、脳裡に焼き付けつつ気を失った。

なかば腰を抜かしかけていた梵論字は、人心地がつくや、手近に転がっていた刀を拾いあげ、それで三郎左衛門尉を突き殺そうとする。その手をびしりと打たれて、刀を取り落とした。

「卑怯《ひきょう》なまねをするな」

ぎろりと隻眼を剝いたおどろ丸だが、

「いま殺しておかねば、のちに災いとなる者なのだ」

梵論字が、かえって憎々しげに食ってかかるので、

「助け甲斐《がい》のない男を助けたものだな」

と不快げに庄五郎を返り見た。

庄五郎は、面目《めんぼく》なさそうに、頭を搔《か》く。

「三つ数えるうちに去《い》ね」

おどろ丸は、梵論字にそう宣告して、櫂扇の太刀の柄を手のうちで回し、棟を戻した。西陽を、刃がきらりと弾《はじ》き返す。

「ひいっ……」

おのれの悲鳴に押されるようにして、梵論字は一散に駈けだした。

その背がみるみる小さくなっていく。逃げ足は速いらしい。

「あれは石丸丹波守《いしまるたんばのかみ》どのが弟御の石丸典明どのとお見受けいたした」

「知っていたのか、庄五郎」

「笠をとるまでは分かりませなんだ」

「この男は」

「西村三郎左衛門尉どの。どちらも美濃の 侍《さむらい》にござる」

「この国も乱れているということか」

「美濃は争いの絶えぬ国……」

庄五郎の返辞は自嘲《じちょう》まじりと聞こえる。故国ゆえであろうか。

おどろ丸は、隻眼を輝かせた。唇許《くちもと》には、薄い笑いを刷《は》かせている。

（おもしろい）

あるいは、この国こそ、刀工たる身を捨てた自分にとって、刀を作るのではなく、
存分に使う場となるやもしれぬ。その予感が湧《わ》いた。

四

律令制《りつりようせい》では、面積・人口などをもとに、国が四等級に分けられた。上から大国《たいこく》・上国《じようこく》・中国《ちゆうごく》・下国《げこく》である。

「美濃」は上国にもかかわらず、大国と同等の官制を有した。

伊勢国鈴鹿関《すずかのせき》、越前国愛発関《あらちのせき》（のちに近江国《おうみ》逢坂関《おうさかのせき》）と並ぶ令制三関《さんげん》のひとつ、不破関《ふわのせき》を管掌《かんしよう》する関国《げんごく》ゆえであったろう。

日本の本州の東西を結んで、最もくびれて細い陸地は、若狭湾《わかさわん》・琵琶湖《びわこ》・伊勢湾をつなぐ一帯だが、この地峡にひろがる関ケ原に、不破関は設けられた。おどろ丸と庄五郎も通ってきた美濃国の西はずれである。

すなわち、北国道・東山道・伊勢道を連結し、京へも琵琶湖を渡れば一日で着けるという関ケ原は、日本の東西交通の最大の要衝《ようしよう》というべきであり、なればこそ三関のひとつが置かれた。この地が壬申《じんしん》の乱、源平《げんぺい》争乱、南北朝の戦い、のちの関ケ原合戦など、いずれも国家的大乱の主舞台に選ばれたのも、その地理的位置からすれば、当然のことといわねばなるまい。

また美濃国は、木曾《きそ》・長良《ながら》・揖斐《いび》の木曾三川《さんせん》によって形成された肥沃《ひよく》な美濃平野のおかげで上田《じようでん》が多く、戦国期、すでに四十万石に達していた。

そうした国の有様が、

「美濃を制する者が天下を制する」

という俗諺《ぞくげん》を生んだといってよい。

実際、織田信長《おだのぶなが》は、美濃国を手中におさめたときから、天下人《てんかびと》への階段を急速に駈け登りはじめたのである。

だが、いまはまだ、信長誕生より遡《さかのぼ》ること四十五年前。日本全土の他州と同じく、濃州《のうしゆう》でも、風雲を望む者たちが、表面上は守護大名家に服しながら、肚裡《とり》では下剋上《げこくじよう》の時機を窺って、それぞれの力を蓄《たくわ》え、かつ競い合っていた。

「法印さまがご存生《ぞんじよう》なれば……」

庄五郎が遠い眼をして独語するように洩らした。

中沢《なかざわ》という土地の百姓家の一間《ひとま》である。杭瀬川《くいぜがわ》の手前だ。

赤坂宿に泊まる手もあったが、西村三郎左衛門尉が息を吹き返したあと、宿駅を探さないとも限らぬ。面倒を避けるためには、民家に一宿を乞《こ》うほうがよい。

庄五郎が銭をはずんだので、百姓家では貴重な蚊帳《かや》をかしてくれた。一穂《いっすい》の火明かりを挟《はさ》んで、おどろ丸と庄五郎は盃《さかずき》を口へ運んでいる。灯火用の油と寝酒は、赤坂宿を通過するさいに、庄五郎が購《あがな》ったものだ。

蚊帳の周りでは、明かりを求める羽虫が飛び交っている。戸外は森閑《しんかん》として、風ひとつ起こらぬ。時折、梟《ふくろう》が啼《な》いた。

「斎藤妙椿が生きておればどうだというのだ」

とおどろ丸に訊《き》かれたのは、庄五郎には思いの外のことといわねばならなかった。これまで妙椿について幾度か話題に上《のぼ》せても、おどろ丸が興味を示したことは一度となかったのである。

「興をそそられましてござるか」

「酒の肴《さかな》だ」

怒ったように、おどろ丸は言う。

「ははあ、さようで……」

それ以上の穿鑿《せんさく》をせず、庄五郎はおどろ丸の質問にこたえた。

「法印さまご存生なれば、それがし、おどろ丸どのを推挙《すいきょ》申し上げたでございましょう」

「このおれが、あるじと仰いで申し分ない人物だったというのか」

「さようにござる」

大きくうなずいた庄五郎は、

「そもそも持是院従三位法印妙椿さまが出《いで》し斎藤氏は……」

とあらためて切り出した。

斎藤氏の履歴は古い。平安王朝時代の伝説的武官として名高い鎮守府将軍藤原利仁《ふじわらのとしひと》の子が斎宮頭《さいぐうのかみ》に任ぜられ、斎藤氏を称したのが、その始まりである。

その流れを汲《く》む美濃斎藤氏は、室町時代に至って、代々、美濃守護土岐《とき》氏の執権《しっけん》として守護代をつとめるようになった。永年、もう一方の守護代富島《としま》氏と血で血を洗う抗争を繰り返してきたが、妙椿の出現によって、この宿敵の一掃にたちまち成功し、国内における地位を揺るぎないものとしたのである。

唐土《もろこし》の代表的勇将の韓信《かんしん》や白起《はくき》にも、

「神謀《しんぼう》武略《ぶりゃく》に於《お》いて譲らず」

とまで称賛されただけあって、妙椿の将才は、

「乱世第一等であられた」

そう断言したそばから、庄五郎は意外にも、

「聖人君子の意ではござらぬ」

と付け加えた。

「強運、才知、果断。これらを併《あわ》せ持つ者を将と申す。なれど、戦国の世においては、この三つだけでは、生き残ることができ申さぬ。いまひとつ必要なものがある」

「なんだ、それは」

さらに興味をわかせたおどろ丸へ、

「梟雄《きようゆう》の性根」

きっぱりと庄五郎は言い切った。

悪をも平然と為《な》す残忍で猛々《たけだけ》しき者を、梟雄という。

「妙椿には梟雄の性根があったというのか」

庄五郎の頷きが返される。

「思いの外だな、庄五郎」

「何がでござろう」

「汝《うぬ》が梟雄好みだったとは」

「それがし、いやなことは翌日には忘れてしまうたちでございましてな。法印さまの思い出は、よきことばかりにござる」

庄五郎は、にっと破顔した。

この小太りの飄然《ひょうぜん》たる風貌《ふうぼう》の男は、時折、虚実綯《な》い交《ま》ぜの表情をみせるので、その本音がおどろ丸には推し測りがたかった。ただ、よきことばかりという懐旧の情に嘘《うそ》はないであろう。

庄五郎は、みずから語ったところによれば、妙椿の直属だった忍び集団の椿衆とは別に、天涯孤独の幼いころ妙椿に拾われ、手ずから育てられたそうな。

しかし、椿衆と同じく、影の任務の遂行者だった庄五郎が、表立つことはなかった。戦場へ出るときも、必ず猿頰《さるぼお》をつけておもてを隠した。

庄五郎が石丸典明や西村三郎左衛門尉を見知っているのに、むこうでは庄五郎を何者か気づかなかったのも、そのせいだという。

「法印さまは」

と庄五郎の主君自慢はつづく。

妙椿は、応仁の大乱では、主君土岐成頼《しげより》を西軍に属するようすすめて京へ向かわせ、みずからは美濃にとどまって、国内をよくまとめ、さらには京との連絡路の確保につとめた。それは、全《まった》き事実である。

その裏で妙椿は、乱に乗じて、富島氏など国内の反妙椿派粛清《しゅくせい》と、諸荘園《しょうえん》の押《おう》領《りょう》を急ぎ、美濃における支配権を一挙に確立したのであった。

また国内のみならず、飛騨《ひだ》・近江・越前・尾張《おわり》・伊勢へも軍勢を催し、主家土岐氏と何の関わりもない戦闘を行っている。

むろん他国出陣の大義名分に抜かりはなかった。斎藤氏が土岐氏の家臣であると同時に、幕府奉公衆に名を列《つら》ねていたことから、妙椿はその身分をもって他国の出兵要請に応じるという形をとったのである。狡智《こうち》というべきであろう。

美濃の実権を掌握《しょうあく》し、周辺五ケ国にまで軍事的影響力を及ぼしていたということは、妙椿がある計画を着々と進めつつあった事実を示す。

それは、西軍の一将としての上洛《じょうらく》か。

否《いな》、である。

中央の覇権《はけん》を制するための上洛を、妙椿はもくろんでいたのであった。

実際、応仁・文明の大乱の最終段階では、東西の勝敗の帰趨《きすう》は妙椿の意志ひとつで決するといわれ、その入京を極度に怖《おそ》れた東軍が、朝廷に上洛停止の勅命《ちょうじ》を求めようとしたことすらある。さらには、有名無実と化していた伊豆《いず》の堀越公方《ほりごえくぼう》足利政知《まさとも》まで、巻き返しのため、妙椿の関東下向を切望した。当時、妙椿の実力は乱世随一であったことが知れよう。

大乱終熄《しゅうそく》後、妙椿が主君土岐成頼に、足利義視・義材父子の身柄を美濃へ移すよう、強く進言したのも、のちの上洛作戦の重要な布石だったのである。将軍家の血筋を確保しておけば、覇権奪取の大義が立つ。

成頼は、足利父子を美濃へ奉じることに気がすすまなかったようだが、かつて斎藤利永《としなが》・妙椿兄弟の支援によって美濃守護を嗣《つ》がせてもらったという負い目があるため、何事も妙椿の言いなりであった。大乱中においても成頼は、東西の和平に向けて動きだそうとしたところ、かえって妙椿に叱咤《しった》され、その意を翻《ひるがえ》させられているほどだ。

永く妙椿に従って戦った庄五郎は、そうした過程で、妙椿がどれほど悪逆《あくぎゃく》の行いをしてのけたか、つぶさに見ている。

「なればこそ、法印さまが卒《しゅっ》せられたあと、芳《かんば》しからざる世評が渦巻いたのでござる」

妙椿は、九年前、七十歳で没した。稀代《きたい》の名将の死であると惜しむ者も少なくなかったが、それより、天下静謐《せいひつ》となって重畳《ちょうじょう》であると歓《よろこ》ぶ者のほうが多かった。

「十年……。あと十年、法印さまがこの世におわせば、美濃も京も違《ちご》うたようすになっておりましたろう」

斎藤妙椿の話をそう結んだ庄五郎は、無念そうに溜め息をついた。

（斎藤妙椿とは、それほどの男だったのか……）

おどろ丸の身内に、言い知れぬ昂揚感《こうようかん》が沸き起こっている。

主家を凌《しの》ぎ、やがては幕府をもひっくり返そうかという力を蓄えつつあった男が、わずか九年前まで存在していたとは、大いなる驚きであった。いかに乱世とはいえ、これほどの大望を抱き、現実に近づけた者は、六十余州広しといえど妙椿ひとりではあるまいか。

（おれにもできるか……）

武士ですらなく、むろん家来のひとりも持たぬ身が望むには、あまりの高処《たかみ》というほかない。口に出せば、聞いた百人が百人とも哄笑《こうしょう》するであろう。

だが、それほどの野心を燃やさなくて、どうして刀を作る側から使う側へ転じた意味があろうか。

「庄五郎。おれに力をかせ」

おどろ丸の唐突なことばに、庄五郎は、酒盃を唇へもっていきかけた手をとめる。

「友として」

とおどろ丸は、つづけた。照れたようすもなく、真摯《しんし》そのものの視線を、まっすぐに庄五郎へ向けている。

「うれしいことをいわっしゃる」

酒盃を床へ戻した庄五郎の顔が、笑み崩《くず》れる。

「して、それがしに何をせよと」

「おれのために才知を揮《ふる》ってくれ」

「それがしの才知など、たかの知れたものにござるが、何を為《な》すために揮えばよろしいのか」

ひと呼吸おいたのち、おどろ丸は声に力をこめた。

「おれを乱世第一等の将にするためだ」

庄五郎のおもてから、たちまち笑みが失せた。

単純に考えれば、おどろ丸のこのにわかの発起《ほっき》は、松姫への復讐心《ふくしゅうしん》に駈り立てられたものと勘繰《かんぐ》ることもできよう。愛した女に下郎と蔑《さげす》まれた男が、ひとかどの武士になって見返してやりたいと思い立ったとしても、何ら不思議はないのである。

しかし、おどろ丸の志は、もっと奥深いところから、やむにやまれず湧いて出たもの、と庄五郎には思えた。子々孫々《ししそんそん》、二百年以上に及んだ流浪《るろう》の隠れ刀工暮らしの中で、幾重にも重なって沈澱《ちんでん》しつづけてきた暗い情念が、おどろ丸に至って容量を超え、一挙に噴き出たものやもしれぬ。

「おれは、強運と果断には、みずから恃《たの》むところがある。だが、齢《よわい》三十まで刀を鍛えることしか知らず、世の中を対手《あいて》の才知を持たん。汝はそれを持つ」

「大層な買いかぶりをなさる」

「謙遜《けんそん》は無用だ、庄五郎」

斎藤妙椿ほどの者に育てられ、その戦いぶりを間近に見てきた庄五郎である。尋常ならざる才知の持ち主に違いなかった。実際、おどろ丸がたびたび感じる、虚実のあわいに棲《す》んでいるような庄五郎の言動こそ、その片鱗《へんりん》とよぶべきであろう。

「では、おどろ丸どの。残るひとつは」

と庄五郎が、めずらしく、やや詰問《きつもん》口調になった。

残るひとつとは、梟雄の性根である。なまなかな気持ちでは、乱世に打って出ることなど到底できぬ。

おどろ丸は、膝許《ひざもと》に横たえてあった櫂扇の太刀を摑んで、鞘を払った。勾玉互《まがたまぐ》の目《め》の刀身が現れる。

思わず庄五郎が視線を逸らした。注視すれば吸い込まれてしまう。

「この太刀の魔が、おれに梟雄の性根を植えつけてくれよう」

流れ込んできた微《かす》かな風に、灯火が揺れた。おどろ丸が顔前に立てた魔性の刀身は、その揺曳《ようえい》を映して、名状し難い不気味な光を放った。

五

土岐氏の本拠は当初、東美濃の山間部の土岐郡にあったが、南北朝期に婆娑羅《ばさら》大名として知られ、青野ケ原合戦に敗れた幕府軍の中で、

「一人高名《こうみよう》」

と称揚された土岐頼遠《よりとお》が、平野部の厚見《あつみ》郡長森《ながもり》へ築城して移り、この地を美濃国守護所とした。

厚見郡は、国の南西部の一郡で、尾張国の北西に位置する葉栗《はぐり》郡と国境を接する。

しかし、頼遠が光厳《こうごん》上皇の行列に矢を射懸《いか》けるという狼藉《ろうぜき》を働いた罪により刎首《ふんしゅ》されると、後を嗣いだ頼康《よりやす》は、府城を長森から、同じ郡内の革手《かわて》へ移した。

以来、康行《やすゆき》・頼忠《よりただ》・頼益《よります》・持益《もちます》とつづき、当代の成頼まで、およそ百五十年、革手は美濃の中心地として栄えている。

「あれが革手城」

雲の峰の湧き出た真っ青な空から、灼《や》けるような陽光の降り注ぐ金華山《きんかざん》の尾根より、眼下の南方を指さして、庄五郎は言った。

横たわる二筋の川が見える。手前の太き流れは荒田川《あらたがわ》、向こうのそれは境川《さかいがわ》だ。その両川に挟まれ、荒田川の水を引き入れて濠《ほり》をめぐらせ、土塁《どるい》で囲繞《いにょう》された城郭がひろがっている。屋根が多い。土岐屋形《やかた》のほかに、家臣団の屋敷も集中しているからであった。

「革手城に接して見える大きな森は、寺か」

とおどろ丸が問う。

「さよう。正法寺《しょうほうじ》にござる」

頼貞《よりさだ》・頼遠のあとを承《う》けた三代守護頼康は、革手に府城を築くさい、禅僧嫩桂《どんけい》正栄《しょうえい》を招き、城の近くに一宇《いちう》を創建し、これを氏寺としたのが正法寺の始まりという。三町四方の広大な寺域に多くの塔頭《たっちゅう》を配した、美濃屈指の大寺である。

東門の前には賑《にぎ》やかな市《いち》が立っている、と付け加えてから、庄五郎は、正法寺の北側に見える別の城郭を指し示す。

「守護代斎藤妙純《みょうじゅん》さまがお城、加納城《かのうじょう》」

妙純は、妙椿の家督を嗣いだ者だが、実の子ではなく、養子である。妙椿の薫陶《くんとう》を

うけただけあって、

「なかなかのお人」

と庄五郎は評した。

「丹波守どのが居城は、あれに」

北から西へ斜行する荒田川は、正法寺の西で南流しているが、この流れを隔てたところに、石丸丹波守利光《としみつ》の舟田城《ふなだじょう》が見える。利光は、昨日、おどろ丸と庄五郎が危《あや》うく命を助けてやった石丸典明の兄である。

「昨晩も申したように、丹波守どのは、斎藤守護代家のいち家老の身で、力は主家に竝《なら》んでおり申す。法印さまの下では、おのれの器量不足を弁《わきま》えておられたのか、黙々とよく働く御仁《ごじん》にござったが、その実、永く非望を抱いておられたと見ゆる」

斎藤妙椿の卒した直後、その家督をめぐって、養嗣子《ようしし》妙純と、妙椿の甥《おい》で本来の斎藤惣領家《そうりょうけ》である帯刀左衛門《たてわきさえもんのじょう》尉家の利藤《としふじ》との間に、争いが起こった。

守護土岐成頼は、妙椿の遺言を守って、妙純を支持した。

一方、帯刀利藤を後押ししたのは、幕府であった。これは、当時の将軍義尚が、義視・義材父子を擁《よう》して、幕府の威令に服さぬ成頼・妙椿体制をそのまま受け継ぐ妙純を嫌い、政所《まんどころ》執事伊勢氏とつながる親幕派の利藤を操《あやつ》って、美濃への支配力を回復せんとしたのである。

この争いに妙純が勝利を収めたのは、妙椿の遺臣たちの活躍によるところが大きい。別して、丹波守の奮戦は抜きん出たものであった。その功により発言権を大きくした丹波守は、以後、子や弟たちを美濃の国政の枢要《すうよう》に配して、急速に力をつけていく。

その後、近江国内の将軍御料所や社寺荘園《しょうえん》などの押領が眼に余った江南《こうなん》の六角氏を征伐するために、将軍義尚が出陣すると、京に逃れていた利藤もこれに従軍した。このとき幕府は、土岐成頼の長子《ちょうし》の政房《まさふさ》を近江へ召しだして美濃守護職を与え、利藤を守護代に任じてしまう。

機を見るに敏な丹波守は、ただちに成頼・妙純を見限って、利藤にすり寄り、小守護代の座と斎藤姓を賜《たまわ》った。若き将軍に後援される政房・利藤体制へ鞍替《くらが》えしたほうが将来に利がある、と丹波守が考えたのは無理もなかろう。それに、この両人は、成頼・妙純よりも扱い易《やす》い。

まさか丹波守も、今年に入って、義尚が二十五歳の若さで陣中に病没してしまうとは、思いも寄らなかったであろう。

後ろ楯《うしろだて》を失った名ばかりの守護代利藤は、むなしく京へ戻るほかなかった。美濃に在国する妙純こそ、本物の守護代である。

政房はむろん、美濃に帰国したが、こちらも守護職の座は幻に終わり、依然、成頼が守護でありつづけることになる。ただ、このことで、成頼・政房父子の間に埋《う》めがたい溝《みぞ》ができてしまった。

土岐父子の確執《かくしつ》を危懼《きぐ》した妙純は、成頼には次代の守護を長子政房に嗣がせることを約束させ、政房にはそれまで不平を鳴らさず待つことを誓わせる。

丹波守ひとり、動じなかった。すでに美濃国内において主家に匹敵する実力をもつこの男は、何事もなかったかのように妙純のもとへ伺候《しこう》すると、利藤に通じたのは、幕府の美濃に対する思惑《おもわく》を探るためだった、と悪びれず陳《の》べ立てたものである。

これに対して妙純も、丹波守の本意を看破しながら、何らの咎《とが》め立てもしなかった。丹波守一族と事を構えるには、それだけの覚悟と準備が必要なのである。

「つまり、この国はいま、守護土岐家は飾りにすぎず、斎藤妙純と石丸丹波守、それぞれの勢力で二分されている。そういうことだな」

おどろ丸が、庄五郎に念を押すように言った。

「面従腹背《めんじゆうふくはい》は乱世の常で、誰《たれ》も彼《か》もいずれかに旗幟《きし》鮮明とはまいり申さぬが、まずはそう思われてよろしゅうござる」

昨日の青野ケ原の一件も、この二大勢力の争いに違いなかった。

梵論字に身をやつしていた石丸典明は、おそらく丹波守の命令で、京に逼塞《ひっそく》する帯刀利藤と連絡をつけ、何やら画策してきたと想像される。

他方、このことを察知した妙純方でも、丹波守の謀《はかりごと》を未然に防ぐべく、典明を捕らえて吐かせようとしたのか、あるいは、利藤の密書でも奪おうとしたのか、垂井宿で典明を待ち伏せたとみてよい。待ち伏せ隊の西村三郎左衛門尉のあるじは、妙椿以来の斎藤家の家宰《かさい》のひとりとして、妙純にも尽くす長井越中守秀弘《ながいえっちゅうのかみひでひろ》である。

越中守秀弘は、ふだんはこの金華山下の屋敷に住むが、池田《いけだ》郡白樫《しらかし》に城をもつ。白樫は、垂井宿から北上すること四里の揖斐川上流の地だ。

「妙純か、丹波守か。おれはどちらへ売り込めばいいのだ、庄五郎」

「いずれにしても、いきなり大将へ近づくのは得策ではござらぬ。将を射んと欲すればまず馬を射よと申す」

「石丸典明か。やつは、おれに借りがある」

すると庄五郎が、かぶりを振った。

「命を助けて貰《もろ》うて、礼の一言もなかった男。おどろ丸どのが訪れれば、かえって迷惑がるは必定《ひつじょう》」

「では、どうする」

「おどろ丸どのの武芸の凄《すご》さは……」

と庄五郎は言う。

「助けて貰うた者より、敗れた者のほうが骨身に沁《し》みたことでござろう。武辺《ぶへん》ひとすじの西村三郎左衛門尉どのは、いまいちど刀槍《とうそう》を交えたいと願《ねご》うておるはず」

「あえて死地に向かえというか」

「才知を揮えば、かような次第になり申す。あとは、おどろ丸どのの強運におまかせいたす」

娯《たの》しんでいるような顔つきをする庄五郎であった。

が、おどろ丸は怒らぬ。それどころか、隻眼を細めて微笑する。

「とんでもないやつを軍師にしたものだ」

二人は山を下りはじめた。

南風《はえ》が吹き来たり、山をざわつかせる。

おどろ丸は、ふと後ろを返り見ていた。

鬱蒼《うっそう》と繁《しげ》る山頂の木々の間に、ちらほらと建物が見えるが、平時には少数の城番を置いてあるばかりの籠城《ろうじょう》用の要害であることを、山へ登る前に庄五郎から聞いている。

べつだん、さしたる城構えではない。返り見たのは、ただ、何か見えざる力に惹《ひ》かれたからであった。

数十年後、金華山城を大改修して難攻不落《なんこうふらく》の天下の名城たらしめる男が出現する。その男と、おどろ丸は深刻なつながりをもつことになるのだが、むろんのこと、いまはまだ何も知らぬし、想像もできなかった。

第四章　関鍛冶《せきかじ》

一

白熱する日輪の光に、木も岩も石も灼《や》ける午下《ひるさ》がり、蟬時雨《せみしぐれ》の降る長井越中守《ながいえっちゅうのかみ》屋敷の庭に居並ぶ人々は、両拳《りょうこぶし》を頭上に据《す》えたまま微動だにせぬ巨軀《きょく》を瞶《みつ》めて、じりじりする緊迫の時を共有していた。

庭に面した書院の広縁の中央に胡座《あぐら》をかくのが、長井越中守秀弘《ひでひろ》である。昂《たかぶ》ったときのいつもの癖で、顎《あご》にたくわえた鬚《ひげ》の先を指先で弄《もてあそ》んでいる。

だが、越中守秀弘の横に並ぶ白面痩身《そうしん》の若者だけは、見物衆ひとしく固唾《かたず》を呑《の》む中で、ひとり双眸《そうぼう》に何の色も示さず、むしろ冷《ひや》やかな座姿を保つ。投頭巾《なげずきん》などを被《かぶ》っているところをみると、武士でもあるまいに、一段高いところで屋敷のあるじと共にあるとは、何か格別の人物なのであろう。

瞶められる西村三郎左衛門尉《にしむらさぶろうざえもんのじょう》の両拳は、打刀《うちがたな》の柄《つか》を軽く絞るように握る。刃渡り二尺三寸ほどで、板目が大きく流れて肌立つ、身幅の広い厚重ねの刀身は、長大な鉈《なた》を彷彿《ほうふつ》とさせ、人間など一撃で真っ二つに断裁してしまうかと思わせる。

三郎左衛門尉の視線の先で、台上に置かれた頭形兜《ずなりかぶと》が鈍い光を放つ。鉢試《はちだめ》し、いわゆる兜割りを行うところであった。

巨軀の中に気が充《み》ち充ちたか、三郎左衛門尉は、一瞬、両眼を大きく瞠《みひら》くや、

「むっ」

低い気合声を発し、太い双腕《そうわん》と一体化せしめた打刀に、風を起こさせた。

唸《うな》りをあげた刃《やいば》は、頭形兜の頂辺を過《あやま》たずに捉《とら》え、実に四寸近くまで斬《き》り込んで、とまった。

見物衆から、どよめきがあがる。

「さすが之定《ゆきさだ》どのが鍛《きた》えし業物《わざもの》」

「まこと関鍛冶《せきかじ》随一よ」

称賛の声しきりであった。

三郎左衛門尉も、頭形兜から引き抜いた刀身を眺めて、感嘆する。

「刃こぼれひとつござらん」

うむ、と越中守秀弘も満足そうにうなずいてから、白面の若者を見やった。

「見事なものだ、之定どの。もはや父御《ちちご》を凌《しの》がれたのではないか」

「過分なるご褒詞《ほうし》、顔が熱うなり申す。手前《てまえ》は、いまだ父には及びませぬ。また、刀は刀術の未熟なる者がふるえば、用をなさぬもの。わが駄刀が、兜に斬り込めましたは、ひとえに三郎左衛門尉どのが錬達の業前《わざまえ》あればこそ」

之定とよばれた若者は、庭の三郎左衛門尉に向かって頭を下げた。

長井越中守屋敷は、金華山《きんかざん》の南麓《なんろく》に建つ。反対側の北麓の裾《すそ》を浸《ひた》して、長良川《ながらがわ》が北東から南西へと流れるが、そこから二里余り遡《さかのぼ》った地の芥見《あくたみ》で、東から西流してきた津保川《つぼがわ》がこの大河に合流する。

その津保川流域右岸の盆地に、北を安桜山《あさくらやま》、南を十六所山《じゅうろくせん》、梅龍寺山《ばいりゅうじ》などの小丘陵で阻《はば》まれた東西に細長い町がある。

関《せき》、という。

刀鍛冶の代表的流派は、山城《やましろ》・大和《やまと》・備前《びぜん》・相模《さがみ》・美濃《みの》より出ており、これを五ケ伝と称すが、当時、生産量と刀工の数において抜きん出ていたことから、東の美濃、西の備前といわれた。

美濃鍛冶は、室町時代の初期にしてすでに、農具や日用刃物の生産で遠国《おんごく》にまで知られ、もともと実用本位の刃物を作る技に優《すぐ》れていた。乱世に至り、実戦用の刀剣の需要が飛躍的に増大したさい、数打《かずうち》を嫌ったり、美しさにこだわったりせず、速やかにこれに応じて供給できたのは、そのためであろう。この戦国期において、刀剣王国の称号にふさわしいのは、もはや備前ではなく美濃であるといっても過言ではなかった。

その美濃鍛冶の一大中心地が、武儀郡《むぎごおり》関である。

七流派を数えた関鍛冶は、奈良より勧請《かんじよう》した春日《かすが》神社を惣氏神《そううじがみ》として、仲間組織である鍛冶座を結成、生産から販売流通まで自分たちの支配下においた。これは、他国のほとんどの鍛冶が、零細ゆえに、有力武将の庇護《ひご》下《か》で製作のみに励まざるをえなかった現実に照らして、稀有《けう》なことといわねばなるまい。それだけに、諸国から関をめざして流れてくる刀工も少なくなかった。

いまだ鉄炮《てつぽう》の伝来せぬ時代である。分かりやすく言えば、関鍛冶は、備前長船《おさふね》鍛冶と日本一を争う武器の製造者であり、商人でもあったということだ。しぜん、美濃国内では並々でない政治力と経済力をもち、争乱が起こるたび、その動向が注目される存在であった。かつて斎藤妙椿《さいとうみようちん》が、宿敵富島氏の一掃に成功したのも、早くから関鍛冶を籠絡《ろうらく》していたことが最大の要因といえよう。

　それがため、関鍛冶の総元締《そうもとじめ》ともなると、美濃では武将にひとしい扱いをうける。

　このころの総元締は、初代兼定《かねさだ》であった。刀工としても、関鍛冶随一の誉《ほま》れが高い。

　その子の二代兼定もまた、天賦《てんぷ》の才に恵まれた。のちに和泉守《いずみのかみ》を受領《ずりょう》して藤原姓を名乗る名人は、この二代のほうである。

　茎《なかご》の銘に「定」の字を切るさい、初代は楷書《かいしょ》で「定」と、二代は草書で「㝎」と切った。このため、初代は「疋定《ひきさだ》」、後世にノサダ（之定）と略される二代は「之定《ゆきさだ》」の通称をもった。「疋定」は三代目であったとも伝わる。

　守護代斎藤妙純《みょうじゅん》の家臣である越中守秀弘が、関鍛冶総元締のいわば御曹司《おんぞうし》たる之定に対して、丁重な態度をとるのは、この美濃では至極当然のことといわねばならぬ。

「三郎左。之定どのが鍛えしその業物、欲しいと申しても、やらんぞ」

　と越中守秀弘が、庭へ向かって笑いかける。

「あと一尺長ければ、殿より奪ってでもわが差料《さしりょう》といたしたでござろう」

　三郎左衛門尉の実際の差料は、刃渡り三尺五寸の直刀《ちょくとう》である。これで力まかせに敵を撲《なぐ》り殺すのが、この巨漢の戦場剣法であった。

「鈍刀《なまくら》よな」

ふいに、その声が聞こえた。

庭の誰もが凍りつく。あるじが気に入った之定のひとふりを、鈍刀と決めつけるとは、狂人か、それとも越中守秀弘の敵か。

書院の横手から回り込んできたのであろう、いつのまにか、庭の隅に男がひとり佇《たたず》んでいた。六尺余《よ》の大兵《たいひょう》で、右肩の後ろに背負い太刀の柄が見える。

「何者か」

「どうやって屋敷へ入った」

怒号を放つ人々に、

「この屋敷の門番どもは融通が利《き》かんから、殴り倒した」

そう応えて、闖入者《ちんにゅうしゃ》は、笠《かさ》をとった。隻眼異相《せきがんいそう》が露《あら》わになる。

「あっ、おのれは……」

三郎左衛門尉のおどろきは、ひとかたではない。

十日前、三郎左衛門尉が配下四人を従えて、青野ケ原に石丸典明を急襲したさい、後ろから不意打ちをかけてきた男ではないか。

「殿。こやつ、石丸丹波が手下《てか》にござる」

三郎左衛門尉のおめきに、家中の者は色めきたって抜刀するや、たちまちおどろ丸を扇状に取り囲んだ。二十名ほどもいよう。

「勘違いするな」

おどろ丸は、慌《あわ》てもせずに言う。

「おれは誰の手下でもない。あのときは、行きずりだ。ひとりを斬るのに五人掛かりは卑怯《ひきょう》と思い、あの者を助けたまで」

「見えすいた偽《いつわ》りを」

三郎左衛門尉が、之定の一刀を青眼《せいがん》につけ、おどろ丸まで三間に迫ったところで、足をとめた。不意を襲われた不覚を差し引いても、自分を含めて五人をあっという間に昏倒《こんとう》せしめた凄腕《すごうで》に、容易には斬り込めぬ。

だが、包囲陣の者たちの大半が、おどろ丸の強さを知らぬ。おどろ丸の右側のひとりが、踏み込んで突きを繰り出した。

難なくこれを躱《かわ》したおどろ丸は、その者を足払いに倒しざま、手から刀を奪いとっている。

「ならば問うが……」

おどろ丸は、三郎左衛門尉に訊《き》き返す。

「おれがもし石丸丹波とやらの手下であれば、あのとき、おぬしを殺していたのではないか」

これには三郎左衛門尉も返答に窮《きゅう》する。たしかに、そのとおりであった。

「皆、待て」

と広縁の越中守秀弘が立ち上がり、おどろ丸に視線をあてる。

「そのほう、何者か。何用あって、わが屋敷を侵した」

「長井越中守どのにあられるか」

「いかにも」

「おれの名は、おどろ丸。ご当家に仕《つか》えたく参上いたした」

青野ケ原の一件があった翌日、おどろ丸は松波庄五郎《まつなみしょうごろう》とともに、この金華山の頂近くまで登って、守護所の革手城《かわてじょう》とその周辺の景色を一望しながら、みずから美濃の風雲となる決意を固めた。

だが、その日は、庄五郎が商人を装《よそお》って長井屋敷にあたってみたところ、越中守秀弘も三郎左衛門尉も不在だと分かり、後日、出直すことにしたのである。おそらく、長井主従は、青野ケ原の一件を加納城の斎藤妙純まで報告し、石丸丹波守派の次なる動きに備えて、何かと慌《あわ》ただしくなったのだろう、と庄五郎はみた。

それで二人は、京都を出るときの予定通り、かつて庄五郎の住まいだった各務野《かかみの》の茅屋《ぼうおく》に旅装を解いた。妙純派と石丸派の水面下の争いが、にわかに表立つのか、あるいは時期尚早《じきしょうそう》で鎮静化してしまうのか、静観することにしたのである。むろん、その間も、庄五郎はひそかに情報を収集し、両派の動きから眼を放さなかった。

結句《けっく》、両派とも腹の探り合いに終始し、大事には至らなかった。いくさはまだ先のことらしい。

ただ、きたるべき決戦のために、これまで以上に両派とも、戦力を要《もと》めていることだけはたしかであった。

おどろ丸には絶好機というべきであろう。

かくて、庄五郎の提案した当初の思惑を善《よ》しとし、おどろ丸は、三郎左衛門尉のいる長井屋敷へ敢《あ》えて乗り込んだ次第であった。

庄五郎が一緒でないのは、存在を知られぬ影として働くためだ。おどろ丸が危地に陥《おちい》ったとき、必ず役に立つ。また、それこそ、妙椿に仕えていたころに、庄五郎が得意としたことでもあった。

「わが家来の西村三郎左衛門尉を打ち負かしておきながら、なにゆえ、この長井秀弘に仕えんとする。そのほうが助けてやった石丸典明がもとへまいればよかろう」

「あちらへ参れば、恩きせがましい」

にこりともせずに、おどろ丸は言った。

「こちらは生きて帰さぬと申したら、いかがいたす。おどろ丸とやら」

「越中守どのが首を頂戴《ちょうだい》し、石丸への手土産《てみやげ》とするまでのこと」

こやつ、と三郎左衛門尉以下、長井家武士たちが一様に、憤怒《ふんぬ》の形相《ぎょうそう》となる。

おどろ丸と越中守秀弘の視線が、空中で斬り結ばれた。前者の隻眼は、後者の双眼を圧倒している。

越中守秀弘は、わずかにたじろいでから、下知《げち》を放った。

「そやつを斬れ」

それまで逸《はや》りに逸っていた長井家武士どもは、首輪を外された猛犬のように、おどろ丸めがけて殺到した。

（庄五郎め。あとはおれの強運にまかせるとは、このことか）

舌打ちを洩《も》らしながらも、しかし、おどろ丸は、奪い取った刀の棟《みね》を返す。

「しばらく」

おどろ丸が三度四度と斬撃《ざんげき》をはね返したところで、之定が端座《たんざ》のまま叫んだ。

その蒼《あお》ざめた必死の顔つきに、越中守秀弘は、家臣らに刀を退《ひ》かせる。

「いかがなされた、之定どの」

「鈍刀《なまくら》の一言が胸にこたえましてござる」

「狂人のたわごとにすぎ申さぬ」

「いや。広言を吐いたからには、あの者にも理由《わけ》がござりましょう。それを聞かぬうちは……」

刀匠の意地であろうか、之定の眼に怒りと不安の炎が揺れている。

「そこな狂人、聞いたであろう。理由を申せ」

「狂人ではない」

おどろ丸は、広縁を睨《にら》み返してから、包囲陣のほうへ、無造作に踏み出した。皆、刀を構えなおす。

「退《の》け。見せてやる」

奪った刀を放り捨てたおどろ丸に、包囲陣は道をあけた。

鉢試し用の頭形兜《ずなりかぶと》も台も、まだそのままに放置してある。そこへ歩み寄ったおどろ丸は、頭形兜を取り上げてみて、声を立てずに嗤《わら》った。

（一枚張《いちまいばり》ではないか。鈍刀でも斬り込めたはずだ）

鉢の部分の鉄板のことだ。

その笑みが、之定の誇りをさらに傷つけ、逆撫《さかな》でする。

「明珍《みょうちん》の兜はあるか」

おどろ丸が、三郎左衛門尉に訊いた。

「あれば、どうするというのだ」

「見せてやると言ったはずだ、本物の兜割りを」

「たわけたことを」

当時、最も堅牢《けんろう》といわれ、群雄こぞって要めたのが、明珍派の甲冑《かっちゅう》である。

戦国末期の逸話だが、最上義光《もがみよしあき》麾下《きか》の侍大将東禅寺《とうぜんじ》右馬頭《うまのかみ》が、敵の越後兵《えちごへい》に紛《まぎ》れて、上杉家の勇将本庄繁長《ほんじょうしげなが》へ斬りつけたところ、その兜の筋を四つ切り削《けず》ったばかりであったという。繁長の兜は明珍であり、右馬頭の刀は天下の名刀正宗《まさむね》であった。

三郎左衛門尉が、たわけたこと、と一笑したのも無理はない。

「その背負い太刀でやるつもりか」

「そうだ」

「どれほどの業物《わざもの》か知らぬが、斬れるものか」

青野ケ原での三郎左衛門尉は、おどろ丸の刀を見る暇《いとま》さえなく、昏倒せしめられている。

「おれに明珍の兜を両断されることが、怖いか」

「なに」

「それだけの大言を吐《ぬ》かしたからには、覚悟はできていような」

「持ってこい」

「しくじれば、汝《うぬ》に首をくれてやる」

よし、とうなずいた三郎左衛門尉が下僚へ命ずるより先に、越中守秀弘が小姓を奥へ走らせている。

待つほどもなく、戻ってきた小姓から明珍の椎形兜《しいなりかぶと》を渡された越中守秀弘は、にやりとした。

椎形は、その名のとおり、椎の実を象《かたど》って頂辺を尖《とが》らせてあるので、よほど巧く打ち込まなければ、刀身を滑らせてしまう。しかも三枚張《さんまいばり》だ。

広縁に座したままの之定のおもてにも、血の気《け》が戻った。いかなる刀をもってしても、またどれほどの手錬者《てだれ》であっても、斬れるはずはないと確信したのである。

「投げていただこう」

庭上のおどろ丸が、広縁に立つ越中守秀弘に向かって言った。すでに、たすき掛けの下げ緒を解いて、太刀を鞘《さや》ごと、背から左腰へ移してある。

「なんと申した」

さすがに聞き違いか、と越中守秀弘は訊き返す。

「兜を投げていただく」

「愚弄《ぐろう》するか、下郎めが」

三郎左衛門尉ほどの膂力《りょりょく》の持ち主が、台上に据えたままでも四寸しか斬《き》り込めなかったのである。それも一枚張の頭形兜だったではないか。

飛来する明珍の三枚張椎形兜を、空中で両断することが、どうしてできようか。

「いくさでは、兜首が、おとなしく斬られるはずもなし。敵は絶えず抗《あらが》いつづけるもの。動かぬ兜へ斬りつけたところで、用をなさず」

おどろ丸の申し条はもっとも至極なことだが、それだけにかえって越中守秀弘を激《げっ》昂《こう》させた。

「喰《く》らえ」

怒りにまかせて、越中守秀弘は椎形兜を、思い切りおどろ丸へ投げつけた。

腰を充分に落としたおどろ丸は、左腰に佩《は》いた櫂扇《かいおうぎ》を、鞘走らせ、はねあげる。

銀色の稲妻《いなずま》が奔《はし》った。

刃が兜に触れた音は、誰の耳にも思いのほかに小さく聞こえた。それが斬れ味の凄《せい》絶《ぜつ》さの証《あかし》だったことを、長井家武士たちは一瞬後に知る。

鉄と皮革で出来ている大きな椎の実が、二つに割れて、地へ転がった。こちらの音は耳朶《じだ》に響いた。

夏草の葉先にとまっていたとんぼが、転がり込んできた兜の片割れにおどろき、ぱっと飛び立つ。

長井家の者たちは、ひとり残らず、声を失い、その場に立ち尽くしたままである。魔の一瞬であったとしか言いようがない。そうとでも思わなければ、とても信じられる出来事ではなかった。

右斜め上方へ切っ先を突きあげたまま動かぬおどろ丸から、眼を離すことのできぬ者がひとり。之定である。

之定の視線は、刀身へ吸い寄せられていた。整然たる勾玉互《まがたまぐ》の目《め》の刃文。刀工として、これほどの衝撃はない。

「か……耀扇……」

意識は急激に遠のき、ぐらりと上体が揺れる。そうして眩《まぶ》しい陽射しを顔面へまともに浴びた直後、之定は失神した。

人々の異様な沈黙の中で、蟬の鳴き声ばかりが大きくなってゆく。

二

革手の東方四里ほどのところに、土壌も水利条件も劣悪なため、耕作に適さず、ただ青草ばかりの生い茂る原野がひろがる。

東西およそ二里半、南北半里のこの台地を、各務野という。鏡野とも記す。人家を見ることは滅多になく、旅人が日暮れてから通ろうものなら、

「盗難に苦しむ事甚《はなは》だし」

といわれ、その意味で、東山道の難所のひとつでもあった。

野の南に盛り上がる三井山《みいやま》の麓《ふもと》に、それでも、ぽつんと一軒、茅葺《かやぶき》の小さな家が建っているではないか。

場所柄、百姓の家でもなければ、猟師のそれでもない。追剝《おいはぎ》・盗人《ぬすっと》のたぐいの塒《ねぐら》に相違ないと人々に敬遠されることを、この家のあるじはむしろ望んで、この地を棲処《すみか》とした。

「さて、長井越中はどう出るか……」

あるじ庄五郎は、奥の部屋に薄縁《うすべり》を敷いて眠っているおどろ丸の背を、短檠《たんけい》の薄明

かりの中で眺めながら、苦笑まじりに呟《つぶや》いた。奥の部屋といっても、板敷二間《ふたま》きりの

家だ。

実は庄五郎は、昼間、長井屋敷におけるおどろ丸の行動の一部始終を、塀外の木の

上から眺めて呆《あき》れたものであった。

まずだいいちに、おどろ丸が門番を一蹴《いっしゅう》して乗り込むなどと、さすがに想像して

いなかった。奉公を望む家の家来を、のっけから殴り倒すという法はなかろう。しか

し、考えてみれば、事は穏やかに持ちかけるべしとおどろ丸に求めるほうが、どだい

無理な話であった。

その後も、関鍛冶の若き名匠のひとふりを、いきなり鈍刀《なまくら》だと決めつけたのだか

ら、およそ人としてとるべき態度ではない。

「行きがかりだ」

とあとでおどろ丸が、面白くもなさそうに吐き捨てたのは、あるいは伝説の刀工の

自負であったのやもしれぬ。

そうした人の怒りをかう不埒《ふらち》きわまりない無謀な言動を、見事な兜割りをもって帳

消しにしてしまったことは、怪我《けが》の功名《こうみょう》というほかない。鉢試しの場でなかった

ら、おどろ丸は一体どうなっていたろう。

越中守秀弘が瞬時にして、おどろ丸の剣技の凄さと、愛刀の斬れ味に魅《ひ》かれてしまったことは、その表情から遠眼にも窺《うかが》えた。だが越中守秀弘は、その場では、奉公を許すとも許さぬとも言わなかった。

この歯切れの悪さは、三郎左衛門尉の面目を慮《おもんぱか》ったためではなかろう。いちどおどろ丸に叩《たた》きのめされている三郎左衛門尉は、いまさらおのれの面目をとやかく言える立場にない。

失神してしまった之定に、越中守秀弘が気がねしたであろうことは、想像に難《かた》くない。之定が気づいたとき、おどろ丸が長井家の家来になっていたというのでは、この関鍛冶の御曹司《おんぞうし》に恥辱《ちじょく》を与えることになる。

越中守秀弘から、どこで雨露を凌《しの》いでいるかと訊かれて、おどろ丸は各務野の三井山の麓とこたえ、

「夜討ち朝駈《あさが》け、いつでも対手《あいて》をいたす」

その挑戦的な文句を吐いて、長井屋敷を辞した。

これは、おどろ丸でなければ、計算尽くの言辞ともとれよう。すなわち、越中守秀弘が手をさしのべてきてもなお、決して諂《へつら》わないことで、おのれを高く売りつけよう

という魂胆《こんたん》である。

だが、おどろ丸が、ことば通りの意味として口にしたことは、明らかであった。長井屋敷から出てきた直後、

「長井越中はつまらんやつだ。仕えるのはやめたぞ」

と庄五郎へ、なかば怒鳴《どな》りつけるように言ったのである。この真《ま》っ直《す》ぐさが、おどろ丸の魅力であり、同時に危《あや》うさでもあろう。

「さようで」

とだけ、庄五郎はこたえておいた。

口には出さねど、庄五郎は、越中守秀弘がさしたる武将ではないからこそ、おどろ丸を仕えさせようとしているのである。

よき武将の下には、よき家来がいるものだ。そういうところで、徒手空拳《としゅくうけん》から崛起《くっき》せんと思えば、若さと圧倒的な才覚とが不可欠である。三十歳をこえて、世智《せち》にも長《た》けぬおどろ丸には、荷が勝ちすぎていよう。

それよりも、凡庸《ぼんよう》なあるじに信頼されて、あるじのなすべき領域を少しずつ侵していくほうが、世に出られる可能性は高い。やがて独立独歩の道が拓《ひら》けたとき、凡庸な主人など見限ってしまえばよいのである。

かつての庄五郎のあるじ斎藤妙椿も、おどろ丸とは出発点に大きな違いがあるにせよ、応仁の乱という好機を得るや、主君を体《てい》よく京へ追い払って、その間に美濃国をおのが支配下においてしまった。これも主君土岐成頼《ときしげより》が凡庸なればこそ成就《じようじゆ》できた簒奪《さんだつ》行為といえる。

越中守秀弘はいま、あれこれ苦慮しているはずだ。

問題は之定の心証であろう。越中守秀弘も、武器供給者たる関鍛冶と妙な具合になりたくないに相違なく、そこのところをどう解決できるかに、おどろ丸の長井家奉公の成否もかかっている。

それでも庄五郎は、長井家から一両日中に迎えが来るとみていた。なぜなら、この一件で、越中守秀弘は武将としての度量を問われるからであった。

こうなっては、おどろ丸が心変わりして石丸方へ売り込みにいかぬとも限らぬ。美濃武士中でも豪の者と知られる三郎左衛門尉を手玉にとり、あまつさえ、明珍の兜を真っ二つに斬り割ったほどの男が奉公を望んだのに、敵方へ奔るのを拱手傍観《きようしゆぼうかん》していた、と世人に知れたら、それこそ越中守秀弘は武将として国中の嗤い者にされよう。

むろん庄五郎に懸念《けねん》がないわけではない。

おどろ丸のような強者《つわもの》は千金に代えても家来にしたいと欲するのが、乱世の武将ではある。が、一方で、これほど危険な男は、何か大事を引き起こす前に排除してしまうに限る、と考える武将がいても不思議はない。

越中守秀弘がどちらの武将であるか、そこまでは庄五郎にも判断がつかぬ。

庄五郎は、板敷へ直《じか》にごろりと横になった。夏の夜のことで、このほうがひんやりとして気持ちがよい。

だが、いったん下ろしかけた瞼《まぶた》を、すぐに押し上げた。戸外に人の気配を察したのである。

むくり、と庄五郎は起き上がるや、土間に下りて、板戸へ寄った。左手には刀をさげている。

家の周囲だけは、草を刈り取ってある。稍《やや》あって、土を踏む足音が聞こえ、それが近づいてきた。気配を殺そうとしているようすではない。

そして、ほとほとと板戸が叩かれた。

「夜分に恐れ入ります。決して怪しい者ではございません。旅の者にございます。追剝に身ぐるみ剝《は》がれて難儀をいたしております。どうか今夜一宿のご慈悲《じひ》を。お願い申します。お願い申します」

なんともあわれな声ではないか。各務野を夜中に通るとは、よほど旅慣れぬ者であろう。

「ただいま、あけてしんぜよう」

庄五郎が心張棒《しんばりぼう》へ手をかけようとすると、奥の部屋でおどろ丸が巨体を起こした。それと気づいた庄五郎が振り返ったときには、おどろ丸は、狭い二部屋を音もたてずに駈け抜け、土間へ下り立つところであった。櫂扇の太刀をひっさげている。

そこから無言で鞘を払ったおどろ丸は、伸ばした切っ先に、板戸を貫《つらぬ》かせた。

魂消《たまぎ》るような絶鳴《ぜつめい》が迸《ほとばし》る。

「おどろ丸どの」

訪問者を何者かたしかめもせず、何ということを、と庄五郎は驚いたのである。

おどろ丸が、櫂扇を引き抜くと、一瞬後《おく》れて板戸の外側に重いもののぶつかる音がした。一宿のご慈悲をと頼んだ者の死体であろう。

「おもてに人数がいるぞ、庄五郎」

板戸をあけたが最後、斬り込まれていたであろう。

「なんと……」

越中守秀弘は、おどろ丸を排除する道を選んだのか。

「それがしの見込みが甘《あま》うござった」

庄五郎が唇を嚙《か》む。

「長井越中のことか」

「余の者ではござるまい」

「夜討ち朝駈けはおれの望んだことだ。逆に首をとってやる」

おどろ丸は、不敵な笑みをみせた。この隻眼異相の男が、もっともたのもしく見える瞬間である。

「跳び出せば矢を射かけてくる。籠《こ》もれば火攻めだ」

おどろ丸は、敵の戦術を見抜く。

この家の出入口は一ヶ所しかない。

すると庄五郎が、土間から板敷の間へあがって、床板をはずしにかかる。

「抜け穴か」

「使えるかどうか……」

斎藤妙椿亡《な》き後も、椿衆《つばきしゅう》の猫を援《たす》けて、足利義視《あしかがよしみ》・義材《よしき》父子《おやこ》のために働いたので、父子が美濃にいた間は、庄五郎もここを棲処《すみか》としていた。だが、抜け穴については、何年も使用していない。

「たしかめてまいる」

床下へもぐりこんだ庄五郎は、そう言いおいて姿を消した。

家の周囲で乱れた足音がしたのは、このときのことである。おどろ丸は、臭《にお》いで、すぐにそれと気づいた。

（思ったとおり、火攻めだ……）

敵が板戸を打ち破ってまで跳び込んでこないのは、要心深いのか、あるいは、おどろ丸の剣を怖《おそ》れているのか、いずれかであろう。

待つほどもなく、庄五郎が戻ってきて、床下から顔を出した。

「おどろ丸どの。鼠《ねずみ》はおきらいか」

庄五郎につづいて、床下へもぐりこんだおどろ丸は、何匹もの野鼠にぶつかりながら、狭くて真っ暗な抜け穴を這《は》い進んだ。

穴の天井と両側の壁を支えているたくさんの板きれが、ぎしぎし軋《きし》んで、いまにも崩れ落ちそうであった。

抜け穴の出口は、家の裏手、二間ほどのところだ。出口を隠す板は朽《く》ちかけている。

庄五郎がそれを押し上げるより先に、板を突き破って人間の足が出てきた。裏手から火をかけた敵勢に違いない。

庄五郎は、とっさに、その足にしがみつき、上へとよじ登った。

庄五郎の背後が明るい。家が燃えだしていた。

手に松明《たいまつ》をかざし持っていた者らが、地から湧《わ》いて出た人影をみとめて、狼狽《ろうばい》する。抜け穴へ足を突っ込ませた者を含めて、三名だ。

抜け穴から転がり出た庄五郎は、起き上がりざま、ひとりの顎《あご》へ、下からの柄打《つかう》ちを見舞った。その間に、おどろ丸が、足を突っ込ませた者を踏みつけにして穴から抜けだし、残るひとりを殴り倒している。

「こやつら……」

昏倒せしめた三名の装《なり》を見て、おどろ丸のおもてにみるみる憤怒の色が湧き出る。

長髪に半首《はつぶり》の鉄面《かねめん》、黒い鎖帷子《くさりかたびら》、黒い裁付《たつつけ》。腰に陣刀。

「裏青江衆《うらあおえしゆう》」

夜襲の敵は、越中守秀弘ではなかったのだ。

「備中《びつちゆう》の渓《たに》で、おどろ丸どのを襲うた者どもにござるな」

と庄五郎も、すぐに察する。

「無量斎《むりようさい》め。結着をつけてやる」

おどろ丸が隻眼を血走らせ、いまにも跳び出していきそうなようすをみせたので、

「待たれよ、おどろ丸どの」

と庄五郎は袖《そで》を掴《つか》む。

「とめても無駄だ」

「とめるつもりはござらぬ。それがしとて、いまでは、おどろ丸どのが性情《せいじょう》を、いささか知る者にござれば」

「ならば、放せ」

「戦うからには、策を用いねばなり申さぬ」

「策など要らん」

「庄五郎の才知を恃《たの》みとする。そう言わっしゃったは、偽りにござったか」

「………」

さすがのおどろ丸も、二の句が継げぬ。そのようすを、諾と理解した庄五郎は、気絶している者の着衣を手早く剝ぎはじめた。

ほどなく、おどろ丸と庄五郎は、髪をざんばらにして裏青江衆の衣をまとうと、本物の裏青江衆の三名のからだを抜け穴の中へ押し込み、出口を板で塞《ふさ》いだ。

家は、壁といい、屋根といい、隈《くま》なく炎上し、周辺を煌々《こうこう》と明るく照らしている。

このとき左方から、燃えあがる家の横手をまわって、裏青江衆がひとり、足早にやってきた。

「おい。こっちからは、誰も出てきいへんか」

家のおもてがわに待機するであろう無量斎は、おどろ丸が跳びだしてこないことを訝《いぶか》り、左右と裏手の配下らへ、確認の者を走らせたのに違いなかった。

庄五郎が大きくかぶりを振ってみせると、その者は、両人の前を通過し、右方へ回り込もうとした。が、ふいに立ち止まる。

おどろ丸の反応は、迅《はや》かった。

「もうひとりは……」

振り返りながら、そこまで言いかけたその者へ、躍《おど》りかかったおどろ丸は、対手の頭を両掌《りょうて》に挟《はさ》み、一瞬で頸骨《けいこつ》をねじ切った。

「おどろ丸どの、ここからは一《いち》か八《ばち》かにござる」

「よし、庄五郎」

この両人、いつしか呼吸《いき》が合いはじめたといえる。

庄五郎は、右方へ走り出て、わめいた。

「逃げた。おどろ丸が、山へ逃げよった」

たちまち、あわただしい動きが起こる。

「追え。逃がすのやない」

おもてがわから聞こえた下知の声に、むろんおどろ丸は聞き覚えがあった。

庄五郎が、山の麓《ふもと》の木立の中へ、走り込む。

それを追って、黒煙をあげて燃え熾《さか》る家の右から左から、裏青江衆がわらわらと駈け出てくる。弓矢を携《たずさ》えた者も何人かいる。

おどろ丸は、その場に蹲《うずくま》り、解けてしまった草鞋《わらじ》の紐《ひも》を結び直す仕種《しぐさ》をした。無量斎の通過するその一瞬が勝負だ。無量斎だけは、野太刀を背負っているはずなので、すぐにそれと見分けられる。

おそらく無量斎は、おどろ丸が櫂扇の太刀を鍛え、それで足利義材暗殺を遂行せんとしたことを、どうかして知り得たのに相違ない。

暗殺は未遂に了《お》わったが、もし成功していれば、赤松政則《あかまつまさのり》が反義材派の一翼を担《にな》うことは衆知の事実ゆえ、六代将軍義教《よしのり》と吉野《よしの》朝皇胤弑逆《こういんしいぎやく》の赤松囃子《ばやし》が、みたび出現したと取り沙汰《ざた》されたことは疑いない。赤松囃子といえば、備中青江派の呪《のろ》われた剣というのが、世の定説である。これは、青江派にとって恥辱以外のなにものでもなかった。

櫂扇隠岐允《おきのじょう》とその刀がこの世に存する限り、いつまた赤松囃子が世に出るか。青江派はその幻影に脅《おびや》かされつづけねばならぬ。隠岐允の息の根をとめ、櫂扇の太刀を叩き折って消滅させることは、青江派の影の軍団裏青江衆のいわば使命なのであった。

ただ、前代までの櫂扇隠岐允は、裏青江衆から逃れるために、島や山中に潜《ひそ》み隠れたり、有力者の保護下に入ったりを繰り返してきた。おどろ丸は違う。

おどろ丸は、裏青江衆に対して敢然と闘う男だ。それだけの凄《すさ》まじい剣技と体術を自得している。それを知る無量斎なればこそ、こうして不意打ちの形をとった。

だが、さしもの無量斎も、いままさに、おどろ丸から不意打ち返しを食らおうとは、予想だにしていない。

ひとり野太刀を背負った無量斎は、家の横手を走り抜けていくさい、裏手との角のあたりに蹲る配下のひとりを、眼の隅にちらりと入れた。草鞋の紐を結んでいる。いまや轟然《ごうぜん》と音たてて、家を焼き尽くそうとする炎の明るさに、その者の巨姿は際立《きわだ》った。

（………）

無量斎は、何か違和感をおぼえる。が、走りの勢いのまま、その者の一間余り前を通りすぎた。

刹那《せつな》、背後に激烈な殺気を浴びせられ、無量斎ほどの者が、はっとして、急激に立ち止まった。足が竦《すく》んだのである。

上体だけ振り向かせた無量斎の双眼は、太刀を大上段にかまえて仁王立《におうだ》つ巨姿を捉《とら》えた。踏み込む必要もない。振り下ろすばかりの至近《しきん》距離だ。

半首の鉄面の中で、隻眼が笑った。

「おどろ丸」

裏青江衆の頭目《とうもく》は、喉《のど》を絞《し》めつけられたような、掠《かす》れた呻《うめ》きを洩らす。

「櫂扇の斬れ味、おのれの肉と骨とでたしかめろ、無量斎」

宿敵へ死を宣告したおどろ丸の双腕に力が漲《みなぎ》ったのと、燃え木が爆《は》ぜ、家がけたたましい音を発しながら崩れ落ちたのとが、まさしく同時のことであった。

赤々と燃える板切れが、幾つも勢いよくはじけ飛んで、おどろ丸の頭といわず、背といわず足腰といわず、ところかまわずぶちあたる。

「くっ……」

夥《おびただ》しく舞い立った火の粉に、顔面を襲われては、おどろ丸も怯《ひる》む。

その熱さが、黒革の眼帯の下に隠された潰《つぶ》れた左眼の過去を、一瞬、脳裡《のうり》に過《よぎ》らせた。少年時代、焼き入れの水加減を盗もうとして、父羽寿《はねひさ》より、燃える鉄梃子《かなてこ》を押しつけられたものだ。羽寿の若き日の二の舞を、おどろ丸もまた踏んだのである。刀工父子の業《ごう》であったろう。

無量斎は命を拾った。横っ跳びに身を投げ出し、櫂扇の刃圏内から逃れ出たのである。

「皆、戻ってこい。おどろ丸はこっちや」

山に向かって、無量斎がわめいた。

(これはいかん)

無量斎の声を、山の斜面で聞いた庄五郎は、ただちに踵《きびす》を返し、木々の間を縫《ぬ》って駈け下りていく。

裏青江衆も、戻りはじめている。

差料をすっぱ抜いた庄五郎は、背後にまったく注意を向けぬ裏青江衆の者の首へ、棟打ちを揮《ふる》った。ひとり、二人、三人……。

おどろ丸が、暑苦しい半首を取り去り、無量斎へ投げつけるや、逆に木立の中から矢が飛来し、足許《あしもと》へ突き立った。

火明かりの前では、狙《ねら》い射《う》ちにされる。おどろ丸は、そこを離れて家のおもてがわへ出て、そのままなおも遠ざかり、夏草の海ともいうべき広野へと身を移した。

生い茂る夏草の丈は高く、腰のあたりまで隠れる。おどろ丸は、しゃがみ込み、裏青江衆の視界から姿を消した。

日中ならば、暑熱に灼《や》かれて、噎《む》せ返るような匂《にお》いと、どんよりした温気《うんき》のこもる草むらも、この深夜では幾分の清々《すがすが》しさをおぼえる。

そこに一輪だけ咲いている萱草《かんぞう》の花に、手が触れた。暗くて分からぬが、花の色は黄赤色のはずだ。

なぜか、松姫の俤《おもかげ》が花に重なり、その唐突なおのが心の動きに、おどろ丸は微《かす》かにうろたえる。おどろ丸にとっては悲劇的な別れだった赤松邸の夜も、炎の中での闘いであった。その景色が、いま似たような場面を得て、にわかに松姫を登場させたのやもしれぬ。

唐土《からくに》には萱草の若葉を食して憂《う》さを晴らす俗習がある。父羽寿がそう語ったことがあった。いまにして思えば、羽寿自身の母の紀沙《きさ》、あるいは、おどろ丸が顔すら知らぬ母倩倩《せんせん》、そのいずれかより仕入れた羽寿の知識であったろう。

凶暴《きょうぼう》な怒りが、身内に膨《ふく》れあがってきた。おどろ丸は、萱草の花を掌のうちで握り潰した。

「あっ」

「何や」

「そやつを斬れ。敵や」

燃え落ちていく家の前で、怒号が飛び交いはじめた。

（庄五郎が戻ってきたか）

救わねばならぬ。おどろ丸は、立ち上がって、叫んだ。

「裏青江の間抜け衆が。おれは、ここだ」

すぐに、裏青江衆の幾人かが反応し、丈高《たけたか》い夏草の海へ跳び込む。

「やめい。おどろ丸の誘いにのるんやない」

無量斎が制止の声をあげた。おどろ丸はまともに斬り合って勝てる対手ではないのだ。飛び道具を忘れてはならぬ。

しかし、もはやおそい。間抜け呼ばわりされて、数えて八人の配下が、飛び道具を使うことばかりか、我をも忘れて突っ込んでいく。

うけて立ったおどろ丸の魔性の太刀は、月光を撥《は》ねて、原野に断末魔《だんまつま》の悲鳴と血を呼んだ。

「皆、矢や。矢を射れ。早うせい」

無量斎は、みずから、弓に矢をつがえながら、怒鳴り散らす。

「味方に中《あた》りまするぞ、おかしら」

「かまわへん。あの間抜けども、どうせおどろ丸に斬られるわ」

おどろ丸が配下と斬り結んでいるいまなら、周囲が暗くとも、その位置を確認できる。矢継《やつ》ぎ早《ばや》に射れば、中る確率は低くない。

無量斎は、家の前の草を刈った空き地から、夏草の海の際まで寄ると、何の躊躇《ためら》いもみせずに、弦音《つるおと》を響かせた。おどろ丸と配下の戦闘場まで、二十間足らず、矢は唸りをあげて夜気を切り裂《さ》く。

「ぎゃっ」

敵のひとりが、首の横から矢を浴びてもんどりうったのを見ても、おどろ丸は驚かぬ。無量斎の意図を、とっさに看破したからである。

仰天したのは、おどろ丸に斬りかかっていた無量斎の配下どもだ。火事明かりのほうを見返って、射るなと両腕を振ったり、頭を抱えたりする。

だが、おどろ丸は、その隙《すき》をついて斬り倒すような愚行を犯さぬ。楯《たて》は多いほうがよいのである。戦闘場を素早く離れ、草むらの中へ頭から跳び込んだ。

地につけた耳へ、馬蹄《ばてい》の轟《とどろ》きが聞こえた。それは、急速に大きくなるではないか。

馬蹄音だけではない、人の足音も多く混じっている。

おどろ丸は、草むらから顔だけのぞかせ、三井山とは反対側の方向を眺めやった。夜目《よめ》の利《き》く隻眼が、迫る軍団を捉えた。

騎馬が五騎に、徒歩《かち》の者が四十人ほどか。

(長井越中……)

もしそうだとすれば、おどろ丸にとって前門の虎《とら》、後門の狼《おおかみ》ということになる。この場は、前門の虎を討って斬り抜けるほかない。無量斎率いる裏青江衆は、いまや総勢十名ばかりであろう。

おどろ丸は、意を決して起《た》つや、燃える茅屋めざし、夏草を蹴立《けた》てた。

だが、無量斎とて、突然の見知らぬ軍団の出現に、胆《きも》を冷やしていた。

「退《ひ》けや。退けや」

裏青江衆は、こちらへ駈け向かってくるおどろ丸に、いまや眼もくれず、三井山のほうへ逃れていく。

「庄五郎。どこだ、庄五郎」

夏草の海から空き地へ出たおどろ丸は、友の姿を探す。庄五郎の智慧《ちえ》を借りなかったら、無量斎を慌てさせることもできず、いまごろおどろ丸はどうなっていたか知れぬ。

　さらに呼ばわるが、返辞はない。軍団が迫る。

　おどろ丸は胸をしめつけられた。まさか庄五郎が斬られたのでは。

「お……おどろ丸……どの」

　呻き声だ。

　右方の草むらに、膝下《ひざした》を空き地へ投げ出し突っ伏している者がいる。

　走り寄ると、血臭が鼻をついた。背中をざっくり割られて、黒く濡《ぬ》らしている。鎖《くさり》帷子《かたびら》を切るほどの腕は、無量斎しか持ち合わせぬ。しかも無量斎の野太刀は、青江恒《つね》次《つぐ》であるはずだ。

　抱き起こしてみると、この世でただひとりの友となった男が、虫の息であった。眼も閉じかけている。

「庄五郎、おれだ。おどろ丸だ。眼をあけろ」

「不覚を……」

「助けてやる。必ず助けてやるぞ」

　おどろ丸は、庄五郎のからだを、左肩へ担《かつ》ぎあげた。右手は、櫂扇の太刀を執《と》る。

　しかし、軍団からは逃げきれなかった。騎馬の五騎が、次々と空き地へ躍り込んできたのである。

そのうちの一騎が、火に愕《おどろ》いた乗馬《じょうめ》をなだめようとしたのか、強く手綱《たづな》を引き、おどろ丸のすぐ眼前で輪乗りをする恰好《かっこう》になった。

「退《の》け」

櫂扇の撥ね上げ一閃《いっせん》、おどろ丸は、馬の首を刎《は》ねとばした。馬首と一緒に騎乗者も、手綱を掴んだまま宙へ放り出される。

ほかの四騎の鞍上《あんじょう》から、おおっという悲鳴とも賛嘆ともつかぬどよめきがあがった。

「待て、おどろ丸。早まるでない」

首領らしき者が、おどろ丸を制するように、右手を前へ突きだす。眉《まゆ》と左右にはねた口髭《くちひげ》が濃く、盛り上がった肩の肉に首が埋もれたような体軀《たいく》の持ち主である。戦場往来を常とする男に相違ない。

「石丸丹波守利光《いしまるたんばのかみとしみつ》じゃ。おぬしが身を所望すべく、かく罷《まか》り越した」

下馬して、そう明かした。

十日前、青野ケ原で、おどろ丸と庄五郎が、西村三郎左衛門尉の刃《やいば》の下から助けてやった石丸典明の兄ではないか。斎藤妙純とこの国の勢力を二分する実力者だ。

見れば、ひとりまだ騎乗の者が、典明であった。おどろ丸と視線が合うと、落ち着かなげにおもてを逸《そ》らした。

「典明。まずは十日前の非礼を詫《わ》びよ」

「兄者……」

不服げに何か言い返そうとした弟を、丹波守利光は、じろりと睨んだ。

「あのときは……」

そこまで典明が言いかけたとき、

「詫《わ》びを申し入れるに馬上よりの法があるか、このたわけがっ」

さらに叱《しか》りつけて、丹波守利光は、鞭《むち》を投げつける。

腕を打たれて、顰《しか》めっ面《つら》をした典明だったが、この兄の命令は絶対なのであろう、渋々ながらも下馬し、おどろ丸に挨拶《あいさつ》をいれた。

このときには、徒歩の者たちも、空き地へ集まってきている。

「長井越中に襲われたか。あれは度量の小さき男ゆえ、おぬしほどの者が怖いのだ」

あたりを見回しながら、丹波守利光は言った。庄五郎に殪《たお》されたのであろう、裏青江衆の死体が二つ、転がっている。

どうやら丹波守利光は、おどろ丸が、長井家に仕えるか、逆に越中守秀弘に襲撃されるかする前に、わがほうへ引き入れようと、急いで馳《は》せつけてきたものらしい。とすれば利光方は、間者《かんじゃ》を放つかどうかして、絶えず妙純方の武将の日常を探らせ把握《はあく》しているということになる。一国の覇権《はけん》を争うからには、それは当たり前のことだが、おどろ丸が長井家を訪れた日の夜に、早くもこうして動いたあたりは、丹波守利光の果断さを示すものであろう。

「長井越中の手の者ではない」

とおどろ丸はこたえた。が、それ以上を語らぬ。

「西村三郎左を手もなくひねり、明珍《みょうちん》の兜《かぶと》を両断し、いままた馬の太き首を刎ねたようなおぬしだ。敵は多かろう」

丹波守利光も詮索《せんさく》はせぬ。おどろ丸ほどの強者ならば、その過去やしがらみなど、どうでもよいことなのである。

「おどろ丸。わしは、おぬしが欲しい。なれど、まだ禄《ろく》はやらぬ。禄は、いくさ場《ば》での働き次第じゃ」

さすがに一方の総大将だけあって、越中守秀弘ごときとは器《うつわ》が違う。いっそ気持ちのよい申し出といえよう。

それに、この条件ならば、どこの馬の骨とも知れぬ余所者《よそもの》を加えることを、家臣たちも納得できようというものだ。

「石丸丹波も、いまや齢《とし》を食ろうて気が短《みじこ》うなった。わが手に仕えるや否《いな》や、この場で返答をきかせよ、おどろ丸」

否と返答したところで、丹波守利光は怒りはしまい。おどろ丸は、庄五郎の才知を信じたのである。庄五郎が、最初のあるじとして選んだのは、越中守秀弘であった。

だが、すでに、心は傾きはじめている。

（ゆるせ、庄五郎）

心中で謝ってから、おどろ丸は言った。

「これは、おれの友だ。深手《ふかで》を負っている。この男の命を救うてくれ。されば、麾下《きか》となろう」

「決まったわ」

丹波守利光は、おのが左掌《ひだりて》を右拳《みぎこぶし》で叩くや、

「戸板をもて」

ただちに命令を下す。

徒歩の兵の中から、戸板を背負った者が出てくる。丹波守利光が負傷したときのために用意されたものであろう。

おどろ丸は、戸板の上へ、庄五郎の身をそっと横たえさせる。いつも笑っているような愛嬌《あいきよう》のある顔に、いまは血の気がない。

「さむい……」

庄五郎の唇が顫《ふる》えた。

すぐに兵らは、胴丸をはずし、脱いだ上衣を、次々と庄五郎のからだへ掛ける。

戸板が担ぎあげられた。

「それ、急げ」

丹波守利光の戦場鍛えの声が響き渡る。

みずから、戸板の前を受け持ったおどろ丸は、空いている手で、庄五郎の手を握った。

（死ぬな、庄五郎）

月光の下、軍団は、各務野の草を分け、足を速めていった。

三

季節の移りゆく兆《きざ》しであろう、何日か前まで死んでいた風が起《た》ち、金華山の千枝万葉の梢《こずえ》を微かに顫わせている。

それでも太陽は依然として白光し、日中は野山の炎気が冷めやらぬ。その残りの暑さを惜《お》しむかのように、途切れ途切れに蟬が鳴く。

高さ百丈をいささか超えるにすぎぬ金華山だが、四季を通じて鬱蒼《うっそう》たる緑に被《おお》われるその山容は険しい。別して北側は、

「巌丈《がんじょう》高く立ちのぼって鏡を立てたるが如《ごと》し」

と地誌に記された断崖《だんがい》絶壁が長良川へ落ち込んでいた。

峻厳《しゅんげん》な北壁を離れて、西北麓《せいほくろく》へ眼を転じれば、椿原《つばきはら》という樹林の中に、垂仁《すいにん》天皇の皇子五十瓊敷入彦命《いにしきいりひこのみこと》を祭神とする正一位伊奈波《いなば》神社を見いだすことができる。この社地は、後年、西南麓に移遷《いせん》される。

木洩《こも》れ陽の射す社前に、佇む巨軀《にび》がひとつ。おどろ丸であった。

隻眼にめずらしく穏やかな色を滲ませているのは、柄《がら》にもない礼参《らいさん》ゆえであろうか。

裏青江衆の無量斎の刃に深手を負わされた庄五郎が、生死の境を彷徨《さまよ》う間、おどろ丸は毎日、伊奈波神社に参拝し、友を蘇生《そせい》させよと神を威《おど》しつづけた。

この神社を選んだのは、斎藤妙椿が当社本縁起を写して後土御門《ごつちみかど》天皇より題簽《だいせん》を賜《たまわ》

った、と庄五郎から聞いていたからだ。妙椿に手厚くされた祭神なら、妙椿に借りがあるということになろう。その借りを、妙椿が最も信頼した者に返せ。これが、おどろ丸の論理である。

幸いにも庄五郎は一命をとりとめた。結果的には庄五郎自身の生命力が強かったのであろうが、やはり、礼の一言を陳《の》べるくらいはせねばなるまいと思い、こうして出向いてきたのであった。

「命冥加《いのちみようが》だったたな」

その一言を洩らしただけで、おどろ丸は踵を返す。

命冥加とは、庄五郎にではなく、祭神に向けて放った。庄五郎が息を吹き返さなかったとき、神社を叩き壊すつもりでいたからである。謝辞というには不敬きわまりないが、これが神仏に対する、おどろ丸の流儀というものであった。

樹林を抜け出ると、眩しい陽射しに襲われる。往《ゆ》く夏の最後の暑熱を、むしろ心地よく感じながら、おどろ丸は長良川の磧《かわら》へ向かってそぞろ歩いた。

いくさの始まらないうちは、おどろ丸は日がな一日、何をしていてもかまわぬのである。丹波守利光が、それほどおどろ丸の剣技に惚《ほ》れ込んだということであった。

丹波守利光はおどろ丸の太刀にも魅せられたが、さすがに伝説の櫂扇のことまで知らぬようなので、おどろ丸は父祖から譲り受けた無銘の業物とだけこたえておいた。

川面《かわも》に無数の光を躍らせながら、ゆったりと流れゆく大河の岸辺に、舟が幾艘《いくそう》も舳《へ》先《さき》を乗り上げて列《つら》なっている。出漁を待つ鵜飼舟《うかいぶね》であろう。

このあたりは、当時から鵜飼の地として有名で、暗夜ともなれば、革手城に寄食する京の公家《くげ》たちが見物に訪れる。

暗夜に篝火《かがりび》を焚《た》いて舟上より鵜を遣《つか》うのは、そのほうが効果的だからである。水中では魚より動きの鈍い鵜も、火に驚いてその明かりに銀鱗《ぎんりん》を光らせ逃げ惑《まど》う魚を捕らえることは、さして難しくない。

むろん、日中に行うこともあるし、徒《かち》による鵜飼も通常の漁法であった。

おどろ丸の隻眼は、河原に出ている鵜飼船頭たちの出漁支度の点景を拾う。

舟体の検《あらた》め、荷運び、鵜への給餌《きゅうじ》、鵜のからだを触《さわ》って体調を診《み》る、鵜を鵜籠《うかご》に入れたまま水浴びさせる、逆に籠から出して翼を乾かさせる……。

この者たちは、川を上下しながら漁《すなど》りすることだけに、一生涯を費やすのであろう。そう思った途端、おどろ丸は、

「おもしろくもない」

呟いて、くるりと背を向けた。

この罵言《ばげん》は、刀剣作りだけで年老いてゆくことを拒否した男の、微かな痛みを伴った意地であるのやもしれぬ。

「待て、そこな大男」

にわかに呼びとめられ、おどろ丸は、ふたたび磧へ眼を向けた。

呼びとめたのは、鵜飼船頭たちではない。上流から来たって岸へ小舟を寄せた者が、磧へあがるところであった。

（女……）

長い黒髪を無造作に後ろで束《たば》ね、白帷子に白い裁付という、女にしては異様な風体《ふうてい》というほかない。しかも、腰にひとふり、刀を差しているではないか。

（何者だ……）

こちらへ真っ直ぐ歩いてくるその腰の落ち着きぶりに、おどろ丸は眼を瞠《みは》った。鞘の長さから察するに刃渡り二尺足らずであろうが、刀を帯びたまま、たしかな足取りで歩くことは、それを日常とする武士か、おどろ丸のように鍛えあげた者でなければ容易ではない。

おどろ丸の二間ほど前で立ち止まった女は、隻眼異相の巨軀を前にして、何ら怖れたようすもなく、むしろ挑戦的な鋭い視線をあててくる。白ずくめの装束《しょうぞく》がその形のまま際立《きわだ》つほど、顔や手の膚《はだ》は浅黒いが、意外にも整った顔立ちの持ち主だ。年齢は二十歳《はたち》そこそことみえた。

「おんし、おどろ丸じゃろう」

そのぶしつけな物言いに、おどろ丸は、唇許《くちもと》を歪《ゆが》ませる。怒ったのではない。椿衆の猫を思い出して、苦笑したのである。

「何がおかしい」

女が色をなす。

「美濃の女は皆、そんなふうか」

「そんなふうとは、どんなふうじゃ」

「こっちが訊いている」

「訊いたのは、わっちが先ぞ。おんし、おどろ丸じゃな」

「だとすれば、何の用だ」

「その背負い太刀、わっちによこせ」

さしものおどろ丸も、啞然《あぜん》とした。太刀をよこせとは、京の五条大橋《ごじょうおおはし》で、かの弁慶《べんけい》が牛若丸《うしわかまる》に吐いた台詞《せりふ》ではないか。

「女ひとりの追剝・盗人とは、めずらしい」

「無礼な。わっちは追剝・盗人ではないわ。美濃いちばんの刀鍛冶じゃ」

思いもよらぬこたえが返ってきた。女の刀工など、聞いたことがない。

（狂女か……）

と疑った瞬間、女が踏み込みざまに差料を鞘走らせた。

横っ跳びにその切っ先を躱《かわ》したおどろ丸だが、女とみて油断していたとはいえ、なまなかでない鋭鋒《えいほう》に、ひやりとした。二尺をこえる刃であれば、上衣《うわぎ》を裂き、膚へ達していたやもしれぬ。

「錦弥《きんや》。刀を退《ひ》け」

おどろ丸の背後から叱声《しっせい》がとんできた。

声の主は、笠を被った十徳《じっとく》姿の小柄な人物であった。黒牛の背に括《くく》りつけた籠の中に座っている。

徒の随行が七人いるが、そのうちの投げ頭巾《ずきん》を被った男に、おどろ丸は見覚えがあった。

（関鍛冶の之定《ゆきさだ》とかいうやつだ……）

金華山南麓の長井越中守屋敷で、おどろ丸は、鉢試しに使われた之定の打刀を、鈍刀《なまくら》ときめつけている。

おどろ丸と眼が合うと、之定は、すぐに視線を逸らせ、痩身《そうしん》を縮《ちぢ》こまらせた。惧《おそ》れているとも、屈辱を堪えるような風情《ふぜい》ともみえた。

「おまはんの下知を聞かねばならんいわれはない」

錦弥とよばれた女が十徳姿へ言い返すと、供衆の中の年かさの男が、あきれたように眉《まゆ》をひそめる。

「お父《とと》さまに、なんという物言いをなさるか」

「ふん。何がお父さまか。わっちとは何の関わりもない、ただの老いぼれじゃ」

「錦弥さま」

「よいわ、徳阿《とくあ》」

黒牛の背の人物は、錦弥の悪口にべつだん怒ったようすもなく、年かさの男へ手を振ってから、供衆の手をかりて籠から下りると、笠をとった。剃《そ》り上げた頭があらわれる。老爺《ろうや》であった。

「申し訳ござらぬ、おどろ丸どの。身内の恥をさらしてしもうた」

「わっちの話はおわっておらん」

なおも錦弥がいきり立つ。刀を勇ましく八双《はっそう》にかまえている。

「去《い》ね、錦弥」

老爺の睡《ねむ》たげに垂《た》れ下がっていた瞼《まぶた》が、押し上げられ、その双眸が鋭く錦弥を射た。老いた足腰とは対照的な力強い眼光を、おどろ丸は見逃さなかった。

臆《おく》せずに見返した錦弥だったが、ついには気押《けお》されたか、抜き身を鞘に収める。

「おぼえておくがいい、おどろ丸。その老いぼれに気をゆるすと、ひどいめに遇《あ》う」

錦弥は、腹立たしげにわめいてから、小舟を打ち捨てにして、足早に歩き去った。

いったい、どういう父娘《おやこ》なのであろう。

「名乗り後れたが、手前は関鍛冶の信濃守兼定《しなののかみかねさだ》と申す。むろん、信濃守は僭称《せんしょう》にござる。いささかの飾りをつけねば、関鍛冶総元締の面目が立たぬのでな」

その老爺、初代兼定は笑った。之定の父である。

「官名など、くだらぬ」

とおどろ丸は、吐き捨てた。

「いいや、手前の守《かみ》名乗りはくだらぬものなれど、おどろ丸どのが官名は、われら関鍛冶にとっては至上のもの」

「なに」

「隠岐允《おきのじょう》どのとおよびしてよろしいか」

兼定の口調には、確信の響きがある。

これではとぼけることもできぬ、とおどろ丸は肚《はら》を据えた。

「いまでは亡霊じみた官名だ。おれに何の用だ」

「いま申し上げたとおり」

隠岐允の官名は関鍛冶にとって至上のもの、と兼定が言ったことに、おどろ丸はあらためて思い至った。

どういう意味かと興味を湧かせたが、いまや刀工を捨てた身である。

「おれは、関鍛冶とは関わりない」

にべもなく宣して、おどろ丸は、兼定らの横を大股《おおまた》に歩き過ぎていく。

「お待ちくだされ」

兼定のよびとめる声にも振り向かぬ。

異変は、数瞬後に起こった。おどろ丸の背後で、黒牛がひと声、高く啼《な》いたかと思うと、急速に地響きが迫ったのである。

振り返った隻眼に、鼻息も荒く、怒りの形相《ぎょうそう》で突進してくる黒牛が映った。兼定がどうかしてけしかけたに相違ない。

おどろ丸は、いまや猛獣と化した黒牛めがけて疾駆《しっく》するや、激突寸前で、巨軀を宙へ舞わせて足下にこれをやり過ごし、そのまま兼定まで達した。早くも背負いの櫂扇を抜刀している。

之定と供衆は、唸りをあげて兼定の脳天へ振り下ろされる太刀を、とめうる術《すべ》をもたず、ただ一様に身を固くして立ちすくんだ。

（この老人は……）

おどろ丸の身内から、瞬時にして殺気が失《う》せた。おどろいたことに、兼定が、老顔に恐怖の色を泛《うか》べもしなければ、瞬《まばた》きひとつせずに、ゆったりと佇んでいたからである。

おどろ丸は、切っ先三寸を、毛一筋ほどの隙間を余して、入道頭《にゅうどうあたま》の上にぴたりと止めた。

兼定の上眼遣いの双眸が凝視《ぎょうし》するものは、ただひとつ。櫂扇の太刀の刀身であった。

表情が、陶然《とうぜん》たるそれに変化していく。溢《あふ》れるものは、歓喜であった。

「なんという……」

兼定の声がかすれる。あとは言葉にならなかった。

四

おどろ丸は、ぜひ見てもらいたい秘宝があるという兼定に請《こ》われるまま、その場から関へ向かった。

先に兼定は、おどろ丸を関の自邸へ招きたい、と丹波守利光にことわって許しを得ていたが、念のため供の者を舟田城へ遣《や》って、あらためてそのことを伝えさせた。

途々《みちみち》、兼定の口から、錦弥のことが語られた。

「手前が樵夫《きこり》のむすめに産ませた子にござる。いささかの子細《しさい》があり、手もとで育てることがかない申さず、あれが十三の齢《とし》にふたたび会《お》うたときには、すでにあのような悍馬《かんば》に……」

溜《た》め息まじりの兼定であった。

「美濃いちばんの刀鍛冶だそうだな」

おどろ丸が言うと、兼定はふふっと鼻で笑った。

「生兵法《なまびようほう》に似たものにござる」

その笑いは嘲《あざけ》りのようには見えぬ。奔放なむすめへの愛情を秘めた苦笑であったろう。

錦弥がひとりで山中の鍛冶小屋に棲《す》んでいると聞いて、おどろ丸はあの獣じみた言動が腑《ふ》に落ちた。

「あのような乱妨者《らんぼうもの》がいては、鳥獣が迷惑する」

冗談のつもりもなく、おどろ丸は思ったままを口にしたのだが、なぜか兼定が満面を笑み崩した。

「錦弥のことを、そのように言うてくれた御仁《ごじん》は、はじめてにござる」

「聞き違《たが》えたか。おれは、褒《ほ》めておらん」

「少なくとも、あれにいささかの興をおぼえられたのではござらぬか」

「…………」

そう言われれば、そのとおりだが、といって、おどろ丸は、もういちど錦弥と対したいとも思っていない。

道中、兼定は終始、上機嫌でおどろ丸に話しかけたが、之定のほうは一言も口をきかずにいた。

関に到着したのは、日暮れ近くなってからである。

十六所《じゅうろくせん》山と丸《まる》山が南北に迫る道を抜け、町の西外れへさしかかったあたりで、早くも鎚音《つちおと》が聞こえてきた。さすがに鍛冶の町というべきであろう。

　このころの関には、刀工が八十名前後いた。日用刃物の鍛冶はさらに多いし、研師、鞘師、鐔工《つばこう》なども加えれば、鍛冶に関わる人間とその家族だけでも、千人、二千人という数であった。むろん、その他の職人も住めば、百姓家もある。

「関は千軒、カジヤの名所」

という歌の文句が後世に伝わるが、それが決して大げさでないほどの大きな町だったのである。

　また、この町は、鍛冶に必須《ひっす》の鉄材も含めて、飛騨《ひだ》の山々に産出する資源が南に陸送されるさい、平野部への出口ともいうべき土地に位置している。町の南を流れる津保川の水運も利用された。そのうえ、町中を横断する往還《おうかん》は、当時盛んだった白山《はくさん》信仰の美濃からの登拝路の起点となる長滝寺《ちょうりゅうじ》への道であったことから、美濃国内は言うに及ばず、尾張・信濃の信仰者たちも多くここを通った。

　そうした地理的条件にも恵まれて、関は発展してきたといえよう。

　日が没しようというのに、まだ人出のある往還では、兼定の姿を見つけた者は、立ちどまって会釈《えしゃく》をする。中には、とれたての野菜やら、川魚やらを供衆へ渡す者もいた。そのたびに、兼定も笑顔でこたえる。

（兼定は人望が厚い……）

おどろ丸はそう察した一方で、之定に対する町の人々の反応は、いささかぎごちないようだと思った。兼定の子だから挨拶をするといった印象を拭《ぬぐ》えない。ただ刀工としての技術は、子が父を凌《しの》ぐという評判らしく、兼定の引退後、関鍛冶総元締の座はすんなり之定が継ぐと目されている、とおどろ丸は聞いていた。

往還は、町のほぼ真ん中で、東西と北へ延びる三叉路《さんさろ》に岐《わか》れる。

兼定の一行は西からやってきたが、これは東山道へ通じる道だ。北は、白山道である。

のこる東の道を進めば、北から津保川へ流れ込む関川《せきがわ》を渡って、飛騨路へ入ることになる。この道は、梅龍寺山北麓で、尾張路《おわりじ》とつながっていた。

以前は関川が町の東境だったが、諸国から集住する鍛冶職人の数が増えるにつれ、いまでは川を越えても軒が列なっていた。関鍛冶の惣氏神《そうじがみ》である春日神社は、もともと川向こうに鎮座する。

三叉路より東の往還を挟んで、南北にそれぞれ弁才天社《べんざいてんしゃ》が祀《まつ》られているが、兼定の屋敷は、北側の弁天さまの近くにあった。そのため関の住人には、北屋敷とか、おきたさまなどとよばれる。

（砦《とりで》だな……）

　関川の流れを背後にして石垣上に建つ北屋敷を一目見て、おどろ丸はそう感じた。泥田のひろがる三方は、見晴らしがよいうえに、その中に屋敷門へ通じる細い道が一筋つけてあるばかりだ。これならば、易々《やすやす》と侵入されることはなかろう。

　兼定の一行が細道へ入るなり、屋敷内から奉公人たちが出てきて、門前で主人の帰館を出迎えた。

「おどろ丸どの。鍛冶場をご覧になるか」

　兼定が勧める。屋敷内の裏手に広くとってあるという。

「無用」

　にべもなく、おどろ丸はことわった。もはや刀工ならぬ身が、鍛冶場を見物したところで、何の益もない。

「秘宝とやらを見せるために、おれをつれてきたのだろう」

「さよう。夜更《よふ》けてお見せいたす」

「夜更けて……」

　おどろ丸は訝る。なぜ、いま見せられないのか。

「童子《どうじ》が光を好みませぬのでな」

謎《なぞ》めいた一言だったが、おどろ丸は問い返さなかった。夜になれば、わかることだ。

夕餉《ゆうげ》の膳《ぜん》は、酒が出て、肴《さかな》の品数も多い贅沢《ぜいたく》なものであった。別して、最後に供された羊羹《ようかん》の甘さに、おどろ丸は舌がとろけそうになった。

当時、羊羹の甘味料といえば、甘葛《あまずら》を用いたものだが、おどろ丸の食した羊羹には、上級公家か国持大名あたりの口にしか入らぬであろう貴重な砂糖が使われていたのである。おどろ丸は、こうしたところに、関鍛冶総元締の力の一端を垣間《かいま》見る思いがした。

長良川と津保川に挟まれたこのあたりは、かつて近江源氏佐々木《ささき》氏の所領であった。鉄の一大生産地である中国地方に強盛を誇った佐々木氏は、日用刃物で名を知られていた関を武器製造地に変身させるべく、材料となる砂鉄を本貫地《ほんがんち》の近江経由で美濃へ運ぶ経路を拓《ひら》いた。飛騨山地の鉄資源だけでは、関鍛冶の隆盛はありえなかったのである。

その経路が同時に、先進文化注入の道でもあったと考えれば、座を結成して経済力豊かな関鍛冶のもとへ、砂糖などの貴重品がもたらされていたとしても何ら怪しむに足りぬ。

「では、まいろうぞ。おどろ丸どの」

おどろ丸を促した兼定は、供衆をしたがえ、北屋敷を出た。之定も同行する。秘宝は春日神社の拝殿に眠るというのである。

松明をかかげた一行は、いったん町中の往還へ出た。深更《しんこう》のことで、森閑《しんかん》としている。

日中の強い陽射しとの落差が大きいせいであろう、夏の星のまたたきが、おどろ丸に涼気をおぼえさせた。

鍛冶座が出資して架けたという橋を渡ると、すぐ左手が春日神社の杜《もり》である。

鳥居の前で、供衆はとどまった。秘宝を眼にすることのできる人間は限られているらしい。

父子《おやこ》に導かれて、おどろ丸は、春日神社の参道を奥へすすんだ。之定が松明をもち、兼定は杖《つえ》をつく。

拝殿の手前に、毎年正月に関鍛冶七流が神事能を奉納する能舞台が作られている。

「拝殿へおあがりなされよ」

と兼定父子が、おどろ丸の前をあける。ここからはひとりで、ということのようだ。

「童子あらため、と申す」

「関鍛冶のならいか」

「えらばれし者のみに」

兼定の口調が重々しい。

それで、おどろ丸はおおよそのところを察した。

古来、日本においても、異朝においても、伝説中の鍛冶屋というものは、小人《しようじん》か童子の姿をしているものだ。鍛冶の神の化身なのである。

童子あらためとは、おそらく、鍛冶神が何らかの形で、刀工の才能なり性根《しようね》なりを試す儀式に違いなかろう。

(このおれを試すというのか)

捨てたはずの刀工の意地が、いや、唯一無二《ゆいいつむに》の天才鍛冶櫂扇隠岐允の誇りが、怒りとともに、身内にふつふつ滾《たぎ》りはじめた。

拝殿にひそむ鍛冶神は伝説のとおりの童子か、あるいは鬼か蛇か。

ためらわず階《きざはし》段を踏みしめ、簀子縁《すのこえん》まであがり、扉を開け放した瞬間、おどろ丸の五官は張りつめる。

(結界が張られている……)

光を好まぬ童子は、白山信仰の修験者《しゆげんじや》か何かであろうか。

拝殿内には、なぜか何も置かれていない。

「奥へ」

という甲高《かんだか》い声がした。小児のそれのようでもある。床下から突き上げてきたとも、天井から降ってきたとも聞こえたが、人の姿は見えぬ。

おどろ丸は、ちらりと背後を振り返る。階段下の兼定父子は、神社に侍《かしず》くようにして地へ座していた。

おどろ丸は、拝殿へ踏み込み、奥へすすんだ。といっても、大きな建物ではない。すぐ突き当たるはずであった。

ところが、どこまで行っても、奥の板壁に突き当たらぬ。

（しもうた）

自分が術にかかったことを知ったおどろ丸だが、気づくのがおそかった。

「降りよ」

姿なき声に命ぜられる。

足下に、急な階段があった。

見えざる力に引っ張られ、おどろ丸は、ふらふらと降りてゆく。

稍《やや》あって、ふっと頭が冴《さ》えた。術から解放されたらしい。

うろたえた。そこが無明《むみよう》の中だったからである。視覚ばかりか、聴覚にも嗅覚《きゆうかく》にも触れるものがない。

むろんおどろ丸は夜目が利く。しかし、それは、月や星の微光、川の水などの動きや、様々な物それ自体が放つつやのようなもの、さらには音や匂《にお》いを、鍛えあげた五官が感知すればこそ、見たい対象の姿形を捉《とら》えることができるのである。

このように紛れもなき真の闇《やみ》に閉ざされ、無音、無臭の世界では、おのれの存在すら疑わしく、おどろ丸ほどの者でも、押し寄せる不安を拭い去りがたかった。

だが、進むことも戻ることもできぬ。だいいち出入口の方向が皆目分からないし、一歩でも動けば何かにぶちあたったり、深い陥穽《かんせい》に転落するやもしれぬという恐怖も湧く。

みたび、甲高い声が響いた。

「闇にひとふりの太刀。天稟《てんぴん》なくば、おのが身に引き寄せることは叶《かな》わず」

この無明の闇のどこかに太刀があり、刀鍛冶として天賦《てんぷ》の才ある者だけが見つけられる。そういうことに違いない、とおどろ丸は解し、それこそ秘宝だと察する。

「時は、御歌《おんうた》二首のうち」

これは、歌二首を詠《よ》むうちに見つけよということか。御歌というからには、尊貴《そんき》の人がものしたそれであろう。

「人はよもかかる涙の色はあらじ」

一首目の上の句が、澄明《ちようめい》な声でゆっくり詠みあげられる。

（後鳥羽院の御歌）

櫂扇の祖である隠岐島の島鍛冶こうらは、櫂扇の刀工派名と隠岐允の官名を、後鳥羽院より賜った。爾来《じらい》、二百数十年、代々の隠岐允にとって、後鳥羽院は神にひとしい存在でありつづけた。

派名も官名も捨てたおどろ丸には、さまで崇敬《すうけい》の心はないが、それでも後鳥羽院を想《おも》えば、いささか粛然《しゆくぜん》の気を湧かせずにはいられぬ。

（まさか……）

この一首は、崩御《ほうぎよ》の前日に、料紙にしたためられたものだ。臨終の床によばれて、親しく玉音《ぎよくいん》を頂戴《ちようだい》したこうらは、配流地《はいるち》で貴き命を散らさねばならなかった後鳥羽院無念の〈涙の色〉を、鍛えた太刀にうつしとった。その涙の形が勾玉に似ていたことから、のちにこの櫂扇独特の刃文は、勾玉互の目と称《よ》ばれるようになる。

そうした櫂扇の伝承を顧《かえり》みて、おどろ丸がまさかと疑ったのも無理はなかろう。闇中に隠された太刀は、櫂扇のひとふりではないのか。

「身の習《ならひ》にぞつれなかるらむ」

と下の句がつづいても、おどろ丸は依然、佇立《ちょりつ》したままである。

次いで、二首目の歌が闇を顫わせはじめた。おどろ丸の声である。

「永らへてみるは憂《う》けれど白菊の」

そう発しながら、おどろ丸は、つつっと右へ動いている。この歌もまた、後鳥羽院薨去《こうきょ》前日の御歌であった。

だらりと垂らした右腕の外側へ返した掌《てのひら》が、板壁に行き着いた。いや、壁ではなく、太くて頑丈な柱のようだ。

おどろ丸は、掌を腰の位置に持したまま、躊躇わず足を送りだした。掌が柱の表面を撫《な》でていく。

闇の声は、沈黙した。詠《えい》じるはずだった二首目の御歌を、おどろ丸に先んじて発せられたと認めたことにほかならぬ。

柱は楕円柱のようであった。ぐるりと回り込んだおどろ丸の右掌《みぎて》が、冷たいものに触れた。鉄輪である。

「離れがたきはこの世なりけり」

おどろ丸は、鉄輪を引いた。

柱の一部がくるりと回転し、何かが現れた。横長に、胸の高さである。

ぼんやりとした光を放つそれは、柄にも鞘にも総体に鍍金《めっき》が施された太刀であった。

太刀をとったおどろ丸は、こんどは左へ寄って壁に触れると、そこに掌をつけて伝いながら、すすんだ。わけもなく出入口へ達した。

拝殿の階段上に姿を現したおどろ丸に、兼定と之定は眼を瞠った。左手にひっさげているものは、父子もかつて一度限《き》りしか見たことのない秘宝であることは間違いない。

「ようも探しあてられた。さすがじゃ」

と賛嘆する兼定とは対照的に、之定は茫然《ぼうぜん》と声を失っている。

（なんということか……）

名匠になるべき才ありと鍛冶座に認められながら、拝殿の闇の中へ引きずり込まれるや、秘宝の在《あ》り処《か》が分からず発狂した者すらいるという童子あらためである。存生中の関鍛冶の中で、これを超克できた者は、父と自分と孫六《まごろく》しかいない。孫六というのは、三本杉の刃文を創始した初代兼元《かねもと》の後継者で、技術において之定に次ぐと目される若者である。

打ち克《か》った之定ですら、拝殿より出てきたときには、息荒く、汗まみれであった。

ところが、眼前のおどろ丸は、まことに涼しい顔ではないか。これは、おどろ丸が刀工として超絶の天才である証左以外のなにものでもない。

長井越中守屋敷での事件といい、童子あらための結果といい、いかにしても取り消しようのない敗北感に、之定は塗《まみ》れた。

拝殿から地へ下り立ったおどろ丸が、之定のかかげる松明へ、秘宝の太刀を近寄せる。繊細きわまる透彫《すかしぼり》の菊唐草の太刀金具に珠玉をちりばめ、塵地《ちりじ》鞘《ざや》には鳳凰《ほうおう》の螺鈿象嵌《でんぞうがん》という、光彩陸離《こうさいりくり》の華麗なる拵《こしら》えが、三人の眼を射た。

「これは……」

もしやという思いをおもてに表し、おどろ丸はするりと抜いた。

おどろ丸の鍛えた太刀を鏡に映したのではないかと疑われる刀身が出現する。しかし、よく眼を近づければ、勾玉互の目のひとつひとつに、微小な赤黒い染《し》みのようなものが、おぼろに滲《にじ》んでいる。

（後鳥羽院の血の涙……）

一瞬、おどろ丸の父祖より受けついだ記憶が時空を超えた。波濤《はとう》逆巻《さかま》く隠岐島の断《だん》崖《がい》上で、尊貴の人が海風に向かって櫂扇の太刀を斬りつけている。

兼定は、ひとり大きく頷《うなず》いた。おどろ丸の手のうちで、関鍛冶の至宝がしっくりと馴染《なじ》んでいるのを、たしかに見たからであった。

「おどろ丸どの。もはやお分かりであろう。われら関鍛冶の始祖は、櫂扇隠岐允さまにござる」

「関鍛冶の祖は、元重《もとしげ》なる者と聞いている」

とおどろ丸は、ことばを返す。

「元重は仮の名。備中鍛冶より逐《お》われ、御命を狙《ねら》われる身であったゆえ、派名も官名も隠しておられた。もっとも、さようなことは、手前が申さずとも、おどろ丸どののほうがよくご存じのはず」

「二百数十年も前の話だ」

「元重を名乗りし隠岐允さまは、第二代であったと伝えられており申す。関の住人金《かね》重《しげ》が二代隠岐允さまの弟子となって学び申したが、ついに勾玉互の目の刃文はおろか、かように荘厳なる太刀を鍛えることは叶いませなんだ」

兼定の語る関鍛冶の歴史に耳を傾けながらも、おどろ丸は隻眼から疑念の炎を消さぬ。

「二代隠岐允は、この地で果てたのか」

「死期を悟られしおり、向後《こうご》、永遠に関鍛冶の守り神にならんと、この春日神社の拝殿の下に墓室を造り給《たま》いて、櫂扇の太刀とともに老いの身をお隠しになり、そのまま童子の姿をかりた鍛冶神におなりあそばした」

それから、ほどなくして、童子あらための儀式が行われるようになった、と兼定は言った。

「二代隠岐允の血縁は」

「初代隠岐允の父君と、三代を嗣ぐはずの男児がおられたが、逃れ逃れの旅のあいだに生き別れ、二代隠岐允さまおひとり、その太刀をたずさえ、関へ流れてこられた。そう伝承されており申す」

「この櫂扇、二代隠岐允が鍛えしものか」

「申すまでもなきこと」

すると、おどろ丸は、ふっと嗤った。

「何かご不審がおありか」

「関鍛冶衆は、この社への供え物を欠かすことはないのだろう」

「四季の節目に、必ず黄金を捧《ささ》げ奉《たてまつ》る。二代隠岐允さまはお隠れになるさい、関鍛治繁盛《はんじょう》のために彼岸《ひがん》にて黄金の太刀を鍛えるとご遺言あそばした。われら関鍛治は、その材料を供えているにすぎ申さぬ」

「二百何十年もの間か」

「さよう」

「たいそうなことだ」

皮肉めいた言辞を吐いてから、おどろ丸は太刀を鞘に収めると、兼定を睨んだ。

「それで、おれにどうせよというのだ」

「お察しのはず」

兼定も眼を逸らさぬ。

「われら関鍛冶に、櫂扇の鍛冶業《かじわざ》をご伝授願いたい」

「ことわる」

間髪《かんはつ》を入れず突っぱねたおどろ丸は、その刹那《せつな》、背後にひそやかな気配をおぼえて、振り返った。と同時に、秘宝の太刀を、腰へ引き寄せ、抜き打ちの構えをとっている。

拝殿内から滑り出てきた木箱の舟が、階段上の簀子縁にとまった。中に、白い幣《ぬさ》の頭巾《ずきん》を被った小さな影がおさまり、ぎょろりとした双眸を、火明かりに不気味に光らせた。

（猿……）

おどろ丸はそうと見極めたが、兼定父子はぬかずいてしまったではないか。

「鍛冶神の御使いにあられるぞ。頭が高い」

きょう、はじめて之定がおどろ丸に向かって放った一言は、咎《とが》めのことばであった。

木箱の舟の縁に二ケ所、鉤《かぎ》が付けられているが、どうやら秘宝をそこへ戻せということらしい。

「笑止」

おどろ丸は、秘宝の太刀を兼定に向かって放り投げた。その瞬間には、階段をほとんど一足跳びに駈けあがり、背より銀光を奔らせている。神域に、猿の首が転がった。

仰天する兼定父子を尻目《しりめ》に、おどろ丸は血刃を顔前に直立させ、結界を斬り裂いて、拝殿内へ躍り込んだ。途端に、周囲の板壁に影の群れが殺気を放って蠢《うごめ》く。

（幻術）

看破したおどろ丸は、本物の殺気の出所を総身に感じとった。

一瞬、腰を落としたかと見るまに、おどろ丸は、天井を振り仰《あお》ぎ、長軀《ちょうく》を伸びあがらせて、櫂扇の切っ先を突きあげる。

「ぎゃあ」

むささびのように四肢《しし》をひろげて舞い降りてきた影が、絶鳴を吐いた。そのからだは串刺《くしざ》しに貫かれている。

鐔元《つばもと》まで被いかぶさった肉塊《にくかい》を、太刀を頭上に立てたまま支えるおどろ丸の膂力は、さすがに尋常のものではない。

そのまま、おどろ丸は、向きをかえ、拝殿から簀子縁まで出るや、

「むっ」

低い気合声を洩らして、太刀を前へ振り下ろした。刀身を抜け出た屍《しかばね》が、宙を飛んで、兼定父子の間の地へ転がり落ちる。

たちまち、血臭が漂《ただよ》う。

「われらが氏神さまを……」

それなり之定は声を失った。

「おどろ丸どの。これは、何としたことか」

兼定もめずらしく激昂する。おどろ丸の所業は、関鍛冶総元締としてゆるせること

ではなかった。

「よく見ろ、鍛冶の神の正体を」

おどろ丸は意に介していない。

之定のかざす松明に浮き上がった仰《あお》のけの死体は、髻《もとどり》を結わぬ蓬髪《ほうはつ》を地にひろげていた。だが、小児でも女でもなく、壮年の男だ。

「これは……いつぞやの猿飼《さるかい》」

茫然《ぼうぜん》たる之定の呟きを聞き逃さず、兼定がすぐに詰問《きつもん》する。

「猿飼とな。知っておるのか、こやつを」

「名など知りませぬ。いつであったか、革手城に仲村《なかむら》の散所者《さんじよもの》がよばれて、芸を披露《ひろう》したさい、この者は厩《うまや》の前にて、馬の疫病《やくびよう》除けに猿を踊らせておりました」

荘園《しようえん》体制下の時代、京の権門は、その本家を本所とし、諸方に散在する所領、別荘、御願寺、牧などを散所と称した。ここに隷属《れいぞく》し、それぞれの生業《なりわい》に従事した人々が散所者とか散所人とよばれ、国の雑役を免除された。

その後、武士の台頭や戦乱によって本所の支配力が弱まると、散所そのものの性格も一変し、このことばは、大道芸人、乞食《こつじき》、不治の病者などの集住する地域や場所をさすようになった。

かつて摂関家領だった本巣《もとす》郡仲村の谷に古くからつづく家に、いまもそうした人々が出入りする、と兼定がおどろ丸へ語ってきかせた。そこは昔、散所屋敷だったのやもしれぬ。

「いったい、どういうことか……」

兼定は、こたえを求めて、おどろ丸を凝視する。

「関鍛冶衆はこの二百数十年、騙《だま》されつづけてきたようだな」

「騙されたとは……」

「関へ流れきて、二代隠岐允を名乗ったやつにな」

おどろ丸は、吐き捨てた。

「妄《みだ》りなことを申されるな」

また之定が気色ばむ。

「櫂扇十代隠岐允が言うのだ。妄言《もうげん》なんぞではない」

おどろ丸は、二代隠岐允の真実を語った。たったひとふり鍛えた櫂扇の太刀を、整然たる勾玉互の目を出すこともできぬまま折り、自身の両手首を裏青江衆に斬り落とされてしまったことを。

「では、おどろ丸どのは、われら関鍛冶に伝わる始祖は、何者であったと」

兼定がはじめて不安げな表情をみせた。日本《ひのもと》一の刀鍛冶集団の輝かしい歴史が、根底から覆《くつがえ》されようとしているのだから、無理もない。

「墓盗人《はかぬすっと》だ」

これには父子は息を呑む。関鍛冶の始祖がこともあろうに墓盗人とは、どういうことなのか。

「秘宝のこのひとふりは、まさしく櫂扇。それも初代隠岐允が精魂をこめて鍛え、後鳥羽院の御柩《おんひつぎ》に納めた稀世《きせい》の名刀だ」

その美しい拵えが、代々の隠岐允に語り継がれてきたものそのままであることを、おどろ丸は明かした。

「それで信じられなければ、あとで茎《なかご》の鑢目《やすりめ》をたしかめてみろ。扇に、波をあらわす筋を刻むのが櫂扇派のならい。波はまた、代をあらわす。十代のおれは細かく十の筋、初代はただ一筋」

関鍛冶の始祖となった男は、後鳥羽院の御陵《ごりょう》を荒らして、櫂扇を盗みだしたのに違いない、とおどろ丸はつづける。

「のちに、おのれが鍛冶神と崇《あが》められるよう関鍛冶衆を籠絡《ろうらく》したところをみれば、修《しゅ》験者《げんじゃ》か傀儡師《くぐつし》か忍びか、いずれにせよ、妖《あやか》しの術を操《あやつ》ることのできる者だ」

「散所なれば、そうした術者《じゅっしゃ》に事欠かぬ」

納得したように兼定が洩らした。

その術者たちが、仲村の屋敷を拠点として、童子あらためという、もっともらしい儀式を、次代へ次代へと受け継がせたと考えれば、合点《がてん》がいく。それで毎年、四季折々に黄金を手に入れることができるのだから、これほど痛快な詐取《さしゅ》は類がなかろう。

「そのようなことが……」

之定は、松明を足もとへ落とした。すぐには容認しがたい真実に、華奢《きゃしゃ》なからだから力が脱けてしまったのであろう。

だしぬけに、兼定が笑いだした。哄笑《こうしょう》である。

兼定は狂ったのかと疑いかけたおどろ丸だったが、その老顔の色を窺いみて、そうでないと分かった。心から愉快であるらしい。

「おそらく術者たちは、代を重ねるにつれ、童子あらためは、偽《いつわ》りでなく、まこと正統なる儀式と信じるようになった。そうは思われぬか、おどろ丸どの」

「ありえぬことではない。だが、そうだとすれば、何とするのだ」

「われらも、このままに」

「騙されつづけるというのか」

おどろ丸が先んじて言うと、笑いの残る老顔の頷きが返された。

「人の世はおもしろうござるな、おどろ丸どの」

「汝のような者がいるからだろう」

めずらしいおどろ丸の軽口である。

「これは……」

ふたたび兼定は皺顔《しわがお》を綻《ほころ》ばせた。

足もとから火明かりを浴びて立ちつくす之定の双眸に、べつの炎が灯《とも》る。父とおどろ丸との間にゆったり流れるものへの嫉妬《しっと》であったろう。

之定は、わが身のまわりを旋回する蛾《が》の羽音を、聞くともなく聞いていた。

五

暁闇《ぎょうあん》の底を流れる関川の瀬音ばかりが高い。それはかえって、静寂《しじま》の時であることを強調するかのようだ。

おどろ丸は、北屋敷の贅沢な畳敷の部屋で、蚊帳《かや》の内に大の字なりに眠っていた。

夜明け間近のこの刻限ともなれば、いささかの涼気漂う時季にもかかわらず、汗取りの湯帷子《ゆかたびら》の前をはだけたままだ。下帯を取り去ってあるので、臍下《せいか》に濃い陰翳《かげ》が蟠《わだかま》る。

鬱陶《うっとう》しいのか、敷具と掛具を部屋の隅へ片寄せ、庭に面した戸も開け放してあった。

父羽寿と二人きりの流浪《るろう》時代、夏はたいてい裸同然で過ごしたおどろ丸には、このくらいがほどよいのやもしれぬ。

櫂扇の太刀は、刀架《とうか》にはのせず、傍《かたわ》らに転がしてある。手を伸ばせば届く。だが、きょう一日いろいろなことに遭遇《そうぐう》しすぎて、さしも精力的な巨軀にも疲労がたまったのであろう、深い眠りに落ちていたおどろ丸は、侵入者に気づくのが一瞬後《おく》れた。畳が足音を吸収したことも、おどろ丸に不覚をとらせた一因といえようか。

おどろ丸の左手が太刀の鞘に触れたときには、侵入者の刃が首にあてられていた。

「存外、たわいもないことじゃ」

顔に息がかかるほどの近さで、対手《あいて》は勝ち誇った笑みを洩らした。

「錦弥か」

闇の中に見定めた姿は、仰向《あおむ》けのおどろ丸の右側に片膝立《かたひざだ》ちであった。大胆にも昼間と同じ白装束のため、輪郭が瞭然《りょうぜん》としている。

「馴《な》れ馴れしゅうよぶな」

「汝こそ、おれをおどろ丸とよび捨てた」

「黙れ。その太刀は櫂扇か」

「……………」

「なぜ返答せん」

おどろ丸の首の皮へ、刃が浅く押しつけられた。

「黙れと言ったのは誰だ」

「わっちが、こたえよと申したらこたえよ。櫂扇か、その太刀は。それとも、ほかの刀鍛冶がつくりしものか」

「関鍛冶と櫂扇の関わりを知らされるのは、童子あらためめに打ち克った者だけではなかったのか」

「やはり櫂扇じゃな」

「おれの問うたことにこたえるつもりはないようだな」

「櫂扇のことは、四年前、之定が童子あらためを了《お》えたあとに、聞き出したんじゃ」

「あの男が秘事を明かすとは思えんが」

「ふん。わっちのからだとひきかえじゃ」

「兄と交わったというか」

之定と錦弥は異母兄妹だ。

おどろ丸には、意外であった。言動は粗暴きわまる女だが、性愛には疎《うと》かろうとみていたのである。

「交わるもんか。あれは意気地がない。だから、こうして吐かせたんじゃ」

之定にも刃物を突きつけて喋《しゃべ》らせたということにほかならぬ。それでなぜか安堵《あんど》した自分が、おどろ丸はさらに意外であった。

「金華山下の越中守屋敷で、之定がおどろ丸という者の太刀を見て気死《きし》したと聞いたとき、わっちは、もしやと思うた」

明珍の三枚張兜を両断できる刃《やいば》など、この世に存在せぬ。しかし、之定から聞かされた伝説の櫂扇ならば、あるいはと思った錦弥は、さいしょ、おどろ丸が春日神社の拝殿から櫂扇を盗んだのだと疑った。ところが、之定にたしかめてみると、鍛冶神に守られた秘宝の太刀を盗むことは不可能だという。

それで錦弥は、事実をたしかめるべく、おどろ丸から太刀を奪おうとしたのであった。櫂扇よりも凄まじきひとふりなのか、それとも関鍛冶の秘宝とは別の櫂扇なのか。

「明かりをもってこい」

とおどろ丸は、錦弥に命じた。

「とろいことをほざくわ。殺されたいんか」

「殺《や》るなら、後れるな」

挑発するように言った刹那、おどろ丸は、下から伸ばした右手に、錦弥の左胸を掴ませていた。着衣をとおして、乳房の弾力が伝わる。

その一瞬、びくりと総身を固くしたことが、錦弥の後れとなった。

錦弥の両腕を掴んだおどろ丸は、左側へ転がりざま、女のからだを巻き込んで巨軀の下敷きにするや、間髪を入れず刀を奪い取って後ろへ放り捨てた。

錦弥は烈《はげ》しく抵抗するが、おどろ丸の並外れた力を跳ね返せるものではない。それでも、物凄《ものすご》い形相で歯を剝《む》き出し、唾《つば》を吐きかけ、さらには、

「殺せ、くそたれ」

などと悪態をやめぬ。

「汝は、熊《くま》か獅子《しし》の腹より出たか」

正直な感想であった。野生児の本性を宿《やど》すおどろ丸ほどの者が、この女の獣性には

あきれるほかない。

「いま、おれの太刀をみせてやる。今宵は、それで去《い》ね」

押さえつけられたまま、しかし、錦弥はそっぽを向く。

「欲しくなったら、また奪いにこい。おれにも隙はある」

錦弥の双眸が、疑わしげにちらりと見上げる。おどろ丸という男を解《げ》しかねているようだ。

おどろ丸は、もはや何も言わぬ。錦弥の反応を待った。

束《つか》の間《ま》の沈黙が流れたあと、ようやく、

「……合点じゃ」

ぼそり、と錦弥が返辞をした。

解放してやると、錦弥は蚊帳の外へ出る。そのまま短檠《たんけい》を持ち上げ、火じゃ、と言い置いて、部屋から姿を消した。竈《かまど》の火をもらいにいったのである。

ほどなく戻ってきた錦弥は、蚊帳内へ入ると、火を点《とも》した短檠を自分とおどろ丸との間に置いた。

「あ……」

ふいに錦弥の小さな叫びが洩れた。前をはだけたまま胡座を組んだおどろ丸の臍下《へそした》を、まともに見てしまったのである。　明かりを灯すまで、下帯をつけていないことに気づかなかったらしい。

錦弥は、かすかに頬を赧《あか》らめ、眼を伏せる。いましがたの獣性剝き出しの女とは別人のようではないか。

だが、おどろ丸が、気にかけたようすもなく櫂扇の太刀を抜くと、錦弥はたちまち背筋のあたりをぞくりとさせて、視線を上げた。太刀の魔に吸い寄せられたのである。

刃渡り二尺九寸五分の身幅広い豪壮な刀身が、火明かりに男性的に力強く映《は》えた。しかし、約《つ》まれた鍛え肌や鋩子《ぼうし》の白気映《しろけうつ》りなどを見れば、そこには嫋女《たおやめ》が棲《す》んでいる。

見る者によって、それは夫婦和合のようでもあろうし、妖《あや》しき男女の絡《から》み合いともとれよう。錦弥はいずれを想ったか。

そして錦弥は、いま初めて、之定の話でしか知らなかった怪異にして優美なる刃文を、しかとおのが眼に焼き付けている。後鳥羽院の涙を写し取ったという夢物語のごとき、あるいは神話のごとき刃文。

「これが、勾玉互の目……」

身内を稲妻が駈けめぐったような衝撃というべきであった。

次いで畏れと恐怖とに襲われ、それらが昂じて、抑えがたき死への願望に錦弥は誘われていく。この刃に斬り裂かれるおのれを感じたい。

その願望は、突然断ち切られた。おどろ丸が刀身を鞘に収めたのである。

甘美なまでに気遠くなりかけていた錦弥の意識は、一瞬にして現実に引き戻された。

「おどろ丸……。おんしは、この太刀をどこで……」

「おれが鍛えた」

錦弥は息を呑んだ。

「では、おんしは櫂扇の鍛冶か」

「十代隠岐允だ」

おどろ丸は明かした。いずれ錦弥は之定から無理やり訊き出すであろうから、隠しても仕方がない。

おどろ丸を見る錦弥の眼は食い入るようなそれに変わった。肩が喘《あえ》ぎはじめる。

「わっちも、これほどの太刀をつくりたい。なれど、できん。櫂扇の鍛刀《たんとう》は学べるものではない。そうじゃろう、おどろ丸」

「よくわきまえたな。櫂扇は隠岐允の血によって鍛えられる。隠岐允の血を享《う》けぬ者は、いかなる名工であろうとも、どうにもならん」

「どうにも……」

錦弥の眼の光は異様である。

「去ね」

おどろ丸が冷たく言い放つと、錦弥は烈しくかぶりを振った。

「わっちにはできずとも、子にはできる」

「去ね、と言ったはずだ」

おどろ丸のことばが終わらぬうちに、錦弥は何を思ったか、立ち上がるなり、白帷子を双肌《もろはだ》脱ぎにした。膚着《はだぎ》はつけておらず、思いのほか豊かな乳房が露わになった。

「わっちを抱け」

おどろ丸の胤《たね》を欲していることは、明らかであった。十一代隠岐允を産もうというのであろう。

「やめろ」

「やめるもんか。抱かねば、わっちはこの場で死ぬ」

両拳に力を入れ、舌を出して歯の間に挟んでみせる錦弥を、処女《おとめ》に相違ないと看破

したおどろ丸だが、

（この女はほんとうに死ぬ）

と感じた。それほど鬼気せまるものがあった。もはや、やむをえぬ。

おどろ丸は、立っている錦弥の裁付の前腰のあたりを、双手で摑むと、一気に左右へ引き裂いた。女の下肢が火明かりにさらされる。

そうして、自身も湯帷子を脱ぎ捨て、素裸になるや、胡座の上へ錦弥の腰を引きずり下ろさせ、おどろ丸は宣言した。

「ただ胤はやらん。思うさま弄《もてあそ》ぶ」

蛇か蜥蜴《とかげ》が這《は》ったのでもあろうか、庭の羊歯叢《しだむら》が微かに音たてて揺れた。星を映して光っていた夜露は、顫えて地へ墜《お》ち、土に沁《し》み入った。

第五章　舟田《ふなだ》合戦

一

「殿」

寝間の外より、微《かす》かに緊張した声がかけられた。

「起きているぞ、庄五郎《しょうごろう》」

すでに遠く馬蹄《ばてい》の轟《とどろ》きを耳にしたときから、おどろ丸は、寝床を払い、灯皿《ひざら》に火を入れておいた。馬蹄の音が急迫して、屋敷前でとまったとき、いよいよだなと察した。

革手《かわて》府下、舟田城の石丸丹波守利光《いしまるたんばのかみとしみつ》からの急使に違いない。

「昨夕、革手にて、舟田勢と加納勢が矢合わせをはじめたよし。ただちにご参陣を」

案の定であった。

「わかった。足軽どもをよべ」

「かしこまってござる」

庄五郎の足音が廊下を遠ざかる。

「錦弥《きんや》」

「はい」

同衾《どうきん》の妻錦弥も、すっかり居住まいを正して、かたわらに座していた。

「出陣の支度だ」

「こたびも、わっちはまいりますぞ」

「要らざる念押しをするな。来るなと言うたところで肯《き》く女か」

「大あたりじゃ」

仄明《ほのあ》かりの中に皓《しろ》い歯をみせてから、錦弥は立った。

おどろ丸は、湯帷子《ゆかたびら》を脱ぎ捨てた。

六年前の晩夏に初めて契《ちぎ》るや、獣の雌雄のように荒々しく求め合いつづけ、そのまま夫婦となった二人である。野生児同士、そうなる運命であったというほかない。

ただ、刀工たる身を捨てたおどろ丸は、関鍛冶《せきかじ》総元締の兼定《かねさだ》に懇望《こんぼう》された、櫂扇《かいおうぎ》の鍛冶業伝授については強くことわっている。兼定のほうも、櫂扇の刀剣は、隠岐《おきの》允《じよう》の血を享《う》けた者でなければ鍛《きた》えられぬと思い知り、これをあきらめた。

おどろ丸に惚《ほ》れ込んだ兼定は、しかし、頼まれもせぬのに、関にこの屋敷を建て、おどろ丸と錦弥の新居としてしまった。南の弁天社の近くである。

下帯も取り去って素裸になったおどろ丸は、廊下へ出た。出陣のさいは、下着を真新しいものにかえる。

春とはいえ、暁闇《ぎようあん》の空気は冷たい。だが、おどろ丸は心地良さそうに深呼吸をすると、軒下から両腕を差し伸べ、空を見上げた。数日来、降ったり熄《や》んだりしていた春霖《しゆんりん》は、どうやらあがったらしい。

永らく水面下で虚々実々《きよきよじつじつ》の駆《か》け引きがなされてきた守護代斎藤妙純《さいとうみようじゆん》と、その家老として小守護代《こしゆごだい》をつとめる石丸丹波守利光との確執《かくしつ》が、ついに一触即発の危機を公然たらしめたのは、昨年暮れのことである。

当時、妙純が郡上《ぐじよう》郡吉田《よしだ》村に創建した大宝寺《だいほうじ》へ、瑞龍寺《ずいりゆうじ》の悟渓宗頓《ごけいそうとん》を招いて、開堂式が行われることになっていた。ところが、妙純の吉田村出行の途次を、丹波守利光が襲撃するという風聞が立った。斎藤家の三家老のひとり西尾直教《にしおただのり》は、その計画を事前に察知したとして、妙純に告げたのである。

真偽のほどは判然とせぬ。丹波守利光はほんとうに襲撃計画を立てたかもしれぬし、あるいは妙純の挑発ということも考えられる。

ともあれ、この西尾の密告により、加納城の妙純、舟田城の丹波守利光いずれも、ただちに兵を集めて守りを固めた。おどろ丸もこのとき、関から出陣している。

だが、これは、間に立った革手城の守護土岐成頼《ときしげより》が、西尾の讒言《ざんげん》であるときめつけ、その国外追放をもって、いったん和談成立をみた。

実は成頼は、事件の前、かねて不仲の長子政房《ちょうしまさふさ》を廃嫡《はいちゃく》して、愛妾《あいしょう》に産ませた四郎《しろう》元頼《もとより》を家督に立てたいから、与《くみ》してほしいと丹波守利光へひそかに相談をもちかけていたのである。なればこそ、丹波守利光に利する断を下したのであった。

それを見抜いていた妙純だったが、だからといって成頼を咎《とが》め立てすれば、逆に謀《む》叛人《ほんにん》扱いされかねぬ。ここは成頼と丹波守利光の出方を窺《うかが》うことにした。

対する丹波守利光も自重《じちょう》する。

そうして年があらたまり、春も半《なか》ばをすぎたいまになって、意外にも、両人の弟同士が先に暴発してしまった。いずれも革手城に出仕する斎藤利綱《としつな》と石丸利元《としもと》は、もともと犬猿《けんえん》の仲で知られていたが、この微妙な状勢下で毎日顔を合わせているうち、憎しみを抑えきれなくなり、ついに勝手に戦端を開いてしまったのである。

昨夕の矢合わせとは、これをいう。

（はじめての大いくさだ）

おどろ丸の気持ちは逸《はや》る。

この六年の間、幾度か出陣したものの、いずれの場合も、国境での小さな紛争や、丹波守利光領内のごく少数の不満分子の駆逐《くちく》といった、いくさともよべぬような小競《こぜ》り合《あ》いにすぎず、いまだ本領を発揮できぬおどろ丸であった。

しかし、今回は違う。美濃《みの》を二分しての大決戦になることは、火を見るより明らかである。働き次第で、一挙に名を高め、乱世第一等の武人への大きな一歩となるであろう。

曙光《しょこう》の射し染めるころには、庄五郎がよびにいった足軽たちが、それぞれ槍《やり》を引っ担《かつ》ぎ、陣笠《じんがさ》・胴丸などを着けて馳《は》せつけ、屋敷の庭へ集まった。

といっても、わずかに六名である。かれらは、関の鍛冶や百姓の子らで、おどろ丸の出陣のたびに召集されるが、戦場で役に立ちそうな若者を、庄五郎が選んだものであった。

おどろ丸と錦弥も、居室で支度を終えようとしている。

「錦弥。兜《かぶと》はどこだ」

おどろ丸は、櫂扇の太刀を佩《は》き、舅《しゅうと》の兼定が鍛えた腰刀を差し、箙《えびら》をつけたところで、兜がないことに気づいた。

自身は小具足《こぐそく》姿のまま、おどろ丸の鎧《よろい》着用を手伝っていた妻の錦弥も、あたりを見回す。板敷の部屋に、勝栗《かちぐり》・打鮑《うちあわび》・昆布・盃《さかずき》を載《の》せた高坏《たかつき》と酒を充《み》たした長柄《ながえ》の杓《しゃく》のほか、朱色の貝肉《ばいじし》の鉢《はち》に月輪の前立《まえだて》という兜がひとつ置かれている。この兜は錦弥のものであり、おどろ丸のそれが見当たらぬ。

「ついいましがたまで、ここにあった。おかしなこともあるものじゃ」

武者姿とはいえ、小首を傾《かし》げて不審がる錦弥の表情は、二十代半ばの年増妻とは思われぬほど、若く初々《ういうい》しい色香を隠せぬ。

そのころ、雨上がりの庭の名残の桜花《はな》の樹下に出来た水溜《た》まりの中で、微小なお玉杓子《じゃくし》がちろちろと泳いでいたが、この水鏡に映るものが、春光をはじいて、きらめいた。

台に載せられた兜である。紅蓮《ぐれん》の燃え立つ火焔《かえん》型の鉢に、黄金色の日輪の前立というものだ。

「やあっ」

黄色い気合一声、兜めがけて白刃が打ち下ろされた。

火花が飛び、兜もわずかに跳ねたが、それだけのことである。

鉢試しをした男の子は、強烈な反動に双腕《そうわん》が痺《しび》れたのであろう、刀を取り落とすと、その小さなからだを、よたよたと右に左に後退させたあげく、ぬかるんだ地面に足を滑らせ、水溜まりの中へ仰《あお》のけにひっくり返った。総身、泥まみれになる。

見物の足軽衆がどっと笑った。

すると男の子は、父親似の下顎《したあご》の張った顔に、利《き》かぬ気をあらわにするや、刀を拾って立ち上がり、かれらに斬《き》りかかっていく。

皆、悲鳴をあげながら遁《に》げるが、怖がっているようすはなく、むしろ愉快げだ。

追いかけまわす男の子は、しかし、そこへやってきた小太りの、生まれつき笑ったような顔の男の小脇に抱えられてしまう。

「はなせ、庄五郎」

じたばたするが、どうにもならぬ。

「破天丸《はてんまる》どの。ご出陣前の父《とと》さま母《かか》さまにご挨拶《あいさつ》なされよ」

「いやじゃい。おれをいくさにつれていかんくそたれどもに、あいさつなんかするもんか」

「親にくそたれはない」

苦笑する庄五郎にかまわず、

「くそたれは、くそたれじゃ」

なおも破天丸は毒吐《どくづ》く。

「破天丸どのの初陣《ういじん》は、十年後にござる。それまでお待ちなされ」

「十年もまてるか」

破天丸は、数え六歳という幼童である。

その両親がいま、庭に面した縁廊下へ姿を現した。これを見て、足軽衆が整列する。

「殿」

と庄五郎は、おどろ丸に呼びかけた。武士となって世に立たんとする者の家来として、けじめをつけているのである。

だが、この主従の心の中では、いずれもかけがえのない友として互いが存在することに、六年前から変わりはない。

「およろこびなされ。兼定どのが作られし兜は、明珍《みようちん》を凌《しの》ぎまするぞ」

高齢の兼定は、ちかごろ、みずから刀剣を鍛えることは稀《まれ》だが、そのかわり、おどろ丸と錦弥のために武具を作ることを、なかば趣味とするようになった。これが、いずれもなかなかの出来なのである。

笑顔の庄五郎からうけとった兜を、おどろ丸は隻眼《せきがん》でしげしげと眺めてから、こちらも唇許《くちもと》を綻《ほころ》ばせた。兜の天空のあたりに、微かな疵《きず》がついている。

「庄五郎。いたずら小僧を放してやれ」

解放された破天丸は、庭から両親を睨《にら》みあげた。

「鉢試しはおもしろかろう、破天丸」

「真っ二つにならんければ、おもしろうない」

「それもそうだな」

またおどろ丸は、隻眼を細める。この腕白な倅《せがれ》が可愛《かわい》くてならぬという風情《ふぜい》であった。

二百数十年の呪縛《じゆばく》よりみずからを解き放った十代櫂扇隠岐允たるこの男は、初代隠岐允の子が後鳥羽《ごとば》上皇よりおどろ丸の命名を頂戴《ちようだい》して以来、代々の跡目に受け継がれてきたその名を、わが子に付けることを拒否した。

(この子はもはや刀鍛冶の子でない。武士の子だ)

その思いを、おどろ丸は破天丸に託したのだ。このことは錦弥にも納得させてある。

ただし、女にしては血潮の沸騰《ふっとう》しすぎる錦弥は、みずからも鍛刀《たんとう》をやめ、破天丸にも隠岐允を嗣《つ》がせぬ代わりに、おどろ丸の出陣には女武者として付き従うことを、良人《おっと》に承知させた。

「親父《おやじ》さま。おっ母《か》さま」

破天丸が、唇を尖《とが》らせて言った。

まだいささか舌足らずなので、おとなたちの耳には、おやっつぁま、おっかつぁまと聞こえる。

「ご武運を祈っておりまする」

言いおわるや、ぷいっとそっぽを向く。

おどろ丸と錦弥の血をひく子だけに、いまだ戦陣に伴われないことが、なんとしても納得いかぬのである。破天丸に年齢は関係なかった。

「破天丸」

おどろ丸は、呼びかけておいて、腰刀を抜くと、鎧の上に締めた上帯の端を切り取った。出陣のさいの上帯切りは、生還を期さぬ覚悟を示す。

が、この場合は、伜可愛さのあまりの、おどろ丸の芝居とみえる。事実、庭へ降り立ったおどろ丸は、手ずから、その切れ端を破天丸の眼前へ差し出した。

「とれ」

やはり、まだ幼子《おさなご》である。父から、いくさにかかわる物を下された破天丸は、すっかり機嫌を直して、艶《つや》やかな頬を上気させた。

錦弥は眉《まゆ》をひそめる。良人が息子を甘やかしすぎることを危懼《きぐ》する妻の憂《うれ》い顔というべきであろう。

二

革手の府下は、陣取りに奔走する両軍将兵と、戦禍《せんか》から逃れようとする良民とで、鼎《かなえ》の沸《わ》くが如《ごと》き狂乱を呈した。

この合戦では、丹波守利光の石丸方は南正法寺《みなみしょうほうじ》、妙純の斎藤方は北正法寺とよばれた。正法寺境内《けいだい》の南北に分かれて布陣したからである。

両軍とも、寺域内の木々を伐《き》り倒し、柵《さく》を設け、土塁《どるい》を築き、川水を引いて濠《ほり》とした。各堂舎の屋根には見張り台をおき、また射台も多数作られた。

この美濃屈指の大寺の北に斎藤妙純の加納城、荒田川《あらたがわ》を隔《へだ》てて西に石丸丹波守利光の舟田城がある。土岐父子《おやこ》のいる守護所の革手城は、南に位置する。

丹波守利光は南正法寺陣と舟田城との連絡のため、間道をつくり、荒田川に架橋させた。合わせて、弟典明をして革手城の南側に砦《とりで》を築かせる。その前に、舟田城の西側の西方寺《さいほうじ》にも、嫡男兵庫助《ちやくなんひようごのすけ》を籠《こ》もらせてあった。

対する妙純は、追放されていた西尾直教を呼び戻し、これに二千余の兵を与えて、加納城の西の安養寺に派して、石丸方の本拠舟田城と西方寺を牽制《けんせい》する。

この布陣のまま、幾度か小競り合いを行いはしたが、決定的な戦いには至らず、春は過ぎ去り、梅雨《つゆ》が来ては明け、ついにはうだるような炎熱《えんねつ》の季節が訪れても、睨み合いはつづけられた。

名将斎藤妙椿《みようちん》の麾下《きか》中、随一の猛将《もうしよう》といわれた丹波守利光を総大将とする石丸方が、いくさには自信をもっていたにもかかわらず、ただちに総攻撃に移れなかったのは、担ぐべき御輿《みこし》をもたなかったからである。

一方の斎藤方は、守護家の家督を嗣ぐべき政房を擁《よう》しており、これで大義名分が立っていた。

大義なき戦いは賊軍のすることであり、また兵は勝利後の恩賞、逆に敗北後の断罪いずれにも不安を禁じえない。丹波守利光にとって、いくさの直前に守護土岐成頼が知らぬ顔を決めこんでしまったことが、大きな痛手となっていた。

本来の斎藤惣領家《そうりようけ》である帯刀左衛門尉《たてわきさえもんのじよう》家の利藤《としふじ》は、妙純との争いに敗れて京に逼塞《ひつそく》中だが、丹波守利光はこれと連絡を絶やすことなく、いまもつながっている。いったんは、その嫡孫《ちやくそん》の利春《としはる》を担いで、妙純の非を鳴らさんとするも、折悪《おりあ》しく、両軍の対陣中に病死してしまった。それで、やむをえず、利藤の末子毘沙童《びしやどう》を迎えることにしたのだが、守護家の跡継ぎに比せば、御輿としては品下《しなさ》がった印象を否《いな》めぬ。

石丸方の士気はあがらなかった。

「いささかの思案がござる」

舟田城における軍議で、末席からそう発言したのは、おどろ丸である。

「どうするというのか」

猪首《いくび》の赧《あか》ら顔に、さすがに憔悴《しようすい》の気を滲《にじ》ませながら、丹波守利光は不安げに訊《き》いた。

「明日までお待ちいただく」

不遜《ふそん》なるおどろ丸のこたえだったが、この風変わりな強者の不遜はいまに始まったことではなし、丹波守利光は重ねて訊《たず》ねることはせず、無言でうなずき返した。思いのままにせよ、と諾意をあたえたのである。

その夜、おどろ丸は、庄五郎に導かれて革手城へ忍び入った。夏の月に照らされた地上は、うっすらと霜を置いたようで、夜目の利く両名には充分な明るさである。

かつて妙椿の手下《てか》だったころ、隠密《おんみつ》仕事を得意とした庄五郎にとって、革手城へ侵入することなど造作もない。庄五郎は城内のようすにも精通していた。

おどろ丸が、丹波守利光に向かって見栄《みえ》をきった、いささかの思案とは、もとより庄五郎の入れ智慧《ぢえ》である。

「こう広くては、どこにいるか分からんぞ」

とおどろ丸が、溜め息をつく。

革手城は、守護所だけに、別格の造りと広大さである。城内は、屋形《やかた》を中心として、重臣、吏僚《りりよう》の屋敷が数多く建ち並ぶばかりか、おどろ丸から言わせれば、ばかばかしく広い庭に、京の戦乱を逃れてきた公家《くげ》たちに与えられた風雅な造りの家屋も点在する。

「なんの。居場所はむこうが教えてくれ申す」

そう言うと、庄五郎は、庭の園池の畔《ほとり》に膝《ひざ》をついて押し黙った。

しかたなく、おどろ丸も倣《なら》ってみると、どこからか笛の音が流れてくるではないか。

庄五郎が、にっと笑った。

「家来はいくさ、守護は宴《うたげ》ということか」

「土岐屋形は別して文事に秀《ひい》でておりましてな」

成頼は歌舞を好み、政房は舞の名手で文芸の才も豊かであった。元頼はまだ幼年ながら笛を能《よ》くする。

「武事は」

「両道は、なかなかに成り難し」

「家来に乗っ取られるはずだ」

主従は、松明《たいまつ》をかかげて夜廻りする武士や足軽たちの眼を盗みつつ、笛の音のするほうへと歩をすすめていく。両人とも、烏帽子《えぼし》に上下《かみしも》姿であった。侵入者の装《なり》にしては堅苦しすぎるが、守護の令息に同行を願うからには、礼を尽くさねばならぬ。

やがて、山荘ふうの造りの一亭の前まで達すると、庭石の陰にうずくまった。周囲に焚《た》かれた篝火《かがりび》の明かりに、警固の武士たちが浮きあがっている。数えてみると四方に二名ずつ、合《がっ》して八名のようだ。

かれらが、この非常時に甲冑《かっちゅう》も着けていないことに、おどろ丸はあきれた。

「殿。棟《みね》打ちになされませ」

庄五郎が言うと、おどろ丸はにやりとする。着衣に血を付けたまま守護家の御前へ出ることを、庄五郎が憚《はばか》ったのだと察した。

「返り血を浴びぬぐらいの刀術はもっているぞ」

「万が一ということもござる」

庄五郎は、ちょっと睨んだ。

「怖い顔をするな。戯《ざ》れ言《ごと》だ」

言い置くや、おどろ丸は、庭石の陰から奔《はし》り出た。庄五郎もつづく。

警固者たちに、気づかれる暇とて与えなかった。主従は、突風の如く、かれらに襲いかかるや、おどろ丸が六人を、庄五郎が残り二人を、棟打ちに昏倒《こんとう》せしめると、

「御免」

ひと声かけてから、亭内へ速やかに踏み入った。

中には、男女と前髪立ちの童子の三名のみ。一目で、守護土岐成頼とその愛妾《あいしょう》に、愛息四郎元頼であると察せられた。

愛妾が、ひいっ、と喉《のど》を絞《し》められたような悲鳴を洩《も》らして、元頼を掻《か》き抱いた。幼子の手から笛が落ちる。

「お静かに」

おどろ丸は、御前に胡座《あぐら》をかき、両　拳《りようこぶし》を床へつけて、頭を下げながら言った。そ

の後ろに、庄五郎が控える。

「それがし、石丸丹波守利光が寄子《よりこ》、おどろ丸と申す者。これなるは、従者庄五郎」

と名乗っておいて、いきなり本題へ入った。

「四郎元頼さまを迎え奉《たてまつ》らんと、非礼をかえりみず、かく参上仕《つかまつ》ってござる」

「丹波が下知《げち》か」

思いの外のことに、成頼は、怒りもせず、落ち着いた声音で応じた。かつて、妙椿に叱咤《しった》され背中を押されてとはいえ、応仁・文明の大乱を経験しただけのことはある。

「それがしの一存にござり申す」

暫《しば》し無言で、成頼はおどろ丸を瞶《みつ》めた。

「……であろうな。丹波はいくさでは勇猛《ゆうもう》だが、智略《ちりゃく》に欠ける」

「それで、お見限りあそばしたか」

「見限ってはおらぬ。いくさの成り行き次第じゃ」

「畏《おそ》れながら、卑怯《ひきょう》なお振る舞いと存ずる」

「卑怯未練は、実力なき者の常よ」

自嘲《じちょう》気味に成頼は洩らした。

たしかに土岐家に限らず、諸国の守護大名家のほとんどは力ある家臣らの思惑《おもわく》で右往左往させられているのが、この乱世には違いない。

「四郎の命が危《あや》うくなることはあるまいな」

「勝敗にかかわらず、必ず恙《つつが》なく御手《おて》にお戻し奉る」

成頼の小さな頷《うなず》きが返されたので、おどろ丸は、庄五郎に合図した。

庄五郎が、すすみでて、元頼のほうへにじり寄る。

「四郎、この者らと往《ゆ》くのじゃ」

と成頼は命じても、愛妾がわが子の身を抱きしめたまま離さぬので、見苦しい、と叱《しか》りつけた。

「四郎は一方の総大将に迎えられるのじゃ。晴れやかに送りだすが、武門の女の致し様であるぞ」

ようやく愛妾は、元頼のからだを離す。

すかさず庄五郎が、武家貴族の幼童を抱きとった。

いちどこうべを垂れてから立ち上がり、背を向けたおどろ丸へ、成頼が声を投げる。

「そのほう、恐るべき武芸の遣《つか》い手《て》であるそうな」

「お聞き及びにあられたか」

「丹波に仕《つか》えて幾年になる」

「はや七年目になり申す」

それを聞いて、成頼はふっと寂しげな表情をみせた。

「親しく剛の者を招いて武芸を観《かん》ずるは、守護の日常であらねばならぬに、予は……」

とうに本物の武人でなくなった自分を、成頼は嗤《わら》おうとして嗤えぬのであろう。

（痛ましいことじゃ……）

と庄五郎は思わぬでもなかったが、名門の血の上に胡座をかき、公家風の生活にどっぷり浸かってきたつけが、いまや一時に成頼へ押し寄せたのにすぎぬ。自業自得《じごうじとく》といえばいえた。

おどろ丸は、成頼に慰めの一言もかけず、元頼を背負った庄五郎を従え、亭をあとにした。間をおかず、亭内から女の泣き声が洩れ出る。

唇を一文字に引き結び、怒ったような足取りで大股《おおまた》に夏霜の地を踏んでゆくおどろ丸に、庄五郎は一瞬、ほんの微かながら不安をおぼえた。

（おどろ丸どのは、子をもたぬほうがよかったやもしれぬ……）

三

「おどろ丸。おぬしこそ勲功《くんこう》第一の者ぞ」

四郎元頼を伴《つ》れて、舟田城へ戻ってきたおどろ丸に、丹波守利光は泪《なみだ》を流して感激し、広間から庭まで居流れるあまたの将士の前で手をとった。

そのうえ、成頼に無理強《むりじ》いしたのではなく、向こうから元頼を石丸方の総大将として遣わさせたというので、丹波守利光のおどろ丸への評価は一挙に高まった。

「勝利のあかつきには、恩賞は思いのままじゃ」

と申し出られたおどろ丸は、しかしながら、きわめて謙虚にこたえた。

「敵の首級《しゆきゆう》を挙げぬうちは、武人の手柄とは申されぬ。これより、なお励んでご覧に入れる」

「なんたる頼もしさよ」

丹波守利光は、床几《しようぎ》を蹴《け》るや、高らかに宣したのである。

「武士たる者、皆々、おどろ丸にあやかるべし」

誰かが、あやかるべし、と応じた。

するとあちこちから呼応の声が噴出し、にわかの大合唱となった。

「おどろ丸に」

「あやかるべし」

「おどろ丸に」

「あやかるべし」

実は、最初にあやかるべしと叫んだのは、目立たぬよう庭の隅にいた庄五郎である。この軍師は、合戦に通じ、そのあらゆる状況下の人情の機微《きび》というものを、的確に捉《とら》える才に長じていた。妙椿譲りといえよう。

おどろ丸が丹波守利光に向かって吐いた台詞《せりふ》も、庄五郎の授けたものであった。これで石丸方の将士は、合戦の勝敗にかかわりなく、後々までこの場のおどろ丸を鮮明に記憶しつづけるに違いない。おどろ丸が頼むに足る人となった一瞬である。

敵方の御輿に匹敵《ひってき》する元頼を得て、にわかに気勢のあがった石丸方は、翌日から大きく動いた。

丹波守利光は、家臣杉山《すぎやま》氏を正法寺の東の市場に布陣せしめ、柵を設け、壕《ほり》を掘って、土岐政房の拠《よ》る革手城と、妙純の居城加納城との連絡を遮断《しゃだん》したのである。

これはさすがに北正法寺の斎藤勢も看過しえず、ついに本格的な開戦となった。

「まだまだ」

戦塵《せんじん》舞い立つ正法寺境内で、庄五郎は、鼻息を荒くして逸りたつ黒馬の轡《くつわ》をとらえて、なだめている。鞍上《あんじょう》は、おどろ丸だ。

石丸方は、長く横列に楯《たて》をびっしりと並べた足軽隊を最前線に、その後ろから弓矢隊がさんざんに矢を射懸けながら、一体となってゆっくり前進していく。おどろ丸は、弓矢隊の背後に位置し、一番駈《が》けの機会を窺っているのであった。

おどろ丸につづくのは、月毛の馬にまたがる女武者錦弥と、馬の口取《くちとり》一名、槍足軽五名。かれらは全員、あるじのおどろ丸から、馬の口取にいたるまで、一本撓《しな》いの旗《はた》指物《さしもの》を背負う。旗の意匠《いしょう》は、白地に朱で「朿《し》」の象形文字が一字。おどろ丸の「棘《おどろ》」の意味である。生まれた子には、おどろ丸の名を嗣《つ》がせなかったが、剛毅《ごうき》の天子であられた後鳥羽院を守護神とすべく、戦旗にこれを用いたのであった。

斎藤方も、射手《いて》の足軽を前に押し出し、石丸方とまったく同じ戦法で対している。互いに、とうに射程圏内へ入っており、おどろ丸や錦弥にも、唸《うな》りをあげて矢が飛来する。

だが、この夫婦武者は、兜や鎧にあたる矢はそのままに、顔や防具の薄いところへめがけてきた矢のみを、笞《むち》で払い落とした。おそるべき冷静さと胆《きも》の太さといわねばなるまい。

陽炎《かげろう》の立つような烈日を浴びながら、両軍、肉薄していく。汗まみれの顔を恐怖にひきつらせる兵どもの中には、膝を顫《ふる》わせて歩きながら、股引《ももひ》きを濡《ぬ》らす者もいる。

「お前さま」

と錦弥が、おどろ丸に向けて、大音《だいおん》を発した。

「いくさした日は、血がさわぐ。今宵《こよい》は存分に可愛がってくだされや」

石丸方の兵が、笑いさざめく。

（錦弥め……）

苦笑いしたおどろ丸だが、妻は味方兵のじりじりするような緊張を和《やわ》らげたのだ、
とすぐに察した。

一方、斎藤方は、いままさに激突せんとする敵方に期せずして起こった笑いを、不
審がり、動揺しないわけにはいかなかった。

斎藤方の陣形が乱れた。その隙《すき》を、庄五郎は見逃さぬ。

「殿。一番駈けを」

「おう」

庄五郎が轡を離すと同時に、おどろ丸は黒馬の尻《しり》へ笞を入れた。

間髪《かんはつ》を入れず、錦弥がつづく。

「皆、助槍《すけやり》じゃ」

と庄五郎が、おどろ丸のたった六名の家来どもへ命じる。

いずれも、庄五郎の目利《めき》きに適《かな》った者だけあって、怯《ひる》むことなく、主人夫婦に後《おく》れじと地を蹴った。

楯衾《たてぶすま》の間から、「束」の一本撓いの旗を靡《なび》かせて、黒馬にまたがる巨軀《きょく》と、月毛を乗りこなす女武者とが、矢よりも迅《はや》いと見紛《みまが》う勢いで迸《ほとばし》り出る。それぞれの日輪の前立と、月輪の前立とは一対《いっつい》であるかのように、灼熱《しゃくねつ》の陽光を同時に跳ねて、眩《まぶ》しく輝いた。

斎藤勢は、一瞬、おぞけをふるう。

その最前列を馬蹄《ばてい》に踏みにじらせたおどろ丸は、鞍上、佩刀《はいとう》の櫂扇を鞘走《さやばし》らせ、一閃《いっせんり》、兜首を高く撥《は》ねとばした。真っ青な空へ、血潮の虹が架かる。

空中から落ちてきた首を、槍先に突き刺した庄五郎が、大音声《だいおんじょう》に叫んだ。

「さきがけの功名は石丸丹波守が寄子、関のおどろ丸である」

これに石丸勢は奮い立ち、南正法寺陣全軍挙げて、北正法寺陣へ獰猛《どうもう》に襲いかかった。

丹波守利光は、一挙に勝負を決すべく、子の石丸正信《まさのぶ》を本陣へよんだ。

「西方寺の兵庫助をたすけて、加納城を攻めよ」

「おまかせくだされ」

正信が走り去ったあと、丹波守利光は、おどろ丸にも西方寺へ馳《は》せつけることを命じた。

「倅《せがれ》の兵庫は、わしに似ず、気弱なところがある。ためらいをみせたときは叱咤してもらいたい」

「承知仕った」

「また、おぬしもすでに存じおるとおり、いま加納城を守るは長井越中《ながいえっちゅう》だが、厄介なのは越中の家来西村三郎左衛門 尉《にしむらさぶろうざえもんのじょう》じゃ。三郎左ほどの者を討てるのは、おぬしのほかにない。たのんだぞ」

「願ってもないこと」

こればかりは、おどろ丸も血を沸かせた。六年前の青野ケ原の出会い以来、三郎左衛門尉は、いずれ結着をつけねばならぬ対手《あいて》と思っていたのである。むこうも、それと期しているであろう。

「ここが先途《せんど》じゃ」

ふたたび馬上の人となったおどろ丸は、付き従う者が庄五郎のほかにいないので、訝《いぶか》った。

「錦弥は」

「奥方さまは、まこと血の気が多うござる。市場の石丸方が劣勢だときいて、とびだしてゆかれた」

「ならば、捨ておけ」

おどろ丸が戦場で錦弥を案じていないふりをするのを常とすることを、よく心得る庄五郎は、こちらもわざとのんびりとした口調で言う。

「仁阿《じんあ》らが皆、従うておりますれば、たんと首級を挙げられることにござりましょう」

仁阿というのは、たった六名の家来の中では宰領《さいりよう》格の若者の名で、ふだんは刀鍛冶を生業《なりわい》とする。関の刀鍛冶は、時衆《じしゆう》と結縁《けちえん》して阿弥陀《あみだ》仏号を名乗る者が多かった。

ほんの微かだが、おどろ丸の表情がやわらかくなる。仁阿らがついていれば錦弥に大事はないと安堵《あんど》したことが、庄五郎にはみてとれた。

西方寺の兵庫助は、おどろ丸を迎えて悦《よろこ》んだ。

しかし、石丸正信が不満を抱いたことに気づく者はいなかった。正信にすれば、父丹波守利光が、兄兵庫助を援《たす》けるのに、自分だけでは心もとないと不安視したと解釈するほかない。

兵庫助勢は、正法寺陣における味方の優勢に鼓舞《こぶ》され、まずは加納城の西の安養寺に布陣する西尾直教を攻めたて、西尾がたまらず敗走すると、時を移さず、目当ての加納城へ迫った。この城を落とせば、石丸方の勝利はかたい。

このころには、革手府下のいたるところで放火戦が起こっており、美濃国府は炎熱地獄の中にあった。

北正法寺に陣を布《し》く妙純の留守を守る長井越中守秀弘《ひでひろ》は、大手門《おおてもん》を開いて待っていた。

「死兵であるな」

兵庫助は、怖《おそ》れる。完全に死を覚悟した兵ほど勇戦する者はいない。

「殿。詭計《きけい》にござる」

と庄五郎がおどろ丸に耳打ちした。

「死兵ではないというのか」

「長井越中はそれほど胆力のある男ではござらぬ。おそらく妙純どのが授けた策にござりましょう」

「よし、わかった」

おどろ丸は、大将の兵庫助まで、申し出た。あれは死兵を装《よそお》っているだけにすぎぬ、と。

「何を申すか」

反論したのは、兵庫助の弟正信である。

「むこうには西村三郎左がおる。あれは常住座《じょうじゅうざ》臥《が》、死を怖れぬ者だ」

「妙純より加納城を預かるは、かの者ではなく、長井越中守にござろう。家臣ひとりが剛の者とて、大将がさにあらずば、一軍、死兵とはなり申さぬ」

「きのうきょう美濃へやってきた他国者《よそもの》に何が分かるか」

兄者、と正信は兵庫助へ向き直る。

「死兵を対手に突撃いたしては、いたずらに兵を害《そこな》いましょうぞ。ここは、ひとまず城を包囲するにとどめ、長井越中の出方を窺うのが得策かと存ずる」

「うむ。そうよな」

兵庫助が弟の献言を容《い》れてしまった。

「時が経《た》てば、いずれ加納城の士気も衰えよう」

その明らかに安んじた表情は、おどろ丸に、丹波守利光の危懼《きぐ》したとおりであったと落胆させた。兵庫助は気弱なのである。

なんという愚《おろ》かなことか。長期の睨み合いの果て、ついに主力同士が激突したからには、これは一転して短期決戦になると読むぐらい、軍師庄五郎の智慧を借りずとも、おどろ丸にもできる。ここで、大兵の兵庫助勢が、寡兵《かへい》の城方を取り囲み、そのようすを窺うなどと悠長なことをしている暇はないはずではないか。

「畏《おそ》れながら、言上《ごんじょう》仕る」

兵庫助に食い下がろうとしたおどろ丸だったが、

「くどいわ」

正信の怒声に遮《さえぎ》られた。

「いささかの手柄ありとて、家老でもない者が出過ぎた口をきくな」

六年前のおどろ丸であれば、瞬時に櫂扇の鞘を払って、正信を斬って捨てたであろう。だが、美濃を新しき人生の揺籃《ようらん》の地と定め、ここより武士として起《た》とうと覚悟した身は、太刀の柄に手をかけてはならぬ。

おどろ丸は、ひきさがった。

「よう辛抱《しんぼう》なされた」

野生児が人間の分別を示したという、なかば異様な光景と見たのは、庄五郎だけであったろう。

「されば、兄者。市場の杉山勢が、加納城より出撃いたした村山雅楽助《むらやまうたのすけ》に苦戦を強《し》いられているようにござれば、兵をさいて、われらは東から村山の背後へ出て、これを杉山と挟撃いたしましょうぞ」

手柄を立てたくてたまらぬのか、正信はなおも兵庫助に進言する。

このうえの兵の分散は危うい、と庄五郎は不安を抱いたが、それをおどろ丸の口から諫《いさ》めさせたところで、またぞろ傲岸《ごうがん》な怒声を浴びせられるだけであろう。

兵庫助・正信兄弟は、兵一千を率いて、市場のほうへ向かった。

「武士とはかようなものにござる」

庄五郎は、正信の命令により包囲軍中に残されたおどろ丸の顔色を窺う。

「武士がいやになったかと訊《き》いているのか」

「ちかごろ殿は、察しがよろしゅうござるな」

「ふん」

とおどろ丸は、そっぽを向いた。その仕種《しぐさ》は、そっくり、子の破天丸に受け継がれている。

庄五郎は、ちょっとおかしくなった。

「何がおかしい」

「いや。こちらのことにて」

「いちばん上に立てば、いやにはならんだろう」

「それで安堵いたした。大望は健在であられるな」

戦塵にまみれた友と友の、束《つか》の間《ま》の温かい交流であった。

しかし、後世に舟田合戦とよばれるこの美濃の大乱は、兵庫助・正信兄弟がおどろ丸から離れた時点で、勝敗が決したというべきであろう。

ほどなく、慌《あわ》てふためいたようすで大手門前へ馳せ戻ってきた使番《つかいばん》が、異変を告げた。加納城東門より突如討って出た城兵によって、兵庫助勢が背後を衝《つ》かれ、あっというまに潰乱《かいらん》状態に陥《おちい》ったというのである。

「城兵を指揮するのは、誰か」

包囲軍の部将の馬場某《なにがし》が問うた。

「西村三郎左衛門尉にござりまする」

それを耳にしたおどろ丸は、黒い乗馬《じょうめ》の背へ跳び乗るや烈《はげ》しく笞を入れ、庄五郎を従え、東門めがけて一散に駈けた。

このときを待っていたのであろう、城中より鯨波《とき》の咆哮《ほうこう》が天へ向かって放たれる。

そして、長井越中勢も大手門より討って出た。

四

城東では、怒号と悲鳴に、斬り飛ばされた手足や鮮血のひっきりなしに飛び交う、敵味方入り乱れての大乱戦となっていた。

大手門から真っ先に駈けつけたおどろ丸は、兵庫助の姿を探した。だが、猛然たる砂埃《すなぼこり》を舞い上げながら、群れて干戈《かんか》を交える夥《おびただ》しい軍兵《ぐんぴょう》の中に、その姿を発見するのは至難である。おそらく旗本も崩されたのに違いない。

「おう。久しや、おどろ丸」

横合いから現れた騎馬武者が、威嚇《いかく》するように歯を剥《む》いて喚《おめ》いた。

「西村三郎左か」

おどろ丸は、そちらへ馬首を転じてから、庄五郎に兵庫助を捜すよう命じた。

「殿のおそばを離れるわけにはまいり申さぬ」

「三郎左ごときに負けるおれではない」

庄五郎もそうは思うが、しかし、三郎左衛門尉がおどろ丸を仆《たお》すために一層の武芸研鑽《けんさん》をしたと聞いている。何か意外の業《わざ》を用いてくるやもしれぬ。

「大将が討たれては、いくさは負けだ。早く往《ゆ》け、庄五郎」

この場合のおどろ丸は、庄五郎が兵庫助を捜していてくれるほうが、心おきなく三郎左衛門尉と戦えるというものであろう。

「畏《かしこま》って候《そうろう》」

ちらと三郎左衛門尉を見やってから、庄五郎はおどろ丸の馬前を離れた。

「おどろ丸。太刀打ち所望《しょもう》じゃ」

三郎左衛門尉が申し出て、

「いいだろう」

即座におどろ丸は応じた。

両者、いったん馬首を返して、離れた。駈け違いの一颯《いっさつ》で、勝負を決せんというのである。

「いざ」

「おう」

ともに、鐙《あぶみ》から足を外せば、蹠《あしうら》で地を擦《す》ってしまう六尺豊かな巨軀が、鞍上《あんじょう》、それぞれの乗馬に笞を入れた。

馬沓《うまぐつ》の蹴立《けた》てる砂塵《さじん》が、あたりの乱軍の兵たちの甲冑《かっちゅう》を叩《たた》き、顔面を打つ。

三郎左衛門尉は、左手ひとつで手綱《たづな》をさばきながら、腰から刃渡り二尺九寸五分の太刀を引き抜いた。

以前ならば、三尺五寸の直刀《ちょくとう》を愛用していた三郎左衛門尉だが、この太刀は、合戦の直前に二代兼定より、ひそかに贈られたものである。二代兼定とは、通称を之定《ゆきさだ》といい、いまや眼前の宿敵おどろ丸の義兄にあたる関鍛冶随一の名匠だ。

之定は、この太刀で、おどろ丸の太刀と打ち合い、いずれが先に刃こぼれするか、あるいは折れてしまうか試してほしいと懇願《こんがん》したのである。そのときの眼つきに鬼気せまるものがあったことを、三郎左衛門尉は忘れぬ。渾身《こんしん》の力を振り絞《しぼ》って鍛えた一刀に違いなかった。

三郎左衛門尉も、明珍の三枚張の兜を両断したおどろ丸の愛刀の凄味《すごみ》を知っている。無銘というのが信じられぬほどであった。それだけに、名人之定がおのれのすべてを叩き込んだ太刀で斬り結ぶことは、武人としてぞくぞくするような愉悦《ゆえつ》を予感させた。

だが、三郎左衛門尉は、いかに剛の者であっても、ばかではない。いくさ人《びと》おどろ丸が、自分を凌ぐ強さをもつことを、認めないわけにはいかなかった。

だから、いま、おどろ丸と幾度も斬り結ぶつもりはない。一合して駈け違ったあとは、ただちに息の根をとめる。必ず。

一方のおどろ丸は、三郎左衛門尉がいくさ人にあるまじき罠《わな》を仕掛けているとも知らず、櫂扇の太刀を抜くと、両手で柄を握って右八双《みぎはっそう》にかまえた。手綱は口にくわえている。

おどろ丸が落馬しないのは、両股《りょうもも》を馬の胴体に吸いつかせるようにして、挟みつけているからであった。こういう高度な乗馬術は、その昔、父羽寿《はねひさ》とともに山中に隠れ棲《す》んでいたころ、野生馬をつかまえてはみずから体得したものである。

おどろ丸と三郎左衛門尉、互いを右に見て、強く奥歯を嚙《か》みしめた。

次の瞬間、駈け違った。白日《はくじつ》の下《もと》で、刃と刃が、二つの流星と化して交錯《こうさく》する。

金属音は高かった。

重い打撃に、微かに右腕を痺《しび》れさせながらも、三郎左衛門尉は、之定の太刀を眼前にかかげた。どこにも刃こぼれひとつなく、きれいなものだ。

（さすが之定よ……）

ふたたび、双方、遠ざかって、馬首を返す。

「いまいちどじゃ」

三郎左衛門尉の戦場鍛えの野太い声は、騒然たる乱軍の中で、四、五十間も向こうのおどろ丸まで届く。

「おう」

おどろ丸の声も同様である。

宿敵同士、再度、対手《あいて》めがけて馬を駈った。が、こんどは、双方の距離が十間ほどに迫ったところで、三郎左衛門尉が卒然、呵々《かか》と笑った。

刹那《せつな》、おどろ丸の乗馬は、急激に前肢《まえあし》を折って、突んのめった。首に矢を浴びたのである。

大きく前方へ投げ出されたおどろ丸は、地へしたたかに背中を打ちつける。鎧に護《まも》られているとはいえ、息が詰まり、一瞬、からだを硬直させた。それでも、櫂扇の太刀だけは摑《つか》んだままだ。

その仰向《あおむ》けの体軀《たいく》の上へ、巨影が降ってきた。馬から跳び下りた三郎左衛門尉である。

三郎左衛門尉は、組み敷いたおどろ丸の右腕を、おのが左膝で押さえつけた。これで右手にもつ太刀は揮《ふる》えぬ。

そうして、小丸帽子、大流れの板目肌、互の目《ぐ》乱《め》れの鎬造《しのぎづくり》、庵棟《いおりむね》、元幅広く、先反りやや浅い二代兼定の刃を、寝かせて、おどろ丸の首にあてた。

「おどろ丸。死出の旅路へ立つ前に、明かしてやろう。この太刀は、おぬしと斬り結ばせるために、おぬしの義兄どのが鍛えたものよ」

すると、おどろ丸は、なぜか隻眼に三郎左衛門尉を哀れむような色を浮かべた。

「つまらぬ太刀を貰《もら》ったものだな」

「なに」

「おれの首をへし切るか、三郎左」

「もとよりじゃ」

棟に左手を添え、刃をおどろ丸の首へ食い込ませようとした三郎左衛門尉が、わが眼を疑う出来事に接したのは、このときであった。之定渾身の鍛刀《たんとう》によるひとふりは、鐔元《つばもと》からぽきりと折れてしまったのである。

「あっ」

と狼狽《ろうばい》した三郎左衛門尉は、わずかにからだを浮かせた。おどろ丸の右腕が自由になる。

組み敷かれたまま、おどろ丸は、櫂扇の切っ先を、ぴたりと三郎左衛門尉の喉へ突きつけた。左手を棟に添える。

おどろ丸は、無駄口をきかず、櫂扇に宿敵の喉首を貫《つらぬ》かせた。

三郎左衛門尉にとって皮肉にも、斎藤方の勝利を決める血奮《ちぶる》いの大呼《たいこ》が戦場を駈けめぐったのが、同時のことである。

「石丸兵庫助どのを討ち取ったり」

そこへ駈け戻ってきた庄五郎が、おどろ丸へ大将討死《うちじに》が事実であることを伝えた。

「おそらく石丸方は戦意をうしない、いったん舟田城へ退きましょう」

「負けいくさか」

「西村三郎左衛門尉を討たれし殿には武運があられた。なれど、つきなみながら、兵家の勝敗は時の運と思《おぼ》し召されよ」

「正法寺も市場も危うかろう。錦弥を退かせよ、庄五郎」

「承知仕った」

加納城の城東の戦いで、大将の石丸兵庫助以下、死傷者五百人という大敗を喫《きっ》した石丸方は、その後、坂道を転げ落ちるような撤退戦を余儀なくされる。

妙純方の強みは、この段階に至って、かねて救援を要請していた尾張《おわり》の織田《おだ》勢数千騎が到着したことであろう。織田伊勢守《いせのかみ》一族が妙椿時代より斎藤氏と親密な間柄なのである。

実は土岐成頼も、石丸方のために、美濃近隣の他国の親戚筋《しんせき》へ応援を求めたのだが、こちらは間に合わなかった。

丹波守利光は、七月に入って、大野郡《おおの》の高春という地で、妙純にふたたび敗北し、子の石丸正信や、馬場、国枝《くにえだ》などの副将格を次々と戦死させてしまう。

「もはや近江《おうみ》へ落ちるほかあるまい」

悄然《しょうぜん》として丹波守利光は吐露《とろ》し、みずから舟田城に火を放つと、元頼と毘沙童を伴《つ》れて府下を脱した。南近江守護・六角高頼《ろっかくたかより》が、土岐成頼の聟《むこ》なのである。

おどろ丸は、元頼の身柄を必ず無事に戻すと成頼に約束していたので、庄五郎とともに丹波守利光に従って近江落ちを決意する。

錦弥は庄五郎に諭《さと》され破天丸のために関へ帰ったが、さんざん首を横にふりつづけた挙《あ》げ句《く》のことであった。

敗残の石丸勢が関ケ原へ差しかかったとき、驟雨《しゅうう》に襲われた。木々の青葉を殴りつけ、大地に濛々《もうもう》たる白煙のような飛沫《しぶき》をあげる激甚《げきじん》の雨である。

朝のことで、雨上がりに、西空に虹が立った。音もなく天空に立つ虹は美しい。

おどろ丸は、柄にもなく見とれた。

「殿。前途は明るうござるな」

からかい半分に言って、庄五郎が屈託なく笑う。
六歳の破天丸のように、そっぽを向くおどろ丸であった。

第六章　幼子《おさなご》たち

一

無明《むみよう》の闇《やみ》の中で、風が唸《うな》っている。
どこだ、ここは……。
春日《かすが》神社の拝殿か。
だが、なぜ、いまになって童子《どうじ》あらためを強《し》いられるのであろう。分からぬ。
いや、違う。拝殿では、風音どころか、物音ひとつ聞き取れぬはず。
闇から滲《にじ》み出たものがある。ぼんやりとした光だ。
やがて、それは形をなした。
細長く、やや湾曲したもの。

太刀……。櫂扇《かいおうぎ》の太刀か。

柄《つか》をもつ手がのぞき、太い腕が見えて、そして持ち主の顔が現れた。

（おどろ丸）

之定《ゆきさだ》はうろたえた。

「西村三郎左《にしむらさぶろうざ》は、おぬしの鈍刀《なまくら》を信じて、くたばりおったわ」

隻眼《せきがん》に侮蔑《ぶべつ》の色を露《あら》わにして、おどろ丸は櫂扇を上段にかまえる。

（ゆるして……）

命乞《ご》いのことばは、口から出したつもりが、喉奥《のどおく》でからまってしまう。

無造作に、魔性の太刀が振りおろされた。

脳天へ白光が落ちてくるのを、身を竦《すく》ませたまま瞶《みつ》めながら、之定はようやく声を放つ。その悲鳴は、なぜかくぐもった。

おもてをひきつらせたまま、急いで両眼をあける。

「さわぐなや」

口を塞《ふさ》いでいる者から、低声《こごえ》で命じられた。

一瞬、おどろ丸かと疑い、死の恐怖にもがいた之定だったが、たやすく押さえ込まれる。

近寄せられた短檠《たんけい》の明かりに映った姿は、長髪に半首《はつぶり》の鉄面《かねめん》をつけ、黒い鎖帷子《くさりかたびら》に黒い裁付《たつつけ》という出《い》で立ちであった。おどろ丸ではない。

「ひどい寝汗や。悪い夢を見とったようやな」

言うことはやさしげでも、ひどくのっぺりした顔が残忍さの裏返しのように思えて、之定はおぞけをふるった。

雨を伴《ともな》って吹きつける春疾風《はるはやて》が、家屋を軋《きし》ませ、この男の不気味さを一層掻《か》き立てているような気がする。

「殺す気はない」

男は、之定の口から手を放すと、背負い太刀の紐《ひも》を解いて、その場にすわった。が、右足を投げ出す。

右足は妙な具合にねじれていた。

「女に不覚をとったのや」

訊《き》かれもせぬのに明かして、男は太刀を右側へ置いた。害意のない証《あかし》であろう。

「な……何者か」

寝床に上体を起こした之定は、ごくりと生唾《なまつば》を呑《の》み込んでから、かすれ声を出した。

男の名乗りに、之定の双眼が剝《む》かれる。おどろ丸の命とその愛刀櫂扇を狙う裏青江《うらあおえ》衆《しゅう》の無量斎のことは、父の兼定《かねさだ》より聞かされ、

「そなたも、この関《せき》では、おどろ丸の身辺に気を配っておれ」

と促されたものである。之定自身は、おどろ丸とほとんど口をきかぬし、その身を案じるつもりなど、さらになかった。裏青江衆との確執《かくしつ》は、おどろ丸ひとりの問題ではないか。

ただ、美濃《みの》に住するようになったおどろ丸が、裏青江衆の襲撃をうけた最後は、五年も前だったように、之定は記憶している。おどろ丸と錦弥《きんや》が関に所帯をもってほどなくのことで、夫婦ふたりで見事に撃退した、と兼定が見てきたように愉快げに語ったものだ。

「おどろ丸ならば、近江《おうみ》へ……」

無量斎がその事実を知らずに関へ現れたのかと疑った之定は、昨年の夏、革手《かわて》府下で起こった斎藤妙純《さいとうみょうじゅん》と石丸丹波守利光《いしまるたんばのかみとしみつ》の合戦について触れようとしたが、すぐに遮《さえぎ》られる。

「知らいでか」

無量斎の酷薄《こくはく》そうな眼が、じろりと之定を睨《にら》んだ。

「な……ならば、何用あって関へ」

「ここへまいったからには、之定どの。わぬしに用があるに決まっておろうが」

「殺す気はないと……」

「ない。今はな」

にたりと無量斎が笑ったので、之定は白面《はくめん》を蒼《あお》くして顫《ふる》えあがる。

「わぬし、おどろ丸を憎んでおろうが」

「それは……」

「隠さんでもええ。おどろ丸の櫂扇の太刀を見て、これほどのものはとても作れんと妬《ねた》ましゅう思うのは、名ある刀鍛冶《かたなかじ》として当然のことや」

「作ってみせる」

思わず声を高くしてしまった之定だが、その首へすかさず鎧通《よろいどおし》をあてられ、凍りつく。

ただ、この風雨の唸りの中では、之定の声を聞きつけた者はおらず、そのまましばらく待っても、誰も駈《か》けつけてこなかった。

「さすがに二代兼定どのや。刀のことになると、我を忘れおる」

皮肉の言辞を吐いて、無量斎は鎧通をおさめた。

「われら裏青江は、おどろ丸を殺したい。そこで、之定どのにいささか手助けして貰《もら》いたい。易《やす》いことやろ」

「櫂扇の太刀をどうなさる」

之定が唯一無二《ゆいいつむに》の関心事を口にすると、

「さあて……」

と無量斎はとぼけてみせた。

だが之定は、無量斎が櫂扇の太刀を折るつもりでいることを知っている。

之定がおどろ丸を憎んでいるのは事実だが、あの太刀はわが手に欲しい。いつか櫂扇に肉薄する刀剣を作るためには、口惜《くちお》しくとも、手もとに手本が必要なのである。

春日神社の拝殿に初代隠岐允《おきのじょう》のひとふりが眠るが、あれは、童子あらためを超克できた者がその瞬間のみ触れることをゆるされた関鍛冶の聖刀ゆえ、どうにもならぬ。

童子あらための真実については、兼定・之定父子《おやこ》とおどろ丸、三人の胸に秘せられてある。真実を暴《あば》けば、関鍛冶の歴史的背景を辱《はずかし》めることになるばかりなので、あのとき、おどろ丸が拝殿で斬《き》った猿飼《さるかい》と小猿の遺骸《いがい》も三人で人知れず始末した。童子あらための術者と考えられる仲村の散所者《さんじょもの》は、一時は不審を抱いたとしても、その後も四季の節目に鍛冶座より黄金が捧《ささ》げられつづけていることで、猿飼と小猿の行方不明を気にしなくなったはずである。

むろん之定は、春日神社秘蔵の聖刀が櫂扇であることを、無量斎に明かすつもりはない。その存在を知れば、無量斎は先にこちらを折ってしまうであろう。

之定が手本とすべき櫂扇は、おどろ丸の腰に佩《は》かれるそれだけであった。なんとしても、恙《つつが》なく手に入れたい。

「おどろ丸の櫂扇を疵《きず》ひとつつけぬまま手前に頂戴《ちょうだい》できれば、手を貸し申そう。それでなければ、何もせぬ。たとえ、この場で斬り殺されようと」

そう言ったなり、之定は瞑目《めいもく》した。

総身を小刻みに顫わせているが、決死の覚悟が無量斎に伝わってくる。ふだんは臆《おく》病《びょう》な之定も、刀工としては掛け値なしに命懸けであるらしい。

（ほんまもんの鍛冶やな……）

おどろ丸の存在が、之定の意地を燃えあがらせたとみることもできようが、それにしても、備中《びっちゅう》青江派の刀工の中にも、ここまでの男は幾人といまい。

無量斎は言った。

「くれたるわ」

二

澄明な笛の音の流れる中、無数の銀砂を振り撒いたようにきらめく広野が見える。

いや、広野と見えたのは、陽光をはじく湖面であった。その茫々たる竹まいは、淡

つ海とよばれる琵琶湖のものである。

水辺の草原の中から、鳰の群れが飛び立った。

蒼天の下、彼方に望まれる比良の山々が、緑一色に真っ白な雲の峰を背負った姿

は、眼に鮮やかというほかない。近江国はすっかり夏景色の中にあった。

琵琶湖を東より見下ろす繖山の山頂で、風に袖や袴の裾をはためかせながら、笛

を吹くのは、土岐成頼の末子、四郎元頼である。十歳に満たぬ幼童でも、よちよち歩

きのころより歌舞音曲に慣れ親しんだ感性は、異国の風光に詩心を催し、こうして即

興の曲を奏でているのであった。

湖東平野のほぼ中心に位置し、眼下に東山道を望むこの繖山は、聖徳太子の建立

と伝わる頂上近くの観音堂で知られ、観音寺山の俗称をもつ。

南近江守護六角《ろっかく》氏は、麓《ふもと》に守護屋形《やかた》を設け、中腹から山頂にかけて巨大な城郭を築いた。大小の曲輪《くるわ》の数は、のちに織田信長に滅ぼされたとき、数百とも千余ともいわれたほどだ。

いま元頼の立つ場所も、削平《さくへい》されて物見台として使われている。

当代の守護六角高頼《たかより》は、成頼の女《むすめ》を室としており、応仁・文明の大乱では、舅《しゅうと》と同じく西軍についた。両者の関係は良好で、高頼が将軍親征をうけたときも、成頼自身は幕軍に参陣せず、将軍の下知《げち》に応じた長子の政房《まさふさ》と袂《たもと》を分かったほどである。

そうした厚誼《こうぎ》から、高頼は、舟田合戦で斎藤妙純に敗れ、成頼の愛息元頼を奉じて近江へ落ちてきた丹波守利光を、快く迎え入れてくれた。

やがて元頼が、笛から唇を離すと、振り向いて、

「美しかったか」

と後ろに控える者に訊いた。

「美しゅうござった」

おどろ丸の声に温かみが罩《こ》もっている。

元頼は、微笑《ほほえ》んだ。

おどろ丸と並んで、もうひとりそこに控える庄五郎《しょうごろう》だけが、この場で、まったく別

の思いをめぐらせている。

（おもしろいことになったものだわい……）

元頼は、近江落ち以来、六角氏の守護屋形で何不自由なく厚遇されながら、塞ぎ込んで、ほとんど口を利《き》かぬ。ふつう、幼い子どもというものは、環境の変化に対する順応力にすぐれるものだが、元頼は人一倍、感受性が強いのか、生まれてはじめて父母と別れて暮らしつづけることに涙を隠さぬのである。

そんな元頼でも、たったひとりだけ、心を開いて懐《なつ》くことのできる者、それこそ誰あろう、おどろ丸であった。

おどろ丸は、元頼を不憫《ふびん》がるようなことを言いもしなければ、逆に叱咤《しった》もせぬ代わり、ただ一緒に飽《あ》かず遊んだ。それも、幼童と変わらず、いやなものはいやだと言って、元頼と対等なのである。

そんなおどろ丸が、もし自分と年齢の近い子どもならば、元頼もこれをきらったやもしれぬ。ところが、この遊び友達は、異形《いぎょう》ともいえるほど群を抜いて逞《たくま》しいおとなである。これはもう、男の子が、可愛《かわい》がっている巨《おお》きな犬や馬とじゃれ合うのにも似ていた。

いわば、野生児としてのおどろ丸が、まだ汚れのない元頼に、余人では得られぬ安《あん》堵感《どかん》をもたらしているのに相違ない、と庄五郎はみている。

その証拠に、元頼は笛を奏《そう》したあとはいつも、おどろ丸に対して、美しかったかとしか訊かなかった。風流の道をわきまえぬ野生児は、音曲の微妙な味わいを語るすべをもたぬが、しかし、美醜《びしゅう》そのものを本能的に察知する能力に長《た》けることを、元頼もまた心で知ったのである。

なればこそ、おどろ丸が美しかったとこたえると、元頼は微笑む。

この奇妙な関係におけるおどろ丸の心情を思うと、美濃に残した破天丸《はてんまる》の存在と無関係ではありえまいが、庄五郎にすれば、あるじおどろ丸のために打算を働かせずにはおかぬ出来事といえた。

(四郎元頼さまを帰国させたあかつきには……)

傅役《もりやく》の座におどろ丸を就《つ》ける。さすれば、美濃における出世は約束されたようなものではないか。

そして、いまや元頼の帰国は、目睫《もくしょう》に迫っている。

丹波守利光は、舟田合戦の敗北から一年近い雌伏《しふく》を経て、ついに反撃に転じるべく、明日、美濃へ向けて進発することに決した。総大将は、言うまでもなく元頼である。

丹波守利光にとって、嫡男兵庫助《ちゃくなんひょうごのすけ》らを討った怨敵《おんてき》妙純は、いま織田氏の内紛を鎮定するため、みずから大兵を率いて尾張へ出陣中であった。このあたりの斎藤氏の他国への影響力は、妙椿《みょうちん》以来のものというべきだが、それで美濃国内が手薄になっている。丹波守利光には絶好機到来というほかない。

すでに六角氏をはじめ、幕府管領《かんれい》細川氏、伊勢《いせ》の北畠氏らより援兵を迎えた丹波守利光は、雪辱《せつじょく》の炎を燃やして意気熾《さか》んであった。

こんどの戦いの結果、丹波守利光が、美濃を土岐政房・斎藤妙純の体制から、土岐成頼とおのれのそれに取って代わらせることができれば、庄五郎の描く夢は俄然《がぜん》、現実味を帯びるといってよい。

「陽射しがきつうなり申した。明日はご出陣ゆえ、四郎さまが暑気あたりをされては一大事にござれば」

庄五郎が言ったのを機《しお》に、おどろ丸は元頼のからだを左腕ひとつで軽々と抱きあげた。

こうした平時は、六角氏も家臣団も麓の集落に住み、観音寺城には主要の曲輪に数えられるほどの番士が詰めているばかりにすぎぬ。が、繖山には、乱積みの石段路を上下する観音堂参詣者《さんけいしゃ》の姿を、ちらほら見ることができる。

下山の途中、二十名ばかりの賑々《にぎにぎ》しい一行と出くわした。大半の者が、髪は蓬髪《ほうはつ》であったり大童《おおわらわ》であったりで、柿帷子《かきかたびら》をだらしなく着け、腰に陣刀やら鎌《かま》やら杖《つえ》やらの武器を差している。

（馬借《ばしゃく》の人足衆《にんそく》か……）

と庄五郎は思うともなく思った。近江では馬借人足など掃《は》いて捨てるほどいる。

馬借とは、馬の背に載せた荷駄《にだ》を目的地まで運んで駄賃を稼《かせ》ぐ運送業者をいう。追《お》い剝《はぎ》・野盗の跋扈《ばっこ》する時代だから、かれらは常に武器を携帯し、編隊を組んで仕事をする。そのため、馬借人足には荒くれ者が多い。

また、時に利害の対立する座や土倉や酒屋を襲撃したり、あるいは土一揆《つちいっき》の中心となって幕府に強訴《ごうそ》するなど、馬借は当時、武家の権力を脅《おびや》かすほどの力をもっていた。

別して近江大津・坂本《さかもと》を拠点とした馬借は有名で、大津馬借が関銭や年貢米《ねんぐまい》に反して祇園社《ぎおんしゃ》にたてこもったとき、数千人の規模であったという。これは四代将軍義持《よしもち》の時代のことだから、戦国期に至っては推《お》して知るべしであろう。

声高《こわだか》に何やら下品なことばを交わし、野卑《やひ》な笑いをあげながら上ってくる馬借人足たちは、下りのおどろ丸たちを眼に入れるや、にわかに声を低めて、一列となって路傍へ身を避けはじめる。武士とみて、さすがに憚《はばか》ったのであろうか。

「おかしいと思わんか、庄五郎」

おどろ丸が、石段を踏む歩みをとめずに言った。

「何がでござる」

「殊勝《しゆしよう》すぎる」

大集団の一揆で幕府を威《おど》して徳政を引き出すような馬借の荒くれ人足が、かように武士を恟《おそ》れて道を譲るとは解《げ》せぬ。

「ああした手合《てあ》いでも、観音堂に参拝いたそうというからには、穏やかな性情《せいじよう》の者たちにござりましょう」

「ためしてみる」

「おやめなされませ。四郎さまがおわすのでござりまするぞ」

「なればこそ、ためすのだ」

おどろ丸は、抱いていた四郎元頼のからだを、庄五郎へ託すや、

「戻れ」

と命じた。

「ご杞憂《きゆう》かと存ずる」

「早く戻れ。走れ」

仕方なく庄五郎は、踵《きびす》を返して石段を上りはじめ、七、八段も戻ったところで振り向いてみて、しかし、驚いた。

人足たちが、一斉に、それぞれの得物を手にして、石段を駆け上りだしたではないか。その慌《あわ》てぶりは、たんに喧嘩《けんか》を吹っかけようとした対手《あいて》に気づかれたというのとは、どこか違っているように見える。

(もしや……)

こちらを何者か知ったうえで襲撃せんとしていたのではないか。

ようやく思い至った庄五郎は、いち早くそれと察知したに相違ないおどろ丸の勘の鋭さに、いまさらながら舌を巻いた。獣のそれに匹敵《ひってき》する闘争本能のなせるわざであろう。

おどろ丸は、石段を戻らず、人足たちめがけて駈け下りた。すでに背負いの櫂扇を抜いている。

狭隘《きょうあい》な一筋の、足もとの危《あや》うい石段路は、この場合、おどろ丸に有利であった。真っ先に衝突した対手を、脳天から幹竹割《からたけわ》りに斬り下げるや、血飛沫《ちしぶき》を宙へ撒き散らすそのからだを蹴倒《けたお》した。

石段を転がり落ちる死体が、後続の人足たちを将棋倒《しょうぎだお》しに総崩れにする。

おどろ丸は、つづけざまに、三人の首を刎《は》ね飛ばした。一瞬にして敵の心を恐怖で充《み》たすには、この一手に限る。

案の定、多勢の人足たちは、おののき顫えて、情けない悲鳴をあげ、われ勝ちに遁《とん》走《そう》にかかった。中には、腰を抜かしてその場に尻餅《しりもち》をついたまま動けぬ者もいる。

「た、助けてくだされ。わいらは、銭貰《ぜにもろ》うてたのまれただけや」

「誰にたのまれた」

おどろ丸は、櫂扇の切っ先を、いまにも泣きそうな男の鼻面《はなづら》へ向ける。

「し、知らん。わいは、知らん」

「宰領《さいりよう》はどいつだ」

「あそこに……」

ぶるぶる顫える指が、石段路を逃げていくひとりの背をさす。

おどろ丸は、男が取り落とした鎌を拾いあげ、無造作に下方へ投げた。

風を切って回転しながら飛んだ鎌は、宰領の左のふくらはぎへ深く食い込んだ。

「ぎゃっ」

宰領は、すっ転がって、数段を落ちてから地へ突っ伏した。

すかさず走り寄ったおどろ丸は、宰領のからだを蹴り転がして仰向《あおむ》けにさせる。

「こ、この枝村《えだむら》の段蔵《だんぞう》を殺してみろや。近江中の馬借がだまっていやせんぞ」

ふくらはぎの激痛に身をよじらせながらも、段蔵は悪態を吐《つ》いた。

逃げ足が早く、居直るのもまた早い男であるらしい。おどろ丸は苦笑した。

「あのお子を美濃土岐家の四郎元頼さまと知って、襲ったのだろう。誰にたのまれた」

「言う思うとるのか」

「そうか。素直に吐くつもりがないのなら、一生吐かずにすむようにしてやる」

おどろ丸は、櫂扇の切っ先を、段蔵の腹へぷつっと突き刺した。

「ひいいっ」

さすがに強気の段蔵も真っ青になる。

「まだ皮だ。つぎは肉を裂く」

「言う、言う。何でも言う」

こうした廉恥《れんち》も誠心も義心もない連中は、おのれの損得のみが秤《はかり》であり、結局は命に代えられるものはない。

「美濃の西尾《にしお》なんやらいう武士や」

先達《せんだつ》て、紙商人の荷駄の運送と警固のため、美濃紙の紙市《かみいち》で知られる大矢田《おおやだ》まで行ったさい、その西尾某《なにがし》という者がやってきて、六角氏の守護屋形の賓客《ひんかく》となっている土岐元頼をさらってくるよう、かねずくで依頼された、と段蔵は白状した。

「西尾直教《ただのり》どのの縁者にござりましょう」

いつのまにか、石段路を下りてきていた庄五郎が見当をつけた。西尾直教といえば、斎藤妙純家の家老である。

元頼がおどろ丸のほうへ腕を伸ばしたので、庄五郎はその小さなからだを戻す。

「石丸方の御輿《みこし》を奪おうということだな」

「解せませぬなあ」

庄五郎が訝《いぶか》る。

「何が解せん」

「西尾どのが動いたということは、妙純どののお下知でありましょう。なれど、妙純どののなれば、かような信の置けぬ胡乱《うろん》な者どもを用いず、おのれの手下《てか》を放つはず」

「西尾の先走りだろう」

「妙純どのに知れたら、厳しい処断を免れますまい。おそらく……」

成頼がわが子の身を案ずるあまり、ひそかに西尾に命じたのに相違あるまい、と庄五郎は思った。

それならば、あとでこの一件が妙純に知れても、守護家の命令でやむをえずと明かせば、西尾が罰せられることはなかろう。

西尾は、舟田合戦の前、丹波守利光に妙純暗殺計画があったと申し立てたことを、成頼から讒言《ざんげん》ときめつけられて、いったんは国外追放されている。その汚点を取り返せるとでも成頼は言ったかもしれぬ。

(なれど……)

西尾にすれば、国外追放の屈辱《くつじよく》を味わわされて、成頼を恨《うら》んでいるはずであった。それで、成頼の密命を肯《き》いたふりをして、元頼の身柄奪還に部外者を用い、その後、どこかでひそかに元頼を殺してしまおうと考えたのではなかろうか。

舟田合戦に勝利した土岐政房と妙純とて、すすんで幼い元頼の命を奪うつもりがないとしても、自分たちの知らぬところで、病気か事故で死んでくれたら、これほど両人に安堵をもたらすことはない。

とすると、政房か妙純のいずれか、あるいは両人とも、西尾の謀《はかりごと》を諒解《りようかい》しているやもしれぬ。さらに疑えば、かれら全員が共謀して、成頼から西尾へ密命の下るよう仕向けたということも考えられよう。

乱世とは、文字通り血で血を洗う戦いの場である以上に、薄汚い謀略を仕掛け仕掛けられる世界なのである。

「おそらく、何だ。庄五郎」

「いや、それがしの思い過ごしにござる」

成頼が元頼奪還命令を出したのかもしれないなどと、おどろ丸には言えぬ。

おどろ丸は、革手城に忍び込んで、成頼から元頼の身柄を預かったさい、必ず恙なく御手《おて》にお戻し奉《たてまつ》ると約束し、成頼もまたこれを諒とした。そこでは身分をこえた男同士の情義が、たしかに交わされた。なればこそ、おどろ丸は、丹波守利光に従って近江へ落ちてきたのではないか。

成頼は堪えて待ち、応じておどろ丸は、おのが手で元頼の身柄をそのもとへ届ける。これ以外の道は、裏切りというものだ。

「それより、こやつをいかがなされる」

庄五郎は、痛みに苦鳴《くめい》を洩《も》らしつづける枝村の段蔵を見下ろした。

「放っておけ」

言い放って、おどろ丸は、石段路を下りてゆく。

ここで枝村の段蔵の命を助けてやったことが、のちに美濃の勢力図を一変させる遠因となる。だが、いま段蔵に背を向けて去っていくおどろ丸と庄五郎が、知る由《よし》もないことであった。

三

その夜、守護屋形で出陣の前祝いの宴《うたげ》を了《お》えて、庄五郎とともに宿所へ戻ったおどろ丸は、思いがけぬ訪問者に眉《まゆ》をひそめた。

「錦弥ではないか」

錦弥は、舟田合戦で石丸方敗北のあと、仁阿《じんあ》ら六名の家来とともに関へ戻っており、近江にいるはずはないのである。

だが、おどろ丸が眉をひそめたのは、そのことではない。わがままで血の気の多い錦弥のことゆえ、待つことに倦《う》み、破天丸を関に置き去りにして、自分だけが近江へやってきたのでは、と不安をおぼえたからである。

家来の鬼八《きはち》と徳次《とくじ》を付き従えて、錦弥は息を喘《あえ》がせながら、おどろ丸の前に座った。その汗で濡《ぬ》れ光る顔が、めずらしく心の苦悶《くもん》を露わにして歪《ゆが》んでいると見て、おどろ丸はさらに不吉の念にとらわれた。

「何があった、錦弥」

「破天丸がどうした」

「破天丸が……」

おどろ丸の心臓が早鐘《はやがね》を打つ。

「裏青江衆にさらわれた」

次の瞬間、錦弥の頬が高く鳴った。錦弥は吹っ飛ばされる。

「おのれがついていながら……」

おどろ丸の顔つきは、夜叉《やしゃ》のそれのように変じていた。

錦弥も、物凄《ものすご》い形相《ぎようそう》でおどろ丸を睨み返したなり、口をきかなくなってしまう。良人《おっと》の最愛の者が、自分ではなく破天丸であることを、いまの殴打によって思い知らされ、我慢がならぬのであった。

「おらが申し上げるでごぜえまするで」

錦弥が口を開かぬので、鬼八がすすみ出た。鬼八は百姓の伜《せがれ》だが、読み書きができて、思慮深いところのある若者である。

その語るところによれば、破天丸は昨日の朝、之定と二人だけで津保川《つぼがわ》へ釣りに出かけ、そこで拉致《らち》されたのだという。

父母揃《そろ》って舟田合戦で出陣中、破天丸は祖父兼定の北屋敷にいたのだが、錦弥が関へ戻ったあともそのまま母子《おやこ》でとどまっていた。石丸方についた錦弥でも、美濃では武将にひとしい扱いをうける関鍛冶総元締のもとにいれば、斎藤方の力は及ばぬ。

ところで破天丸は、父の感情をそのまま受け継いだのでもなかろうが、前々から之定をきらっていた。

それで之定のほうが、ともに暮らす甥《おい》にきらわれつづけるのも情けないと思ったらしく、破天丸に釣りを教えてくれと頼んだ。破天丸は、おどろ丸に伴《つ》れられて川釣りに親しんでいるため、幼いながら、なかなかの上手であった。

（破天丸……）

そのときのわが子の心情が、おどろ丸には手にとるように察せられて、胸がしめつけられた。早くおとなになりたがっている破天丸は、対手が誰であれ、ひとから頼れることがうれしいのである。

手傷を負って北屋敷へ駈け戻ってきた之定は、さいしょは破天丸をさらった者たちの正体も分からず、おのれの不甲斐《ふがい》なさに落涙《らくるい》に及んだそうな。

関鍛冶衆が総出で、日中、必死の捜索を行ったが、破天丸の行方を知ることはできなかった。対手には何らかの目的があるとみた錦弥は、いまや関では、兼定の北屋敷に対して、南屋敷とよばれるおどろ丸と自分の住まいに戻って待ったところ、夜になって、無量斎の訪問をうけたのである。

「土岐四郎元頼と引き替えたるわ」

応諾なくば破天丸の命もない、返答は二日後の夜と期限をきられた。

そこで錦弥は、本日未明、自身は馬を駈り、韋駄天《いだてん》の鬼八と徳次を供にして、関を出発するや、この観音寺城下まで二十余里の道を急ぎに急いできた次第であった。途中、馬を三頭乗り潰《つぶ》している。

「無量斎……」

顔面を朱に染めたおどろ丸は、きつく引き結んだ唇の間から絞《しぼ》り出すように洩らした。

その憤怒《ふんぬ》の暴発を危ぶみながら、庄五郎は素早く考えをめぐらせた。

昼間の馬借人足どもの襲撃とは無関係とみてよい。元頼との交換のために破天丸を奪ったのなら、さらに危険を冒《おか》して元頼奪取に狂奔《きょうほん》する必要はないからである。

これは、斎藤方の思惑《おもわく》とはまったく別の次元のことで、一《いっ》にかかって櫂扇に裏青江衆の魔手が及んだ事件であると断じるべきであろう。

（油断があったようだわい……）

実は庄五郎は、無量斎がおどろ丸の居場所を知りながら、この五年ほど手を出さなかった、いや、出せなかった理由を知っている。

おどろ丸が丹波守利光に仕《つか》えたばかりか、関鍛冶総元締の後ろ楯《うしろだて》を得たために、無量斎の仕事をやりにくくしたことは疑いない。また、裏青江衆自体、櫂扇を滅ぼすだけがその任ではなく、備中刀の買い手の傭兵《ようへい》となることもしばしばで、おどろ丸ひとりに全精力を傾けているのではなかった。

しかしながら、それらは最大の理由ではない。無量斎がおどろ丸から遠ざかったのは、その動きを封じる手段を、陰ながら庄五郎がほどこしておいたからである。

ただ五年も経《た》てば、その手段に隙《すき》が生じるのも無理はないと思わねばならなかった。

それでも、破天丸のことは、わが不覚であったと庄五郎は臍《ほぞ》を噛《か》んだ。冷酷無残の無量斎のことゆえ、

(あるいは……)

すでに破天丸を亡《な》き者にしてしまったやもしれぬ。

おどろ丸が座を立って刀架から櫂扇をとったのを見て、庄五郎は、両腕をひろげて前を塞いだ。

「殿。いずれへまいられる」

家臣としての礼を失した庄五郎へ、おどろ丸は血管の浮き出た隻眼より鋭い光を放った。

「退け、庄五郎」

関《せき》へ帰るに決まっている。言うまでもないことではないか。

「ご思慮なされよ」

「何を思慮することがある。無量斎を斬って破天丸を奪い返すまでだ」

「四郎さまをお伴れなさるご所存と推察仕《つかまつ》った」

主従の視線は、ぎらぎらとして絡《から》み合う。

そうだと言いかけたおどろ丸だったが、開けた口をそのままにして、苦しげな表情をみせた。

「なりませぬぞ、殿」

「無量斎は……」

そう吐き出しただけで、またことばを呑み込んだおどろ丸に、庄五郎はうなずいてみせる。

「あの男は、四郎さまを伴れてゆかねば、破天丸さまのお命をただちに奪うことにござりましょう」

「分かっていて、邪魔立てするつもりか」

「もとよりのこと」

平然と首を縦にした庄五郎に、おどろ丸は唖然《あぜん》とし、怒気を露わにした。

「庄五郎。汝《うぬ》は、破天丸を見殺しにしろと……」

「お忘れか、殿」

庄五郎の語気が強められる。

「梟雄《きょうゆう》の性根を」

「なに……」

さすがにおどろ丸は絶句した。

七年前の夏、京を逃《のが》れて、庄五郎とともに美濃入りし、杭瀬川《くいぜがわ》近くの中沢という土地の百姓家に一宿したさい、おどろ丸はこれからは武士として生き、梟雄となることを宣言したものだ。その不退転《ふたいてん》の決意あればこそ、庄五郎もまた、おどろ丸を生涯の主君と仰ぐことを、誓ってくれたのではなかったか。

「ときによっては、わが子の命をすら、平然と棄《す》てる覚悟なくして、梟雄とは申されますまいぞ」

「いまがそのときとは、言わさん」

「そのときにござる」

庄五郎は一歩も退《ひ》かぬ。

「お分かりになられぬか、殿」

「分からんわ」

もはやおどろ丸は駄々《だだ》っ子であった。

「無量斎は、殿が必ずや、わが子と四郎さまの命を引き替えると踏んでおるに相違ござらぬ」

「わが子を大事と思うて何が悪い」

「武士でなければ、それでようござる。なれど、いまや丹波守どのに仕え、美濃武士となられた殿が、私事によって、おのれの子可愛さに、美濃国主土岐家の若君の命を売ったとなれば、そのときから生涯、不義不忠者の汚名を拭《ぬぐ》うことはでき申さず。さすれば、二度とふたたび、殿が武士として立つことも叶《かな》い申さぬ」

「叶わずとも……」

激昂《げっこう》した声をあげかけたおどろ丸だが、辛《かろ》うじて思いとどまった。

様々な思いが、おどろ丸の中で交錯しては弾《はじ》け飛んでゆく。

地を這《は》いずりまわるような呪《のろ》われた刀工の流浪《るろう》暮らしには、二度と戻りたくない。おれは、いまや武士として立った。この乱世にうって出て一城を、さらには一国をわが手におさめるのだ。だが、破天丸の命を救えるのならば、そんなものは要らぬ。では、元頼の命はどうなってもよいのか。よくよく考えれば、おそらく無量斎は、約束など守るまい。破天丸を殺し、元頼も殺す。それで、おれは、おのれの命よりも大切なものを喪失《そうしつ》し、また武士として生きる道も絶たれる。いや、武士として生きる道など、どうでもよい。破天丸だけではないのだ。元頼も救わねばならぬ。いや、是が非でも救いたい。

破天丸より一、二歳上にすぎぬ元頼はいまや、おれを、ただひとり信ずることのできる人間と思っている。その幼い純真な期待を裏切ることなど、どうしてできようか。

どうすればいい。一体、おれはどうすればいいのか。

「ああ……」

おどろ丸ほどの者が、深い吐息をついて、その場にがくりと膝《ひざ》をついた。

こんな弱々しく、痛ましいおどろ丸を、庄五郎は初めて見る。

「殿。この庄五郎におまかせくだされ」

「どうするのだ」

「破天丸さまがいずれへ連れ去られたか、急ぎ探ってみましょうぞ」

「見つけられるのか、庄五郎」

隻眼に縋《すが》るような色が過《よぎ》った。

「かようなことに慣れた者たちを、いささか存じており申すゆえ」

「無量斎への返答はどうする。明日の夜までだ」

「その儀については……」

と庄五郎は、錦弥に向き直った。

「奥方さま。四郎さまを裏青江衆に引き渡すことにいたす」

それまで柳眉《りゅうび》を逆立てたままだった錦弥が、表情を変えて、訝《いぶか》しげに見返す。庄五郎は破天丸を犠牲にせよと言ったのではなかったか。

「ただし、石丸勢がにわかの出陣となったので、いまや、総大将にあられる四郎さまの御身柄を、ひそかに伴れだすことはできぬ。なれど、斎藤勢との合戦は必至ゆえ、その乱れに乗じて、必ず四郎さまを届ける。そう無量斎に伝えてくだされ」

それで、ようやく錦弥も理解する。

「時をかせぐのか」

「仰《おお》せのとおり。美濃への出陣と重なったことは、僥倖《ぎょうこう》と申すべきにござろう」

ふん、と錦弥は鼻で嗤《わら》った。

「無量斎は、手下を幾人も殺されて、おどろ丸を恨んでおる。破天丸を生かしておくものか」

幼子をさらわれた母親のことばとは到底思われぬが、これが錦弥という女であった。

「錦弥」

おどろ丸の右手が、櫂扇の柄にかかる。

「わっちを斬るか、お前さま。それとも、いまここで、わっちを抱くか。破天丸の代わりなど、いくらでも産んでやる」

「汝という女は……」

自我の強烈すぎる男と女は、夫婦であることを忘れたかのように、殺気立った。

「おやめなされませい」

割って入った庄五郎は、溜《た》め息をつく。

錦弥の憎まれ口は度が過ぎる。破天丸の身を死ぬほど案じればこそ、気を動転させ、一散に良人のもとへ駈けてきたのではないか。なぜその気持ちを素直に表せぬのか。おどろ丸とて、錦弥がそういう女であることを、知っているはずだ。

だが、いまそれを口にして諫《いさ》めれば、火に油を注ぐようなものであろう。

「破天丸さまは、お二人のお子。いまだ幼しとはいえ、無量斎ごときに負けるものではござらぬ。そうと信じて、お力を合わせられよ」

おどろ丸の右手は柄から離れ、錦弥の双眸《そうぼう》が微《かす》かに濡れた。

四

田植えに余念のない早乙女《さおとめ》たちの笠《かさ》を、熱く乾いた風が揺らせる日、石丸丹波守利光は、兵四千を率いて南近江を発《た》った。

おどろ丸は、馬上、総大将土岐元頼の乗物脇に寄り添う。元頼がそれを望んだ。

錦弥は、昨夜おそく観音寺城下に到着したのにもかかわらず、わずかばかりの休息の後、石丸勢の出陣より早い夜明け直前に、美濃へとんぼ返りしていった。無量斎への返答の期限が、今夜なのである。鬼八と徳次も従った。

庄五郎ひとり、西をめざして出ていったのは、錦弥よりもさらに前のことで、あたりはまだ暁闇《ぎょうあん》の中に沈んでいた頃合《ころあ》いである。

おのれの足で駈けつづけた庄五郎は、十五里余りを走破して、陽が中天へ達せぬうちに小栗栖《おぐるす》へ着いた。

山科《やましな》盆地の南端にひろがり、山科川を前にして大岩山《おおいわ》を背負う小栗栖は、かつては大和から東山道へ至る要衝《ようしょう》のひとつだったが、戦国期にはすでに往時の面影はなく、洛南《らくなん》の人里離れた閑寂《かんじやく》の地という趣《おもむき》であった。

生い茂る蘆《あし》を掻《か》き分けてゆく庄五郎が、竹林にかこまれたその家を訪れるのは、何年ぶりのことであろうか。山荘ふうの、なかなか大きな構えである。

井戸水を汲《く》んでいた老爺《ろうや》が、庄五郎の姿をみとめると、いちど目礼を送ってよこしてから、屋内へ引っ込んだ。その間に、庄五郎は、着衣をはたいて旅の埃《ほこり》を落とし、汗拭《あせぬぐ》いで顔や首回りや腕を拭った。

ほどなく戻ってきた老爺は、何も言わず、庄五郎を中へ案内する。

大岩山と竹林を背後の借景とし、白砂を敷きつめ石を配した庭に面する、畳敷の一室に端座《たんざ》して、庄五郎を笑顔で迎えたのは、女人ではないか。

濡れたような黒髪を垂《た》らし、白地に淡紅の牡丹《ぼたん》花を散らす小袖を着けた姿は、たとえようもなく華やかな美しさを醸《かも》し、この女人そのものが夏の花王のように見える。

「久しいことでありましたな、庄五郎」

「小夜《さよ》さまも恙ないご容子《ようす》と拝察仕る」

おどろ丸がこの場に居合わせれば、仰天して、しばらく声を失ったままでいるであろう。

この小夜こそ、七年前の夏、おどろ丸が、庄五郎の命と引き替えに、京都相国寺《しょうこくじ》において足利義材《あしかがよしき》を討たんとして果たせず、かえって死地に陥《おちい》ったさい、間一髪のところで救出してくれた女忍びの猫である。猫は、赤松屋敷でも、おどろ丸を窮地《きゅうち》から逃れさせた。

だが当時、ついに頭巾《ずきん》を脱《ぬ》がなかった小夜の容色《ようしょく》を、おどろ丸は知らぬ。

「そのようすでは、火急の用向きにござりましょう」

口のききかたも、おどろ丸に接した猫とは、まるで違う。

「これは相すまぬことにて……」

と庄五郎は、おのが両衿《りょうえり》をつまんでみせた。

「やはり、埃っぽく、汗臭《くそ》うござるか」

「法印さまに仕えていたころから」

「これは手厳しい」

この両人が法印さまと敬称すれば、斎藤妙椿をさす。

「用向きを申しなされ」

「されば……」

庄五郎は居住まいを正した。

「わが殿のお子が無量斎にさらわれましてござる」

「いまいちど」

と小夜が問い返した。信じられぬことを耳にした思いゆえであろう。

同じ文句を、庄五郎は繰り返した。

「庚七《こうしち》は何も……」

言いかけて、小夜は微かに悲痛の面持ちをみせる。

「おそらく無量斎に勘づかれ……」

庄五郎もことばを濁《にご》す。

妙椿子飼いの忍び集団であった椿衆《つばきしゅう》を率いる小夜は、妙椿亡きあと、その遺言によって足利義視《よしみ》・義材父子《おやこ》のために陰の力を揮《ふる》い、ついに義材を将軍の座に就かしめた。

しかし、義材の将軍の座は安泰《あんたい》ではなかった。大御所義政の他界や、義視と日野富子の確執なども絡んで、堀越公方《ほりごえくぼう》足利政知《まさとも》の子清晃《せいこう》を樹《た》てんとする細川政元《ほそかわまさもと》一派に、

ら五年前の春のことである。

常に脅《おびや》かされつづける。

にもかかわらず義材は、椿衆を奴隷《どれい》も同然に働かせたあげく、わずかなしくじりも赦《ゆる》さず、小夜の配下を槍《やり》で突き殺したことすらあった。その傲岸不遜《ごうがんふそん》と冷酷ぶりも、義視という緩衝が存在する間は、小夜も我慢した。が、義視が没するや、堪忍袋《かんにんぶくろ》の緒を切って義材に訣別《けつべつ》を告げたのである。

激怒した義材に殺されそうになって、これを逃れた小夜は、この先椿衆を害さんとするなら、公方さまといえどもお命を頂戴《ちょうだい》仕る、と逆に威《おど》しつけて別れた。いまから五年前の春のことである。

椿衆を失った義材は、その後、政元一派が謀叛《むほん》の準備を着々とすすめていたことを探りえなかった。やがて、義材の河内《かわち》出陣中、京の留守を預かっていたはずの政元が、清晃を還俗《げんぞく》させて義遐《よしとお》と名乗らせ、新将軍を宣言してしまう。あげく義材は、右腕とも恃《たの》んでいた畠山政長を討たれ、みずからは囚虜《しゅうりょ》の憂《う》き目《め》をみることになった。

それでも、少年期の数年、妙椿より兵法の手ほどきをうけた義材は、風雨の中、警固番を斬り殺して、京を脱することに成功した。以後は、いまに至るも、越中《えっちゅう》国の神保《じんぼ》氏のもとに流寓《りゅうぐう》中である。

庄五郎は、五年前、小夜が義材と袂《たもと》を分かって小栗栖に隠棲《いんせい》したと知ったとき、ある頼みごとをすべく、美濃から脛《すね》をとばして訪ねた。おどろ丸が関の南屋敷に裏青江衆の襲撃をうけた直後のことである。

武士となって立つ決意をしたおどろ丸のために、裏青江衆の動きを封じてほしい。これが、庄五郎から小夜への頼みごとであった。小夜が美濃へ帰郷せず、他国に居を構えた思いを察していた庄五郎だが、この危うい仕事を成し遂《と》げられる者は、小夜のほかにありえなかったのである。

以後、裏青江衆の動きは、備中へ放たれた椿衆によって、逐一《ちくいち》知られるところとなる。裏青江衆のおどろ丸襲撃を察知した場合、かれらの美濃行きの途上、椿衆はこれを急襲して駆逐《くちく》した。

謎《なぞ》の敵の出現に困惑した無量斎は、幾度も正体を突き止めようとする。しかし、神出鬼没の椿衆は常にこれを上回った。

いちど、小夜みずから、遊女を扮《よそお》って無量斎に近づき、その右足を石仏の下敷きにしてやったことすらある。それからは、謎の敵の強さに怖気《おじけ》づいたものか、無量斎はおどろ丸への手出しをあきらめたかのようであった。

むろん、それでも小夜は、裏青江衆の監視を怠《おこた》ることはなかったが、さすがに五年余もそれだけの緊張を持続することはできぬ。実際に行動する配下にすれば、なおさらのことであろう。

この夏、小夜は、配下の庚七という者に次番《つぐばん》をつとめさせていた。次番というのは、裏青江衆の見張りにつくことを、椿衆の者が自分たちでそうよぶようになったものだ。備中青江派の刀工は名乗りに「次《つぐ》」の一字をつけることを習わしとしている。そこから思いついた、いわば符牒《ふちょう》であった。

庚七は、つい油断をして、裏青江衆にその存在を嗅《か》ぎつけられたものに違いない。

「ご配下が捕らわれたとなれば、いずれここへも無量斎の手がのびるやもしれ申さぬ」

庄五郎には、おどろ丸父子のことだけでなく、小夜の身も案じられた。

「いいえ」

と小夜がかぶりを振る。

「わが身は逃れる術《すべ》なしと知ったとき、黙してみずから命を絶つ。これが椿衆の掟《おきて》」

自白を強いられる前に、庚七は自害しているはずであった。

「要らざることを申した。ご容赦を」

悔《く》いて頭をさげた庄五郎は、衣擦《きぬず》れの音に視線をあげる。小夜が立ち上がっていた。

「美濃へまいる」

決然として小夜は言い放つと、さきほどの老爺をよび、何事か命じて退《さ》がらせたあと、支度にとりかかると告げて、部屋を出ていった。

ひとり取り残された庄五郎は、はじめに老爺の出してくれた茶で、ようやく喉《のど》を潤《うるお》しながら、小夜のことを思わずにはいられぬ。

（どこやらお変わりあそばした……）

美貌《びぼう》であることに変わりはないが、以前はいささか鋭い顔だちであった。それが、ふうわりとした綿雲のような、やわらかい感じになった。といって、肥えたわけではなく、猫の忍び名そのままの、無駄な肉のないしなやかな風貌なのである。

思い過ごしか、と庄五郎が自分を嗤っていると、庭の向こうの竹林ががさごそと音をたてた。

庄五郎は、廊下へ出て、片膝立ちに抜き打ちの構えをとる。やはり裏青江衆がここを知ったのか。

竹林から庭の白砂へと出てきたのは、しかし、男の子であった。

（なんと、これは……）

庄五郎はおぼえず微笑んでしまう。人形と見紛《みまが》う姿ではないか。

六、七歳ぐらいであろうか、まだ前髪を垂らしているのに、装《なり》は立派なものだ。綾《あや》藺笠《いがさ》を被《かぶ》り、狩衣《かりぎぬ》を着け、指貫《さしぬき》の上に行縢《むかばき》、足もとは物射沓《ものいぐつ》、腰に小さな太刀を佩き、左手には半弓よりも短い弓という、堂々たる狩装束《かりしようぞく》に幼い身を包んでいた。色合いも赤、青、緑、黄色などを配して派手である。

庄五郎を見つけて、わずかに小首を傾《かし》げた眉目《びもく》は秀麗《しゆうれい》とよぶほかなく、よほど尊《そん》貴《き》の生まれではないかと思われた。

「お客人にあられるか」

この物言いに、さらに庄五郎はびっくりし、恐縮する。

「その……客というほどの者にてはございり申さぬ」

「そこは客間である。お客人であろう」

道理であった。

「いや。はい、さようにござる」

すると男の子は、

「泥鰌《どじよう》はお好きか」

と言う。

「泥鰌にござるか……」

まさかこの子は、その装で泥鰌を獲《と》ってきたのでもあるまいにと庄五郎が訝ってい
るうちに、男の子は寄ってきた。

近くで見れば見るほど、気品ある面差《おもざ》しではないか。しかし、

（どこかで会ったことが……）

と庄五郎は、記憶の糸を手繰《たぐ》った。

背負っていた空穂《うつぼ》をおろした男の子が、その中を、庄五郎の眼前にさらしてみせ
る。矢は入っておらず、数尾の泥鰌が重なり合って窮屈そうに身をよじっていた。

男の子のおもてに、どうだと言わぬばかりの、得意げな色が浮かぶ。

「あっぱれにござりまするな」

これほど華麗な狩装束で出かけながら、狩ってきたのが泥鰌とは。庄五郎は、笑い
を怺《こら》えるので腹が痛くなりそうであった。

「馳走《ちそう》いたすぞ」

男の子は上機嫌で応じた。

「うれしき仰せに存ずる」

旅支度をととのえた小夜が戻ってきたのは、この折りである。

「母上。ご他行にあられまするか」

男の子のよびかけに、庄五郎は唖然として、小夜を見やった。穴のあくほど、その顔を瞶める。

（小夜さまにお子が……）

信じられぬ。だが、子をもったとすれば、小夜の風情《ふぜい》の変化に納得がいく。

「庄五郎。この子は、峰丸《みねまる》じゃ」

あとは察することができようとでも言いたげに、小夜は庄五郎に小さくうなずいてみせた。

「………」

どういうことか。こんどは、峰丸という男の子の相貌を、食い入るように凝視《ぎょうし》する。

庄五郎の記憶は蘇《よみがえ》ってきた。鮮明に。

（松姫さまに似ておわす）

あっ、と声を放たずにはいられぬ庄五郎であった。

（父親は、わが殿なのか……）

その疑念を眼色に顕《あら》わして、庄五郎はふたたび小夜を振り返る。

小夜の長い睫毛《まつげ》をもつ瞼《まぶた》が、ゆっくり閉じられ、そして開けられた。

空穂から泥鰌が一尾、とびだしかける。その頭を、峰丸は素早く叩《たた》いて、にっこり咲《わら》った。

第七章　城田寺《きだいじ》の露

一

丹波守利光《としみつ》が観音寺城下より進発したとの急報をうけると、加納城の妙純《みょうじゅん》は膝《ひざ》をたたいて悦《よろこ》んだ。

「出たか、丹波《たんば》め」

妙純が織田《おだ》氏の内紛鎮定のために、みずから尾張《おわり》へ出陣したというのは、事実ではない。容貌《ようぼう》の似ている弟の利安《としやす》を影武者に仕立て、これに兵をあたえて派遣し、自身は加納城の奥から一歩も出ず、丹波守利光との決戦にそなえて満を持していたのである。

さらに妙純は、尾張北部における織田敏定《としさだ》軍との合戦で、美濃《みの》勢も多数の死傷者を出したと他国へ聞こえるように策した。敏定軍と戦ったのは事実だが、主戦力は織田寛広《ひろひろ》軍であって、美濃勢はその後詰《ごづめ》をしたに過ぎず、ほとんど損害はなかった。そして、丹波守利光が出陣の準備を始めたことを察知するや、にわかに敏定方と寛広方とに和議を結ばせた。

妙純は、尾張における影響力を維持する戦いをしながら、同時にこれを丹波守利光への罠《わな》にするという、したたかな軍才を発揮したといってよい。養父妙椿《みょうちん》の薫陶《くんとう》というほかなかろう。

「さすがに丹波は、いささかの疑心を抱いたらしゅうござりまするが、去年の雪辱《せつじょく》に逸《はや》る子らや一族の血気を鎮《しず》めることはでき申さなんだようすにて……」

側近の斎藤越後守《さいとうえちごのかみ》も、してやったりの表情で言った。

「別して弟の典明が強く丹波に出陣をすすめたよし」

その意味ありげな一言に、妙純は眼でうなずく。

「石丸《いしまる》勢が隠居屋敷へ入るまで、大いくさは避けねばならぬ」

「袋の鼠《ねずみ》にして一挙に」

「うむ」

土岐成頼《ときしげより》は、去年の舟田合戦のあと、剃髪《ていはつ》して宗安《そうあん》と号し、家督を政房《まさふさ》に譲って方《かた》県郡《がたごおり》城田寺《きだいじ》の屋敷に隠居していた。屋敷といっても、城砦《じょうさい》の造りである。

「して、殿。お屋形《やかた》さまは、四郎元頼《しろうもとより》どのを、いかがあそばすご存念にあられまするか」

妙純に擁立《ようりつ》された土岐政房が、いまや新しい美濃守護として、お屋形と敬称される。

「できうることとなれば……。そう仰《おお》せあそばした」

「できうることとなれば、とは」

「昔、養父上《ちちうえ》がよう仰せられていた。尊貴《そんき》の御方《おかた》というものは、大事に会したとき、どちらともとれる言いかたをなさるものだ、とな」

「いずれにせよ、責めを負われるのは殿、ということにござりまするな」

「家臣のつとめよ」

と妙純は、苦く笑ってみせる。

「いっそのこと土岐家を……」

「越後。言うまいぞ」

「伊豆《いず》国の例もござりましょう」

五年前、伊勢新九郎《いせしんくろう》なる者が、堀越公方足利茶々丸《ほりごえくぼうあしかがちゃちゃまる》を討って、伊豆一国を奪うという、乱世のきわみのような事件が起きた。茶々丸は、名を義遐《よしとお》から義高《よしたか》に改めた当代の室町将軍の異母兄である。

「もはや土岐家は飾り物にすぎぬ家にござれば……」

下剋上《げこくじょう》の決意を促す発言というべきであろう。

「くどいぞ、越後」

妙純の語調がきつくなる。

越後守は、尻退《しりさ》がりに、床へひたいをすりつけた。

一方、丹波守利光率いる石丸勢は、南近江《みなみおうみ》を出たあと、伊勢路を進軍中であった。伊吹山の西南あたり、近江と美濃の国境まで進出してきた京極《きょうごく》勢に、東山道を扼《やく》されたからである。北近江守護京極氏惣領《そうりょう》家と持是院《じぜいん》家は姻戚《いんせき》であった。

だが、これはかねて予想されていたことで、対京極には後方支援の六角《ろっかく》勢があたる。

伊勢から尾張津島《つしま》へ侵入した石丸勢は、別働隊に放火させながら北進し、竹《たけ》ケ鼻《はな》を経て、墨俣《すのまた》へと達《し》した。

墨俣に防衛線を布く斎藤勢は、石丸勢の勢いに虞《おそ》れをなしたか、戦意を喪失《そうしつ》したように一戦も交《まじ》えず、退却した。

「尾張のいくさで妙純の兵は疲れたと聞いたが、やはりまことであったな」

「おう。なんと意気地のないことよ」

丹波守利光の子の利高《としたか》、基文《もとふみ》らが、逃げてゆく斎藤勢の背に哄笑《こうしょう》を浴びせた。

「父上。このまま加納まで攻め入ってはいかがにござりましょう」

「たわけ」

慢心した倅《せがれ》たちに、丹波守利光の一喝《いっかつ》がとぶ。

「妙純ほどの者、尾張より帰陣したばかりであろうとも、わしとの合戦に向けて、かねて怠《おこた》りはなかったはず。茜部《あかなべ》に斎藤方の第二陣が布かれておる。墨俣の先陣が退《ひ》いたは誘いじゃ」

「さまで妙純を怖《おそ》れることはありますまい」

「亡《な》き法印さま譲りの軍略家であるぞ。侮《あなど》るでない」

「父上も妙純も、二言めには法印さまにござるな」

従三位《じゅさんみ》法印妙椿の凄《すご》さを知らぬ世代の若者たちは、鼻で嗤《わら》った。

「われらの正義は、お屋形さまのお下知《げち》を奉じて四郎元頼さまを樹《た》て、斎藤妙純を討つことにあるのじゃ。まずは城田寺に本陣を布かねばならぬ」

丹波守利光のいうお屋形は、成頼をさす。石丸方にとっては、いまだ成頼が美濃守護であった。

中軍《ちゅうぐん》で、総大将四郎元頼の乗物脇に寄り添うおどろ丸へ、庄五郎《しょうごろう》が低声《こごえ》でよびかけた。

「殿……」

「こたびも、敗《ま》けいくさをお覚悟なされたほうがよろしいかと存ずる」

「なぜ敗けるとわかるのだ」

「勘にござる」

「そうか……」

いつものおどろ丸ならば、おれがそうはさせぬとでも大言を吐きそうなものだが、いまはその意気を湧《わ》かせることもできぬようであった。

無理もなかろう。裏青江衆《うらあおえしゅう》に拉致《らち》された破天丸《はてんまる》の身が案じられるのである。

庄五郎は、山科《やましな》の小栗栖《おぐるす》に小夜《さよ》を訪ねたあと、すぐにおどろ丸のもとへとって返し、信頼できる者たちを破天丸の行方探索のために放ったことを報告し、ひとまずおどろ丸に希望の光を与えしめた。むろん、かれらが椿衆《つばきしゅう》であることを明かさぬ。

おどろ丸のほうでも、庄五郎を友として信ずるゆえに、何も訊《き》かなかった。かつて庄五郎に手抜かりがあったことはない。

その後、石丸勢が伊勢路を行軍中、美濃から馳《は》せつけた鬼八《きはち》によって、関の南屋敷での錦弥《きんや》と無量斎《むりようさい》との会見のようすが伝えられた。

錦弥は庄五郎に授けられたとおり、斎藤方との合戦の混乱に乗じて、おどろ丸が必ず元頼を伴《つ》れだし、破天丸との身柄交換に応じる旨を、無量斎に告げたのである。

「おどろ丸と元頼だけで長良川《ながらがわ》に沿うて遡《さかのぼ》ってきい。言わへんかて分かるやろが、腰のもんを忘れるんやない」

無量斎はそう言いおいて去ったという。腰のもんとは、おどろ丸の櫂扇《かいおうぎ》の太刀をさす。

（無量斎は城田寺から遠くないところにいる……）

と庄五郎は看破した。

長良川に沿って遡れとは、その間のどこかで、裏青江衆がおどろ丸の前に姿を現すということであろう。とすれば、斎藤勢と石丸勢の合戦のようすを眺めている必要がある。こんどのいくさが、城田寺とその周辺になることを、無量斎ほどの者ならばすでに見当をつけているはずであった。とうぜん破天丸もその付近に監禁されていよう。

（あるいは長良川沿いならば、東はせいぜい金華山《きんかざん》、西は鏡島《かがしま》あたりまでか……）

その夜、ひそかに野営陣を訪れてきた椿衆の者に、庄五郎は右のことを小夜に伝えるよう頼んだ。あとは小夜の力を信じるほかない。

「庄五郎……」

おどろ丸が沈んだ声を洩《も》らした。

「生きていると思うか」

破天丸のことである。

「殿がそれと信ぜずして、いかがなさる」

主君を叱《しか》りつけた庄五郎だったが、本音をいえば、破天丸がさらわれたと聞いた当初は、すぐに亡き者にされたのではないかと疑ったものである。

だが、よくよく考えると、少なくとも元頼との身柄交換の場までは、無量斎も破天丸を生かしておくはずであった。

無量斎の最大の目標は、おどろ丸の命を奪い、櫂扇の太刀を折ることにある。むろん、さいごには隠岐允《おきのじょう》の血をひく破天丸も殺すつもりであろうが、それはおどろ丸と太刀を葬《ほうむ》り去ってからでよい。おどろ丸に無防備を強《し》いるために、破天丸という道具が絶対に必要なのだ。

では、元頼は無量斎にとっていかなる意味をもつかといえば、これは万一おどろ丸抹殺《まっさつ》にしくじった場合の、次善策とみるべきであろう。

いかに乱世とはいえ、私事によって主筋の守護家の御曹司《おんぞうし》の身柄を奪って逃げたあげく、これを落命させた男は、もはや武士としての方途をみずから放棄したことになる。この事実が諸国に触れ廻された場合、大罪人とみなされて居場所を与えられまい。おどろ丸は再び、流浪《るろう》の人に堕す。丹波守利光や関鍛冶《かじ》総元締の後ろ楯《うしろだて》を失った孤独の逃亡者は、裏青江衆にとって狙《ねら》いやすい。

そのために無量斎が、元頼も死に至らしめるつもりでいることは疑いようがなかった。

「おれは……思うていたほど強い人間ではなかった」

悔恨《かいこん》めいた口調で、おどろ丸が呟《つぶや》く。

庄五郎は慰めのことばをかけぬ。おどろ丸の弱さをとうに知り尽くしているからであった。

かつて孤独の時代のおどろ丸は強かった。無情の野獣であったといっても過言ではない。

だが、その人間界と隔絶していたような生き物に、最初に情を注ぎ込んだのは、誰あろう、庄五郎ではなかったか。それは友情である。

いったん情を知った野獣は、初めて愛した女に裏切られて傷つき、初めてもうけた子を溺愛《できあい》するに至った。人となったのである。

急激に人となった野獣の心は、どこか脆《もろ》く崩れやすい。庄五郎は、こんどの窮地《きゅうち》ばかりは、よほどうまく切り抜けないと、おどろ丸の人格を破綻《はたん》させかねないという危《き》懼《ぐ》を抱かざるをえなかった。

（小夜さま……お頼み申す）

祈るほかない庄五郎であった。

二

久しく雨が降らぬので、長良川はところどころ河床を広く剝《む》きだしながら、強い陽射しを浴びて疲れたように流れ往《ゆ》く。

岸辺から聳《そび》える金華山の北壁は、深い緑に被《おお》われ、その山容を隠している。が、一歩踏み込むと、草木は凄《すさ》まじい急峻《きゅうしゅん》より生え伸びていると分かる。とてものこと登《とう》攀《はん》も下山もかなわぬであろう。

昼なお暗い、その北壁の中腹あたりへ分け入ることができれば、悠久の時の間に堆《たい》積《せき》された褐色《かつしょく》の岩盤に、大自然の造化による洞穴《どうけつ》を見つけられる。

洞穴の口は、高さ五尺、幅七尺ほどであろう。その口を塞《ふさ》ぐようにして、獣が一匹、四肢《しし》を畳《たた》んで横たわっている。

山犬だ。耳と四肢が短く、からだも巨《おお》きくないが、顔つきは邪悪である。血溜《だ》まりのような赤い眼と、槍《やり》の穂先と見紛《みまが》う鋭い牙《きば》は、性格の獰猛《どうもう》さの具現というべきであろう。

山犬は、洞穴の奥へ向かって、威嚇《いかく》と聞こえる低い唸《うな》りを発した。

奥行き三間余りの洞穴の最奥の壁に身を縮めていた小さな人影が、びくりとする。

破天丸ではないか。

蒸すのであろう、土で汚れた顔は、じっとりと汗ばんでいる。どしゃ降りのような蟬《せみ》しぐれが洞穴内に籠《こ》もって響くことに我慢ならぬのか、破天丸は耳を塞いだ。

伯父の之定《ゆきさだ》とともに津保川《つぼがわ》まで釣りに出たところを、裏青江衆に拉致されてから、もう幾日が経《た》ったのか。

あの日以来、破天丸は、人も獣も通わぬこの断崖《だんがい》の洞穴に捨ておかれている。

朝になると、長髪に半首《はつぶり》の鉄面《かねめん》をつけ、黒装束《くろしょうぞく》に身を包んだ男が、上から縄《なわ》を伝いおりてきて、にぎり飯をひとつだけおいていく。破天丸の見張り役は、山犬一匹である。

男は、洞穴の真ん中のところへ、横一線に小石を置き並べて、ここから一歩でも出たら山犬に食い殺されるぞ、と破天丸を威《おど》した。

幼いながらも、怖いもの知らずの破天丸は、いちど小石の線を踏み越えて、たちまち跳びかかってきた山犬に左足を嚙《か》まれた。男の威しは、虚仮《こけ》ではなかったのである。虜囚《りよしゆう》が線の内側へ戻ると、山犬も食らいつくのをやめて洞穴の出入口まで退く。

傷口には、唾《つば》をつけて、引きちぎった袖《そで》を巻きつけておいたが、日増しに痛みは募《つの》った。

さすがの破天丸も、ようやくおぼえた恐怖と心細さに、声を放って泣きたくなるときがある。そんなときは、懐《ふところ》から布切れを取り出し、唇を嚙んで涙を怺《こら》えた。

きょうもまた取り出してみる。その布切れは、おどろ丸が出陣のさいに、切り取ってくれた鎧《よろい》の上帯の端であった。

「おやっつぁま……」

親父《おやじ》さま、と呟いたのである。

母へ思いが至ることは、あまりない。自分と父が睦《むつ》まじくしているとなぜかいやな顔をする母の錦弥に、破天丸は日頃から不満であった。

誰よりも逞《たくま》しくて強く、そして温かい父。数え七歳の子は、その父と一年近くも会っていない。たまらなく恋しかった。

布切れを握りしめたまま、いつしか破天丸は眠りに落ちてゆく。

同じ日、石丸勢は、斎藤勢の迎撃をまったくうけず、無人の野を往くごとくして、墨俣から一気に城田寺まで達したのだが、そこで思いもよらず、成頼の拒絶にあい、閉ざされた門の前で立ち往生していた。

成頼は突如、この戦いは妙純と丹波守利光の私戦であり、守護家には関わりない、すでに隠居した自分にはなおさらのこと、と言って突っぱねたのである。

「まさかお屋形さまは、妙純と結ばれたのでは……」

と不安を口にする者が出た。

城田寺の地名は、城《じよう》ケ峰《みね》の南西麓《なんせいろく》一帯をさす。釜《かま》ケ谷山《たにやま》に源を発し、南流して最後は長良川へ注ぎ込む伊自良川《いじらがわ》の左岸にあたり、その南では、鳥羽川《とばがわ》が西流して伊自良川と合流する。川と山に囲まれた要害の地といってよかろう。

（なんとしたことか）

丹波守利光もうろたえた。

成頼・元頼父子《おやこ》を旗頭に城田寺に拠《よ》り、長良川を挟んで、革手《かわて》府下の政房・妙純方と対峙《たいじ》することは、かねて丹波守利光と成頼との間で密約が交わされていたはずではないか。

そのために丹波守利光は、この一年、根回しをしてきたのである。

依然として京に逼塞《ひっそく》中だが、幕府の後押しをうける斎藤利藤《としふじ》を奔走《ほんそう》させ、妙純成敗について将軍家のゆるしを得た。幕府管領《かんれい》細川政元の直臣《じきしん》池田宗鉄《むねかね》が従軍しているのは、その証《あかし》であった。さらに近江の六角高頼《たかより》は言うまでもなく、伊勢の北畠氏や梅津氏、尾張の織田十郎《じゅうろう》らも、城田寺に呼応して美濃へ攻め入る手筈《てはず》である。

しかしながら、もし成頼が丹波守利光と袂《たもと》を分かつような事態に立ち至れば、成頼の姻戚ゆえに味方する六角氏、北畠氏などは後方支援の出陣を躊躇《ためら》うに違いない。

「それがしがお屋形さまを説諭《せつゆ》いたす」

と進み出たのは、おどろ丸であった。

「上策があると申すか」

「四郎さまを伴れてゆくことをおゆるしいただく」

「それはならぬぞ、おどろ丸。お屋形さまは四郎さまの御身柄がお手に戻れば、それこそわれらをお見捨てあそばすやもしれぬ」

「おどろ丸ある限り、さようなことにはなり申さぬ」

石丸勢が敗北を喫《きっ》した舟田合戦において、ただひとり機略《きりゃく》縦横《じゅうおう》、獅子奮迅《ししふんじん》の働きをしてのけたおどろ丸から、そこまで自信ありげに申し出られては、丹波守利光も信頼するほかなかった。どのみち良策は浮かばぬのだから。

「そのほうに、われらが命運を委《ゆだ》ねたぞ」

丹波守利光に事態の収拾をまかされたおどろ丸は、隠居屋敷の取次ぎの者に、おどろ丸が四郎さまを伴れて御前へまかり出る、と成頼に告げるよう言った。

しばらくして戻ってきた取次ぎの者は、四郎元頼を抱きかかえたおどろ丸だけを、屋敷内へ入れた。従者の庄五郎も随行をゆるされた。

このことは、もとより庄五郎の智慧《ちえ》より出ている。

庄五郎は思った。成頼が門を閉ざしたのは、わが子可愛《かわい》さのあまり丹波守利光を裏切り、そのことを知られてしまったと思い込んでいる恐怖感からではないか。

近江進発の前日、繖山《きぬがさやま》に元頼をさらいにきた馬借《ばしゃく》の枝村《えだむら》の段蔵《だんぞう》が、美濃の西尾《にしお》某《なにがし》にかねて傭《やと》われたことを白状したさい、これは成頼がひそかに妙純の家老西尾直《ただ》教《のり》に命じて、衝動的に引き起こしたことに違いない、と庄五郎は推《お》し量った。

あのさい、政房と妙純もからんでいるやもしれぬと考えたが、それはあとで深く思い直して、うがちすぎた見方だと断ずるに至った。なぜなら、元頼という御輿《みこし》を失っては、丹波守利光は美濃へ攻め入ることができぬ。それでは妙純も、宿敵を討つ機会を逸してしまうからである。

ともあれ、段蔵はしくじった。その報告をうけたであろう成頼が、丹波守利光は激怒していると懼《おそ》れたとしても、いささかも不思議ではない。

そうであるとすれば、繖山の一件は丹波守利光には知られていない、と成頼に告げてやれば、その恐怖は取り除かれよう。

庄五郎の推理は的中した。

主殿の奥へ通されたおどろ丸が、元頼の身柄を返して、

「お屋形さまが四郎さまを取り戻さんと、近江に人を放たれしことは、それがしとこの庄五郎のほかに知る者はござらぬ」

そう明言してやると、成頼はみるみる愁眉《しゅうび》をひらいて、安堵《あんど》の吐息を洩らしたのである。

「礼を申す。礼を申すぞ、おどろ丸」

久方ぶりに再会したわが子を掻《か》き抱いて、成頼は憚《はばか》りなく涙をみせた。元頼の生母もやってきて、嬉《うれ》し泣きに泣く。

「それがし、約束を守ったにすぎ申さぬ」

舟田合戦の折り、元頼の身柄は必ず恙《つつが》なく成頼の手に戻すと誓ったうえで、おどろ丸はこの尊貴の幼子《おさなご》を預かっている。

おどろ丸の口調は、怒ったような、にべもないものと聞こえた。おのれと破天丸にも果して同じ場面が訪れるのであろうか。その不安や、破天丸への愛や、無量斎への憎悪《ぞうお》などが綯《な》い交《ま》ぜとなって、おどろ丸を刺々《とげとげ》しくしていることが、庄五郎には痛いほど察せられた。

だが、元頼がこちらを見て、にこりとすると、おどろ丸の表情は和らいだ。両親のもとへ帰ることのできた元頼のためには、心底より悦《よろこ》んだのである。

「畏《おそ》れながら」

とおどろ丸は、平伏したまま言った。

「四郎さまが石丸勢の総大将にあられること、いまもかわりござらぬ。ご開門を願い上げ奉《たてまつ》る」

「その儀は……」

と束《つか》の間《ま》ためらいのそぶりをみせる成頼の心情は、庄五郎には手にとるようにわかる。

舟田合戦のときは、革手城より陰ながら丹波守利光を支援する形をとった成頼であったが、いまこの屋敷に石丸勢を入れてしまえば、公然と政房・妙純に敵対することになり、敗れたときの言い訳が立たぬ。それは同時に、総大将たる元頼を窮地に追い込む結果にもなろう。かねて丹波守利光に、美濃入りして城田寺を本陣にせよと言質《げんち》を与えていたとはいえ、いざその時が至ると、不安ばかりを大きくさせたものに相違ない。

「父上」

ふいに元頼がことばを発した。

「暑うござりまする」

「そうじゃな。このところ一粒の雨も降らぬゆえな」

子を眺める父の眼は愛《いと》しさに充ちている。だが、元頼が接《つ》いだ一言は、成頼には意外というほかないものであった。

「兵をやすませてくださりませ」

三

石丸勢が隠居屋敷に入ったとの報《しら》せをうけた妙純は、ただちに革手の政房に出陣を促した。美濃守護の名をもって、逆賊丹波守利光を討つのである。

政房は、妙純の意をうけた斎藤越後守ほか、原《はら》、揖斐《いび》、多治見《たじみ》ら土岐一門の庶流を率いて加納まで進出した。

墨俣に待機していた妙純の弟の利綱・利実《としざね》らも、決戦前に城田寺の西南を押さえるべく、鵜飼郷《うかいごう》の木田《きだ》まで移陣する。同時に、江濃《ごうのう》国境に布陣中の京極政高《きょうごくまさたか》より派遣された浅井《あざい》・三田村《みたむら》両氏も、さらに城田寺寄りの黒野《くろの》に陣を布いた。鵜飼は、その名のとおり、鵜養《うかい》を生業《なりわい》とする人々の住むところで、伊自良川とその支流の板屋川に挟まれた平坦《へいたん》な土地である。

残る斎藤勢が金華山西麓に集結し終えるや、妙純はこれを指揮し、山頂より烽火《のろし》をあげさせた。鵜飼の味方に、一斉進軍の合図を送ったのである。

長い日照りで水深の浅い長良川を、妙純軍は流れを乱して一挙に押し渡った。

そのまま、城田寺の東の地に妙純軍、南の鷺山《さぎやま》に木田から進んできた利綱軍がのぼり、北東の鶴山《つるやま》にも利実軍が陣をはった。西はすでに浅井・三田村軍に押さえさせてある。妙純は、またたくまに、斎藤勢の包囲陣の中に城田寺を孤立せしめたのであった。

城田寺の石丸勢は、長良川を間にして長期戦になると予想していただけに、妙純のあまりに迅速な動きにおどろき、うろたえ、いかに対応するかと右往左往するうち、気づいたときには包囲されていた。

「斎藤勢の兵力は二万だというぞ」

「どこからそれだけの兵が集まったのだ。尾張で多く害《そこな》われたのではなかったのか」

「士気は」

「すこぶる熾《さか》んじゃ」

「ならば、なにゆえ、われらが城田寺へ達する前に阻《はば》まなんだ。わがほうの手にお屋形さまがおられては、妙純も具合が悪かろう」

軍議に列《つら》なる重臣たちは、しばらく口角あわをとばしてから、ようやく最上席の丹波守利光へ視線を集中した。

一段高い上段之間には、成頼と元頼の姿がある。前髪立ちのまま小具足《こぐそく》を着けた元頼の風情《ふぜい》というものは、健気《けなげ》と形容するほかない。また丹波守利光の対面に、斎藤利藤の子毘沙童《びしゃどう》も座を占めている。

「妙純は、はじめから、われらを袋の鼠にして、ここを攻める肚《はら》であったのじゃ」

宿敵の並々でない決意を、丹波守利光はようやくにして察した。

「お屋形さまに刃を向けると……」

誰かが口にすると、まさかという空気が満座に漂《ただよ》う。

実際に干戈《かんか》を交えるのは丹波守利光と妙純であり、守護家の成頼・元頼父子《おやこ》や政房は、あくまで冒してはならぬ御旗《みはた》のはずではないか。なればこそ石丸勢は、いまや政房が城主として拠《よ》る革手城に兵を向ける気はない。にもかかわらず、斎藤勢が成頼の隠居屋敷へ攻め入ることを辞さぬとしたら、それは守護家のもとで武士として立つ者たちの暗黙の掟《おきて》を破ることになる。

そうした論理が、重臣たちの頭をよぎったのであった。

おどろ丸が生きたこのころは、のちに下剋上の世とよばれる時代だが、皆が皆、成り上がることに眼をぎらつかせていたわけではない。むしろ、多くの武士は、主従関係をよく守り、守護家のような名門の血筋を敬った。ただ、それ以前にはあまりみられなかった強烈な個性が名門以外から輩出し、その者たちが集団を率いて戦い勝利を挙げたがゆえに、いかにも無節操な世であったと思われがちなのである。

少なくとも石丸方は、土岐政房その人を討つという無節操さを持ち合わせてはいなかった。

「丹波」

成頼が口をひらいた。不安も露《あら》わな顔つきである。

「予と四郎を落とすのじゃ」

「畏《おそ》れながら、お屋形さま。いくさはこれからにござりまするぞ」

丹波守利光は、腹立ちを抑えながら、強い語調で諫《いさ》めた。これまで成頼の優柔不断や及び腰のために、幾度、妙純を討つ機会を逸してきたことか。挙《あ》げ句《く》が、この窮地に陥《おちい》った。

「ならば、おどろ丸。そちは予と四郎のそばを離れるでない」

丹波守利光の叱咤《しった》にあうと、成頼はこんどは、末席のおどろ丸へ、縋《すが》るような眼を向けたものである。

「お屋形さま。何があっても、決してお屋敷から出てはなり申さぬ。お屋形さまがここにおわす限り、斎藤勢は決して手出しいたさぬと思《おぼ》し召されよ」

「なぜじゃ、おどろ丸。妙純は早《はや》、城田寺を包囲しておるのだぞ」

「妙純がことは知らず。なれど、左京大夫《さきょうのだいぶ》さまが父殺しをなさるはずはなし」

左京大夫とは政房のことである。

「もっともよな」

と丹波守利光がうなずいた。

子同士の争いで、いずれかが殺されることは、戦国の世ではめずらしくない。だが、父子が争った場合、子は父を殺さず、隠居させるか追放するか、いずれかを選ぶものであった。

頼る甲斐《かい》なき主君を見限るのはかまわずとも、どれほど悪人の父でも、子からその縁を断ち切ることはできぬのが、家父長制を根本とする武家社会である。ここでは、父を殺す以上の悪逆はない。妙純の傀儡《かいらい》にすぎぬ政房に、そこまで肚を括《くく》れるはずはなかった。

これは居並ぶ重臣一同も、大いにうなずけることである。

「斎藤勢の包囲陣などおそれるに足らぬ」

丹波守利光は、盛り上がった両肩をさらに怒らせながら重臣たちを眺めて、力強く言った。

「左京大夫さまは、お屋形さまが威《おど》しに負けて降参あそばすのを待つ策をとるに相違なし。左京大夫さまがそのお心づもりとすれば、妙純の思惑《おもわく》はどうであれ、斎藤勢が手出しできぬ道理である」

いまのいままで敵の電撃的包囲に狼狽《ろうばい》していた人々が、掌《てのひら》を返したように、にわかに活気づき、大言を吐きはじめる。

おどろ丸ひとり、隻眼《せきがん》を伏せていた。

（そんなことであるものか）

と叫びたかった。

おどろ丸が、政房は成頼を攻めぬとみたのは、丹波守利光らにしみついた武家社会の倫理からはじき出した答えではない。素直に、父子の情を思ったのにすぎぬのである。

さらわれた破天丸への愛が、そう思わせたというべきであろう。

ただ、この先、睨《にら》み合いだけがつづいて、合戦に至らなければ、おどろ丸は元頼を拉致せずともすむ。合戦に乗じて元頼の身柄をさらう、とおどろ丸は錦弥を通じて無量斎に告げ、無量斎もこれを応諾したのである。そのぶん、庄五郎の意をうけた探索者たちに、破天丸発見の猶予《ゆうよ》をあたえることになり、おどろ丸にも光が見えてくるやもしれなかった。ただし、無量斎の気が変わらねばの話である。

おどろ丸の焦燥感《しょうそうかん》は募るばかりであった。

その夜、隠居屋敷内のおどろ丸の陣所に、百姓夫妻を装《よそお》った身なりで、錦弥が徳次《とくじ》を従えてやってきた。扮装《ふんそう》は、斎藤勢の包囲網の目をくぐり抜けるためだ。

「お前さま」

おどろ丸と対面するなり、錦弥はうれしそうに皓《しろ》い歯をみせた。近江では喧嘩《けんか》別れのような具合だったが、錦弥にとっておどろ丸は、離れることなど考えられぬ本能のつがいのような存在なのである。

だが、いまのおどろ丸は、妻の訪問をうけたからといって、よい顔はできなかった。

「破天丸に何かあったのだな」

と不安の一言を口にして、おもてをひきつらせた。

無量斎がふいに何か思い立って、新たな要求をしてこないとも限らぬので、関の南屋敷から出ないようにと、おどろ丸は錦弥に命じておいたのである。その錦弥がおどろ丸のもとへ駈《か》けつけてきたのだから、またしても無量斎の接触があったのに違いない。つまりは破天丸に関わることである。

錦弥の顔から笑みが消えた。

「何もない」

怒ったように言って、錦弥はおどろ丸を睨みつけた。

折悪《おりあ》しく、庄五郎が同座しておらぬ。庄五郎はいま、屋敷の外で、破天丸の行方の探索者と会っている。その報告を、おどろ丸は待っているところであった。

もし庄五郎がこの場にいれば、まずは妻へ、良人《おっと》らしいやさしい一言をかけるよう、おどろ丸を諫めたはずだ。涸《か》れることなき大瀑布《だいばくふ》のように、おどろ丸への愛情量の豊富な錦弥は、おのれもまた、おどろ丸から強く愛されている証がほしい女なのである。

破天丸のことだけで心を一杯にしているいまのおどろ丸にこそ、なおさらに愛されたい。わがままであろうと、理不尽《りふじん》であろうと、錦弥はいつでもおどろ丸の愛を欲する生き物であった。

「ならば、何をしにきた」

おどろ丸の声も怒気《どき》を含んだ。

「知れたこと。いくさをしにきたのじゃ」

「なに」

おどろ丸の出陣のさい、錦弥が女武者として従うことは、たしかに夫婦の諒解《りょうかい》事であった。だが、いまは、おどろ丸一家にとって危急の秋《とき》ではないか。破天丸を取り戻すために最善の策をとらねばならぬ。

「むこうは仁阿《じんあ》にまかせてきた」

仁阿は、おどろ丸の数少ない家来のうち、最も心利《き》いた若者である。だが、破天丸の父でもなければ、ましてや母でもない。

「錦弥。戻れ、関へ」

「それほど大事か、破天丸が」

「おれの子だ」

「わっちの子でもあるわ」

近江での諍《いさか》いの蒸し返しであった。

このとき庄五郎が戻ってこなければ、こんどこそおどろ丸は、錦弥に斬《き》りつけていたやもしれぬ。

「殿」

陣所へ入ってきた庄五郎は、錦弥の姿に少しおどろいたようすをみせたが、かまわずにおどろ丸の間近まで寄った。

「これを」

と手にもっていたものを差し出す。

ひどく汚れた布切れである。まるめて、端と端を結んであった。

「これは……」

おどろ丸は息を呑《の》んだ。

「おれが破天丸に与えた鎧《よろい》の上帯の切れ端」

「さようにござる」

結び目を解いて開いてみると、中から小石がひとつ出てきた。

「どこで見つけたのだ」

「金華山の山中にて。鹿《しか》の角にひっかかっていたとのこと」

おそらく、と庄五郎は推量する。

「破天丸さまは、山中のどこぞの高処《たかみ》より、これを投げ落としたに相違ござらぬ。それを鹿が、何かの拍子にひっかけたものではないかと」

とすれば、その鹿の移動してきた跡が、破天丸発見への光の道となろう。容易な仕事ではないが、その下知《げち》を探索者にあたえた、と庄五郎は言った。

その探索者が、小夜であることまでは、むろん口にしなかった。

「おれも往《ゆ》くぞ、庄五郎」

おどろ丸は立ち上がった。

「心配ご無用。この庄五郎が見込んだ者たちにござれば、必ずや破天丸さまを見つけてまいりまする」

「その者らが破天丸を見つければ、裏青江衆と戦うことになろう」

「強者《つわもの》ばかりにござる」

「庄五郎。背中の古傷を忘れたか」

七年前、各務野《かかみの》に裏青江衆の襲撃をうけたとき、庄五郎ほどの遣《つか》い手《て》が瀕死《ひんし》の重傷を負わされている。

「無量斎を甘くみるな」

「なれど、殿。石丸方にとって、いまにも斎藤勢が攻めてくるやもしれぬ大事のときにござる」

「阿呆《あほう》が。おぬしほどの男が、このいくさの成り行きを見誤るか」

成頼が隠居屋敷にとどまる限り、政房が妙純に攻撃をゆるさないことは、庄五郎にもとうに分かっている。

（困ったわい……）

小夜はおどろ丸に会いたがるまい。しかし、破天丸へ届く道が見えたかもしれぬいま、おどろ丸に座して待てとは言えぬ。

「わっちも往く」

錦弥がおどろ丸の前を塞いだ。

一瞬、錦弥を睨みつけたおどろ丸であったが、破天丸の救出行から、母である錦弥をはずすつもりはない。

「庄五郎。錦弥に刀をもってまいれ」

言いおいて、おどろ丸自身は、櫂扇の太刀をひっさげ、足早に陣所を出てゆく。

錦弥の両頬が、血を沸《わ》かせて紅潮した。

四

破天丸は、突如、眠りを破られた。

山犬の狂ったような鳴き声である。

襲ってきた恐怖感に、急いで瞼《まぶた》を押し上げ、起き直った。

山犬は、洞穴の出入口のところで、烈《はげ》しく首を振り立てて暴れている。その首から垂《た》れ下がり、くねくねと揺れる長いものを、破天丸の眼は捉《とら》えた。

山の北側の急峻ゆえ、朝を迎えても太陽の光が躍《おど》ることはないが、洞穴の外はすでに明るみを帯びている。

（まむし……）

山犬の首に食らいついた三角形の頭部、褐色の太い胴の大きなまるい斑紋《はんもん》、短い尾などから、破天丸はとっさにそれと判断した。

蝮《まむし》に嚙まれたとき、むやみにからだを動かすな、と破天丸は父から教えられたことがある。毒の回りが早くなるからだ。

山犬は、狂暴に吠《ほ》えたて、のたうち、しばしの格闘ののち、ようやく蝮を振り放すと、これを前肢《まえあし》で押さえつけ、逆に嚙みつき、胴体を半ばから食いちぎった。そうして、蝮の上半分を、洞穴の外へ吐き出す。

振り返った山犬の赤眼が、破天丸を凝視《ぎょうし》する。ぎらついた獰猛そのものの眼だ。

蝮の肉片をひっかけたままの牙《きば》の間から、真っ赤な舌を垂らし、低い唸りを発しながら、山犬は一歩、破天丸のほうへ踏み出した。

破天丸が小石の線を越えたときのみ襲いかかるよう、馴《な》らされていたはずではなかったのか。おそらく、不意の攻撃を浴びた怒りと、その敵を食い殺した昂奮《こうふん》が、山犬に命令を忘れさせたのであろう。

「あっちへゆけ」

破天丸は、小石を摑《つか》んだ腕を振りあげながらも、洞穴の最奥の壁に背を押しつけている。小さな総身の膚《はだ》は粟立《あわだ》ち、膝《ひざ》が顫《ふる》えた。心臓は、自身の耳に聞こえるほどの音たてて、早鐘を打つ。

また一歩、山犬が近づく。

「おやっつぁまあ」

喉《のど》も裂《さ》けよとばかりに、破天丸は叫んだ。その悲鳴は、洞穴内で、わんわんと響き渡った。

山犬の四肢が、ふらついた。毒が急激に回りはじめたのだ。が、手負いの獣ほど恐ろしい。

破天丸は、ひと思いに洞穴の外へ跳び出したい衝動に駈られた。しかし、ここが、垂直に屹立《きつりつ》する断崖《だんがい》の途中で、十余丈を下りなければ地面に達しないことは、さいしょに洞穴へ封じ込められるさいに見ている。また、前面に密生する木々に跳び移ろうにも、洞穴との間に三間の距離があり、とても幼い身で克服できるものではない。

それでも山犬に食い殺されるよりはいい、と破天丸は思った。

(とぶぞ)

意を決したものの、やはり足が竦《すく》んだ。山犬の横を駈け抜けるのも、跳び出すのも怖い。

その躊躇《ためら》いの一瞬が、破天丸に僥倖《ぎょうこう》をもたらすことになった。

洞穴の外に、ひと筋の縄が垂れ下がったかと見るまに、毎朝握り飯を運んでくる男の足が、縄を伝って上から現れた。

気配を察して、山犬は向きを変える。

黒装束の足が洞穴の出入口の端に着地した刹那《せつな》、山犬は跳びかかった。

「うあっ」

男と山犬は、重なり合ったまま、堕《お》ちていく。

破天丸は、壁際《ぎわ》に、へなへなと崩れ落ちた。涙を溢《あふ》れさせ、しゃくりあげる。

そのとき人声が聞こえたので、破天丸は息をとめた。

「おうい、長助《ちようすけ》。何ぞあったんか」

どうやら、上にもうひとりいて、異変に気づいたようだ。

「応《いら》えよ」

縄が動いた。引き上げるつもりらしい。

この期《ご》に及んで、はじめて破天丸の足は動いた。洞穴内の地を蹴《け》るや、脱兎《だつと》のごとく走って、縄へ跳びついたのである。

引き上げられて、また捕まることなど考えぬ。洞穴から離れたい。その一心であった。

断崖絶壁は、上へゆくに従い岩盤層が一枚、また一枚と減って、破天丸のからだも、それにつれて少しずつ前のめりになっていく。

ほどなく、縄を引き上げる者の姿が見え、互いの眼が合った。

「あっ、このがき」

長髪に半首《はつぶり》の男は、そこでいったん手をとめる。

「長助はどないした」

男の位置からでは、長助が転落するところは見えなかったであろう。

「長助ってだれだ」

絶壁の途中で縄にしがみついたまま、破天丸は持ち前の負けん気を露わにする。

「とぼけくさるな」

男が、腰の陣刀をすっぱ抜き、刃を縄にあてた。

「正直に言《ゆ》わんと、縄を切ったるぞ」

「おんし、親玉じゃなかろうが」

「なんやと」

「親玉のゆるしもなく、かってに人質《ひとじち》を殺していいのか」

七歳とも思えぬ憎体《にくてい》な口のききようだが、道理は立っていた。裏青江衆の男は舌打ちを洩らす。

「おれを上げなかったら、長助たらいうやつがどうなったか言わん」

「くそがき……」

悪態を吐《つ》いたものの、男はふたたび縄を引き上げはじめた。

男の立つところも、草木の生い茂る斜面につけられた細いけもの道で、ちょっと踏み外せば、たちまち転げ落ちそうに危《あや》うい。

「さあ、言え」

と破天丸の首根っこを掴んだ瞬間、男は股《また》ぐらを蹴りあげられた。子どもと侮《あなど》ったのが間違いであったろう。破天丸は、裏青江衆を幾十人も討ったおどろ丸の血をうけつぐ男児ではないか。

滑《すべ》り落ちかけて縄にしがみついた男を尻目《しりめ》に、破天丸はけもの道を駈けあがってゆく。だが、顔を顰《しか》めていた。走りだした途端に、左足の傷の痛みに襲われたのである。

それでも、土を掻《か》き、木の幹にしがみつき、枝を掴み、必死に逃げる。

やがて、つつじの木の多生する尾根道《おねみち》へ出た。凹凸《おうとつ》がきつそうだが、幅は一間余りあるし、踏み固められている。麓《ふもと》と山頂の小城とを結ぶ道のひとつだ、と破天丸は信じた。

曲がりくねった尾根道を、破天丸は一散に駈け下りはじめた。左足がずきずきする。

時折、後ろを振り返った。さっきの男が追いかけてくるに違いない。

しかし破天丸は、おどろ丸のもとへ駈けつけることだけを念じた。

必ず逃げきってやる。逃げきって、親父さまに言いつけ、やつらを皆殺しにしてやる。

（親父さまは、天下一、強いんだ）

道が山に沿って大きく右へ回り込む場所にさしかかった。

左下の崖《がけ》へ足を滑らせぬよう、右側にそそり立つ斜面や木に手を添えながら、できるだけ早く足を送る。

やや広い樹間から射し込む陽光が眩《まぶ》しく、顔をそむけた。瞬間、右腕を摑まれた。

見上げると、対手《あいて》は眼出し頭巾《ずきん》をつけ、柿色《かきいろ》の装束に痩身《そうしん》を包んだ人であった。その後ろに、同じ装《なり》をした者が二名いて、いずれも腰に大刀のみを差している。

息がとまるほどの恐怖に、破天丸はやみくもに腕を振りほどこうとした。

「はなせ、ちくしょう。はなせったら」

すると対手は、意外にも、ひどく穏やかな声を返した。

「破天丸は元気のよい子じゃ」

しかも、女の声ではないか。

訝《いぶか》った破天丸は、腕を振るのをやめて、あらためて対手の姿形をまじまじと瞶《みつ》める。

童子の眸子《ぼうし》というものは、穢《けが》れがなく澄みきっている。瞶められた小夜は、おぼえず、おのが眼もとを綻《ほころ》ばせると、破天丸の左手がのびてきて、装束の上から乳房を触《さわ》られた。

「やっぱり女か……」

破天丸の表情が、ふいに、あどけないものになる。

破天丸と同じ歳《とし》の峰丸《みねまる》を育てている小夜には、この幼子もまた愛《いと》しく思えた。それに二人は、異母兄弟なのである。

「わたくしは松波《まつなみ》庄五郎の知り人《びと》じゃ」

後ろに待機する小夜の配下のひとりが、絶叫を放ったのは、このときのことだ。

急激に見返った小夜の眼に、背中から胸へと矢に射抜かれたかっこうで、立ったまままくるりと回ってから、崖下へ転落していく配下の姿が映る。

もうひとりが抱きとめようと腕をのばしたが、わずかに間に合わなかった。

道をこちらへ駈け上がってくる人数が見える。長髪に半首、黒装束の集団。

「あいつらじゃ」

破天丸が指をさす。自分をさらったやつら、という意味であろう。

迫りくる裏青江衆は、十名ばかりいる。

「丙三《へいぞう》。呼子《よぶこ》を」

もうひとりの配下へ命じておいて、小夜は破天丸のからだを小脇にひっ抱え、山路《やまじ》を上りはじめた。

「おれも走る」

小夜の腕の中で、破天丸がじたばたする。

「足が痛んでおろう」

小夜は、破天丸の傷を見逃していない。

「へいきじゃい」

「利《き》かぬ気は父《とと》さまゆずりじゃな」

「おやっつぁまを知っているのか」

「存じておるぞ」

少し威《おど》すような語調で、小夜は言う。

「じゃあ、言うことをきいてやる」

なんと可愛らしい、と小夜は思った。この子はよほどおどろ丸に憧《あこが》れているのであろう。

（この子は、わたくしの命に代えても必ず助けてみせまする）

心中で、小夜はおどろ丸に誓う。

七年前の春、庄五郎の命と引き替えに足利義材《あしかがよしき》を暗殺することを赤松政則《あかまつまさのり》に強いられたおどろ丸と、その窮地を救った小夜とが、ともに過ごした時はわずかなものであった。

赤松邸内の鍛冶小屋で初めて会ったとき、おどろ丸は友を救うことだけを一心に念じて、おのが命を投げ出していた。その姿に小夜の胸はうたれた。

鞍馬《くらま》に潜伏していたころ、実は小夜はおどろ丸に、あることを仕掛けた。一夜、猫の言いつけだと偽って、みずからおどろ丸の寝間を訪れたのである。

小夜は終始、おどろ丸には、忍び名の猫を名乗っており、頭巾の下の容貌《ようぼう》をいちども見せなかったので、まったく別の女を粧《よそお》うことは容易であった。忍びの女であれば、なおさらである。

おどろ丸の反応は、小夜の想像を裏切るものであった。愛しい女子《おなご》のほかは抱かぬというのである。そのうえ、命令通りに実行できなかった女が、あとで猫に叱りをうけるやもしれぬと思いやり、朝まで共寝《ともね》することをゆるした。

小夜はただ、おどろ丸の温かい胸に顔を埋めて、心安らかに眠った。庄五郎が真面《まじ》目《め》な顔で言ったことばを嚙みしめながら。

「小夜さまの婿《むこ》によい」

幼少より椿衆の頭領たるべく育てられ、生きてきた女忍びの、これが初恋であった。

だが、鞍馬の一夜のことなど、おどろ丸は憶《おぼ》えていまい。おどろ丸は、松姫だけを想《おも》っていた。

丙三の鳴らす呼子が、空気を顫わせ、あたりに響き渡る。破天丸を捜して金華山中に散らばっている椿衆は、いずれ駈《か》けつけてこよう。それまでは多勢に無勢である。ひたすら逃げるほかない。

突然、呼子は熄《や》んだ。

下方へ振り向くと、丙三が前のめりに倒れている。足に矢を浴びたのだ。

「逃げてくだされ」

叫んだ丙三は、激痛を怺えて立ち上がり、殺到する裏青江衆めがけて、ひとり反撃に転じた。

上方に殺気を感じて、小夜は振り仰いだ。

いくつもの岩石が、斜面を転がり落ちてくる。小さなものでも拳《こぶし》ほど、大きいものは一抱えもありそうだ。

小夜は、ただちに地を蹴ると、五、六歩を駈け下って助走とし、崖際から宙へ跳んだ。

そのまま転落せずに、辛うじて木の枝に摑まった。左腕一本で、おのれと破天丸との体重を支えるかっこうだ。

その足下の急斜面を、岩石が凄まじい勢いで落下してゆく。

落石を起こした者たちは、無防備な姿をさらす小夜を眺め下ろしている。

その中のひとりが、弓に矢をつがえた。半首の下の、木漏《こも》れ陽に斑《まだら》に彩《いろど》られたのっぺりした顔は、無量斎のものである。

残忍の笑みが刷《は》かれ、弦が引き絞《しぼ》られる。

破天丸は、いっそう小夜にしがみつく。

（この子だけは……）

しかし、左手で枝を摑み、右腕の下に破天丸を抱えて、小夜はなす術《すべ》がない。逃げ道もない。絶望感がひしひしと迫る。

そして、矢は放たれた。

五

矢は、ふたりのからだに届かなかった。破天丸が、小夜の差料《さしりょう》を逆手に抜いて、払い落とせぬまでも、その刀身にあてて禦《ふせ》いだのである。

小さな肉体が勝手に動いたものに違いないが、そうであればこそ、と小夜は瞠目《どうもく》した。

（おどろ丸ゆずり）

うけつがれた野生の血のなせるわざというほかあるまい。

「ちくしょう。おんしら、ぶった斬ってやる」

小夜の右腕に抱かれたまま、破天丸は裏青江衆に向かって悪態を吐き、幼童にとっては長すぎる刀を精一杯振り回している。過《あやま》って小夜の足に斬りつけそうであった。

死に直面して、度胸を決めたとしか思われぬが、それはまた、破天丸の心の中で、敵への恐怖よりも怒りが勝ったということにほかならぬ。

（たのもしいことじゃ）

こういう子は、猛将《もうしょう》になりうる。

小栗栖にのこしてきた峰丸は、おどろくほど利発で、時に小夜が思いもよらぬことをしてのけるが、一方でおっとりしたところがあり、破天丸のようながむしゃらさを持ち合わせぬ。

（父を同じゅうしながら、こうも違うものか……）

小夜が危地にあることを忘れた一瞬であった。

無量斎は弓に第二矢をつがえはじめる。

「破天丸。空中で、わが左手に刀を渡すことができるか」

「できるわい」

「では、とびおりるぞ。よいな」

できる、と打てば響くように応じたはずの破天丸が、足下に眼を落として、にわかに怯《おび》える。

原始の息吹《いぶき》を濃厚にとどめる金華山は、様々な姿形をもつ。二人にとって不運なことに、足下の急斜面は、そこだけ抉《えぐ》られたように山肌をむき出しており、木も疎《まば》らにしか生えていない。とびおりても、ひっかかるところがほとんどないということだ。どこかに摑まることができなければ、はるか下方まで転がり落ちてゆくしかなく、そうなれば命は助かるまい。

「こわいか、破天丸」

「こわいもんか」

「そなたの父さまが聞けばよろこぶぞ」

女忍びと小さな男の子は、見交わし合った。破天丸の紅顔に誇らしげな色が漲《みなぎ》っている。

ぶん、という弦音《つるおと》を聞くや、小夜は左手を枝から離した。みずから墜落を選んだ二人の頭上を切り裂いた矢は、木の幹に突き立つ。

小夜と破天丸の呼吸がぴたりと合い、空中にあるうち、刀はたしかに受け渡された。

小夜は、破天丸をかばって、わが身を左へひねりざま、山肌へ刃を突き刺す。が、そこはひどく堅牢《けんろう》な岩盤である。鈍い音がして、刀身は半ばから折れた。

大小のからだが、重なったまま急斜面を転がり落ちる。

おのが胸へ破天丸を抱え込んだ小夜は、なおも折れた刀身の先を山肌へ突き立てようと死に物狂いでもがいた。からだじゅうに衝撃を浴びても、悲鳴をあげぬ。幼いころより椿衆の頭領たるべく鍛《きた》え抜かれた小夜の肉体は、見た目の華奢《きゃしゃ》さからは想像もつかぬほど強靱《きようじん》であった。

夏の光、鬱蒼《うつそう》たる緑、白茶けた岩壁。視界の中で、それらが急激に回転しつづける。

行き着くところは、樹林だ。そこで転落はとまるであろうが、息の根もとまる。おそろしい勢いで木か岩に叩《たた》きつけられて、肉が裂け、骨はばらばらになるであろう。

（これまでじゃ）

わが身を犠牲にするときがきた。破天丸の激突の衝撃を和《やわ》らげるためには、小夜は刀を捨てて、両腕にしっかり幼いからだを抱え込まねばならぬ。

刀を捨てる前の最後のひとあがきをしたそのとき、小夜はしかし、左腕へ強い手応《てごた》えをおぼえた。岩盤の裂け目に、刀身が鐔元《つばもと》まで深く食い込んだのである。

（天佑《てんゆう》）

小夜が心中で歓喜したのと、はじめて苦鳴《くめい》を洩らしたのとは、同時のことであった。

「うっ……」

あまりの急激なとまり方に、左肩が抜けたらしい。さすがに力が入らず、小夜の左手は刀の柄《つか》を離れた。

一瞬、急斜面の途中で宙ぶらりんとなった二人だったが、また転落しはじめる。小夜は破天丸を掻き抱いた。死がそこにある。

このとき小夜は、猛然たる勢いで墜《お》ちてくる人間を見た。裏青江衆の者だ。赤い飛沫《しぶき》を振りまきながら、あっという間もなく、小夜たちを追い越していく。

ほとんど同時に、忘れるはずもない懐《なつ》かしい声が降ってきた。

「破天丸ぅ……」

上では、新たな闘いが繰り広げられていたのである。

櫂扇の太刀が、轟然《ごうぜん》たる唸りを発して、人の腕を、足を、そして首を斬りとばしていく。狭隘《きょうあい》な山路に、裏青江衆の断末魔《だんまつま》の悲鳴と、夥《おびただ》しい血煙《ちけむり》が舞い立つ。

容赦《ようしゃ》のない斬人《ざんじん》はおどろ丸の怒りの凄まじさを物語っていた。返り血で濡《ぬ》れ光るその巨姿というものは、赤鬼さながらである。

「殿。破天丸どのは、それがしが……」

背後から声をかけた庄五郎を、振り返ったおどろ丸は殴りとばした。

主従の視線が絡《から》み合う。

汝《うぬ》を信じてまかせたのが間違いだったとおどろ丸の隻眼は吐き捨てている。それだけで庄五郎には充分であった。

「それがしが見つけてまいる」

言いたいことは言わず、庄五郎は背を向け、尾根道を駈け下りてゆく。

「錦弥、往《ゆ》け」

おどろ丸は、妻に命じてから、仰向《あおむ》いて、上方の崖際《がけぎわ》に立つ無量斎を睨み据えた。

「阿呆が」

無量斎の憎々しげな声が降り注がれる。

「おどろ丸。汝《われ》が言うことをきかず、手下を放ったのが悪いのや」

無量斎は、二、三日前から金華山中に怪しい人影を散見するようになり、過去に幾たびも、裏青江衆のおどろ丸攻撃を邪魔してきた謎《なぞ》の一団が、またしても暗躍しはじめたのではないかと危機感を募らせていた。それで今夜のうちにも破天丸の身柄を余所《よそ》へ移すことを決めたのだが、配下ににぎり飯をもたせて洞穴へ向かわせたあと、修《しゅ》羅《ら》に生きる者の勘がはたらき、無量斎はみずから動いた。勘は的中したのである。

「伜《せがれ》を殺したのは、汝《われ》自身やぞ」

いたぶるような無量斎の語気であった。

この男にしても、おどろ丸父子を葬り、櫂扇の太刀を折るという念願を果たすまで、あと一歩のところまで迫りながら、こうしてしくじってしまったことで腹の虫がおさまらぬのである。

「錦弥、往けといったはずだ」

動こうとしない錦弥を、おどろ丸はもういちど見やって怒鳴《どな》りつける。

「いやじゃ。わっちはたたかう。無量斎を殺してやる」

と錦弥は血刀をふりかざす。この女武者も裏青江衆を二人、斬り倒している。

その髪を、おどろ丸はむずと摑んで、引き寄せた。

「何をするんじゃ」

「破天丸を捜せ」

「とろいことを言うわ。こんなところから落ちて助かるもんか」

「汝《うぬ》が落ちてためしてみるか、錦弥」

「わっちを殺すか、おどろ丸。やってみるが……」

みなまで言わせず、おどろ丸は、柄頭を錦弥の鳩尾《みぞおち》へ叩き込んだ。これ以上、言い争えば、ほんとうに錦弥を突き落としてしまいそうであった。

「徳次。錦弥を麓《ふもと》まで担《かつ》いでゆけ」

城田寺から付き従ってきた徳次に、昏倒《こんとう》させた錦弥を託すと、おどろ丸は、ふたたび仰向いてみたが、裏青江衆の頭目の姿は、すでにそこから失《う》せていた。

おどろ丸は、斜面に生える木へ跳びつくや、猿《ましら》のごとく駈け上がり、さらに上の木から木へと移っては、いままで無量斎のいたところまで登りつめる。あたりを窺《うかが》った。が、憎んでも余りある宿敵の気配は感じられぬ。おどろ丸は、眼前の赤松を無量斎に見立てたものか、その幹へ櫂扇の渾身《こんしん》の一撃を見舞った。

「うおおおっ」

長良川で水遊びをする子らも、動きをとめて振り仰ぐほどの憤怒《ふんぬ》の咆哮《ほうこう》が、金華山から発せられた。

六

池に咲く白蓮《びやくれん》にとんぼがとまっている。

ふいに何かが過《よぎ》って、とんぼは失せた。花弁が一枚、いったん舞い上がってから、ゆっくり水面へ落ちた。

草地に被せた網からとんぼをとりだした小さな手が、顔の前までもっていかれる。破天丸であった。

網で獲《と》ったというのに、翅《はね》を少しも傷つけていない。どうだといわんばかりに、破天丸は鼻をうごめかした。

「やあ、うまいものじゃな」

と心より感嘆の声をあげたのは、四郎元頼である。

「若《わか》さまもやってみるか」

「できるかな」

不安げな元頼に、破天丸は網の竿《さお》を握らせた。

「ほら、あそこに一匹」

「うん」

「だめじゃ、若さま。そうっと近寄るんじゃ、そうっと……」

池の縁を仲良く腰を落として忍び足にまわりこんでゆく二人は、年恰好《かっこう》がほとんどかわらぬせいか、兄弟のように見える。

ただ破天丸のほうは、元頼の側《そば》近くにいてその身を守るよう、おどろ丸から申しつけられている。金華山の絶壁途中の洞穴から自力で脱出し、裏青江衆に敢然と立ち向かった勇気を、大いに褒《ほ》められての抜擢《ばってき》であったから、破天丸は誇らしい気持ちで土岐家の御曹司《おんぞうし》とともにあった。むろん、おどろ丸が、早く強い武士になりたがっている破天丸を悦《よろこ》ばせるために、その役目をあたえたものだ。

ここは、城田寺の土岐成頼の隠居屋敷の内である。

「猫だったのか」

木陰に涼んで、幼子たちの動きを眼で追うおどろ丸が、後ろに佇《たたず》む庄五郎を問い詰めるように言った。

両人とも小具足《こぐそく》姿だ。城田寺は依然として斎藤勢の包囲下にある。

「何のことでござりましょう」

「とぼけるな、庄五郎。自分を助けてくれたのは女だったと破天丸が申していたのだ」

「ははあ、さようで……」

小夜と破天丸が命を拾ったのは、急斜面でいちどとまったからである。そこからふたたび転落したときには、下方の樹林までわずか二丈余りの高さしかなく、勢いのつかぬうちに木の根元にひっかかった。

庄五郎が駈けつけると、破天丸のからだには、擦過《さっか》による疵《きず》がいたるところにあったものの、大きな怪我《けが》は一ケ所もなかった。

打ち身のひどい小夜も、骨折までに至っておらず、こちらも無事といえた。抜けた左肩についても、体術《たいじゅつ》として関節外しを会得《えとく》する小夜にとって、これを元に戻すことは難しくなかった。

小夜はその場より、呼子を吹きながら、立ち去った。金華山じゅうに散って、破天丸探しをつづける椿衆に、引き上げの合図を送ったのである。

そういう次第で、おどろ丸と小夜は再会を果たしていない。

「女だからというて、猫どのとは限りますまい。それに、かれこれ七年も会《お》うておらぬ猫どのに、殿を助けねばならぬ義理がござりましたかな」

言われてみれば、そのとおりではある。だが、庄五郎と強いつながりをもつ戦う集団といえば、猫の率いる椿衆しか、おどろ丸には思いつかなかった。

「では、何者だ、おぬしの手足となってはたらいた者たちは」

「その儀はご容赦と申し上げたはず。闇《やみ》に生きる者たちは、なんぴとにも正体を秘すことそれ自体が力となるのでござる」

吐き出してしまってから、少しきつい物言いだったことに気づき、庄五郎はすぐに謝ろうとしたのだが、

「もういい」

にべもない一言を投げつけられたため、押し黙ってしまう。

庄五郎は、金華山において、おどろ丸から憎まれたことを、はっきりと意識した。破天丸救出のために、庄五郎は手を尽くしたのである。にもかかわらず、殴りつけられた。しかも、あの時点では、破天丸の生死は定かではなかった。

といって、庄五郎自身は、主人であり友でもあるおどろ丸から、礼や謝罪をうけたいのではない。寂しさや情けなさがまったくないといえば嘘《うそ》になるが、しかし、自分とおどろ丸との間では、そんなことは無用だと思っている。

（近しい間柄であればあるほど、憎さもひとしおになる）

だが、だれしもが庄五郎ではない。おどろ丸がこれから先、一国のあるじにならんと欲するからには、わが子への情愛に眼が眩《くら》んで、家臣や衆庶《しゅうしょ》の心を蔑《ないがし》ろにすることがあってはならぬ。そのことを、おどろ丸は思い知っておくべきであった。

こうしておどろ丸が破天丸を関へ戻さず、斎藤勢に包囲された城田寺へ入れたことも、庄五郎は危ういと感じている。あのようなことがあったばかりで、最愛のわが子を手もとにおきたい気持ちは分からぬでもないが、いくさが始まったら、おどろ丸が守らねばならぬ人は、子の破天丸ではなく、主筋《しゅうすじ》の成頼・元頼父子や丹波守利光ではないか。それが武士というものである。果して、いまのおどろ丸にできるものであろうか。

庄五郎はまた、おどろ丸と錦弥の夫婦仲のことも気になっていた。

妻の矯激《きょうげき》というほかない愛をもてあますおどろ丸は、破天丸を救い出したあの日、徳次に命じて、錦弥を関の兼定《かねさだ》のもとへ送り返してしまった。もともとおどろ丸の六名の家来、徳次・鬼八・仁阿・相阿《そうあ》・佐五《さご》・百助《ひやくすけ》は、庄五郎の見込んだ者たちである。やむなく庄五郎も、徳次には、鬼八と二人で錦弥をそれとなく見張り、あとの者を城田寺へ寄越すよう言い含めた。すでに仁阿以下の四名は、敵の包囲網の目をくぐり抜けて到着し、石丸勢の兵として、城田寺山中腹の土塁《どるい》作りに励んでいる。

「庄五郎」

おどろ丸が、後ろへ頭《こうべ》をめぐらせた。

「はい」

庄五郎も瞶め返す。すると、開きかけた口を、なぜかおどろ丸は閉じてしまう。

「いや……。いい」

また池のほうへ視線を戻したおどろ丸の心情を、庄五郎は推し量ってみる。が、量りきれぬ。

(このいくさを終えたら……)

おどろ丸の決意をいまいちどたしかめねばなるまい、と庄五郎は思った。そうしなければ、おどろ丸と自分との間に取り返しのつかない亀裂《きれつ》が生じるやもしれぬ。

そこへ丹波守利光の使いの者が小走りに現れ、これから屋敷内の会所で軍議が開かれる旨を、おどろ丸に伝えて去った。

「にわかのことにござるな」

庄五郎は訝る。石丸方にとって何かよからぬことが起きたことは、間違いなかろう。

「殿。すでにご承知のこととは存ずるが、成頼さまは、四郎さま大事にあられる。殿はいつものように、何があっても四郎さまを守り奉ると申し上げるだけでよろしゅうござる」

「庄五郎」

「何か」

「あてつけがましいことを言うわ」

「まさか、それがしが、そのような……」

「人の親にとって、この世にわが子ほど……」

おどろ丸がそこまで言いかけたのを、すかさず庄五郎は強い口調で遮《さえぎ》った。

「殿。それを口にしてはなり申さぬぞ」

「武士として立ちつづけるからにはと言いたいのか」

「さよう」

「ならば……」

おどろ丸があとの言葉を呑み込む。

「お捨てになられるか、武士を」

はからずも庄五郎は、いまこの場で、おどろ丸の決意をたしかめることになってしまった。

おどろ丸の、まさしく武士らしい力強く彫《ほ》りの際立った顔は、苦渋《くじゅう》に歪《ゆが》む。その視線の先に、元頼と戯《たわむ》れ、笑い声をはじかせるわが子の姿がある。

「お捨てになることはできますまい。なぜなら、破天丸どのが、武士である父上を誇りに思うておられるからにござる」

悄然《しょうぜん》とおどろ丸の肩が落ちてゆく。

「御免」

ひと声かけて、庄五郎はおどろ丸の前へまわり込むや、その腰に佩《は》かれた櫂扇の柄に手をかけた。主従が息のかかる近さで対《むか》い合うことになった。

「殿みずから鍛えられしこの太刀は、飾りではござるまい。後鳥羽院《ごとばいん》二百数十年の怨《おん》念《ねん》を享《う》けつぎ、殿に梟雄《きょうゆう》の性根をもたらすものであったはず。太刀に罩《こ》めた魔性を、いまいちど御身の中へ取り込まれよ」

柄を握る庄五郎の手に力が入る。が、おどろ丸の両掌《りょうて》に上から押さえ込まれて、櫂扇を抜くことはできなかった。

「庄五郎。おぬし……」

「ためらわず仰《おお》せられよ」

「おれについてきたのは、武士としておれとともに世に出んとするためか。それとも……」

もつれ合った心の糸を解こうとする主従の対話は、そこで切れてしまう。

「おどろ丸、釣ったぞ」

黄色い歓声に妨げられたのである。元頼が網によるとんぼ釣りに成功し、獲物を摑んだ手を、池越しに突き上げてみせていた。その傍らで、破天丸も満足げである。

「無礼をおゆるしくだされ」

庄五郎はおどろ丸の前を離れた。だが、心中では、おどろ丸の言いたかったことを察して、返辞をしている。

（それがしが、殿に……いや、おどろ丸どのについてゆく理由は、友の情けのほかに

ござらぬ）
雲の峰の湧き立つ夏空に、遠く雷鳴が轟《とどろ》いた。久方ぶりの雨を呼んだのは、城田寺の北に聳《そび》える雨水山が鳴動したせいではあるまいか。三木瓜《みつもつこう》の旗を翻《ひるがえ》しながら、三千の軍兵が山を登っていたのである。
七

夕立は、長く炎天にさらされていた敵味方両軍の兵たちに、束の間の慈雨となった。雨があがっても、この夜ばかりは、地から立ち昇るかすかにひんやりとした空気に、皆々、寝苦しさから解放されたのである。

おどろ丸は眠っていない。すでに暁闇《ぎょうあん》の時分というのに、舎衛寺《しゃえいじ》の薬師堂《やくしどう》にひとり籠もっていた。

舎衛寺は、成頼が剃髪《ていはつ》した寺で、聖武《しょうむ》天皇の勅願所であったという由緒《ゆいしょ》をもつ。実は隠居屋敷もこの広い寺域内に建てられているので、いまは石丸方の陣所として使われていた。

短檠《たんけい》の火明かりに浮かぶおどろ丸のおもては、愁《うれ》いに沈んでいる。

主殿の会所で行われた軍議は、庄五郎の想像したように、石丸方の戦意を挫《くじ》くような事実に、いかに対処するかということに終始した。

妙純の女《むすめ》を室とする越前《えちぜん》の朝倉貞景《あさくらさだかげ》が、三千の兵を率いて城田寺を北から見下ろす雨水山に布陣し、斎藤勢の包囲陣はさらに強固となった。それに比べて、丹波守利光が赴援《ふえん》を心待ちにしている他国勢が美濃へ到着したという報《しら》せは、いまだ届かぬ。これでは、たとえ土岐政房が、父成頼を攻撃することを躊躇《ためら》って妙純に命令を下さずとも、数で圧倒する包囲陣の中から、しびれをきらせて勝手に戦端を開く者が出てくると危懼《きぐ》される。逆に石丸方からも、寡兵《かへい》の恐怖に堪えかねて、闇雲《やみくも》に仕掛ける愚者が出ないとも限らなかった。いずれにせよ、いま戦えば必ず敗れる。

「もはや早々に和議を結ぶべし」

と丹波守利光の弟典明が言いだしたために、満座は騒然となった。いまさら和睦《わぼく》するくらいなら、はじめから近江を出たりなどせぬと憤《いきどお》る者が大半であった。

おどろ丸は、丹波守利光から意見を求められて、庄五郎に授けられたとおりのことを陳《の》べたにすぎぬ。

「それがしは、何があっても、四郎さまの御身をお守りいたすのみ」

本心でもあった。この戦いにおいて、おどろ丸にそれ以上の望みはない。

丹波守利光は大いに感じ入り、見倣《みなら》えと皆を叱咤した。

「おどろ丸をこそ、武士というのだ」

だが、典明の提案にひとしきり揉《も》めたあと、少し雲行きが変わった。もし和睦がやむをえないとしても、妙純のほうが承知すまいという者が出たのである。これは、ほとんど和睦に傾いた意見であった。

「お屋形さまが政房さまとご会見あそばして、決めればよい。それならば妙純も文句は申すまい」

典明がさらに押すと、成頼自身、そのようにしたい表情をみせた。武辺者揃《ぞろ》いの石丸一族にあって、ひとり如才《じよさい》のない典明は、成頼から気に入られ、石丸勢の城田寺着陣以来、その側《そば》近くに仕えるようになっている。だが成頼も、さすがに丹波守利光の前では、おのが思うところを口にできぬようであった。

石丸方にとって、成頼あればこそ、兵力において不利な状況下でも、妙純と五分の対峙《たいじ》をつづけていられるのである。会見など設けて、成頼の身柄を斎藤勢に奪われかねない危険を冒すべきではない。

「たわけが」

激怒した丹波守利光は、弟に鉄扇を投げつけて、その提案を一蹴《いつしゆう》した。明日にでも尾張・伊勢・近江の石丸方の他国勢に軍勢催促の使者を放ち、その結果を待ってから、あらためて対応するということで軍議は終了したが、後味の悪さを拭《ぬぐ》いきれなかった。

しかし、薬師堂の中で、ひとり端座《たんざ》するおどろ丸の愁いは、軍議のことではない。おのれの生きかたを、みずからに問うているのであった。

破天丸というかけがえのないものを失いかけたとき、

（おれはなす術《すべ》をもたなかった……）

それどころか、ただひたすらうろたえるばかりではなかったか。庄五郎の助けがなければ、おそらく破天丸を救い出すことは叶《かな》わなかったであろう。

武士として立ち、やがては一国を得ようとするならば、わが身に纏《まと》う大事なるものが増えていく。そのひとつひとつを守りきることが、自分にできようか。

（できはせん……。だが、守りきることができねば、武士を捨てるほかない）

この点において、実はおどろ丸は思い違いをしていた。大事なるものを守りきるのではなく、平然と犠牲にできる者だけが、乱世に武士として昇りつめることが可能なのである。

（わが身だけならば……）

とおどろ丸は思う。わが身だけならば、どれほどの危地に陥ろうと、おそろしくはない。むしろ、そこに血路を拓《ひら》くことに悦《よろこ》びをおぼえる。しかし、おのれの心を傾けたものに危害を加えられるのは、とても堪えられぬ。そのことを、いまにしてようやく思い知った。

鬼の刀工として厳しくおそろしいばかりの父羽寿《はねひさ》と二人だけの流浪暮らしのときには、夢想だにしなかった懊悩《おうのう》である。あのころ、おどろ丸には、守るべきものなど何ひとつなかった。

(おれは、人との関わりを絶って生きる刀工に戻るべきなのか……)

捕らえられた野生獣が、人間界に飼い馴らされていくことに、心地よさをおぼえる一方で、怒りや悲しみや戸惑いも隠しきれない。それが、いまのおどろ丸であった。

おどろ丸は、櫂扇の太刀の鞘《さや》を払い、刀身を明かりへ近寄せて矚める。

七年前、杭瀬川《くいぜがわ》の向こうの中沢という土地の百姓家で、同じことをした。あのときは庄五郎がいて、おどろ丸は宣言してみせたものである。

「この太刀の魔が、おれに梟雄の性根を植えつけてくれよう」

そこから、武士として立つことへの挑戦が始まったのであった。

二尺九寸五分、身幅の広い猪首鋒《いくびきつさき》の豪壮な姿でありながら、鍛え肌、刃中の金筋、鋩子《ぼうし》の白気映《しろけうつ》りに毒婦のような妖気《ようき》を漂わせる。そして、後鳥羽院の怨念の霊魂が造り給《たま》いし異形《いぎょう》の刃文、勾玉互《まがたまぐ》の目《め》。まさしく魔性の太刀であった。

（わが櫂扇よ。おれはいかに生きるべきか、いまいちど教えてくれ）

こうしておどろ丸が苦悩しているのと同じころ、隠居屋敷内では、異変が起こりつつあった。

尿意を催して眼をあけた破天丸は、もぞもぞと寝床を這《は》い出た。傍らを見やると、侍女は微《かす》かな寝息をたてている。

ここは、元頼の寝所と襖戸《ふすまど》を隔ててつながる武者控えの間であった。この型破りで新鮮な友と片時も離れたがらない元頼が、夜も一緒に過ごせるよう、侍女をつけて、ひと間を与えたのである。

破天丸は、ほんの少しだけ襖戸を開けて、元頼の寝所をのぞいた。蚊帳《かや》を吊《つ》った上段之間に、元頼は生母とともに眠っている。下段之間には、戦陣中のことで、白鉢巻にたすきがけの侍女が三名、それぞれ薙刀《なぎなた》を横たえて端座する。寝所の外の廊下では、屈強の武者たちが警固にあたっているはずだ。毎夜の同じ光景であった。

成頼の寝所は別棟にある。石丸方にとっての守護と総大将がひとつところにいては、万が一にも襲撃をうけたとき、御輿《みこし》を一挙に失いかねぬ。その危険を避けるための丹波守利光の配慮である。もっとも、丹波守利光に本音を言わせれば、優柔不断の成頼がいつ何どき斎藤方へ奔《はし》らぬとも限らないので、夜はその手もとから元頼を遠ざけておきたいということであった。

もとより、そうしたおとなたちの虚実の世界を、破天丸が知る由《よし》もない。襖戸を閉めた破天丸は、小さく吐息をつき、唇を尖《とが》らせる。何やらつまらなさそうではないか。

実は昨夜、破天丸と元頼は、期せずして同じ時刻に厠《かわや》に立ち、そのことがなんだか可笑《おか》しくて、厠でも廊下の行き帰りでもじゃれ合った。また同じふうにならないかと期待を抱いたぶん、がっかりしたのである。

破天丸は、侍女を起こさず、ひとりで廊下へ出た。

「厠か、破天丸どの。お供仕《つかまつ》ろう」

警固の若武者のひとりが申し出る。この若武者は、舟田合戦におけるおどろ丸のめざましいいくさぶりに感服しているらしく、破天丸にも何かと好意的であった。

「あなどるか、この破天丸を。厠へひとりで立てん武士があるもんか」

「これはご無礼」

厠へ立つぐらいのことでいきみ返る姿がおかしく、また可愛《かわい》らしくもあり、若武者は下を向いて、笑いを怺えねばならなかった。

ふん、と鼻を鳴らしてから、破天丸は大股《おおまた》に廊下を遠ざかる。寝衣に着替えておらず、普段の裾短《すそみじか》の袴《はかま》をつけたままだ。万一、元頼が寝込みを襲われたとき、その身を護《まも》ってすぐにでも動けるようにという、破天丸なりの一計であった。

廊下を幾曲がりかして、厠へ着くと、そこにもいつものように警固の武者が二名いた。

「大儀」

破天丸が踏ん反り返って声をかけると、両名ともやはり笑いを怺える。この武者たちも、殺伐《さつばつ》たる戦陣中で、屈託のないやんちゃな振る舞いをみせる腕白《わんぱく》小僧を、一服の清水のように感じているのであった。

「またいくさ場《ば》に出られるか、破天丸どの」

昨夜、元頼と一緒に厠へやってきた破天丸は、樋筥《ひばこ》の把手《とつこ》を手綱《たづな》に見立てて、馬上より疾呼《しつこ》する大将よろしく、大さわぎしたのである。そのとき、拍子をとって放屁《ほうひ》をするので、元頼も厠警固の武者たちも笑いころげてしまった。

「小便だけじゃい」

破天丸は、杉戸を開《あ》け閉《た》てして、中へ入った。

この厠は、成頼一家の専用として作られたもので、立派な造りである。手前の板敷の小便所と奥の畳二畳敷の大便所が低い壁で仕切られ、大便所のほうには棚が設けられて、香炉を置いてある。樋筥の正面上方に明かり取りの障子窓《しょうじまど》もつけられ、壁に桔《き》梗紋《きょうもん》をあしらった意匠《いしょう》までほどこしてあった。ここでは、結燈台《むすびとうだい》が二基置かれて、一晩中明かりの絶やされることはない。

破天丸などは、人が住めると思っている。

いちど朝顔の前に立った破天丸であったが、やはり大便所の樋筥に眼を遣《や》ってしまう。

そちらへ入って、短袴《たんこ》を下ろすや、樋筥を跨《また》いで把手を掴んだ。

破天丸は、舟田合戦のあと、近江へ落ちていった父おどろ丸と、一年近く会えなかった。その間、自分が馬に乗れたらと切ないほどに思いつづけた。過去におどろ丸の鞍《くら》に同乗させてもらったことはあるが、ひとりで馬を操《あやつ》ったことはない。自分に馬と乗馬術があれば、近江まで一散に駈って、父に会いにゆくことができる。

いまや、その夢は叶いそうであった。こんどのいくさが終わったら、駿馬《しゅんめ》を与えるとおどろ丸が約束してくれたのである。むろん、乗馬術も教えてもらえる。

その日が待ち遠しかった。

（おれは、親父さまといっしょに、いくさをする。敵は皆殺しじゃ）

またしても破天丸は、馬上、戦場を華々しく馳駆《ちく》する自分の姿を夢想し、樋筥を跨いだからだを前後に揺らしはじめた。

その動きをふいにとめたのは、厠警固の武者の声を聞いたからである。

「元頼さまじゃ」

たちまち破天丸は悪戯心《いたずらごころ》を湧かせて、ひとり、くすっと笑った。

（おどかしてやれ）

と仕切り壁の蔭《かげ》に潜んだ刹那《せつな》、

「これは典明どの。何用にござ……」

厠警固の武者のことばが途切れたので、破天丸は訝った。直後、呻《うめ》き声や、乱れた足音や、何かが床へ倒れる音などが、いずれも短く小さく聞こえた。

ただならぬことが起こっているのは、幼い破天丸にも察しがつく。

「父上……」

元頼の声がした。おどろきの響きがあった。

「声を低めよ、四郎」

この囁《ささや》きは成頼のものである。

破天丸は息をひそめた。怖くなったが、怖くないと自分に言い聞かせる。

（おれは親父さまに勇気をほめられたんだ）

金華山での苦難を思い起こしてみた。すると、少し落ちついた。

「そなたが厠に立ってくれたのは天佑であったぞ。八幡大菩薩《はちまんだいぼさつ》のお導きとしか思えぬ。これより父とともに屋敷を出るのじゃ」

「なにゆえにございます」

「わけはあとで」

と言ったのは、どうやら典明とよばれた男であるらしい。破天丸は、石丸典明を知らなかった。

「なぜ、ゆきや五郎左《ごろうさ》らを斬った」

侍女と寝所警固の若武者の名を出した元頼の黄色い声に、怒気がまじる。

「お静かに」

「いたしかたのないことであったのじゃ」

と成頼が言い、

「元頼さまに被衣《かずき》を」

典明は配下に命じている。

「待て、典明。四郎は用を足しにきたのじゃ」

そうであろう、と成頼が元頼へやさしく念を押すように訊《たず》ねた。

「お屋形さま。さような暇はござらぬ。いまにも気づかれるやもしれませぬぞ」

「四郎は名門土岐の世継ぎじゃ。いかに幼子といえども、逃れる途次にて万一、不始末をしでかしたとあっては、後々までの笑い種《ぐさ》とされよう。さあ、四郎、急ぎ用を足してまいれよ」

この父から子への溺愛《できあい》の一瞬こそが、のちの悲劇を起こしたというべきであろう。

破天丸の耳に、典明の舌打ちが届いた。

厠の杉戸が開け閉てされる。破天丸は、びくっとして、仕切り壁にさらにからだを押しつけた。

気配を窺ってみて、中へ入ってきたのは元頼ひとりだと分かると、破天丸の頭に閃《ひらめ》くものがあった。

（おれが若さまを守るんじゃ）

それが父おどろ丸の期待に応《こた》えることだ。

勇気が湧いてきた破天丸は、朝顔の前に立った元頼へ、若さまと、ひそやかに声をかけた。

「破天丸」

眼をまるくした元頼だが、破天丸が人差指を唇にあててみせると、すぐに仕切り壁のところにしゃがんだ。

「若さま。どこかに行っちゃうのか」

「行きたくない。総大将が逃げては、おかしいと思う。兵がかわいそうじゃ」

「りっぱだな、若さま。じゃあ、代わりにおれが行く」

「すぐに気づかれてしまう」

「着ているものを取り替えればいいのさ。暗いから、だれにも分かりゃしない」

破天丸は、声をしのばせて笑った。

やはり元頼も子どもである。つられて、顔を綻《ほころ》ばせた。

「そうじゃな。よい思案じゃ」

二人は、急いで着衣を脱いで交換する。

この子たちの幼さでは、露顕《ろけん》したあとのことまで考えが及ばぬのは無理もなかったであろう。

「四郎、もうよいか」

戸越しに成頼から声をかけられたので、

「ただいま、まいりまする」

と元頼本人がこたえた。

破天丸は、うつむき加減に杉戸をあけて、厠から廊下へ出た。途端に、典明の家来に被衣を頭からすっぽり掛けられる。これなら、ますます気づかれずに済む。

予期しなかった冒険を始められたことで、破天丸はわくわくしてきた。土壇場《どたんば》で度胸がすわるのは、あるいは母錦弥ゆずりかもしれなかった。

「さあ、お屋形さま。四郎さま」

典明が促し、その家来を含めて十名の一団は、急ぎ闇に紛れて動きだした。

厠にのこされ、息をひそめる元頼のほうは、そのまま動かず、小さな声で、きわめてゆっくり、ひとつ、ふたつ、みつと数を数えはじめた。

この子もまた、破天丸が父おどろ丸の期待に応えようと決意したように、父成頼を思い遣っている。父はかねて隠居屋敷から出たがっていた。すぐに騒ぎだせば、父は連れ戻されてしまうから、百までを三度ぐらい数えようと思いついたのである。

幼子たちの運命は、ここに定まった。

八

黎明《れいめい》の気配が仄《ほの》かに感じられ、物の輪郭がうすぼんやりと見分けられはじめた頃合い、緩やかな坂道を駈け上がる足。

めざましい速さであった。

その足が土煙をあげて通過していく一帯では、路傍に、木陰に、草むらの中に、いまだ兵たちがいぎたなく眠りこけている。

足を送り出す者は、庄五郎であった。

常に飄逸《ひょういつ》の風情《ふぜい》を失わぬこの男にしては、めずらしく、焦燥の色を隠していない。まるい顔が四角になったかのような印象だ。

めざす薬師堂へ達すると、庄五郎は、階段を駈けあがり、

「庄五郎にござる」

早口に訪《おとな》いをいれるや、返辞もまたずに、桟唐戸《さんからど》を開け放った。

端座するおどろ丸の背中が、眼にとびこんでくる。短檠《たんけい》の火は消えているが、おどろ丸の顔の前で光るものがあった。櫂扇の太刀を凝視しているのだ。

「殿。成頼さまが、ひそかに屋敷を抜け出されてござる。石丸典明の手引きにござった」

ふらっと立ち上がったおどろ丸は、櫂扇をだらりと下げてから、振り返った。

（これは……）

庄五郎はあとずさる。

隻眼は落ち窪《くぼ》み、頬はこけ、あろうことか四肢までも痩《や》せてしまったようではないか。

あえて櫂扇の魔性に魅入《みい》られたかと疑ったのは一瞬のことにすぎず、すぐにそうでないと知れた。おどろ丸の隻眼は、妖気など過《よぎ》ってすらおらず、哀《かな》しみに充ち充ちている。それは、修羅の世界に引きずり込まれることを拒否して、魔性と闘いつづけた善性の人の姿であった。

（おどろ丸どのはついに梟雄《きょうゆう》にはなれまい……）

梟雄の性《さが》なき者は、乱世でのし上がることなどできぬ。

惜《お》しい、と庄五郎は唇を噛むほかない。

やはり、かねて庄五郎が危ぶんでいたように、おどろ丸は子をもつのが早すぎた。

せめて、いま少し武士の世界に馴染《なじ》み、美濃の小守護代あたりまでのし上がってから、妻を娶《めと》り、子をなすべきであったろう。

あるいは、七年前に丹波守利光ではなく、斎藤妙純の信頼厚い長井《ながい》越中守《えっちゅうのかみ》に仕えていれば、その事情も変わっていたやもしれぬが、これについては庄五郎がとやかく言うことはできぬ。あのときおどろ丸は、瀕死《ひんし》の庄五郎を救いたい一心で、丹波守利光の申し出を受けたのだから。

「四郎さまは」

とおどろ丸が訊く。ぎりぎりまで神経をすり減らしたせいであろうか、声は掠《かす》れていた。

「それが……」

庄五郎は、ことばに詰まる。いまのおどろ丸に、事実を明かすのは、酷《こく》に過ぎよう。しかし、隠しておけることではない。

庄五郎がふたたび口をひらこうとしたそのとき、突如として耳朶《じだ》を震《ふる》わせるような雷鳴が轟いた。

いや、雷鳴と聞いたのはあやまりで、それは鬨《とき》であった。

あたりで、物の具の音がしはじめる。鬨に眠りを破られた石丸方の兵が、慌てて起き出したらしい。

夏の夜明けは早い。舎衛寺の杜《もり》の上空では、薄墨が急速に掻き消されてゆく。

（斎藤勢の総掛かりが始まる……）

戸口まで出てきたおどろ丸が、庄五郎の肩を摑んで、

「四郎さまは」

と繰り返す。隻眼に不安の色を浮き出させていた。

「会所に」

「そうか」

安堵の息を吐いて、肩から手を放す。

「なれど……」

庄五郎の表情に苦悶《くもん》が露わとなった。

元頼が無事であるからには、庄五郎がおどろ丸に対して言いだせぬ兇事《きょうじ》といえば、ひとつしかない。

おどろ丸は、庄五郎の胸倉を摑んで引き寄せた。

「何があった、庄五郎。言え」

そのころ、城田寺の東方、程近いところにある打越峠《うちこしとうげ》では、深夜のうちにここまで出張《でば》ってきた斎藤妙純が、陣営へ迎えた成頼に拝謁《はいえつ》していた。

鬨をあげたのは、この妙純軍である。成頼・元頼父子を手に入れたので、ただちに、城田寺包囲の斎藤勢全軍へ、総掛かり開始の合図を送ったのだ。

成頼は、約束が違うと激怒し、うろたえた。元頼の生母でもある寵妃《ちょうき》を、隠居屋敷を抜け出すさいには足手まといになるので置き去りにしてきた成頼であったが、それは、丹波守利光と和睦するという妙純のことばを、典明より聞かされたからであった。それなのに、あろうことか城田寺総攻撃とは、あまりに卑劣ではないか。

だが妙純は、どこ吹く風で、空惚《そらとぼ》けた。典明にそんな言質《げんち》をあたえたおぼえはない。それどころか、成頼・元頼父子の拉致は、寝返りの証拠にと典明が独断で行ったことで、もっけの幸いではあるが、いまはじめて知ったことだとまで言い切った。

(愚《おろ》かであった……)

成頼は悔やんだ。何があっても決して隠居屋敷を出てはならぬという、おどろ丸の忠告に従うべきであった。

怒りと悔恨と屈辱《くつじょく》に苛《さいな》まれる成頼の耳へ、悲鳴が届いた。

「あれは何じゃ」

「蛆虫《うじむし》を」

と妙純はこたえた。

ここまで至れば、成頼にも察せられる。妙純は石丸典明を殺させたのに違いない。

「妙純。おぬしの養父《ちち》も時に無慈悲《むじひ》な男であったが、これほど薄汚くはなかった」

成頼にすれば精一杯の悪罵《あくば》をぶつけたつもりでも、妙純は表情を変えぬ。

おそろしくなった成頼は、この陣地へ着いてすぐに引き離された元頼のことが気にかかった。

「引見は終《しま》いじゃ。元頼を予のもとへつれてまいれ」

「元頼さまには、早々にお発《た》ちいただき申した」

「なに。いずこへ発たせたのじゃ」

不吉な予感を抱いた成頼に、妙純は、ご案じ召されまするなと微笑してみせる。

「加納におわすお屋形さまのもとへお送り奉《たてまつ》るのでござる」

あわただしく出発させたので、さすがの妙純も、夜の帳《とばり》と被衣とで面体《めんてい》の定かでない幼子が、元頼の替え玉であるなどと毛筋の先ほども疑っていない。

「なにゆえ政房のもとへ」

「元頼さまは、われらにとっては敵の総大将にあられる。軍門にお降《くだ》りあそばしたいま、われらが総大将の御許《おんもと》へご挨拶《あいさつ》に出向くは、戦陣のならいにござりましょう」

成頼の胸はしめつけられる。政房は成頼の愛を一身に集めた元頼を憎んでいるはずであった。

「八歳の幼子であるぞ」

「齢《よわい》は知らず、総大将は総大将にござる。その責めを負わねばなりますまい」

「妙純、おのれは……」

「これにて御免」

妙純は、かつての主君への拝謁を、自分のほうから打ち切り、成頼を屈強の兵たちの監視下においた。

九

軍兵《ぐんぴょう》の懸かり声、悲鳴、怒号、矢《や》唸《うな》り、鋼《はがね》と鋼の打撃、鳴り物の音、そのほか諸々《もろもろ》入り交じった、形容しがたい争闘のざわめきが、絶え間なく流れてくる。

そのせいで破天丸は、打越峠を発つときから、輿《こし》の中で血を沸かせつづけていた。

「これより四郎さまは、お屋形さまにご挨拶にまいらねばならぬのでござる」

輿に押し込まれるさい、斎藤越後守と名乗った甲冑《かっちゅう》武者からそう諭《さと》されて、実は破天丸はこの冒険から一挙に興味をなくした。というのも、この国にはいま、お屋形

が二人いて、それが元頼の父と兄だということを、元頼自身から聞かされていたので、

（なんだ、つまらん。若さまの兄者にあいさつするだけか）

と思ってしまったのである。

その矢先に、城田寺でいくさが始まった。

ところが自分は、輿にのせられ、戦場からどんどん遠ざけられてゆく。物心ついたころより、初陣《ういじん》初陣とおどろ丸にせがんできた破天丸としては、もはや元頼に化けつづけることより、父の戦陣へ馳せつけるほうが、はるかに心躍ることなのである。

やがて、輿がとまった。小窓を開かぬようにされているので、どこにとまったのか、破天丸には分からぬ。

「御免。簾《すだれ》をお上げいたす」

上げられた途端、射し込んできた明るい光から、破天丸は眩しげにおもてを背《そむ》ける。

輿を下りると、そこは磧《かわら》であった。

長良川右岸の早田《そうでん》というところだが、破天丸は地名まで知らぬ。ただ、朝の川風や、葦原《あしはら》のそよぎや、川面《かわも》に躍る光のきらめきが、幼子には心地よかった。

「あれにお乗りいただきまする」

護送隊の宰領《さいりょう》が、岸辺につながれた舟のほうへ腕を伸ばす。護送隊は合わせて六名で、いずれも士分の者とみえる。

このまま元頼の兄に会いにいき、そこで被衣《かずき》をとって正体を明かせば痛快だろうが、それはそれだけのことで、あとはおもしろくなさそうだ、という具合に破天丸は思った。やはり、城田寺へ戻って合戦に参加したい。

(だって親父さまは、若さまを守れって言ったんだ。こんなところにいたら、守れないじゃないか)

欲する答えから逆算したような理由をくっつけると、自分でもおかしくなったのか、破天丸はけらけら笑いだした。

自然の爽快《そうかい》な風景の中で心が浮き立って、破天丸の生来の大胆さが弥増《いやま》したのだといえよう。野生児の血であった。

六名は、なぜか一様に面上へ緊張の色を漲《みなぎ》らせる。元頼は狂ったのかと疑ったのに違いない。

破天丸は、われから舟のところまですすむと、そこで、ぱっと振り返りざま、被衣を頭から脱いだ。

「へえん、どうじゃ。おれは若さまじゃないよ」

得意満面に破天丸は明かしたのである。

六名は、しかし、驚きもしなければ、おろおろもしない。それどころか、声ひとつ立てぬ。異様なまでに暗い顔つきをして、それぞれに眼配《めくば》せを交わし合うばかりであった。

「なんじゃ……」

破天丸はまったくおもしろくない。

（こやつら、あほうなんだ）

とまで思った。

「お戯《たわむ》れを」

宰領がそう言うや、配下たちは破天丸のからだを両側から抱きあげる。

「はなせ、ちくしょう。若さまじゃないって言ったじゃないか。おれは、関《せき》のおどろ丸の子、破天丸じゃ。このくそたれどもが」

破天丸の考え及ぶところではないが、妙純の側近斎藤越後守は、元頼の姿を見たことも、声を聞いたこともない者ばかりを、護送役に選んだ。なぜなら、このような幼童といちどでも接したことがあると、そのときに至って、心の挫《くじ》ける虞《おそ》れがないとも限らぬからであった。

破天丸をのせた舟は、岸辺を離れた。同乗したのは、宰領以下四名で、あとの二名は来た道を急いで戻っていくではないか。

「加納へお送り奉《たてまつ》るため、長良川を渡らんといたしたとき、不運にも舟が覆《くつがえ》り、あわれ四郎元頼さまは川下へ流され、往《ゆ》く方知れずに……」

宰領が加納の土岐政房へ報告する文言《もんごん》は、これであった。戻っていった二名も、同じことを越後守から妙純へと伝える。

舟は、長良川の流れの真ん中へ差しかかろうとしていた。

「ふん。若さまの兄者に会えば、分かることじゃ。おんしら、人まちがいして、切腹だぞ」

舟の中央で、胡座《あぐら》をかき、両腕を組んで、ぷりぷり怒っていた破天丸だが、水面下に魚影を見つけると、たちまち顔を輝かせ、

「鮎《あゆ》じゃ」

舟縁《ふなべり》から半身を乗り出した。銛《もり》があれば、突いて獲《と》るところだ。

「このあたりでよかろう……」

宰領が言ったが、鮎の動きに気をとられる破天丸の耳には入らぬ。

ただ破天丸は、川面に映った武者の姿を、少し不思議そうに眺めただけである。武者は双腕《そうわん》を振り上げており、その先で何かが光ったように見えた。

それから四半刻《しはんとき》も経ったころであろうか、上流に一艘《そう》の鵜飼舟《うかいぶね》が現れた。風向きがよいのか、一枚帆を張って、脚を早めてやってくる。乗舟者《のりて》は、鵜匠《うしょう》・艫乗《とものり》・中乗《なかのり》の三人だけのようだ。

ところが、何を思うのか、立ち上がった鵜匠が、腰蓑《こしみの》を取り去って、これを川へ放り捨てたではないか。次いで鵜匠は、漁服まで脱いで、肌着姿になってしまう。胸に膨《ふく》らみがある。女だ。

黒い風折烏帽子《かざおりえぼし》を脱ぐと、緑の黒髪が流れ出た。

「徳次。もそっと早《はよ》ういたせ」

竿《さお》さす艫乗を怒鳴りつけたのは、錦弥であった。

「これより早うはならんのでございます」

徳次は汗みどろだ。

「鬼八、何をしている。具足じゃ」

「あ。へい」

慌てた鬼八が、鵜籠《うかご》の蓋《ふた》をあけて、小袖《こそで》・袴《はかま》・直垂《ひたたれ》など大きなものから、籠手《こて》・足《た》袋《び》・脛巾《はばき》など小さなものまで、中から次々と取り出す。別の鵜籠の中には、兜《かぶと》や鎧《よろい》も見える。

金華山でおどろ丸の怒りをかって強制的に関へ送り返された錦弥であったが、とうとう矢も楯《たて》もたまらず出てきた。見張り役の徳次と鬼八も、錦弥の強引さの前には従うほかなかった。

斎藤勢と石丸勢の緊張した睨み合いのつづく状況下なので、鵜飼の者に扮《ふん》して津保川から長良川へと下ってきたのだが、このあたりに達して、合戦のざわめきをはっきり耳にするや、もはや偽装は不要とばかりに、錦弥は舟上でいくさ支度を始めた次第であった。

「よいか、早田のはずれまで下るのじゃ。そこから上がって、城田寺をめざす」

錦弥は逸《はや》りに逸っている。

（おどろ丸。お前さまに、わっちがどれほどよき妻か、きょうこそ見せてやる）

錦弥の具足着用を手伝い終えた鬼八が、徳次の指示で帆を畳みはじめる。

「あの猿尾《さるお》に着けまするぞ」

猿尾とは、川へ半島状に突き出させて流れをかえる、いわば堤防のことである。

「奥方さま。人がひっかかっておるでごぜえます」

と鬼八が言う。

俯《うつむ》いたまま、猿尾の先端のほうにひっかかって、ふわふわ漂う死体が、たしかに見える。白い小袖《こそで》の背中をざっくり割られた傷が生々しいが、からだは小さい。

「子どもでねえか。かわいそうに」

舟を寄せて、鬼八が、死体へ鉤竿《かぎざお》をのばす。

「放っておくのじゃ」

一刻も早く戦場へ着きたい錦弥は、叱りつけた。関われば、葬ってやらねばならぬ。

「おらが埋めてやるでごぜえますだで」

鬼八は、鉤竿にひっかけた死体を、舟上へ引き上げる。

ごろりと仰向《あおむ》いた蒼白い顔が、錦弥の双眸《そうぼう》を射た。なにものも恐れぬはずの女武者が凍りつく。

そして錦弥は、顫える両腕に破天丸を抱きとった。

「なぜじゃ……。なぜじゃ……。なぜじゃ、なぜじゃ、なぜじゃ」

とめどなく溢れ出る泪《なみだ》も洟《はな》も、掻き抱いた死顔《しにがお》へ押しつけて、母は魂《たましい》の失せた子を愛撫《あいぶ》する。

灼熱《しゃくねつ》の光の中、悲泣《ひきゅう》は、果てることなく、長良川を渡りつづけた。

第八章　梟雄還俗《きょうゆうげんぞく》

一

延暦《えんりやく》年間に囚徒《しゆうと》を使役して開削《かいさく》したという堀川の川べりの猫柳《ねこやなぎ》が、絹のような銀《ぎん》鼠《ねず》色の花穂を、早春の風になぶらせている。

その堀川に架かる一条戻橋《いちじようもどりばし》は、何の変哲もない小さな橋だが、名の由来ばかりは京童《きようわらべ》の知るところであろう。

平安朝の絶頂期であった延喜《えんぎ》のころ、時の文章博士《もんじようはかせ》で、善相公《ぜんしようこう》と親しまれた三善《みよし》清行《きよゆき》が没し、葬送の行列がこの橋にさしかかった。そのとき、熊野《くまの》より馳《は》せつけた清行の子浄蔵《じようぞう》は、念珠《ねんじゆ》を揉《も》み、熱誠《ねつせい》を迸《ほとばし》らせて神仏に祈った。浄蔵は、八坂法観寺《やさかほうかんじ》の傾いた五重塔を呪法《じゆほう》で一夜のうちに元通りにしたという、験力《げんりき》の強さで知られる天《てん》台《だい》密教僧である。祈りが通じて、清行は蘇生《そせい》し、以後七日間、生き延びた。よって、戻橋と名付く。

その袂《たもと》に人だかりがしている。何かを見物する野次馬のようだ。

かれらが遠巻きにする空間で、きらきら光るものがある。

「南陽房《なんようぼう》とやら。いまいちど問答せい」

大喝《だいかつ》を発したのは、山法師《やまほうし》であった。

大五条《おおごじょう》の袈裟頭巾《けさずきん》、腹巻に素絹《そけん》、葛袴《くずばかま》に高足駄《たかあしだ》、腰に太刀を佩《は》かせ、右手は薙刀《なた》、左手には数珠《じゅず》という、よく知られた出《い》で立ちの、いわゆる叡山《えいざん》の僧兵である。陽光をはじいてきらめいているのは、かれらの薙《なぎ》刀の穂であった。

そのおそろしげな者が十名、ずらりと居並び、堀川を背にするたったひとりの若い僧を、睨《にら》みつけているではないか。山法師から南陽房とよばれたこの僧は、白皙《はくせき》にひょろりとした手足で、いかにも弱々しげである。武装もしておらぬ。

「いまいちどと申されても、さように刃《やいば》をもって問答を強《し》いられるは、おそろしゅうござる」

南陽房は正直者らしい。顔面は蒼白《そうはく》で、声の顫《ふる》えも隠さない。

法華《ほっけ》宗（日蓮《にちれん》宗）の本山のひとつ京都妙覚寺《みょうかくじ》の学僧である南陽房は、修行のひとつとして、みずからに辻説法《つじせっぽう》を課していた。洛中《らくちゅう》の辻々で宗門の教えを説くからには、時には他宗の僧侶《そうりょ》や信徒と問答になり、いささかの宗論を戦わせることもある。

比叡山《ひえいざん》の所司《しょし》栄潤《えいじゅん》なる僧と烈《はげ》しい文言のやりとりをしたのは、昨日のことであった。もともと法華宗は、祖師日蓮以来、激越な他宗排撃を旨とする宗派だけに、ふだんは穏やかな南陽房も、ついつい熱が入ったのである。

「貴僧のご修行場の比叡山が真言《しんごん》の行を専《もっぱ》らとするは、祖師伝教大師《でんぎょうだいし》の教えに背《そむ》くことになりましょうぞ」

「伝教大師は本邦天台宗の開祖にあられるが、われら天台山門派は、開祖の法弟慈覚《じかく》大師をもって一派の祖と仰《あお》ぐもの。その慈覚大師が、みずから著《あらわ》された秘経七巻を仏前に供え、著書が御仏《みほとけ》のお心に叶《かな》うならば、奇特《きどく》を現し給《たま》えと真言秘密を修せられしさい、胸の内よりおのずから智慧《ちえ》の矢が放たれ、日天に中《あた》った。この奇蹟《きせき》によって、叡山を真言の山とさだめられたのである。法華宗の祖師日蓮とて、いちどは延暦寺《えんりゃくじ》に留学したではないか。その法《のり》を学ぶ者が、慈覚大師の奇蹟を知らぬとは、はてさて蒙昧《もうまい》なるかな」

「面妖《めんよう》な」

「なに」

「そうではございませぬか。矢で日天を射れば、下界は闇《やみ》となりましょう。王城鎮護を任ずる山門派の祖が、わが国を亡《ほろ》ぼさんとする存念であられたか」

「わが宗門の奇蹟を愚弄《ぐろう》いたすとは、これはもはや宗論ではない」

最後は右のような具合で、栄潤が問答を打ち切って立ち去った。しかし、終始、南陽房が押し気味であり、このままつづければ敗れると察した栄潤が、先に逃げを打ったことは、見物人の耳目《じもく》に明らかであった。

それで、腹の虫がおさまらぬ栄潤は、南陽房を痛めつけるべく、乱妨者《らんぼうもの》の山法師を差し向けたという次第である。

「笑止《しょうし》ぞ、南陽房」

十名の宰領《さいりょう》であるらしい者が、嗤《わら》った。

「御仏に命懸けで仕《つか》えておるはずの身が、太刀や薙刀ごときをおそれるとは」

「こわいものは、こわい。それが人というものにございましょう」

「されば、人でなくなれば、こわいものも失《う》せよう。この凱全《がいぜん》が、いますぐ、ただの肉のかたまりにしてやる」

宣言するなり薙刀を頭上へ振り上げた凱全の前に、南陽房は、なす術《すべ》もなく、ただ足を竦《すく》ませる。

瞬間、空から降ってきたものが、両者の間に割って入り、地に突き立った。凱全は跳び退《し》さる。

幟《のぼり》であった。

風に揺れる縦長の白布へ、墨痕《ぼっこん》鮮やかに大書された文言は、法華宗の過激な排他的宗旨である。

〈念仏無間禅天魔真言亡国律国賊〉

「何者か」

凱全はじめ、山法師一同、野次馬たちを振り返った。

その剣幕に、おそれをなして後退《あとず》さった人々の間を割って、僧侶がひとり、ゆったりとした足取りで出てくる。その足許《あしもと》から砂塵《さじん》が舞い立った。

砂塵を避けて、山法師らは、顔をそむけ、眼を閉じる。かれらが瞼《まぶた》を上げたときには、驚いたことに、その僧侶は南陽房の前に立って、幟の竿《さお》を摑《つか》んでいた。一瞬の出来事にすぎぬ。

（こやつ、天狗《てんぐ》か……）

と凱全は疑い、警戒した。

「蓮兄《れんけい》」

南陽房が、地獄で仏に出会ったとでも言いたげに、満面に喜色を露《あら》わにする。

「陽弟《ようてい》。法華僧が、辻説法に、この幟を忘れてはいかぬ」

穏やかに言って、法蓮房《ほうれんぼう》は微笑した。

妙覚寺でともに学び、同門の兄弟子と弟弟子として、蓮兄、陽弟と呼びあう両人の関係は、のちに『美濃国諸旧記《みののくにしょきゅうき》』に、

「断金の交わりにして、殊《こと》に睦《むつ》まじかりける」

と記されたほど懇《ねんご》ろなものであった。

それにしても、法蓮房の男振りのよさは、どうであろう。

太くて優しげな眉《まゆ》、涼しい眼許《めもと》、高き鼻梁《びりょう》、皓歯《こうし》のこぼれる端整な唇。それだけなら美男と形容すべきだが、この若い僧の顔の造作《ぞうさく》は、張り気味の下顎《したあご》がその均衡《きんこう》をほんの少し崩しているせいで、愛嬌《あいきょう》もあって温かい。そのうえ、伸びやかな印象を与える佇《たたず》まいには、もって生まれた気品すら窺《うかが》える。

野次馬の中の女たちは、強面《こわもて》の山法師どもの存在など忘れたかのように、陶然《とうぜん》たる眼色で、法蓮房の姿ばかりを注視しはじめた。

「喧嘩《けんか》をお受けいたす」

と法蓮房は、凱全に言った。

「おぬしがやるというのか」

「不服か」

「おもしろい。だが、身代わりとて容赦《ようしゃ》せぬぞ」

「もとよりのこと。では……」

軽く一礼した法蓮房が次にとった行動は、凱全ら山法師ばかりか、南陽房や野次馬らをも唖然《あぜん》とさせた。

法蓮房は、手早く法衣《ほうえ》を脱《ぬ》ぎ捨て、肌帯ひとつの姿になったのである。

細身だが、無駄のない、しなやかそうな筋肉に鎧《よろ》われ、見事な体軀《たいく》といってよい。

僧侶としてよほど苛烈《かれつ》な修行をなしたものか。

その体軀に秘められた強靱《きょうじん》さを、凱全は見抜いた。

女たちは、官能を刺激せずにはおかぬ男性美に、顔を赧《あか》らめながらも、眼を一層釘《くぎ》付《づ》けにする。

南陽房だけが、敬愛する兄弟子の頑健で艶《つや》やかな肉体がいかにして形成されたか、よく知っていた。法蓮房は、毎夜のように、こっそり寺を抜け出しては、洛西内野《らくせいうちの》の荒れ野で、ひとり武芸に精励《せいれい》しているのだ。

いちど南陽房は、僧侶たる身がどうして武芸に勤《いそ》しむ必要があるのか、問うたことがある。

「ただ、血がさわぐのだ。弓矢刀槍《とうそう》を手にすると、その血が鎮《しず》まる」

それだけのことだ、と法蓮房はこたえた。

南陽房は、そのときはじめて、法蓮房の出自《しゅつじ》に疑いをもった。下級公家《くげ》の庶子《しょし》であるといい、法蓮房自身もそれを信じているようだが、何かもっと勁悍《けいかん》な血をうけつぐ人ではないのか、と感じたものである。

「何の戯《ざ》れ事《ごと》か」

凱全が薙刀の石突きで地を打った。

「相撲《すもう》である。はや脱ぎ候《そうら》え」

法蓮房は、凱全にも裸になることを要求して、両腕をひろげてみせる。

「阿呆《あほう》か、われは」

「凱全と申したか。おぬし、洛中において、互いに法衣を纏《まと》うたまま血を流し合《お》うて、事がそれだけで済むと思うのか」

「なに」

「当事者の意思にかかわりなく、敗れた側が復讐《ふくしゅう》の挙に出るは必定《ひつじょう》。さすれば、いかなる仕儀と相なるか。よくよく思慮いたせ」

凱全は、しばし、黙した。法蓮房の意見を頭の中で反芻《はんすう》してみたのである。

（たしかに……）

法蓮房の危懼《きぐ》には、きわめて現実味があった。

いまや法華宗は、京の町衆の絶大な支持を得て、南無妙法蓮華経《なむみようほうれんげきよう》の七字題目が洛中いたるところで唱えられるほどに、教線を拡大している。片や山門は、言うまでもなく、日本宗教界の頂点に立ち、武力すら有する大教団である。かねてより犬猿《けんえん》の仲の両者が、真《ま》っ向《こう》から戦えば、京都と比叡山は火の海となるやもしれぬ。

凱全は、叡山でも知られた荒法師《あらほうし》だが、そこまでだいそれたことは考えていない。ただ、日頃から鼻持ちならぬ京の法華僧どもを懲《こ》らしめて、溜飲《りゆういん》を下げたいと思っただけであった。

「よし。のった」

何かを吹っ切ったように強く言って、凱全は、薙刀も太刀も他の山法師に渡すや、法衣を脱ぎ始めた。一枚一枚、あたりへ放り投げる豪快な脱ぎっぷりである。

「凱全。洛中で相撲などいたして、あとで所司に何と申し開きするのだ」

山法師のひとりが、慌ててとめようとする。

「申し開きなどせぬわ」

「血迷うたか」

「血迷うてはおらぬ。昨日のことは、所司栄潤どのみずから、もはや宗論ではないと言われて、問答を打ち切った。おれはそう聞いてきたぞ」

「なればこそ、こやつを懲らしめにまいったのではないか」

「阿呆。宗論でなければ、ただの口喧嘩だ。われらが尻拭《しりぬぐ》いすべきことではないわ」

凱全のそのことばを耳にして、法蓮房はにやりとする。

つられて凱全も、ふっと笑う。

現れた凱全の裸形は、法蓮房のそれよりふたまわりも巨《おお》きく、雄偉《ゆうい》とよぶのがふさわしいものだ。

「おれは、源太之助《げんたのすけ》だ」

と凱全は名乗った。法蓮房の意を諒《りょう》として、俗名を用いたのである。これならば、勝つも負けるも、比叡山には関わりなきことになろう。

法蓮房は、うなずいた。

「峰丸《みねまる》と申す」

双方、ほとんど同時に、地を蹴《け》る。いずれも若々しい筋肉を躍動させ、男と男はぶつかり合った。

一転して爽快《そうかい》な闘いを始めた両人へ、見物衆は手を拍《う》ち声援をとばした。

戻橋の下をくぐって飛び来たった雲雀《ひばり》が、春光輝く蒼天《そうてん》へ上昇していく。

二

炎が轟然《ごうぜん》と障子や襖《ふすま》を嘗《な》めまわす。

戸外から、合戦の音はもはや聞こえぬ。勝敗は完全に決したのである。

純白の死に装束《しょうぞく》姿で端座《たんざ》する土岐四郎元頼《ときしろうもとより》は、腹に扇子《せんす》の先をあてると、なかば明るい声音で言った。

「よいぞ」

その背後に、抜き身をひっさげ、仁王立《におうだ》つ隻眼《せきがん》の甲冑《かっちゅう》武者は、おどろ丸であった。総身をぬらぬらと光らせているのは、返り血である。鎧《よろい》や脇楯《わきだて》に幾本もの矢が突き立っているが、肉へ達したものはない。

おどろ丸の右眼は濡《ぬ》れている。食いしばった歯の間から、いまにも嗚咽《おえつ》が洩《も》れ出てきそうであった。

元頼が、首をひねって、振り仰ぐ。

「おどろ丸。よいと申した」

おどろ丸は、慌てて、泪《なみだ》を拭った。すると、曇りのとれた視界に、八歳のあどけない顔が瞭然《りょうぜん》となる。

とうとう、おどろ丸は、声を放って泣きだした。

「なぜ泣く、おどろ丸。四郎は破天丸《はてんまる》に会いにゆくのじゃ」

死の意味も知らず、来世で友と邂逅《かいこう》することを愉《たの》しみにしている不憫《ふびん》な幼子《おさなご》と、たいていのおとなの眼には映るであろう。

だが、おどろ丸は、元頼が死の意味を知りすぎるほど知っていることを、たしかに感じていた。なぜなら、石丸《いしまる》方の多くの兵が戦死し、また丹波守利光《たんばのかみとしみつ》以下の石丸一族と重臣らも自刃《じじん》を覚悟すると、元頼みずから切腹を望んだからである。

おのれの奏《かな》でた笛の音《ね》の美醜《びしゅう》を、おどろ丸に問うときの元頼が、そこにいた。元頼自身は口では説明できぬであろうが、兵も友も死なせておのれだけ生き長らえることに、名状しがたい醜さをおぼえたことは間違いなかった。

土岐成頼《しげより》に何があっても元頼を守り抜くと誓ったおどろ丸であったが、美しく死ぬことを感覚的に決意した男子を、どうして醜《みに》く生へと引き戻すことができようか。おどろ丸が元頼にしてやれることは、介錯《かいしゃく》、それだけであった。

しかし、いざその場に至ってみると、おどろ丸の心は千々《ちぢ》に乱れ、櫂扇《かいおうぎ》の太刀をもつ手が顫えた。

悪魔の手のように見える熱き紅蓮《ぐれん》の舌は、天井を這《は》い、羽目板《はめいた》を爆裂《ばくれつ》させる。焼けた木片と火の粉《こ》が、おどろ丸と元頼の周囲に降り注ぐ。

刹那《せつな》、襖戸を蹴破って、隣室から躍《おど》り込んできた者がいる。朱色の甲冑に身を包んだ錦弥《きんや》であった。

「お前さまが首刎《くびは》ねることができぬなら、わっちが刎ねてやる」

陣刀をすっぱ抜いた錦弥は、大股《おおまた》に元頼のそばへ歩み寄り、刃を振り上げた。

「錦弥」

すかさず、元頼の前へまわりこんだおどろ丸は、妻の陣刀を払い落とし、そのからだを蹴倒した。

隣室まで吹っ飛んだ錦弥は、それでも、柳眉《りゅうび》を逆立て、兜《かぶと》を脱いで投げつける。

「破天丸はそやつの身代わりで殺されたのじゃ」

「言うな」

夫婦の顔は、猛火の中で、怒りと悲しみと苦悩とに彩《いろど》られて、ひどく歪《ゆが》んでみえた。

「おどろ丸。火が……」

元頼の声におどろ丸が振り返ると、小さな手のうちで、扇子の地紙が燃えはじめているではないか。

（破天丸）

その霊魂が元頼を迎えにきたのだ。

とっさに、なぜそう信じたのか、あとになっても、おどろ丸自身にも説明がつかなかった。あるいは、舟田合戦以来、常に破天丸と元頼とを重ね合わせてきた思いが、おどろ丸をして、それと錯覚させたのやもしれぬ。

おどろ丸は、櫂扇を一閃《いっせん》させた。

首の皮一枚残した、見事な抱き首の介錯である。

夥《おびただ》しい血が、床へ流れ出す。

ところが、とつぜん、抱き首がくるりと回って、おどろ丸のほうを向いた。その顔は最愛のわが子のものであった。

「破天丸うっ」

絶叫するなり、西村勘九郎《にしむらかんくろう》は、夜具をはねのけて、急激に上体を起こした。

同衾《どうきん》の関《せき》の方《かた》が気づいて、勘九郎の頭を胸へ抱え込む。

「わっちがついておる。わっちがついておるぞ」

関の方は、やさしく言って、勘九郎の髪を撫《な》でた。

「殿。いかがなされた」

障子戸に、人影が映った。宿直番《とのい》が勘九郎の叫びを聞きつけたのだ。ざわざわと庭の草木の揺れる音がする。

「大事ない。退《さ》がれ」

と関の方に命じられ、宿直番は退がる。

「ひどい汗じゃ、お前さま」

勘九郎を抱いた感触と臭《にお》いとでそうと分かった関の方は、手を伸ばして、炎のゆらめく燭台《しょくだい》を枕許まで引き寄せた。

蠟燭《ろうそく》の火を睡眠中にも灯《とも》したままというのは、よほど贅沢《ぜいたく》といわねばなるまい。身分ある夫婦なのであろう。

枕許に置かれた革の眼帯と、寝床に上体を立てた勘九郎と関の方の姿が、火明かりに浮き出た。

ひたいにも首筋にも汗の粒を噴き出し、白い寝衣をべっとりとからだにまとわりつかせた西村勘九郎とは、その昔、おどろ丸と名乗っていた男である。

もはや五十代半ばにさしかかった勘九郎は、顔に幾筋もの皺《しわ》を刻み、髪も半白となったばかりか、面相《めんそう》まで一変させてしまったではないか。

かつては、どこかに怒りを含みながらも、正直さと勇壮の気に充《み》ちた面構《つらがま》えであった。それがいまや、狂気を宿《やど》した殺伐たる顔つきに変わり果てている。隻眼という特徴がなければ、若き日のおどろ丸しか知らぬ者が再会しても、おそらく別人と断定するに違いない。

関の方とよばれる錦弥の容色《ようしょく》も尋常ではない。四十路《よそじ》のはずだが、いささか異様なまでに若々しく、凄艶《せいえん》な色香を漂《ただよ》わせる女に成長していた。

関の方は、勘九郎の寝汗で濡れた寝衣を脱がせると、妖《あや》しげな眼差《まなざ》しで、良人《おっと》の眼をのぞきこんだ。

勘九郎の肉体ばかりは、おどろ丸時代とほとんど変わらぬ逞《たくま》しさを誇っていた。衰える暇のないほど、永年、合戦に明け暮れているからであろう。

「汗を拭うてやろうぞ」

関の方は、朱唇《しゅしん》を開いて、ちろりと舌先を出してみせると、それで勘九郎の首筋を伝う玉の汗を嘗めあげた。

ぞくり、と勘九郎は身を顫わせる。

「錦弥」

一挙に情欲の昂《たかぶ》った勘九郎は、関の方の寝衣を荒々しく剝《は》ぎとって、いまだ形の崩れぬ乳房にむしゃぶりついた。

夫婦の行く末を激変せしめたきっかけは、城田寺《きだいじ》合戦の最中の破天丸の死であったろう。

十五年前の夏のことになる……。

未明に城田寺へ斎藤《さいとう》方の総掛かりが開始された日、石丸方は日暮れまでに四百名余りの死傷者を出した。

斎藤方の攻撃が激烈をきわめたのは、土岐成頼・元頼父子《おやこ》の身柄を奪い取ったと信じているからだとみた丹波守利光は、その夜、加納《かのう》の土岐政房《まさふさ》へ使者を送り、石丸典明が拉致《らち》した子は元頼ではなく、その身は城田寺の隠居屋敷で恙《つつが》ないことを告げた。

斎藤方の総大将の政房は、元頼がまだ生きていると知れば、父成頼の手前、これを攻め殺すことを妙純《みょうじゅん》に許すわけがない。いちどは和議を提案して、それでも不調ならばやむをえぬという形をとるはずだ。

長良川《ながらがわ》から引き揚げた破天丸の亡骸《なきがら》を抱えて、錦弥が隠居屋敷に辿《たど》り着いたのは、丹波守利光の使者が加納へ放たれたあとのことであった。おどろ丸は、慟哭《どうこく》し、憤怒《ふんぬ》を燃え上がらせた。

　怒りにまかせて単身、敵陣へ突入すべく、隠居屋敷を出ていこうとしたおどろ丸を、丹波守利光が数十人の兵をもってとめさせた。この日の完敗で先の見えた丹波守利光は、元頼存生《ぞんじょう》を切り札として和議を結ぶべく、政房へ使者を放ったのである。いまおどろ丸に暴れられては、それが元の木阿弥《もくあみ》になってしまう。それでも、おどろ丸の右腕である松波庄五郎《まつなみしょうごろう》の助けがなければ、この強者《つわもの》を取り押さえることはできかねたであろう。

　庄五郎にすれば、二万とも三万とも号する大軍にたったひとりで立ち向かって、おどろ丸が犬死することを避けたかったにすぎぬ。

　このとき庄五郎は、おどろ丸の取り乱しようを取り繕《つくろ》うためと、後々の世評を見越して、丹波守利光と石丸方の重臣らに、以下のように披瀝《ひれき》してみせた。

「破天丸どのが四郎さまの身代わりとなったは、かねてより、わが殿が、御曹司《おんぞうし》が危《あや》うきときはおのれの身を挺《てい》して守るように、と破天丸どのを教え諭していたからにござる。なれど、こうしてわが子の亡骸を眼《ま》の当たりにしては、いかに石丸勢随一の強者といえども、我を忘れるは人の情としてむりもないことと存ずる」

　これには一同、粛然《しゅくぜん》としたのち、おどろ丸父子を褒《ほ》めそやした。

「いくさの勝敗にかかわらず、おどろ丸と破天丸の忠義は、美濃では永遠に語り継がれることであろう」

と丹波守利光などは落涙《らくるい》に及んだほどである。

これで、おどろ丸の評判は、いままで以上に高騰《こうとう》する。いくさに敗れて牢々の身になったとしても、諸方から引く手あまたとなろう。乱世の頂点におどろ丸を押し上げたいと望む庄五郎が、破天丸の死を利用した瞬間であった。後ろめたさは、胸にしまいこんだ。

しかし、これが庄五郎の取り返しのつかぬ過《あやま》ちとなった。その言を、錦弥に曲解されたのである。

かねて破天丸に、元頼の身代わりとなることをすすめていたのは、庄五郎であったに違いない。そう錦弥は思い込んだ。

もともと錦弥は、おどろ丸と自分が夫婦になると決めたとき、庄五郎がよい顔をしなかったことを憶《おぼ》えており、その後も庄五郎の何かにつけて指図がましき言動を快く思っていなかった。その積もり積もった不満が、破天丸を喪《うしな》って平静でない錦弥をして、庄五郎への不信感を決定的なものにさせたといえよう。

深更《しんこう》、加納から帰還した使者が、弱りきっている石丸方にとって、朗報をもたらした。政房は明日にも和議の条件を提示すると約束したという。噂はまたたくまに兵らにも伝わり、その夜は皆々、安堵感《あんどかん》を抱いて眠りこけた。

斎藤方の猛烈な力攻めが再開されたのは、翌日の夜明けのことであった。

これは、戦後の妙純の言い訳だが、政房から和睦《わぼく》の意を伝えられたときには、すでに雨水山の朝倉《あさくら》軍三千をはじめ、他国勢が雪崩《なだれ》をうって城田寺攻撃を始めたあとだったので、もはや時機を逸しており、この期《ご》に及んでの和睦は逆に味方の政房への不信を招くと判断し、独断で決戦を指揮したという。戦陣ではありがちなことだが、この場合、妙純の嘘《うそ》であったことは疑いない。妙純は、政房の口に出さぬ本意を察して、遮二無二《しゃにむに》、元頼と石丸一族殲滅《せんめつ》の暴挙に出たのである。

和議が調《ととの》うと油断していた石丸方は、それこそあっという間に各陣を撃破され、その日のうちに全軍、傷だらけで隠居屋敷へ逃れ入った。逃亡、降参も相次いだ。降参人の中には、赦免《しゃめん》される者もいたが、多くはその場で首を刎ねられた。

ただ妙純は、毘沙童《びしゃどう》の命を助けている。毘沙童は、本来の斎藤惣領家《そうりょうけ》で京に亡命中の利藤《としふじ》の子だが、実は妙純個人にとって、元頼などよりはるかに扱いに苦慮する存在であった。なぜなら、妙純が守護家を凌《しの》ぐ勢力を維持していられるのは、斎藤一族の協力あればこそだからである。

丹波守利光がそのあたりの機微《きび》をあますところなく捉《とら》えていれば、舟田合戦も城田寺合戦も、あるいはまるで違った様相をみせたかもしれぬ。

石丸方は、丹波守利光とその一族郎党、ことごとく自刃して、元頼の助命を願った。だが、妙純はこれを容《い》れず、かれらの首を革手《かわて》の東の堤上にさらし、隠居屋敷に火をかけた。

火炎地獄の中で、元頼に殉死《じゅんし》した武士は三十余名を数える。

元頼の介錯をすませたおどろ丸は、庄五郎の制止を振り切り、石丸方最後の生き残りとして包囲軍の中へ突撃した。錦弥も付き従った。

この夫婦武者の壮絶ないくさぶりは、勝利軍を顫えあがらせる。おどろ丸と錦弥のために、斎藤方の死傷者は実に五十名以上に及んだ。

これほどの勇者たちを殺すのは惜《お》しいと思った妙純は、両人が闘い疲れたところを生け捕った。自分に仕えるならば命を助けるが、そうでなければ斬首《ざんしゅ》に処すと宣告して、牢《ろう》に放り込んだのである。

このとき、おどろ丸の櫂扇の太刀は、むろん没収されたのだが、その後、行方知れずとなってしまう。

おどろ丸捕縛《ほばく》から日ならずして、妙純は江北《ごうほく》の京極政高《きょうごくまさたか》より、江南の六角高頼《ろっかくたかより》討伐のための援兵を求められた。城田寺合戦では、丹波守利光に味方する江南勢を、近江《おうみ》と美濃の国境で撃退してくれたほかならぬ政高の要請である。妙純はただちに、みずから数千の軍兵《ぐんぴょう》を率いて近江へ出陣した。そのさい妙純は、おどろ丸に、帰国したとき返辞をきかせよと言いおいたのである。

しかし、おどろ丸と妙純が再会することはなかった。

長い対陣ののち、和議が成立し、陣払いをして帰国の途についた妙純軍は、あろうことか数万の土民の蜂起《ほうき》によって不意を打たれ、大将妙純と嫡子《ちゃくし》利親《としちか》をはじめ、千人余りも討死《うちじに》してしまったのである。雪中だったことも、妙純軍に災いとなったであろう。

近江の村々の人々は、他国者である美濃勢に掠奪《りゃくだつ》・暴行の限りを尽くされ、激怒していた。その怒りを煽《あお》って、土民軍の中心となったのが、実は枝村《えだむら》の段蔵《だんぞう》率いる馬借《ばしゃく》の柿帷子衆《かきかたびらしゅう》であった。

段蔵は、舟田合戦に敗れた石丸軍が観音寺城の六角氏の庇護《ひご》下で再起を期していたころ、美濃の西尾直教《にしおただのり》の密命をうけて、土岐四郎元頼を拉致せんとして、おどろ丸に一蹴《いっしゅう》されたことがある。しくじりはしたが、配下四名を斬《き》られた段蔵は、直教に香華《こうげ》代を要求すべく美濃へ赴《おもむ》いたところ、門前払いを食らった。

かくて復讐《ふくしゅう》の念を燃やした段蔵が、京極勢を援《たす》ける美濃勢の中に直教がいることを知り、巧《たく》みに土民を煽って蜂起させた次第であった。土民軍が、京極勢にはほとんど手出しせず、美濃勢ばかりを餌食《えじき》にしたことは、そのあたりの事情を物語っているのだが、もとより余人の想像の及ぶところではない。

一説には、六角氏の謀臣蒲生《ぼうしんがもう》貞秀《さだひで》の差しがねともいうが、あるいは貞秀が段蔵に命じたのやもしれぬ。

いずれにせよ、美濃斎藤氏は、妙純父子とその側近であった一族衆の多くを一挙に喪った。また家老の長井《ながい》家、西尾家も名だたる者を幾人も死なせてしまう。

おどろ丸と錦弥のおよそ半年間の入牢《じゅろう》中に、庄五郎がひそかに救出にきた。このときのおどろ丸は、破天丸の死は庄五郎のせいだという錦弥のことばを、なかば信じかけていた。言い知れぬ喪失感《そうしつかん》が、おどろ丸から冷静な判断力を奪ってしまったのであろう。

おどろ丸は、牢格子《ろうごうし》越しに腕を伸ばして、庄五郎を絞め殺そうとした。

主従であり、友人同士でもあったおどろ丸と庄五郎は、この日をもって決裂する。去っていく庄五郎がはじめてみせた暗い眼眸《がんぼう》が、おどろ丸の喪失感をなおさら大きくした。しかし、もう取り返しがつかぬ。

破天丸も櫂扇の太刀も、そして庄五郎までも失ったおどろ丸は、底知れぬほど深くて暗い心の空洞の中に、みずからを閉じ込めた。

錦弥は、そのおどろ丸を包み込んだ。これは錦弥の愉悦《ゆえつ》であった。もはや自分とおどろ丸とを遮《さえぎ》るものはない。最愛の男は完全にわがものとなったのである。

おどろ丸と錦弥を牢から出したのは、長井藤左衛門長弘《とうざえもんながひろ》であった。近江で戦死した越中守秀弘《えっちゅうのかみひでひろ》の子だ。

実は藤左衛門は、おどろ丸がはじめて金華山《きんかざん》下の長井屋敷を訪ね、明珍《みょうちん》の兜《かぶと》で鉢試しをして去ったとき、あの者をすぐに家来にするようにと父に進言している。が、越中守秀弘が躊躇《ためら》っているうちに、丹波守利光に先を越されてしまった。以後のおどろ丸の盛名《せいめい》は語るまでもない。

その苦い経験から、藤左衛門は是が非でもおどろ丸を麾下《きか》に加えたいと切望していたのである。妙純の死で、美濃武士たちがそれぞれの思惑で奔走しはじめた、そのどさくさに、処分が宙に浮いていたおどろ丸と錦弥の身柄を引き取ることは、造作もなかった。

ほとんど口をきかなくなったおどろ丸に代わって、錦弥が藤左衛門と交渉し、寄騎《よりき》となるについては、破天丸に手を下した者たちの命と引き替えという条件を出した。

藤左衛門が調べてみると、かれらもまた近江で戦死していたことが判明する。

だが、なんとしてもおどろ丸を家来にしたい藤左衛門は、妙純に元頼の拉致暗殺を進言した男の存在を明かした。

斎藤越後守《えちごのかみ》が、その男である。

図《はか》らずも破天丸を犠牲にすることになった元頼殺しの悪謀《あくぼう》は、実際には妙純から出たものだが、越後守とて大いに関わっていたことは事実だから、藤左衛門にすればまったくの嘘ではない。

錦弥には想像すべくもなかったが、藤左衛門が越後守の名を出した理由は、もうひとつあった。妙純未亡人の利貞尼《りていに》から、ひそかに、越後守の粛清《しゆくせい》を命じられていたのである。

妙純亡《な》きあと、守護代・持是院《じぜいん》斎藤家の家督を嗣《つ》ぐべきは、利親の遺児勝千代《かつちよ》でなければならぬが、これはいまだ幼少の身。となれば、利親の弟又四郎《またしろう》が、勝千代の成長まで、家を支えていくほかない。しかし、又四郎もまた、十五歳の弱年である。

この弱体化した持是院斎藤家の家政に、にわかに口を出しはじめたのが、越後守であった。もともと野心家の越後守が乗っ取りを画策して動きだしたことは明らかであり、利貞尼は警戒心を抱いた。いまのうちに、この男を葬《ほうむ》り去っておかねばならぬ。

藤左衛門にしても、父秀弘のころから必ずしも良好な関係ではなかった越後守に勢力を得られては、長井家の行く末が案じられる。利貞尼の密命は、ある意味で渡りに舟であったといえた。

錦弥は、女の直観で、藤左衛門の腹のうちは決してきれいではないと感じたものの、妙純の側近第一であった越後守が破天丸殺しに関わったという話は、真実であろうと思った。

城田寺合戦と近江陣の妙純軍大敗のあった翌年、藤左衛門の謀略によって、人知れず越後守を討つことに成功したおどろ丸は、西村勘九郎という新しい姓名と屋敷とを賜《たまわ》った。西村は、舟田合戦でおどろ丸自身の手にかけられた西村三郎左衛門尉《さぶろうざえもんのじょう》の家名が途絶えていたので、それを継いだものである。皮肉というほかあるまい。

錦弥は、その奥方として、関の方と称されるようになる。

この年から美濃国では、いたるところ不穏の兆《きざ》しがあらわれ、同年に土岐成頼は没し、さらに二年後、守護代・持是院斎藤家の又四郎が十八歳で急死するや、たちまち騒乱の巷《ちまた》と化したのであった。

国内の武士の争いだけではない。妙椿《みょうちん》・妙純時代は美濃斎藤氏を怖《おそ》れていた周辺諸国の群雄《ぐんゆう》たちも、斎藤氏衰退とみるや、屍肉《しにく》に群がる猛禽《もうきん》さながら、侵入を繰り返すようになる。これこそ戦国乱世であった。

そうした中、藤左衛門はめきめき頭角を現してゆく。なぜなら、西村勘九郎という、凄《すさ》まじきいくさ人《びと》を手駒《てごま》としているからであった。

「殺戮《さつりく》」

勘九郎の戦法は、ただそれのみである。

白地に朱《あか》く〈朿《し》〉の一文字を染めた西村軍団の旗印を、戦場で見つけた敵は、それだけで顫えあがり、風を食らって逃げるのが常であった。

勘九郎の働きのおかげで勢力を伸張できた藤左衛門が、やがて持是院斎藤家の筆頭家老となったことは言うまでもない。

勘九郎は、しかし、何も望まぬ。いくさができれば、それだけでよかった。

関の方は違う。妻であり、母をも任じるこの女は、勘九郎を美濃国主にするつもりなのだ。かつて庄五郎がおどろ丸に期待した以上に、その思いは強烈であった。なればこそ関の方は、勘九郎が手柄を立てるたび、藤左衛門へあからさまに所領や財貨を要求し、これを勝ち得てゆく。

みずから女武者として戦場を馳駆《ちく》し、なにものにも怖《お》じぬ関の方は、いつしか人々から〈美濃板額《はんがく》〉の綽名《あだな》を奉《たてまつ》られていた。鎌倉《かまくら》時代初期、越後の城氏《じょうし》が倒幕の兵を挙げたとき、鳥坂山《とつさかやま》に立て籠《こ》もり、抜群の射芸をもって幕軍を散々に悩ませた女傑《じょけつ》板額御前《ごぜん》になぞらえたものだ。

おどろ丸を西村勘九郎に、錦弥を関の方にしてしまったあの悲劇から十五年……。

もし破天丸が生きていれば、京都妙覚寺の学僧法蓮房と同年の堂々たる青年に成長していたことであろう。

三

「陽弟。息災でな」

「蓮兄もお健《すこ》やかに……」

木々の葉がうっすらと色づきはじめた逢坂山《おうさかやま》の峠で、同門の兄弟弟子は別辞を交わしている。

法蓮房は弟弟子の新しい旅立ちに微笑を湛《たた》え、南陽房は敬愛してやまぬ兄弟子との別れに泪《なみだ》がとまらぬ。

南陽房は、家柄がよい。美濃斎藤氏の生まれなのである。

美濃守護代の持是院斎藤家は、妙純と嫡男利親亡きあと、利親の長弟又四郎を当主にたてたものの、わずか三年で病死したため、事実上、次弟彦四郎《ひこしろう》が嗣いで今日に至っている。南陽房はその彦四郎の弟であった。

南陽房は美濃に帰国して、常在寺《じょうざいじ》の住職になる。修行を了《お》えたからというより、いまにも京が戦雲に被《おお》われそうなので、難を避けるため、にわかに呼び戻されたといったほうがよい。

八歳で妙覚寺に入った南陽房は、出自《しゅつじ》のよさで当初から優遇された。だが、幼少の身では、寄る辺《よるべ》ない異郷の寺で生活することの寂しさを拭うことなどできず、母の温《ぬく》もりと美濃の景色を想《おも》って泣き暮らした。その生活をたのしいものに変えてくれたのが、法蓮房であった。

寺入りも年齢も二年上の法蓮房がそばにいてくれるだけで、南陽房は心を安んじることができた。そういう人を魅《ひ》きつける陽性の佇まいを、出会ったころから法蓮房はもっており、いまも変わらぬ。

何を学んでもめざましい成果を挙げる法蓮房は、長じて、その弁舌のさわやかなこと、釈迦《しゃか》十大弟子のひとり富楼那《ふるな》に劣らずとまでいわれ、南陽房の勉学をどれほど協《たす》けてくれたか分からない。先輩学僧たちも、法蓮房には一目置かざるをえないので、その弟弟子の南陽房をいじめることは決してなかった。

蓮兄のようになりたい。南陽房はいつもそう思っていた。

それだけに、十二年の歳月を共有した法蓮房との別離は、万感胸に迫るものがあり、南陽房の泪はとめどなく溢《あふ》れ出て熄《や》まぬのである。

「美濃へ……お立ち寄りのさいは……きっと訪れてくださりませ。きっと、きっとでございます」

嗚咽《おえつ》しながら途切れ途切れに、南陽房が懇願《こんがん》する。

「必ず訪れよう。約束する」

法蓮房はうなずいてみせた。

「さあ、陽弟。もう往《ゆ》け。そなたの姿が見えなくなるまで、ここから見送っていよう」

「はい……」

ようやく墨染《すみぞめ》の衣の袖《そで》で泪を拭い、唇を引き結ぶと、南陽房は意を決して背を向けた。

峠から山路《やまじ》を下りはじめた南陽房の往く手には、淡《あわ》つ海《うみ》（琵琶湖《びわこ》）がひろがっている。風は出ているが、天高く、まずは穏やかな日和であった。

（陽弟。ほんとうに、そなたには再び会うような気がする……）

幾度も振り返る弟弟子のべそかき顔を眺めながら、なぜか法蓮房はそう感じた。南陽房の後ろ姿が見えなくなると、京へ戻るべく、法蓮房は踵《きびす》を返した。

京は、いま、無政府状態にある。

細川政元《ほそかわまさもと》によって京を逐《お》われた十代将軍足利義材《あしかがよしき》は、いっとき越中へ逃れて名を義尹《よしただ》と改め、次いで西国の太守大内義興《おおうちよしおき》を頼り、そこで再起を期した。一方で、十一代将軍足利義澄《よしずみ》（義遐《よしとお》・義高改め）と、擁立者《ようりつしゃ》の政元が不和となり、政元は家臣らに謀殺されてしまう。その混乱に乗じ、大内義興と細川高国《たかくに》に奉じられて、十五年ぶりに入京した義尹は、前例のない将軍再任の栄誉に浴する。すると、今年になって、こんどは亡き政元の養嗣子澄元《ようしすみもと》が、同族の細川政賢《まさかた》・尚春《なおはる》や、阿波三好《あわみよし》氏、播磨赤松《はりまあかまつ》氏らに担《かつ》がれ、近江落ちした義澄に呼応して兵を挙げた。

その澄元軍が、和泉《いずみ》・摂津《せっつ》で連勝し、今日明日にも京へ乱入すると噂されている。

法蓮房は、ふと足をとめた。

（小栗栖《おぐるす》へ行ってみるか……）

ここから道を伏見路《ふしみじ》にとれば、さして遠くもない。

法蓮房は、峰丸とよばれていた八歳の夏まで、小栗栖の竹林の中の家に住み暮らした。母小夜《さよ》と老爺《ろうや》甲壱《かんいち》との三人だけの生活である。

峰丸の父は、貧しい公家の出自で、いささか財のある他家の入り婿《むこ》となったが、その奉公人であった小夜に手をつけた。悋気《りんき》の強い妻に小夜が叩《たた》き出されると、これを憐《あわ》れみ、もともと小栗栖に建てて放っておいた別荘を普請《ふしん》し直して、小夜にあたえた。だが、峰丸が生まれる前に、流行《はや》り病《やまい》であっけなく卒《しゅっ》した。

峰丸は、小夜からそう聞かされたが、父の名を明かしてはもらえなかった。それは、いちどでも仕えた家に迷惑をかけたくないという小夜の配慮である、と甲壱に諭された。

家は人里離れたところにあったのに、訪問者が少なくなかったことを、峰丸は幼心に記憶している。百姓、樵夫《きこり》、旅僧、行商人など様々な人がやってきて、不思議だと思った。

実際には、その人々は小夜の配下なのだが、もとより椿衆《つばきしゅう》のことなど知らぬ峰丸の考え及ぶところではない。

八歳の正月に、奉公人がひとり増えた。松波庄五郎という。前年の夏にも訪れて、小夜を伴《つ》れだした男だったので、よく憶《おぼ》えており、印象もよかった。

まことにおもしろい遊び対手《あいて》を得て、峰丸は毎日が愉しかった。

その平穏で幸福な日々を唐突に断ち切る兇変《きょうへん》の起こったのが、峰丸八歳の夏のことだったのである。

深夜、謎《なぞ》の集団に家を包囲され、火をかけられた。

「庄五郎。この子を頼みましたぞ」

小夜はそう命じておいて、甲壱とともに跳び出し、多勢の敵と闘いはじめた。

峰丸は、さすがに恐怖にうち顫えたものの、庄五郎に背負われて家を抜け出るさい、長髪に半首《はつぶり》の鉄面《かねめん》を着け、野太刀を背負った男の顔を、燃え熾《さか》る炎の明かりの中にしっかり捉えている。山賊《さんぞく》にござると庄五郎は言った。

追手を振り切った庄五郎が、ひとまず峰丸の身柄を預けた先は、京都西郊の西岡《にしおか》の灯油商奈良屋《ならや》であった。庄五郎は、自分を育ててくれた斎藤妙椿の没したあと、しばらくは諸国を経巡《へめぐ》ったのだが、そのころ、行商に出て追剝《おいはぎ》に襲われかけた奈良屋の主人を助けたことがある。その縁で、奈良屋とは昵懇《じっこん》であった。

峰丸を預けたその足で、小栗栖へ取って返した庄五郎が、奈良屋へ戻ってきたのは翌日の午ごろのことである。

悲痛の面持ちの庄五郎から、焼け焦《こ》げた懐剣の鞘《さや》を見せられた瞬間、残酷な事実を察しながら、峰丸は泪を怺《こら》えた。男は泣くものではない、と小夜に躾《しつ》けられていたからである。ひとりになれば、声を殺して哭《な》いた。

庄五郎は、かねて小夜から命ぜられていたことを明かす。

「わが身に万一のことあらば、峰丸を妙覚寺の日善上人《にちぜんしょうにん》さまに託してたもれ」

亡母《ぼうぼ》の願いである。峰丸は素直に妙覚寺へ入った。

三つ子の魂《たましい》百まで、という。

もともと陽気で、明日を期する性質の峰丸は、短時日で悲しみを乗り越え、学僧法蓮房の生きかたを愉しんだ。

それにしても、いま法蓮房が小栗栖を訪れてみようと思い立ったのは、いかなる心境によるものであろうか。南陽房と別れた寂しさと、南陽房は故郷をめざすという事実が、法蓮房の心にも里心を催させたのやもしれぬ。小栗栖へ往けば、幸福感に充ち溢れた峰丸に再会できる。

山科川《やましながわ》沿いの道に歩をすすめるうち、急ぎ足に法蓮房を追い越していく男女がいた。

いずれも、首から紐《ひも》で吊《つ》り下げた大きな箱を、腹の前に抱えている。たぶん傀儡師《くぐつし》であろう、箱の中に幾体も人形がおさめられていると察せられた。

（夫婦の傀儡師とはめずらしい……）

それ以上に、法蓮房に違和感をおぼえさせたのは、男女の体格であった。男はかなりの巨軀《きょく》の持ち主で、屈強そのものとみえる。女は、やけに胸が重そうではないか。

すぐに、その理由は明らかになった。

後ろから乱れた足音が急速に迫ったので、法蓮房が振り向くと、旅装の武士が七人、駈《か》け向かってくる。

「待てい、それなる人形遣《つか》い」

かれらもまた法蓮房の横を駈け抜け、たちまち傀儡師の男女に追いつくや、これを取り囲んだ。

「な、何事にござりましょう」

屈強の男が怯《おび》えたように言い、女はその袖にしがみつく。

「その箱の中を検《あらた》める」

武士のひとりが、笠《かさ》の廂《ひさし》を上げて、居丈高《いたけだか》に言った。

「ご無体な。中にしまってあるのは、人形にござりまする」

「さぞ名のある人形であろうな」

「それは、踊らせもすれば、芝居をやらせもするからには、それぞれに名を付けてござりまする」

「では、亀王丸《かめおうまる》をみせてもらおう」

刹那《せつな》、女が真っ先に動いた。おのれの箱の蓋《ふた》を素早く外して、武士の顔めがけて投げつけている。

間髪《かんはつ》を入れず、その箱の中へ男が手を突っ込み、取り出したものは棒手裏剣《ぼうしゅりけん》である。それを、問答を交わした武士の喉首《のどくび》へ浴びせた。

女も棒手裏剣を投げ打つ。

男は、自分の箱を路傍へ下ろした。

あとは至近距離での乱戦だ。女の箱の中には短刀も二《ふた》ふり隠されており、男女はそれを執《と》って、武士らの大刀に敢然と立ち向かっていく。

法蓮房の耳に、赤子の泣き声が届いた。くぐもっている。男が抱えていた箱の中で発せられたと分かった。

斬り合いの場に放置されてよいものではない。法蓮房は、戦闘場へ馳《は》せつけた。

「なんだ、おのれは」

武士に怒鳴《どな》りつけられたが、法蓮房はかまわず、路傍に置かれた箱の蓋をとる。生後幾日も経《た》っていないと思われる赤子が、産衣《うぶぎ》にくるまり、火のついたように泣いていた。

法蓮房は赤子を抱き上げる。

「斬れ」

乱戦の中から下知《げち》がとばされ、法蓮房へ怒声をぶつけた武士が、斬りつけてきた。

法蓮房は、とっさに身を沈めざま左足を軸に回転し、右足で武士の脛《すね》を払った。

前のめりに地へ突っ伏した武士の右手を踏みつけにし、大刀を離れさせたところへ、しかし、べつの武士に踏み込まれる。

法蓮房は、足の爪先《つまさき》に大刀を掬《すく》いあげさせ、空中で右手に柄《つか》を握り、脳天を襲わんとした対手の剣をはねあげ、返す一閃《いっせん》を袈裟《けさ》に打ち込んだ。鮮血が飛沫《しぶ》いた。

生まれて初めての斬人《ざんじん》にもかかわらず、不思議に法蓮房は恐怖も嫌悪感《けんおかん》もおぼえぬ。といって、快感とはさらに無縁であった。

降りかかる火の粉を払う。それに似た行為と思われた。

突っ伏していた武士が、脇指《わきざし》を抜いて背後から突きを繰り出す。それをも易々《やすやす》と躱《かわ》した法蓮房は、対手に空足《からあし》を踏ませ、振り返った面上へ片手斬りの精確な斬撃《ざんげき》を見舞った。

すべてが了わると、立っているのは、赤子を抱いた法蓮房ひとり。物言わぬ九つの骸《むくろ》に囲まれ、ただ新しい生命の泣き声だけが流れている。

いや、女が、微《かす》かに呻《うめ》いた。

「お乳《ちち》を」

と洩らしたように聞こえた。

法蓮房が抱き起こしてやると、女は顫える手でおのが胸を掻《か》きむしる。

「ゆるせよ」

法蓮房は、女の意を悟って、衿《えり》をくつろげてやった。

大きな乳房がこぼれ出る。乳首からすでに白いものが滲《にじ》み出ていた。腹のあたりは真っ赤に濡《ぬ》れている。

法蓮房は、赤子の顔を、乳房へ近寄せた。

可愛《かわい》らしい唇が乳首を含んだ。貪《むさぼ》るように呑《の》む。

「この子を赤松……義村《よしむら》さまの……もとへ」

最後の力を振り絞って遺言すると、女は息を引き取った。

それでも赤子は、乳首を吸うことをやめぬ。驚いたことに、乳はまだ出ているようであった。

（かなわぬ……）

母とよばれる生き物にしかできぬ壮絶な最期《さいご》というべきであろう。粛然たる思いを抱《いだ》かずにはいられぬ法蓮房であった。

ただ、死んだ女は、この赤子の生母ではあるまい。この無残な状況から推察するに、赤子を赤松義村のもとへひそかに運ぶため、武芸に長じて、尚且《なおか》つ子を産んだばかりの女として、選ばれたのであろう。

（この子は……）

播磨の赤松義村の子なのか。いや、そうではないと法蓮房は直観する。

京に住み暮らすからには、京畿《けいき》の勢力争いの様相を、いささか知る法蓮房であった。こうまでして、一方が守ろうとし、他方が殺そうとするほど重大な意味をもつ赤子が、いまの赤松氏に存在するとは考えられぬ。

（さらに尊貴《そんき》の血筋に相違ない）

と思いめぐらせた直後、法蓮房は、双眸《そうぼう》を剝《む》いた。

近江岡山《おかやま》に逼塞《ひっそく》中の足利義澄に男児が誕生したらしいという噂が、つい二、三日前に京へ入ってきたばかりではなかったか。

「将軍家の子……」

だとすれば、

（おもしろい）

そう思ったところが、あとから考えれば、法蓮房の将来を暗示していたといえよう。所詮《しよせん》、このまま僧侶《そうりよ》として一生を送ることのできるような性情《せいじよう》ではなかったのである。

あらためて赤子を瞶《みつ》め直す法蓮房の眼は、輝いている。みずから湧《わ》かせた冒険心に、ぞくぞくする若者の姿であった。

山科盆地に吹き渡る秋風は、野分《のわき》の兆しを含んで、法蓮房の足許から、砂塵《さじん》を舞いあげた。

四

播磨・備前《びぜん》・美作《みまさか》三国の太守赤松政則《まさのり》が、かつて京を出奔《しゆつぽん》したおどろ丸に追手をかけなかったのは、なにゆえであったのか。

おどろ丸が足利義材暗殺未遂事件を起こした時点では、日野富子・畠山政長ら義材擁立派と、細川政元・赤松政則ら清晃《せいこう》（のちの義澄）擁立派の争いは、水面下の暗闘だったので、両派にとって暗殺未遂者を捕らえることに重大な意味があった。暗殺命令を発した政則にはなおさらであった。

ところが、その後、大御所足利義政と義材の後見人義視《よしみ》が相次いで他界し、両派が公然と敵対するようになったため、もはや将軍就任以前の義材の命を狙《ねら》った者の存在など無意味となってしまう。

ただ政則その人は、政争とは関わりなきところで、おどろ丸に私怨《しえん》を抱いていた。もともとの非は、野生児を山中から引っ張りだしてきたおのれにあるとはいえ、おどろ丸には松姫の操《みさお》を奪われ、幾人もの家臣を斬られ、京邸を焼亡せしめられた。腸《はらわた》の煮えくり返る政則であったが、その怨《うら》みを晴らすことも、義材との抗争激化の中では後回しにするほかなかった。

やがて細川政元を援けて、畠山政長を滅ぼし、義材を逐うことに成功すると、従三《じゆさん》位《み》に叙され、

「威勢無双、富貴比肩《ふうきひけん》の輩なし」

の身となった政則は、いよいよおどろ丸への報復を企図《きと》しはじめた。その矢先、にわかに病を発して世を去るのである。享年《きようねん》四十二。

ひと月後、日野富子も卒《しゆつ》する。

政則の死は、おどろ丸が丹波守利光に従って、江南の六角氏のもとに身を寄せていたころのことであった。おどろ丸にとっては幸運であったというべきであろう。

赤松氏の本領播磨国は、政則没してたちまち乱れたが、永年にわたる輔佐役であっ

た守護代浦上則宗《うらがみのりむね》が、政則の継室洞松院《けいしつとうしょういん》の兄にあたる細川政元の仲介でこれを収めた。

以後、赤松氏の実権は則宗系の浦上氏と洞松院の手に帰し、家督を嗣《つ》いだ入聟《いりむこ》の義村は軽んじられることになる。

その赤松義村の居館の奥で、黒と白の双六駒《すごろくこま》の並ぶ盤上に、二個の骰子《さい》が振りだされ、いずれも六の目が出た。

「畳六《じょうろく》じゃ」

紫檀《したん》の双六筒を手に、華やいだ声をあげたのは、義村の正室松である。

双六盤の周囲に控える侍女どもが、六のゾロ目を手を拍《う》って称《たた》えた。

松は、四十歳という年齢にもかかわらず、白地に朱と臙脂色《えんじいろ》の段模様を袖と裾《すそ》に配し、その間に桐《きり》の摺箔《すりはく》を加えたあでやかな打掛《うちかけ》が、決して不似合いではない。おどろ丸を惑《まど》わした容色は衰えていないようだ。

その部屋から、庭が見える。陰暦八月二十日の秋風に、木々の梢《こずえ》は涼しげに顫えて、さやけき音を奏《かな》でている。

播磨国守護所・坂本城《さかもとじょう》の位置は、精確には飾磨郡《しかまごおり》西坂本の天神山の東の段丘上ということになるが、書写山《しょしやざん》の麓《ふもと》といったほうが分かりやすい。書写山は、比叡山・大《おお》山《やま》とともに天台宗三大道場のひとつとして有名で、山頂の円教寺《えんきようじ》は公武の寄進により栄えた。

義村の御所は、その坂本城とは筑紫《つくし》街道を挟んで道の通じる弘山荘《ひろやま》の楽々山南麓《ささやまなんろく》にあった。御所のあたりは、楽々山中腹の円勝寺《えんしようじ》の大伽藍《だいがらん》を北の借景とし、南に斑鳩《いかるが》寺、西には揖保川《いぼがわ》の流れを望む景勝の地で、播磨灘へ出るのにも道のり二里ばかりにすぎぬ。

いまは、当主義村が不在である。

大内義興と細川高国の力で入京を果たした足利義尹（前名・義材）が、足利義澄を近江へ逐い、将軍職に再任したのは三年前のこと。これに対して、細川政元の跡目を嗣いだ澄元が、阿波守護代三好氏を率い、義澄に呼応して挙兵した。

いちどは惨敗《ざんぱい》し、阿波に逃れた澄元であったが、この夏、摂津・和泉・淡路《あわじ》の細川一門に、播磨守護赤松義村を加えて、再び京をめざしたのである。

秋になると澄元軍は摂津をほぼ制圧し、ついに近江から軍を進めた九里《このり》氏・山中《やまなか》氏らと、東西より入京を果たしたところであった。その先陣に、義村はいる。

松が双六を娯《たの》しんでいるところへ、表との取次《とりつぎ》役の女がやってきて、廊下に両手をつかえた。

「申し上げまする。洞松院さま、にわかのお越しにあられまする」

侍女たちの表情が、一様にひきつる。視線を双六盤からあげた松のおもても、剣呑《けんのん》なそれに一変した。

「うとましいことじゃ」

吐き捨てた松が、立ち上がって、下段之間から上段之間へ直ろうとするのを、

「御台《みだい》さま。そのまま」

と制したのは、老女の藤嶋《ふじしま》である。上段之間は洞松院のために空けたほうがよい、という意味であった。

「藤嶋、妾《わらわ》は御台所《みだいどころ》ぞ」

「理非の通じる御方ではあられませせぬ」

「肯《き》けぬ」

上段之間へ直った松だが、

「では、せめて、いずれかへお寄りあそばしまするように。伏して願い上げ奉《たてまつ》りまする」

藤嶋が必死のようすとみえたので、致し方なく座を左へずらした。奥を取り仕切る老女には、何かと気苦労のあることを思い遣《や》らねばならぬ。

赤松氏における洞松院の立場は、格別のものというほかない。

嘉吉《かきつ》の乱の謀叛人《むほんにん》として討伐され没落した赤松氏は、政則の代に再興をみるが、そのさい後《うし》ろ楯《だて》となってくれたのは、応仁の乱の東軍総帥《そうすい》細川勝元であった。以来、政則は筋金入りの勝元派となり、その子政元のためにもよく尽くしたばかりか、仏門に入っていた勝元の女《むすめ》を還俗《げんぞく》させて恭《うやうや》しく継室に迎えた。これが洞松院なのである。

細川管領《かんれい》家の出自というだけでも、家格において婚家を凌《しの》ぐのに、右の経緯があるのだから、赤松氏としては洞松院を一段高いところにおかざるをえなかった。さらに、政則が没した直後の播州争乱も、当時の管領政元の妹たる身の口添えなくば、容易には収まらなかったということもある。

いまでは洞松院こそ、赤松氏の事実上の当主とみなす者もいるほどであった。

待つほどもなく、衣擦《きぬず》れの音がして、お付きの女たちを従えた法体《ほったい》姿が現れた。洞松院が垂髪《すいはつ》姿であったのは、わずか三年間にすぎぬ。政則の死後、ふたたび髪をおろしたのである。

洞松院は、上段之間に端座する松へ一瞬、鋭い視線をあてたが、何も言わず、自身も当然のように、そこへ上がって、御台所の右横に並んで座した。

藤嶋以下が、平伏して迎える。

洞松院は老婆《ろうば》ではない。松と同年齢であった。

「御台所は双六にご興じであられたか。義村どのが戦陣におわすというに、太平楽《たいへいらく》なことじゃ」

口調が非難めいている。侍女が慌てて双六盤を運び出すところを、廊下から眼にとめたらしい。

松の双眸に不穏の炎が灯《とも》りかけたのを察して、藤嶋は口早に言い訳をしはじめた。

「おそれながら、申し上げまする。昨日、坂本城より参上なされし村宗《むらむね》どのから、京より急使ご到着の由《よし》を承《うけたまわ》りました。お屋形《やかた》さまはこの十六日に恙《つつが》なく上洛《じょうらく》を果たされたとの吉報に、御台さまには、この幾月もの間のご不安をようやくお拭《ぬぐ》いあそばしてござりまする」

昨日とは十九日のことゆえ、義村の急使が京から坂本まで道程およそ三十六里を三日で走破というのは、決しておそくはない。当時は悪路と乱立する関所と追剝・野盗の出没などに悩まされ、大名の使者といえども移動には随分と時を要したのである。

また、昨日弘山に参上した村宗とは、浦上村宗をさす。則宗の孫で、その死後、権力を継承した。居城は備前三石《びぜんみついし》城だが、義村出陣中のいま、守護所坂本城の留守をあずかる。

「そこで、われらが、きょうばかりはいささかのご遊興をとおすすめいたしたものにござりまする」

「それがまことなら、藤嶋。お役目、懈怠《けたい》ではないか。お屋形が戦陣におわすうちは、御台所にもその心づもりにて日々を過ごすよう、よく教導いたすのがそのほうの勤《つと》めであろう。軽々しきことをするものじゃ」

「恐れ入りましてござりまする。向後《こうご》かようなことのなきよう、この藤嶋、心を入れかえて、相勤めまする」

恐懼《きょうく》した藤嶋は、ひたいを床にこすりつけた。

「尼御前《あまごぜ》。御用向きは」

前方の庭を眺めたまま訊《たず》ねる松の声音が、刺々《とげとげ》しい。

「御台さま。母《かか》さまと……」

藤嶋は小声でたしなめる。松にはそう称《よ》ばせるよう、洞松院から命じられているのであった。

洞松院が母さまの敬称にこだわる理由は、情愛とはまったく関わりない。松がそれを口にすれば、赤松氏内の反洞松院派を萎縮《いしゅく》させることができるからであった。

ちらりと藤嶋へ冷たい視線をあてたあと、洞松院は松に微笑を向ける。唇許《くちもと》だけを緩めるいやな笑いだ。

威勢並ぶ者なしといっても、赤松氏では余所者《よそもの》の洞松院である。先代当主と正室との間に生まれた松を、ただひとり思いどおりにならぬ者だからとて、殺すことも追放することもできかねた。それだけに、なおさら憎しみが湧く。同年でおのれを凌ぐ美《び》貌《ぼう》も、我慢のならぬものであった。

一方の松も、意志の強さでは、洞松院に劣らぬ。対手《あいて》の魂胆《こんたん》を見抜いてもいた。口を裂かれたところで、絶対に母さまとはよばぬつもりでいる。

松は、負けずに微笑を返してみせた。

義理の母娘の見えざる修羅《しゅら》が、異様な緊張感を漂わせる。

「御台所は、いつお城に入られるのじゃ」

と洞松院から思いもよらぬことを言われて、松は訝《いぶか》った。

「お城とは……」

「お城と申せば、守護所の坂本城に決まっておろう」

「なにゆえ、妾が坂本城に入らねばなりませぬ」

「いくさのさなかであれば、言うまでもないことじゃ。昨日のうちにまいられると思うたが、そのごようすもないゆえ、この母がお迎えに参上いたした」

「さようなことで、わざわざお山をお下りあそばされずともよろしかったものを……」

松の言うお山とは、書写山のことだ。坂本城の近くに、洞松院の贅《ぜい》を凝《こ》らした隠居所がある。

「尼御前、播磨は安泰《あんたい》にござりまするぞ。それに、お屋形さまのご軍勢が上洛なさるや、大内義興どのも細川高国どのも、おそれて、義尹公を奉じられて丹波へ退いた由。何をうろたえて籠城《ろうじょう》いたす必要がありましょう」

「はて……。されば、村宗ほどの者が、近江の公方《くぼう》さまの御事《おんこと》を御台所に伝え忘れたということか」

近江の公方とは、足利義澄をさす。すでに三年前、将軍職を解かれているが、細川澄元の与同《よどう》者にとっては、足利将軍はいまだ義澄であった。

「公方さまの御事とは何でござりましょう」

洞松院の空惚《そらとぼ》けたような言い回しが癇《かん》に障《さわ》った松であったが、次の一言には息を呑まざるをえなかった。

「十四日に病にて薨《みまか》られたのじゃ」

近江甲賀《こうか》の九里備前守《このりびぜんのかみ》の岡山城に身を寄せる義澄が病がちであることは、松も聞いていたが、三十二歳という壮年のこと、まさか死病に罹《か》かっていたとは思いもよらなかった。

「ま、まことにござりまするか」

藤嶋と侍女どもはうろたえて、ざわつきはじめた。が、洞松院のひと睨みに、怐《おそ》れて押し黙る。

（十四日といえば……）

松ひとり思いめぐらせた。義村が先陣をつとめる澄元勢の入京に先立つこと、二日前ではないか。村宗は、なぜ義澄逝去《せいきょ》の事実を明かさなかったのであろう。

そうした松の心の動きを察したように、洞松院がつづけた。

「あまりの大事ゆえ、義村どのが、御台所にはまだ明かさぬようにと命じられたのやもしれぬな。これは、母のしくじりであった」

義村と松の不仲に対する揶揄《やゆ》が、洞松院の底意にあることは、明らかであった。

松は、怒りと屈辱《くつじょく》に、唇を噛《か》んだ。

「おそらく入京したお味方衆のうちにも、公方さまご逝去のことを知る者は、いまのところ幾人とはいまい。なれど、ほどなく知れよう。さすれば、士気が萎《な》える」

そしてまた、と洞松院は言う。

「この大事が、丹波へ退かれた義尹公のお耳に達すれば、ただちに大兵《たいへい》を催して、京へとって返されるは必定。あるいは義尹公はすでにご存じやもしれぬ。なんと申しても、あの高国どのがついておることとゆえ」

細川高国は、洞松院にとって義理の甥《おい》にあたる。変わり身の早さで知られる男だが、これを裏返せば、情報を迅速に収集分析する能力に長《た》けているということだ。澄元派が秘した義澄逝去の事実を、すでに摑んだとみるべきであろう。

「公方さまご逝去で勢いづくに相違ない義尹公のご軍勢に、御輿《みこし》を失《うしの》うたお味方は勝ち目がない。京の義村どのは、日ならずして敗れ、播磨へ退いてまいられよう。されば、ご籠城と相なる」

そういうことじゃ、と洞松院は話を結んだ。味方の敗北を予想しながら、満足げな表情を隠さないのは、松の蒼《あお》ざめたようすに愉悦をおぼえるからであった。こうして松を苛《いじ》めることで、自尊心が充たされる。

（はじめから妾をいたぶるつもりで……）

火のような怒りが松の喉許《のどもと》まで迫《せ》り上がってきた。

松とて、女子《おなご》とはいえ、武門名誉の赤松氏の血をひく者である。義澄逝去と知れば、洞松院の指摘したごとき予測など、容易にたつ。結果、村宗を引見した昨日のうちに、籠城支度をして坂本城へ入っていたであろう。

これは、義村との夫婦仲云々《うんぬん》とは別儀であり、三国太守の正室としてそのくらいのことを弁《わきま》えぬはずがないではないか。

（村宗め……）

村宗は、義村にはほとんど対等の口をきくくせに、細川一門へ影響力をもつ洞松院に対してはご機嫌取りを忘れぬ。

「公方さまご逝去のことは、この尼から御台所へ伝えようほどに」

とでも洞松院から言われれば、村宗はその歓心を買うべく、義村の使者がもたらした内容を、松にすべて伝えはしまい。

だが松は、開きかけた口を、辛《から》うじて閉じた。

文句を言い立てたところでどうなるものでもないし、こちらが激すれば、洞松院はいよいよ勝ち誇った表情をみせるに決まっている。だからといって、その意見に服するかたちで、籠城を決めるつもりは、松にはさらになかった。

「お味方はまだ敗れると決まったわけではありますまい」

双眸に挑戦的な色を露わにする。

「妾がいま、うろたえて籠城などいたせば、播磨・備前・美作三国の武士、領民らはかえって浮足立《うきあし》ち、また、それがため、けしからぬ輩《やから》も跋扈《ばっこ》し、内乱のもとになりましょうぞ。妾は、お屋形さまのお下知なくば、弘山を出るつもりは毛頭ございませぬ」

あまりに断固とした松の物言いに、藤嶋ら女どもは、はらはらする。

「さようか」

唇許に笑みすら浮かべて、さらりと応じた洞松院の眼眸が、ぞっとするほど冷たい。

このあと、いずれかが一言でも発すれば、対立は決定的なものになる。居合わせた者だれもがそう懼《おそ》れ、固唾《かたず》を呑んだ。

いったん退《さ》がっていた取次役が、足早に参上してくれたことは、皆に幸運であったというべきであろう。

「ただいまご当家に、赤子を抱いた法蓮房と名乗る法華僧が訪ねてまいり、その赤子を御台さまに渡したいと申しております」

赤子は男児だという。

眉《まゆ》をひそめた藤嶋は、僧の扮装《ふんそう》をした浮浪の徒輩《やから》に決まっていると思った。捨て子でも拾ったのであろう、それを道具に物乞《ものご》いをしようとの魂胆に違いない。でなければ、つむりのおかしい乞食坊主《こつじきぼうず》だ。それくらいのことは、おもてでも察しがつくはずではないか。

「わざわざ奥へ知らせるようなことではあるまい。ただちに追い払うのじゃ」

藤嶋は取次役を叱《しか》りつけた。

「申し訳ござりませぬ。なれど、追い払おうにも、法華僧には武術の心得があるらしく、お侍衆が早《はや》、幾人か投げとばされましてござりまする」

情けない、と舌打ちを洩らしかけて、藤嶋は思い止《とど》まった。いまこのときばかりは、松と洞松院とを引き離す理由が、何でもいいから欲しい。

神妙な顔をつくって、藤嶋は松へ進言した。

「おそらく物乞いに相違ござりませぬが、よくよく思慮いたせば、法体に赤子を抱いている者を無下《むげ》に追い払《はろ》うては、後味が悪うござりましょう。この場は、その法蓮房なる者をお庭へ控えさせて、ひと声おかけあそばし、幾許《いくばく》かの銭を喜捨《きしゃ》しておやりになるのが、よろしいかと存じまする。さすれば、その者の口から、さすが播磨屋形の御台所は慈悲《じひ》深い御方と、下々《しもじも》に伝わりましょう」

松は藤嶋の眼を見る。そこに縋《すが》りつこうとする色をみとめて、老女の機転を看破すると、それまでの硬かった表情を和らげた。

「相分かった。藤嶋の申したとおりにいたそう」

満面へみるみる安堵《あんど》の色をひろげた藤嶋であったが、

「この尼も立ち会おう」

と洞松院が言いだしたので、悧《ぎょ》っとする。これをきっかけに、辞去してくれるものと踏んでいたのである。

「おそれながら、洞松院さま……」

「不服か」

「よい、藤嶋」

言い争いに倦《う》んだのか、松が言った。

「尼御前。ご随意になされませ」

すると洞松院は、藤嶋が取次役へ、法華僧を庭へ伴《つ》れてくるよう、おもてに指図せよと命じると、これにも口を出した。

「民部《みんぶ》に伴れてこさせよ」

民部とは、洞松院の警固役をつとめる赤沢《あかざわ》民部をさす。外出時に必ず随行する。

戸惑う藤嶋へ、松は小さくかぶりを振ってみせた。もはや、洞松院の言動のいちいちにめくじらを立てていては、こちらの身がもたぬ。

「皆々。さぞおもしろい見世物《みせもの》になろうぞ」

洞松院は、含むところがあるに相違なく、邪悪とも見える笑みをひろげた。

五

ほどなく、赤沢民部とその配下十余名に囲まれ、庭先へまわってきた僧侶に、女たちは一様に眼を瞠《みは》り、頬や耳朶《じだ》を赧《あか》らめてしまう。

（これは乞食坊主などではない……）

藤嶋ですら、思わず腰を浮かせかけた。それほど法蓮房の明眸皓歯《めいぼうこうし》は際立《きわだ》っていた。

何を思ったのか、こんどは下段之間に直って、広縁との敷居際近くに座を占めた洞松院だけが、軽侮《けいぶ》も露わの顔つきである。何もかも先刻承知なのだ、とでも言いたげなようすではないか。

松ひとり、何の反応も示さぬ。それもそのはずで、部屋の最奥の上段之間に在って、眼前に御簾《みす》を垂《た》らしていては、庭先に立った人の容貌《ようぼう》など、ほとんど見定めがたい。

小石を敷きつめた地面へ直《じか》に胡座《あぐら》を組んだ法蓮房が、いきなり朗々たる発声で、

「愚禿《ぐとく》は、京都妙覚寺の僧、法蓮房と申す者にて御座候《ござそうろう》」

名乗るやいなや、傍らに折り敷く巨漢から叱声《しっせい》がとばされた。

「慮外者《りょがいもの》」

赤沢民部の配下の大神卯兵衛《おおがみうへえ》という者だ。

民部自身は、階段《きざはし》から広縁へあがって端座している。

同じく広縁に身を置き、法蓮房と直に遣《や》りとりする役の侍女が、図らずも民部と対面するかっこうとなり、蒼ざめて眼を逸《そ》らしていた。

民部の佇まいは、薄気味が悪い。眼が糸のごとく細いために表情を窺えず、また唇もひどく薄いせいで、残忍な印象を与える。細川管領家から赤松家へ、花嫁の付け人として遣わされた武芸抜群の民部は、洞松院には飼い犬のように忠実だが、他に対しては現実に残忍な仕打ちを平然となす男でもあった。

守護の御台所の御前で、大刀を、座した右側に置かず、左側に横たえさせる非礼も、民部は敢《あ》えて冒していると見える。片時も洞松院警固の任を忘れぬということであろう。

「おゆるしも得ずに、名乗るでないわ」

卯兵衛の怒声におどろいたのであろう、赤子が泣きだした。

「御免」

法蓮房は、立ち上がり、おのがからだを揺らして、赤子をあやす。

「こやつ、誰が立ってよいと申した」

「こうせねば、この子は泣きやまぬ」

卯兵衛にかまわず、法蓮房は、ほいほい、と拍子をとって踊りはじめた。しかも、水もしたたりそうな若々しい顔の造作を、大仰《おおぎょう》にくしゃくしゃに歪めるものだから、陽気で爽《さわ》やかそのものとみえ、これを眺める女たちの表情も綻《ほころ》んでいく。くすくす笑い声が洩れるので、御簾内《うち》の松もそわそわする。

「藤嶋。いかがした」

「御台さま。おもしろうござりまするぞ」

「御簾をあげよ」

その間にも卯兵衛が、このくそ坊主めが、とばかりに踏み込んで、法蓮房の衿首《えりくび》へ手をかけようとした。瞬間、その身がひょいと躱《かわ》される。

卯兵衛は、たたらを踏んだ。そのときはじめて、民部の細い眼がかすかに開かれた。

さらに四、五人が加わって、法蓮房を捕らえようとする。が、やはり、ひょいひょいと躱され、すり抜けられて、その墨染の衣に触れることすらできぬ。

民部の配下同士が、頭をぶつけ合ったり、すっ転がったりする。それを、

「ほら、笑《わろ》うてくりゃれ」

法蓮房が、赤子に見せてやると、まだたしかな視力もないであろう小さな生命は、やがて、その頼みを容《い》れて、泣き熄んだ。

うれしくなった法蓮房は、けらけら笑いだす。

つられて、女たちもついに怺えきれなくなって、憚《はばか》りのない笑い声を立てる。

ようやく法蓮房がみずから動きをとめたので、卯兵衛らは、その首やら肩やら腰やらに、しがみつく。

民部が洞松院の眼配《めくば》せをうけて、配下に命じた。

「放してやれ」

声音の冷たさに、卯兵衛らは顫えあがり、法蓮房から手を放して退く。法蓮房の自在の動きをとめられなかったことを、民部が不快に思ったのは明らかであった。

このとき法蓮房は、正面奥の女人と眼が合ってしまう。いつの間にか御簾が捲《ま》き上げられていたのである。

（あれが赤松家の御台所……）

それと分かったものの、別段、気後《きおく》れはせぬ。

法蓮房は、身分高き人の前で、怖《おじ》けたということがない。同門の僧らは、それを胆《きも》が太いと感心したり、こわいもの知らずと呆《あき》れたりするが、法蓮房自身にはさしたることとも感じられぬ。同じ人間ではないか、と思うばかりなのである。

「お控えなされ」

広縁の侍女から座るよう命じられ、法蓮房はふたたび庭上に胡座を組んだ。

下段之間の藤嶋のうなずきに応じて、侍女がようやく下問をはじめる。

「法蓮房とやら。それなる赤子を、畏《おそ》れ多くもご当家の御台さまへ渡したいとは、いったいいかなる料簡《りようけん》によるものか。返答次第ではそのままにはおかぬぞ」

「では、申し上げる」

法蓮房は、五日前、山科で起こったことを包み隠さず語りはじめた。ただ、自分が人を斬ったことばかりは明かさぬ。

人死《ひとじに》の出た変事である。法蓮房の話がすすむにつれ、女たちは顔から血の気をひかせた。

「その人形遣いの女が、赤松義村さまのもとへと申したとのこと、よもや偽りではあるまいな」

藤嶋のその念押しは耳に届いたが、侍女から同じことばを伝えられるのを待って、法蓮房はこたえる。

「妄語《もうご》は十悪のひとつにござる」

同様の段取りで、質疑応答が繰り返されていく。

「なにゆえ、わざわざ播磨までまいった。五日前と申せば、お屋形さまがまさに上洛《じょうらく》せんと、摂津から山城へとお入りあそばしていたころじゃ。京の僧侶なれば、そのあたりのことを、耳にいたさぬはずはなかったであろう」

「この赤子は命を狙われており申した。何が起こるか分からぬ戦陣へ伴うわけにはまいらぬ。されば、赤松家のご本領へ届けるが良策と思うたまで」

「守護所坂本でなく、この弘山へまいったのは、なにゆえか」

「申すまでもないこと。播磨へ入ったところ、義村さまの御台所がこちらにおわすと聞いたからにござる。御台所のおわすところでなければ、女子衆もおられますまい。されば、この子に乳をもらえぬ道理」

この返答には、期せずして、藤嶋も侍女たちも一斉に大きくうなずく。

法蓮房は、天性のそれもあるが、永年ひそかに武芸鍛錬を欠かさぬので、脚力には自信があり、われひとりならば、山科からここまで五日もかからぬ。だが、命を狙われる赤子伴《づ》れでは人目につかぬよう骨折りせねばならず、しかも、もらい乳をしながらの旅であったばかりに、それだけの日数を要したのである。

「御台さま、いかがあそばしました」

藤嶋がうろたえた。ふいに松が上段之間をおりて、広縁のほうへ歩きはじめたからである。

急ぎ藤嶋もつづく。

「頭《ず》が高い」

広縁の侍女に叱られた法蓮房だが、やや前屈《まえかが》みになっただけである。赤子を抱いているので、平伏はできぬ。

とっさの機転で、侍女は階段を下り、渡しなされ、と法蓮房から赤子を抱きとった。

腰を二つ折りにした法蓮房は、地面を瞶める恰好《かっこう》になる。

「見せてたもれ」

広縁に立った松が、侍女を促し、産衣にくるまれた赤子の顔をのぞきこんだ。松の表情に不安の色が見え隠れする。

だが、赤子が小さな唇をむにゃむにゃさせたかとみるまに、大きな欠伸《あくび》をしたので、そのあまりの可愛らしさに、松は相好《そうごう》を崩してしまった。

「御台所。義村どののお子ではないかと、案じておるのか」

洞松院が、ねっとりとした口調で言う。

「愚《おろ》かしい」

一言で切り捨てた松であったが、本音は図星というほかない。

松自身は、いちどだけ、産褥《さんじょく》に就《つ》いた。それこそ、義村と松の間に埋めることのできぬ溝《みぞ》をつくった原因であった。

松は十八歳の秋に義村と婚礼を挙げ、その半年後には臨月を迎えた。松は当然ながら、政則も、おどろ丸の胤《たね》であることが分かりきっていたが、義村には早産だと言い繕った。

いかに若い義村とて、どうしてそれを鵜呑《うの》みにできようか。ただ、養嗣子の身では、政則にも松にも面と向かって糾問《きゅうもん》することはできかねた。しかし、早産が事実ならば、生まれてくる子は未熟であるはず。そのときに至れば、松も義村に言い訳できぬ。

政則が、乳母と決めた女に言い含め、赤子の誕生と同時に、口をおさえて泣き声を消し、そのまま伴れ去って殺せと命じたのは、ひとつには義村を憚《はばか》ったからである。

が、その理由がなくとも、政則はこの赤子を生かしておきたくなかった。おどろ丸の胤だと思うだけで、虫酸《むしず》が走った。

松は違う。身籠《みご》もった当初はうろたえ、流してしまおうか否《いな》かと迷ったが、日が経つにつれ、おのれの胎内で鼓動する新しい生命を愛《いと》おしく思いはじめた。疑惑の眼差《まなざ》しを向けてくる義村に対して、後ろめたさよりも疎《うと》ましさが先立ったことも、胎児への愛情を深くした。それは、火のような情欲を介して自分を愛してくれたおどろ丸を、嫌悪《けんお》して殺そうとしたことへの後悔につながった。

乳母への政則の残忍な主命も知らず、松はわが子の誕生を心待ちにした。そして、京の赤松邸で、玉のような男児を産んだのである。

乳母が主命に服《したが》い、赤子の口を押さえてそのまま伴れ去り、これを処分して戻ってくると、政則から義村へ、死産であったと告げられた。あまりの月足らずで無残きわまる姿ゆえ、その眼に触れさせず、ただちに荼毘《だび》に付したというのである。

赤子という証拠を隠滅《いんめつ》されてしまった以上、義村は政則のことばを信じたふりをするほかなかった。

狂気を発したと疑われるほど激しく悲嘆した松は、事が政則の命令によって運ばれたことを知るや、父を憎悪《ぞうお》し、乳母を殺させた。

だが、乳母は死に際に真実を告白する。

「わ……和子《わこ》さまは……存生《ぞんじょう》におわしまする」

自身も子を産んだばかりなればこそ、乳母に任じられたのである。嬰児《みどりご》を殺せるはずはなかろう。乳母は、赤子を溺死《できし》させるべく足を向けた鴨川《かもがわ》の磧《かわら》で、声をかけてきた見知らぬ女に松の子を預け、政則には主命を果たしたと復命したのであった。

以来、二十一年、その女と赤子の行方は杳《よう》として知れぬままになっている。

その間、義村は、松と閨《ねや》をともにすることはなく、京にも国許《くにもと》にも側室を幾人もおいて、子をなした。

なればこそ、赤松義村へ届けてほしいと法蓮房が託された眼前の赤子も、京の側室の産んだ子ではないか、と松は猜疑《さいぎ》したのである。

「これは義村どのの御子《おこ》ではない」

洞松院が決めつけてから、法蓮房へ視線を移した。

「そこな法華坊主。赤子の名は」

「存じ申さぬ。襲うた武士どもが何やら口走ったようではござったが、愚禿の耳に届きませなんだ」

頭《こうべ》を垂れたまま、法蓮房はこたえる。

「なれど、およその察しはついたであろう。もしやして近江の足利義澄公の御子《おこ》ではないかと」

これには、松をはじめ、居合わせた者のほとんどが、驚愕《きょうがく》に眼を剝く。義澄の血を引く男児といえば、足利一門の名族斯波《しば》氏の女《むすめ》との間に、二年前に生まれた亀王丸ひとりのはずではなかったか。近江朽木《くつき》氏のもとにいた亀王丸は、細川澄元の阿波進発直前に落とされ、その身柄はいま、実は坂本城にある。

「たしかに、それと察してござる」

悪びれることなく、法蓮房は明かした。

「赤子が足利義澄公の御子ではないかと思いめぐらすや、当家に届けて大いに恩賞に与《あずか》ろうとの功名心《こうみょうしん》を起こしたと、そう申すのじゃな」

「早合点《はやがてん》召されるな。恩賞云々《うんぬん》のお疑いは、思いもよらぬこと。人の死に際の頼み事を叶《かな》えてしんぜるは、僧侶の身なれば当然の行いにござる」

「偽りを申すでない」

「恩賞を欲するならば、赤子を京の公方さまのもとへ届けたほうが、引き合うと存ずる」

「そのほうが赤子を託されし日、京はすでに騒擾《そうじよう》していたはず。義尹公《よしただ》とて丹波落ちのお支度でご多忙であったろう。されば、赤子を届けたところで、にわかには信じてもらえず、恩賞に与り損ねると思うたに相違あるまい」

ふいに法蓮房が、おもてをあげて、吐息をついた。

「それにおわす尼どの。ご出家の身とも思われぬ生臭《なまぐさ》いお考えをなさるものかな」

洞松院の眦《まなじり》がみるみる吊《つ》り上がる。

「さすがに坊主よ」

と民部が冷たい声で言った。

「成仏《じようぶつ》したいとみえる」

その一言に応じて、卯兵衛ら配下が、一斉に立ち上がって差料《さしりよう》の柄に手をかけ、いまにも法蓮房へ斬りかからんとする構えをみせたが、

「控えよ」

松の一喝《いつかつ》に、一同、ふたたび折り敷いた。

「赤沢民部。ところをわきまえよ」

松は、民部も叱りつけたが、視線の先には洞松院の姿がある。

「これはご無礼」

民部から松へ、侮《あなど》りを隠さぬ軽い会釈《えしやく》が返された。

洞松院は、松の視線を無視して座を起《た》ち、赤子を抱く侍女を手招きする。

諒解《りようかい》を求めて松を見上げた侍女が、そのうなずきをみとめてから階段をあがると、洞松院は腕を伸ばして赤子を抱きとった。

まさか洞松院がそんなことをするとは予想しなかった松は、眉をひそめた。案の定、抱き方が下手なので、赤子がむずかりはじめる。

赤子のいやがるのもかまわず、洞松院は産衣を解き、まだ俗世の塵《ちり》をほとんど浴びていない膚《はだ》を、秋風にさらした。

「尼御前。何をなさる」

さすがに松が色をなす。

「生まれて十日あたりのようじゃ」

洞松院は嗤笑《ししよう》をみせた。

その手から赤子を返してもらおうと伸ばされた侍女の腕を、洞松院は邪険《じやけん》に払う。

仕方なく侍女は、産衣だけを手早く着せ直して、退いた。

「法華坊主。そのほうには残念であろうが、これは義澄公の御子ではないわ」

そう前置きしてから、洞松院は義澄逝去よりも重大な秘事を、さらりと明かしたのである。

今年の三月五日、近江岡山城の阿与《あよ》という末者《すえもの》が、男児を産んだ。実は阿与は、義澄の身の回りの世話係で、お手がついたのであった。だが義澄は、九里備前守に命じて、その事実を秘せしめた。

病気がちの義澄は、西国の雄《ゆう》大内義興を味方とする義尹との争いに、自分はついに勝てぬという予感をもっていた。敗れれば、自分と朽木の亀王丸は殺されよう。そのときに備えて、いまひとり、いつか宿敵義尹を滅ぼしてくれる後継者を、この世にひそかに遺《のこ》しておきたかったのである。その悲願を託したればこそ、この次子にも長子《ちょうし》と同じ亀王丸の名をつけた。

しかし、人の生死など、秘匿《ひとく》し果《おお》せるものではない。義澄に次子が誕生し、その子が長子をさしおいて後嗣《こうし》と定められたらしい、と義尹方に洩れてしまったのである。

細川澄元と赤松義村は、次子亀王丸の身柄も直ちに播磨へ落とし奉るよう、密使をもって近江の義澄を急がせた。だが、死期を悟っていた義澄は、最愛のわが子を手放したがらず、とうとうその死の日まで、そばにおきつづけた。すなわち、いまから六日前、八月十四日までである。

その間、浦上村宗の進言により、次子亀王丸の播磨落ちの手だてが整えられていた。次子亀王丸がいつ誕生したのか、そこまでは義尹方が知り得ていないという事実を拠《よ》り所《どころ》とした策である。

近江から西へ向けて、赤子伴《づ》れの人々が、分散して放たれた。このために調達された赤子は皆、銭か食い物との交換による。貧者の中には、わが子を平気で売り飛ばす手合いが少なくないのである。

次子亀王丸が生まれて幾月経ったか知らぬ義尹方の刺客《しかく》は、赤子とみれば検《あらた》めねばならず、右往左往するはずであった。人形遣いの男女が箱の中に赤子をひそませたのも、つまりは、刺客を欺《あざむ》くための思わせぶりの仕掛けのひとつにすぎなかったのである。

「ふうむ……。周到なことだ」

法蓮房は、顎を撫でた。ひどく感心したといってよい。

「あの人形遣いの女、義澄公の御子と信じていたように見受けたが、それも策にござったか」

「それでのうては、刺客に発見されしとき、命懸けの闘いはできぬ。播磨に向けて放たれた赤子伴れの者どもは皆、同じじゃ」

かれらが命懸けで闘えば、刺客もまた、赤子は次子亀王丸に相違なしと信じる道理でもあろう。

「そのほう、申したな。何が起こるか分からぬ戦陣に、赤子を伴れてはゆけぬと」

「もしや、裏をかいたと……」

「女武者じゃ」

近江から京へ入った九里・山中勢の中に、甲冑《かっちゅう》を着けて紛れ込んだ甲賀忍びの女たちが、荷駄《にだ》の中に隠された次子亀王丸を、万全の世話をして、恙なく義村のもとへ届けた。実はそのことを、昨日坂本へ着いた急使の報告により、すでに知っている、と洞松院は明かした。

「おそれながら、洞松院さま」

藤嶋が進み出る。

「さきほどのお話では、義尹公のご軍勢が丹波から京へとって返されるは必定とのこと。されば、いま亀王丸さまが京におわしては、御身柄が危のうござりましょう」

「大事ない。義村どのは、義尹公ご反撃となれば、ただちに京をお捨てになり、ご軍勢の中に亀王丸さまを守り奉って、播磨に帰国される」

「お屋形さまは、ご一戦にも及ばず、お逃げあそばすのでござりまするか」

「戦うふりだけはなされよう」

「戦うふり……。なにゆえ、そのようなことを」

松の日常を取り仕切るだけの藤嶋には、まったく理解できぬし、想像もつかぬ。

洞松院は、藤嶋の最後の質問にはこたえてやらず、やや顎を反らして、松を眺めやった。嘲《あざけ》りをこめた勝利感が、全身から漂い出ている。

松は、身の顫えを抑えようがなかった。

（妾《わらわ》は蚊帳《かや》の外じゃ……）

洞松院が赤松氏の存亡に関わるような重大事に深く与っているのにひきくらべ、自分は何ひとつ知らされていない。御台所という名の飾り物にすぎぬではないか。

いま洞松院が、驚くべき秘事を、ほとんど軽々しく、次々と披瀝《ひれき》してみせたのは、その現実をこちらに思い知らせるためだ、と松には察せられた。これほどの屈辱があろうか。

洞松院が思わせぶりに言った、おもしろい見世物とは、

（妾のことであったのか）

屈辱感に塗《まみ》れた松が狂乱するさまを眺めて、洞松院は笑おうというのであろう。

それとようやく気づいた松だが、気づいてしまっただけに、よけい怒りが身内に沸《ふっ》騰《とう》し、洞松院をいまこの場で八《や》つ裂《ざ》きにしたい衝動に駈られた。それこそ狂乱のさま

だが、もはや抑えられそうにない。

ところが、ふいに明るい声があがったことで、松のその気は殺《そ》がれた。

「なるほど」

と膝《ひざ》を叩いたのは法蓮房である。ふにゃっと笑み崩されたその顔に、松の双眸は吸い寄せられた。法蓮房が庭へ伴れてこられてから、初めてまともに対面した瞬間でもあった。

心がじわりと温められて、松は驚き、うろたえた。それは、懐かしさと言いかえてもよい。

(なぜ、この見知らぬ僧に……)

この笑顔の清々《すがすが》しい若き僧侶こそ、二十一年前、おのれの腹を痛めて産んだ子であるとは、神ならぬ身の松に気づくはずもなかった。

「おもてを伏せよ」

藤嶋が法蓮房を叱ったが、

「よい」

と松は制する。見知らぬ僧を瞶めつづけずにはいられなかった。

しかし、法蓮房はもはや松を見ておらず、洞松院へ話しかけた。

「乱世の武家の駆け引きとは一筋縄《ひとすじなわ》ではゆかぬものにござるなあ……」

「何を申したい、法華坊主」

じろり、と洞松院は睨み下ろす。その腕の中で、赤子がもぞもぞ動いている。抱き方が強すぎて窮屈なのだ。

「勝っても負けても赤松家が損をせぬよう、手を打たれたとは、見事なものにござる」

洞松院は、はじめて、法蓮房を見直し、警戒した。

（この坊主こそ一筋縄ではゆかぬ……）

法蓮房の看破したとおりなのである。

まず義澄の遺児二人を手中にしていることで、赤松氏は、敵味方双方にとって重きをなす。澄元党が勝利すれば、さらに重みを増すことは言うまでもない。

義尹の反撃により敗れたとしても、そのさい戦う姿勢をみせれば、義尹へ刃を向けずに面目は立つ。と同時に、いちどその姿勢をみせてから、実際には義尹へ刃を向けずに撤退することで、敵方への心証をよくしておく。

敗戦後、駆け引きの仕方によっては、幕府から咎《とが》め立てされるどころか、その不戦の事実をかえって義尹への貸しとすることもできよう。

こうした権謀術数《けんぼうじゅっすう》は、洞松院と浦上村宗が相談のうえ、義村に言い含めたことであった。義村は、肚裡《とり》に大いなる不満をためているものの、現実には両人の言いなりなのである。

「いや、尼どの。赤松家が損をせぬようと言うたは、あたっており申さぬな」

「なに」

「尼どのは、前守護政則どのがご継室にあられよう。愚禿の思い違いでなければ、管領細川高国どのとはご昵懇のはず。されば、澄元党が敗れしときは、尼どののばかりが、損をせぬどころか、随分と得をされる」

法蓮房は、にやりとする。

その笑みが、厭味《いやみ》なところはなく、むしろ無邪気げであるだけに、洞松院は動揺した。

(こやつ……)

澄元党敗戦後、播・備・作三国の太守に対する幕府方の交渉役は、細川高国以外にはありえぬ。そして、赤松方からは、播州争乱のさいの前例に倣《なら》い、管領家の出自の洞松院が当然その任にあたる。

そこでお咎め一切なしの和議を結べば、洞松院の赤松氏における立場は、まったく揺るぎないものとなろう。

「法蓮房。そのほうら法華坊主の弊《へい》を教えてつかわす」

「悪《あ》しきをあらためること、やぶさかではござらぬ」

「他宗折伏《しゃくぶく》じゃ」

「それは宗法ゆえ、ご容赦」

「愚か者が。贅言《ぜいげん》が過ぎると申したのじゃ」

このとき洞松院が、にわかに眉をしかめたかと思うまに、赤子の尻《しり》のあたりを支えていた右手を、外して眺めた。

「尿《しと》を……」

洞松院の顔の造作がすべて吊り上がり、夜叉《やしゃ》に変じる。

おそろしさを感じ取ったのか、赤子は泣きだした。それが、さらに洞松院の怒りを煽《あお》ってしまう。

汚《けが》らわしい、と憎々しげに吐いた洞松院は、

「民部」

呼ばわって、そちらへ赤子を放り投げる。

誰もがあっという間もなく、瞬時に地獄絵が描かれた。

洞松院の獰猛《どうもう》な忠犬赤沢民部は、片膝を立てざま、大刀を鞘走《さやばし》らせるや、小さな無《む》垢《く》の肉体を産衣ごと両断したのである。

赤子の半身は、血潮の尾を曳《ひ》きながら、下段之間へ飛び入って床を転々とし、藤嶋の膝の上にのってとまった。

藤嶋は、ひいっと息を吸い込んだなり、悲鳴すらあげえず、座したまま後ろへ倒れた。気絶したのである。

侍女どもは、魂消《たまげ》るような悲鳴を放って、われ先にと、こけつまろびつ外へ走り出ていく。中には、腰を抜かして、立ち上がれぬ者もいた。

松は、同じ広縁上に立つ洞松院へ、眼を釘付《くぎづ》けにせずにはいられぬ。洞松院は、息を乱しているものの、まなこを嬉々《きき》と輝かせ、薄ら笑いを浮かべているではないか。

洞松院の兄政元も、常軌を逸することが多かった。政務を顧《かえり》みずに修験道《しゆげんどう》へ没入して魔術を操《あやつ》ったり、突如意味不明のことを口走りもした。生涯、不犯《ふぼん》の人でもあった。家臣らに謀殺《ぼうさつ》された理由は、その狂気を危ぶまれたからにほかならぬ。その政元と同じ血の流れる洞松院が、自身も気づかぬうちに、心に異常の因子を成長させていたとしても、何ら不思議はないであろう。

しかし、松にはそこまで思い至らぬ。

子の膝前にある赤子の

（人ではない……）

と怖気《おぞけ》をふるうばかりであった。

耳に泣き声が届いた。まさか、と庭へ視線を落とすと、法蓮房の膝前にある赤子のからだの他半から、たしかに発せられている。

松は、階段を足早に降りて、素足のまま駈け寄った。二十一年前の悲嘆が脳裡《のうり》に蘇《よみがえ》る。

腰を屈めようとした松の眼前で、黒いものが風を孕《はら》んで翻《ひるがえ》った。法蓮房が墨染の法衣を脱いで、赤子を覆《おお》い隠したのである。

そのまま法蓮房は、僧衣を強く押しつけた。にわかに泣き声が熄む。

「何をいたす」

信じられないものを見る思いで、法蓮房を罵《ののし》った松であったが、振り仰がれたそのおもてに接して、はっと立ち竦《すく》んだ。

法蓮房の双眸が濡《ぬ》れ光っていた。

松は、おのれの愚かさと、法蓮房のやさしさを悟った。赤子は断末魔《だんまつま》の苦痛に泣き叫んでいたのだ。苦痛を取り除いてやるには、方法はひとつしかないではないか。

どれほどの時が経ったであろう。

松には、長くも、そして短くも感じられた。

押さえつけていた法衣から、法蓮房が手を離す。その下の赤子の半身は、もはや声を発せず、ぴくりとも動かなくなった。

なんと短い命であったろう。

とうとう松はその場に頽《くずお》れ、誰の子とも分からぬ赤子の遺体にとりすがって、慟哭《どうこく》しはじめた。

「誰《たれ》か、捨ててきや」

広縁上の洞松院が、遠巻きにする女たちに向かって、苛立《いらだ》った声で命じた。

その刹那《せつな》である、法蓮房が身内から狂暴な怒りを噴出させたのは。

法蓮房は、近くに突っ立っていた民部の配下の腰から、大刀を引き抜くや、地を蹴って階段へ躍りあがった。

間髪を入れずに応じた民部が、洞松院の前へ身を移して、迎えうつ。

一合、二合、三合と刃鳴りが響き、火花が飛び散る。

法蓮房は、押されて、いったん退いた。

「この坊主を斬れ」

卯兵衛の下知に、民部の配下らは一斉に抜刀し、法蓮房の背後を扇状に包んだ。

「寄るな」

法蓮房は大喝する。読経《どきよう》で鍛えた声は、包囲陣の身を強張《こわば》らせた。

「余の者を斬るつもりはない。なれど、火の粉は払う」

法蓮房には、洞松院と赤沢民部だけがゆるせぬ。

「沙門《しやもん》が人を斬るか」

民部の嘲りが降らされても、法蓮房は昂然《こうぜん》と言い放つ。

「見えぬのか、この姿が。もはや墨衣《すみごろも》は脱ぎ捨てた」

と両腕を大きく拡《ひろ》げてみせ、

「いまこの場にて、還俗《げんぞく》いたす」

宣言するなり、後ろから襲いかかってきた者を、振り向きざまの袈裟に斬り捨てた。

おどろ丸が京の赤松邸で火炎の中に愛憎の剣を揮《ふる》い、流浪《るろう》の刀工から乱世の武人へと転身してより四半世紀近くを経たいま、奇《く》しくも同じ赤松家の国許《くにもと》の御所において、その子もまた同然の修羅道へと踏み出したのである。

因果《いんが》はめぐる、という。

その因果の胤を宿し、そして喪った松は、何も知らず、血まみれの墨衣の膨《ふく》らみに向かって、ひたすら嗚咽《おえつ》を洩らしつづけるのであった。

第九章　愛憎往来《あいぞうおうらい》

一

あえかというも疎《おろ》かな微光の洩《も》れ入る薄闇《うすやみ》の中、異様にぎらつく双《ふた》つの眸子《ぼうし》がある。

野獣か。

そうではない。人だ。土壁に背を凭《もた》れさせ、両足を投げ出している。

足音が近づく。馬の鼻が鳴った。

ここは、坂本城内の厩《うまや》に近い土牢《どろう》である。牢というより、穴と表現したほうがよかろう。地面をほぼ一間半四方、深さ四尺ばかり掘った急造のものにすぎぬ。後世の専用の牢舎と違って、当時の牢は崖《がけ》や洞穴《どうけつ》、あるいは建物の床下を利用するなど、仮設的なものがほとんどであった。

土牢の上には、戦火に焼かれた寺から運んできた門扉《もんぴ》に丸太を縛りつけたものを、蓋《ふた》代わりにして渡してある。これは分厚いだけに、光の通る隙間《すきま》は糸のように細く、大のおとなが七、八人でようやく動かせる。

頭上に響く足音に、人声が混じった。牢内の人の首のあたりへ、土がぱらぱら落ちてくる。

だしぬけに、大量の光が射し込み、その姿をくっきり浮かびあがらせた。

眩《まぶ》しさにおもてをそむけた人は、白茶けた髪はざんばらで、顔の右半面に無惨《むざん》な火傷《やけど》の痕《あと》をとどめる、薄汚れた装《なり》の男である。

それでも、手で光を遮《さえぎ》りながら、斜め上方を仰《あお》ぎ見た。

西陽《にしび》を背にして、幾人もの武士と兵どもが立っている。見覚えのある者もいた。

（大神卯兵衛《おおがみうへえ》とやらいったな……）

すると、その卯兵衛が、かたわらに立つ者の衿首《えりくび》を摑《つか》んで、自分の前に立たせせた。

頭を剃《そ》りあげた若者だ。

「おい、呂宋景安《るそんけいあん》。無聊《ぶりょう》の慰《なぐさ》めが欲しかろう。こやつの尻《しり》と睦《むつ》まじゅうするがいいわ」

その下卑《げび》た冗談に、まわりがどっと笑う。

「このくそ坊主《ぼうず》めが」

と卯兵衛は若者の背を蹴《け》った。

景安とよばれた男の足もとへ落ちてきた若者の目鼻だちは、たしかに美しく品がある。が、景安にそちらの嗜好《しこう》はない。

いったん除かれた蓋が、兵たちの手でふたたび、土牢の上に被《かぶ》せられる。闇が戻った。

「坊主。何をやらかした」

と景安に訊《き》かれて、

「坊主ではない」

その若者、法蓮房《ほうれんぼう》は後ずさりながらこたえた。

「つい今し方、還俗《げんぞく》いたした」

景安と対面するかっこうで、法蓮房も腰を下ろして土壁に背をあずける。立ち上がれば、頭を打ってしまう。

この間に、卯兵衛らが遠ざかってゆく。

「愚禿《ぐとく》……いや、それがしの名は……」

　そこで法蓮房は、ちょっと首をかしげた。

「庄六《しょうろく》、いや……庄七《しょうしち》、庄八《しょうはち》……そう、庄九郎《しょうくろう》にござる」

「しょうくろう……」

「よろしくないか、この名。いま思いついたのだが……」

　還俗したからには俗名が必要なので、松波庄五郎《まつなみしょうごろう》の名から思いついた法蓮房であった。

「おかしなやつだ」

　ふん、と景安は鼻を鳴らした。

「何をやらかしたか明かしたくなければ、よいわ。どのみち、ろくなことではあるまい」

「弘山《ひろやま》御所へ赤子を届けたところ、かような目に遇《あ》い申した」

　あっさり法蓮房は明かしてみせる。

「施《ほどこ》しをうけるのに、がきをつかったか。やはり、ろくなことではなかったわ」

「それがしは将軍家の御子《おこ》を届けたつもりにござった」

「………」

　景安はじろりと対面を見やる。この土牢の闇に馴《な》れた眼は、法蓮房の表情を捉《とら》えることができた。嘘《うそ》をついているようすはない。

「興をそそられてござるか」

法蓮房が微笑《ほほえ》み返したので、景安はぎくりとする。

（こやつも、この暗がりで、おれの顔つきがよめるというのか……）

「袖《そで》振り合うも他生《たしょう》の縁と申す」

と法蓮房は言った。

「せめて、このひとつ穴にいる間は、互いに物語などいたしましょうぞ」

「おれは何もかも正直には明かさぬ」

「ようござる。はなしというものは、虚実混ざり合《お》うたほうが、面白い」

法蓮房の唇から、また皓《しろ》い歯がこぼれる。

景安は苦笑するほかない。

「では、それがしから……」

法蓮房は、山科《やましな》で人形遣《つか》いの女に赤子を託されたところから、弘山御所で起こった惨劇まで、包み隠さず語った。

「洞松院《とうしょういん》に刃向《はむこ》うて、おぬし、ようも殺されなんだものだな」

聞きおえて、景安が訝《いぶか》ると、

「御台所《みだいどころ》のおかげにてござる」

そこにいない松に感謝するように、法蓮房は微《かす》かに頭をさげた。

法蓮房と赤沢民部《あかざわみんぶ》らとの斬《き》り合いが長引く様相をみせはじめたとき、それまで赤子の亡骸《なきがら》にとりすがって泣いていた松は、決然として声を張り上げ、法蓮房を諭《さと》したのである。

「このうえの人死《ひとじに》を出すのは、そちの本意ではあるまい。刀を捨てるのじゃ」

そして松は、民部に向かって宣した。

「これは、妾《わらわ》が留守をあずかる弘山にて狼藉《ろうぜき》を働きし者。いかに処罰いたすかは、妾が決める」

しかし、洞松院の力をたのむ民部は、承知せぬ。それから、松と洞松院との間に、ひとしきり烈《はげ》しいやりとりがあった。

「ならば、尼御前《あまごぜ》。ことは亀王丸《かめおうまる》さまに関わりし大事、お屋形《やかた》さまのご裁断を仰ぐのが筋道にござりましょう」

「御台所。その赤子は亀王丸さまではないと申したであろう」

「将軍家の若君でないゆえ、無惨に斬り殺してよかった。左様、仰《おお》せか」

「この洞松院を誹《そし》るか」

結局、松は、京都在陣中の義村《よしむら》が帰陣するまで、法蓮房の処罰を先送りすることを洞松院に同意させたが、引き替えに、その身柄を弘山ではなく坂本城の牢に押し込めることを呑《の》まねばならなかった。

法蓮房がそれでも躊躇《ためら》わず刀を捨てたのは、松の温情を察したからである。松が間に入ってくれなければ、法蓮房は間違いなく民部に斬られていたであろう。

「松さまといわれるそうだが、御台所はおやさしいお人にあられる」

土牢の中で、法蓮房は、得体の知れぬ景安なる男に向かって、うれしそうに言った。

「おぬし、分かっておらぬようだな」

と景安が嘲《あざけ》る。

「つまりは、赤松《あかまつ》義村が帰陣するまでの命ではないか」

「一日でもながく生きるは、よきことにござる」

「仏の教えか」

「弘山で斬り死にしておれば、こうして景安どのと語り合えるたのしみを知らなんだ」

「まことのたわけ者らしいな」

悪態を吐《つ》いた景安であったが、おのが心が和《なご》みはじめたことに気づいて、

（こやつ、人たらしよ）

と心中で唸《うな》った。

「それで、景安どのは、なにゆえかようなところにおられる」

「坊主が聞けば、眼を剝《む》くような話だ」

「坊主ではないと申した」

「おれは、十数年前、故《ゆえ》あって朝鮮《ちょうせん》へ渡った。呂宋景安は、そのとき付けた名だ。まことの名は言わぬ。おぬしが知ったところで何の意味もあるまいからな」

「呂宋景安どのの物語をお聞きいたそう」

「朝鮮に乃而浦《ネイポ》という湊《みなと》がある……」

当時、朝鮮王国が倭国《わこく》（日本）との通商港に定めていたのは、乃而浦・富山浦《プサンポ》・塩浦《ヨンポ》で、これらは三浦《サンポ》と総称された。いつのころからか、三浦には倭人《わじん》（日本人）が勝手に家を建てて居住しはじめ、いわば朝鮮国内の治外法権《ちがいほうけん》的な倭人居留地と化していた。

乃而浦へ渡った景安が、最初に出会った者は、赤松幻丈《げんじょう》と名乗る男であった。恒居倭《こうきょわ》とよばれる常住倭人で、朝鮮人との密貿易で財を築いていた。

幻丈は赤松則繁《のりしげ》の孫だという。

景安が朝鮮へ渡るより半世紀以上も前、京都の赤松満祐《みつすけ》邸で、六代将軍足利義教《あしかがよしのり》が暗殺されたが、そのさい弑逆《しいぎゃく》の実際の指揮を執《と》ったのは、満祐の弟の則繁であった。則繁は、その前後、二度にわたって倭寇《わこう》に身を投じ、朝鮮や明《みん》国の沿岸を荒している。だから、三浦に胤《たね》を遺《のこ》したとしてもおかしくはない。

実際、幻丈は、父が誕生時に祖父則繁より賜《たまわ》ったという伝家の宝刀を蔵していた。茎《なかご》に「性具入道参」の五文字が切ってある刃渡り三尺の太刀である。

則繁の兄満祐は、入道したさい性具《しょうぐ》と号したが、あまりに背が低いので、三尺入道と陰口された。生涯、兄を尊敬しつづけた則繁は、備前長船《びぜんおさふね》の康光《やすみつ》に三尺刀を作らせて、満祐とは正反対ともいうべき巨軀《きょく》の腰に佩《は》き、兄の悪口を言う者を斬り捨てると宣言した。この太刀は当時、赤入道《あかにゅうどう》康光、あるいは三尺康光などと称《よ》ばれたものである。

危ない橋を渡る幻丈と手を組んだのは、景安にとっては自然なことであった。

「おれは、光のあたらぬ血腥《ちなまぐさ》い場所でしか生きたことがない。遥《はる》か海の向こうの天地でも、落ち着けるところは、ひとつしかなかったということだ」

景安は、淡々と言って、さらに話をつづける。

「おれと幻丈は無法の限りを尽くした」

それで朝鮮政府にはむろんのこと、他の密貿易者たちにも憎まれた。

やがて、三浦の乱が起こった。朝鮮政府の三浦への厳しい締めつけに対して、倭人たちが、対馬宗氏《つしまそうし》の武力を背景に起こした争乱である。庚午《こうご》の変ともいう。昨年の夏のことであった。

倭軍が優勢であったのは緒戦だけで、その後は朝鮮軍の乃而浦総攻撃などで大敗を喫《きっ》する。

争乱のさなか、倭人が敗戦し追放されることを予感した景安は、ある無惨な所業をなした。

「幻丈の妻子を殺した」

おそろしいことを声も乱さず口にして、景安は、にたっと笑う。

事実であろう、と法蓮房は感じた。景安の佇《たたず》まいには、狂気が垣間《かいま》見える。

景安は、火の手のあがった幻丈邸から、その妻子を安全な場所へ移すふりをして、朝鮮軍の仕業《しわざ》にみせかけて殺害に及んだという。

「顔の火傷はそのときのものよ」

乱後、景安の予感通り、恒居倭は三浦から追放された。

すでに次の計画を抱いていた景安は、無一物となった幻丈とその生き残りの数名の手下を伴い、ふたたび日本の土を踏んだ。

赤松氏において、伝説的武辺《ぶへん》として永く親しまれつづける赤松則繁の終焉《しゅうえん》の地は、大和国当麻寺《たいまでら》であった。景安は、その近くに幻丈のための草庵《そうあん》を結び、噂《うわさ》を流したのである。

朝鮮を逐《お》われた則繁の孫が大和に住むという噂は、播磨《はりま》の赤松義村に知られるところとなった。赤松氏にも、則繁は対馬か朝鮮で子をなしたという伝承がある。

噂の真偽をたしかめるため、義村から草庵へ迎えの一隊が遣わされてきたのは、今年の春のことであった。

事は、幻丈の執事を称する景安の計画通りに運んでいた。政則《まさのり》亡《な》きあと、一族にすぐれた人物がいないといわれる赤松氏に、幻丈を割り込ませ、景安自身はその側近として勢力を得ようとの魂胆《こんたん》である。

播磨国守護所・坂本城における義村との対面の折り、景安は幻丈に三尺康光を献上させた。

赤松氏では、三尺康光について、則繁が嘉吉《かきつ》の乱後、朝鮮へ逃《のが》れたときに喪《うしな》ったとも、帰国して当麻寺に果てたさい何者かに持ち去られたとも伝えられていた。

幻丈を則繁の孫と信じた義村は、いずれ相応の屋敷と所領を与えると約束する。浦《うら》上村宗《がみむらむね》に諫言《かんげん》されても、これを容《い》れなかったのは、赤松本家においてほとんど孤立無《こりつむ》援《えん》の義村にすれば、ひとりでも意のままになる味方を増やしたいと考えたからであろう。

義村は、幻丈のために、しかるべき家より妻となる女を択《えら》ぶことも約した。

「おれは賭《かけ》に勝ったのだ」

と景安は言った。

幻丈の妻子を殺したことである。

三浦の乱で倭人追放の憂《う》き目《め》をみると予感したとき、景安は日本に帰って、幻丈を赤松家に入れる計画を思いついた。そのさい、幻丈に妻子がいることは、不利になる。赤松家の択んだ女を妻とし、子をなすのでなければ、伝説の武辺則繁の血は尊重されぬ。

その意味で、義村の言質《げんち》は、景安の期待以上のものであったといえよう。

幻丈の一行は、ひとまず、円教寺の宿坊《しゅくぼう》をあてがわれた。

「思う壺《つぼ》であったのは、ここまでよ」

夏になると、義尹《よしただ》派と義澄《よしずみ》派との戦いが激化し、義村が出陣する。

事件が起こったのは、秋風の立ちはじめたころのことであった。その夜、円教寺の宿坊において、景安は幻丈とその手下に襲われたのである。

実は手下のひとりが、乃而浦における景安の幻丈妻子殺しを目撃していた。だが、景安を怖《おそ》れていたのと、才覚者の景安がいなければ自分たちも立ち行かぬと考えていたので、これまで黙してきたのである。それを、いまになって幻丈に告げたのは、播磨・備前・美作《みまさか》三国の太守のもとで暮らせる目処《めど》が立ったからであったろう。

景安は、幻丈と手下たちを皆殺しにして逃げたが、円教寺僧の報《しら》せをうけて出張《でば》ってきた坂本城の兵に、明け方捕らえられた。右股《みぎもも》に深手を負っていたので、どうしようもなかったのである。

「景安どのこそ、ようも殺されずにいるものだ」

法蓮房が感心すると、景安はにやりとした。

「赤松義村が出陣中であることが幸いよ」

義村は、幻丈が景安に殺されたという急報をうけたとき、とっさに、その殺害理由は作り話にすぎず、浦上村宗の陰謀に違いないと思い込んだらしい。宝刀三尺康光を赤松宗家に献上するよう幻丈に勧めた景安を、義村が気に入っていたこともあった。

事の経緯は自分が帰国してから調べるから、それまでは景安を生かして入牢《じゅろう》させておくよう、義村は厳命して使者を返したというのである。

法蓮房は、くすくす笑った。

「何がおかしい」

景安の眼がぎろりと剝かれる。

「そちらの命も、義村どのご帰陣までと察したのでござるが……」

「義村という大将は、木偶《でく》よ。おれには、まだ逃れようがあるわ」

景安は嘯《うそぶ》いて、横を向いた。

その顔の左半面が、薄暗がりの中で、法蓮房の眼にさらされる。常人の視力ならば、せいぜい輪郭をおぼろげに摑める程度であろうが、洛西内野《らくせいうちの》の荒野で夜毎《よごと》、武芸稽古《けいこ》に励んだ法蓮房のそれは、景安の顔の左半面には火傷の痕《あと》がないところまで見分けた。

といって、別段どうということもないはずである。にもかかわらず、法蓮房は奇妙な感じを抱かずにはいられぬ。

（………）

どういうものとも説明のつかぬ名状しがたい感覚であった。

二

(なにゆえ気にかかるのであろう……)

松は、褥《しとね》で幾度も寝返りをうっている。

こおろぎの鳴き声が耳につく。

気にかかるのは、六日前、坂本城の土牢に押し込められた法蓮房のことであった。縁も所縁《ゆかり》もない一介の僧ではないか。その生死など、関わりないことであるはず。なのに松は、赤沢民部らと斬り結ぶ法蓮房が危《あや》うしとみたとき、何か見えざる力に押されるようにして、救いの手を差しのべた。

あとで、よくよく思い出してみて、洞松院への対抗心からあんなことをしたのだ、と自分を納得させようとしたが、できなかった。心がざわついて仕方ないのである。

松は、これと似た心の動きを、いちどだけ味わったことがあった。京の赤松邸にやってきた野生児おどろ丸に抱かれたいと渇望《かつぼう》した、十八歳の春の一夜である。

だが、似ているだけで、同じではない。あのときのおどろ丸への思いは、情欲の炎《ほむら》であった。法蓮房に対するそれは、男女間のときめきを超えた何かである。

その何かが分からぬだけに、もどかしい。

松の中で明瞭《めいりよう》な感情はただひとつ、

（法蓮房を死なせたくない）

それだけであった。

だが、難しかろう。

洞松院と民部の赤子殺しに憤《いきどお》って闘った法蓮房に罪はない。義村が帰陣したら、そう訴える覚悟の松であったが、おそらく聞き入れられまい。丹波へ退いた義尹の巻き返しが予想されるいま、義尹派の管領細川高国《かんれいほそかわたかくに》に口利《くちき》きのできる洞松院の機嫌を、義村は損ねたくないはずだからである。それに、この血腥《ちなまぐさ》い世に、無名の僧をひとり殺すぐらい、義村にあらずとも何でもないことであろう。

（何とか助ける手だてはないものか……）

この焦《あせ》りもまた、松の睡《ねむ》りを妨げるものであった。秋の夜長《よなが》に、なんと辛《つら》いことか。

いつのまにか、こおろぎの鳴き声が大きくなっている。寝所に入ってきたものか。

また寝返りをうった。瞬間、こおろぎが鳴き熄《や》み、松は口を塞《ふさ》がれた。

驚愕《きようがく》と恐怖に眼を剝く松へ、

「お静かになされませ。害意ある者にてはございませぬ」

と賊は、穏やかに話しかけてきた。覆面《ふくめん》をしているのであろう、声がくぐもってい
る。

「手を放しまするが、大きなお声を立てられませぬよう」

戸で仕切られた隣りの控えの間に、宿直《とのい》の浪江《なみえ》という侍女がいる。松は、顎《あご》を引い
て、うなずいてみせた。

松の口から手を放した賊は、少し尻退《しりさ》がって、頭を下げる。

「無礼をご容赦《ようしゃ》願い上げまする」

ようやく松は安心した。真実、害意なき賊のようである。

「そちは女子《おなご》のようじゃな」

寝床に上半身を立ててから、松は声を低めて窺《うかが》うように言った。

「素生《すじょう》を明かすことはできませぬ」

と女賊《にょぞく》はこたえる。

「妾《わらわ》に何用か」

「妙覚寺《みょうかくじ》の僧のことで、願いの儀が」

「法蓮房と申す者じゃな」

みずからその僧名を口にした途端、松の胸は、またざわめいた。

「あの者の命をお助けいただきとう存じまする」

「法蓮房の縁者か」

「左様お思いあそばしてよろしゅうござりまする」

「なにゆえ妾が助けねばならぬ」

「畏《おそ》れながら、御方《おかた》さまだけが、それをお望みあそばしておらるると見受けましてござりまする」

「なに……」

松は、眼前にうずくまる黒い影を、まじまじと瞶《みつ》めた。

（この者は、妾の心がよめるというのか……）

一体、何者であろう。

「よくお聞きあそばしまするよう」

と前置きしてから、女賊は法蓮房とは関係なさそうなことを話しはじめた。

「一昨日、足利義尹公が、大内義興《おおうちよしおき》・細川高国の二万の軍勢を率いて京へ討ち入られ、舟岡山《ふなおかやま》にて細川政賢《まさかた》勢を撃破あそばされました」

「なんと……」

細川政賢は、義村とともに入京した前摂津欠郡守護《さきのせっつかけのこおりしゅご》である。

「赤松義村さまは、一、二度干戈《かんか》を交えられたものの、彼我《ひが》の兵力差はいかんともしがたく、退却をお命じになり、いまや播磨へご帰陣の途上にござりましょう」

「まことか」

「嘘偽《いつわ》りは、かけらもござりませぬ」

「では、なにゆえ、この弘山へ報《しら》せが届かぬのじゃ」

「赤松勢の敗《ま》けいくさと退却の報は、急使によって、ほどなく坂本城にもたらされるはず。こちらへも未明までには届きましょう。ただ、いささか、当方の動きが上回っているばかりにござりまする」

「まことならば……」

洞松院と浦上村宗の思惑《おもわく》通りになったということである。松は唇を嚙《か》んだ。

「されば、御方さまには、ただちにご籠城《ろうじょう》のため坂本城へ赴《おもむ》かれ、時を移さず、何としても法蓮房をお助けいただきたく願い上げ奉《たてまつ》りまする」

多くの兵が出陣中で、坂本城が手薄のいまのうちでなければ、法蓮房を救出する機会はあるまい。

「助けることはできぬ。理由がない」

「城外へ落としてほしいとは申しませぬ。土牢より出していただけるだけで、よろしゅうございまする」

「それとて至難じゃ」

このとき、女賊が松の唇へ、そっと手をあてる。

「御台さま。御用にございまするか」

つい高くなった主人の声を聞きつけたのであろう、隣室の宿直番《とのい》が仕切り戸越しに言った。

「浪江。そなたの息遣いが気に障《さわ》る」

と松は応じた。

「不調法をおゆるしくださりませ」

「もそっと戸より離れておれ」

「承知仕《つかまつ》ってござりまする」

衣擦《きぬず》れの音がして、それがやや遠ざかる。

松の機転というべきであったろう。

「これにて、退散いたしまする」

法蓮房を助けることの諾意も得ず、別辞を述べて、もういちど深く頭を下げる女賊

に、

「できぬと申したぞ」

松は戸惑いを隠せない。

その膝《ひざ》の前へ、女賊が何かを置いてから、立ち上がった。

「すぐる延徳《えんとく》二年より、大切に蔵してまいりましたもの。あとは、あなたさまの思《おぼ》し召し次第」

一層困惑し、解《げ》しかねながらも、松は膝前のものに手を伸ばす。平包《ひらづつみ》のようだ。

「延徳二年とは……」

松がおもてを上げたときには、そこにもはや女賊の姿はなかった。気配すら失《う》せている。

「浪江」

と宿直番をよぶ。

「はい」

「明かりをもて」

ほどなく、脂燭《しそく》を手にした浪江が入ってくる。

その明かりをたよりに、松は平包を解いた。現れたものは、布切れではないか。

「近《ちこ》う」

松は浪江に、明かりを布切れへ近寄せさせる。年旧《としふ》りて褪《あ》せてはいるが、浅葱色《あさぎいろ》のようであった。

「これは、雛巻《ひなまき》……」

松は息を呑んだ。布切れを取り上げる両手が顫《ふる》えを帯びた。

当時の上流階級では、赤子の産衣《うぶぎ》は、腹帯を用いるとか、誕生時の雲の色を使うといった風習があり、つまり誕生後数日の間に作られるものであったが、それが出来るまでは、着物の型をとらない布切れに、赤子をくるんでおいた。この布切れを、雛巻と称する。

「ああ……」

松は、悲鳴のような吐息をついた。

二十一年前の延徳二年（一四九〇）、松の産んだたったひとりの子は、浅葱色の雛巻にくるまれ、伴《つ》れ去られたのである。

松は雛巻に顔を押しつけた。

畳《たた》まれた布の間から、紙切れがはらりと落ちる。

拾いあげて明かりへ寄せてみると、

「峰丸《みねまる》」

とよめた。

（妾の子は、峰丸と名付けられておったのか……）

よい名じゃ、と思った。

松は、雛巻を濡《ぬ》らしはじめる。

また、こおろぎが鳴きだした。

三

坂本城から弘山御所へ使者が参上し、義村の京都撤退を報じたのは、昨夜の女賊から告げられた通り、まだ夜の明けぬうちのことであった。

「藤嶋《ふじしま》。坂本へまいるぞ。支度をいたせ」

松は、ただちに老女藤嶋へ命じて、女たちに坂本城への籠城支度を急がせた。

「あっぱれにあられまするぞ」

藤嶋は、涙を流さんばかりに歓《よろこ》んだ。

経緯がどのようなものであれ、松の坂本城籠城は、結局は洞松院の下知《げち》に服したような印象を周囲に与える。だが、そんな継母との確執《かくしつ》を超えて、潔《いさぎよ》く坂本城へ向かうと決めた松の健気《けなげ》さに、藤嶋は感じ入ったらしい。

むろん松の思惑は、まったく別のところにある。なればこその坂本城行きであった。

ところが、女どもの支度というものは、なにぶんにも鈍《のろ》い。なかなか弘山御所を発《た》つことができず、松は表情にこそ出さねど、焦りをおぼえた。

赤松勢の本軍は、急ぎに急いでいるので、日暮れる前には到着するだろうとのことである。先触れ隊は、さらに早かろう。その前に、何としても法蓮房を土牢から出しておかねばならぬ。

といって、御台所の松が、家来の女子衆を置き去りにするような恰好《かっこう》で、ひとり慌《あわ》てて坂本城へ奔《はし》っては、みっともない。こうした場合こそ、威風堂々《いふうどうどう》の行列をもって城へ向かうのが、太守の正室たる者の貫禄《かんろく》というものなのである。

陽が高くなって、ようやく出立《しゅったつ》の支度が調《ととの》った。

（法蓮房。いえ、峰丸……。この母がきっと助けだしてみせまするぞ）

弘山御所を出た松の一行は、楽々山《ささやま》の裾《すそ》を回り込み、筑紫《つくし》街道を横切り、菅生川《すごうがわ》を渡って、書写山《しょしゃざん》への道に入った。

すると、天神山の段丘上に築かれた、周囲およそ一町四十間の城郭が見えてくる。

そこから一行は、老杉《ろうさん》、老檜《ろうかい》の生い茂る中につけられた坂道を上り、土塁と堀とに囲まれた坂本城へと達した。

赤松家の家臣らの出迎えをうけて入城した松は、御台所の御座所《ござしょ》へ向かう途中、廊下で洞松院に遭遇《そうぐう》する。

洞松院は、幼子《おさなご》の手をひいていた。亡き義澄の長子《ちょうし》、数え三歳の亀王丸である。

これでは松は、脇へ避けて、平伏せざるをえぬ。

「これは御台所。弘山を出るつもりは毛頭ないとの仰せではなかったか」

洞松院から見下ろされ、皮肉たっぷりに言われた松であったが、不思議と腹が立たなかった。

わが子の命を救うという使命感に燃えているせいであったろう。松の体内より初めて沸《わ》き立つ母親の強さと言い替えてもよい。

「お屋形さまは、いまおひとりの亀王丸君を奉じられてご帰城なされまする。女子の手は多いほうがようござりましょう」

その穏やかな松の返答が癇《かん》に障ったのであろう、

「女子の手は足りておるわ」

と洞松院が口調をきつくしたとき、ふいに亀王丸が、その手を振り払って走りだした。

「若君」

「亀王丸さま」

洞松院付きの女たちが、うろたえて追い、すぐに抱きとめた。

「いやじゃ、いやじゃ。あまは、いやなにおいがする」

亀王丸のその駄々《だだ》に、洞松院は顔色をかえた。

「さすがに将軍家の若君。ようご存じにあられますること」

と藤嶋が松に囁《ささや》く。尼は女子ではない、という意味である。

「藤嶋」

たしなめた松だが、眼は怒っていない。

洞松院は、一瞬、松と藤嶋を睨《にら》んでから、憤然《ふんぜん》とした足取りで去っていった。自分に恥をかかせた者が、将軍家の若君ではどうにもなるまい。

松が御台所の御座所へ入ると、ほどなくして、浦上村宗が挨拶《あいさつ》に出向いてきた。表情に不遜《ふそん》の色が露《あら》わな男である。

儀礼的に挨拶をすませて辞去しかけた村宗を、松はよびとめて、法蓮房を土牢から出して風呂《ふろ》に入れるよう命じた。

「風呂にござるか」

村宗は、眉《まゆ》をひそめる。

「そうじゃ。罪人とはいえ、お屋形さま直々のお裁きを仰ぐとなれば、むさいままではなるまい。垢《あか》も臭《にお》いも落としてのち御前へ引き出すのが、作法に適《かな》った致し様であろう」

常とかわらぬようすで、松は当然のことであるように言った。村宗が何かを読み取ろうとしても、できぬであろう。

いささかの間をおいたあと、村宗は、仰せのとおりにと聞き入れた。

「呂宋景安はいかがなさる」

景安については、先に義村本人が、帰城後にみずから取り調べると言って寄越したことを、松も知っている。

「申すまでもない。あの者こそ、入牢が長く、汚れていよう」

疑われぬよう、松はそうこたえた。

「では、左様仕る」

そうして村宗が御座所を辞して四半刻《しはんとき》ばかりのち、土牢から出された法蓮房と景安が、十名の兵によって、城内の一隅の風呂場へ引っ立てられていく姿を見ることができる。

風呂場といっても、当時のことで、竈《かまど》で焚《た》いた湯気を小室に籠《こ》もらせる蒸風呂《むしぶろ》である。

兵たちの監視の下、下帯ひとつになった法蓮房と景安は、引き違い戸を開けて、その小室へと入った。むろん、逃げ道などまったくない空間である。

「義村どのに拝謁《はいえつ》いたす前に風呂に入れとは、なかなかよき計《はか》らい。赤松家を見直しましたな、景安どの」

無精《ぶしょう》ひげなど撫《な》でながら、いかにも屈託のない法蓮房に比して、

「殺される前に、せめて身を浄《きよ》めろということかもしれぬではないか」

と景安はおもしろくもなさそうであった。

濛々《もうもう》たる湯気の中、簀子《すのこ》張りの高床に尻《しり》をつけた法蓮房は、景安に自分の前を差し示す。

「ともあれ、背中を流し合いましょうぞ」

湯気は、方形の底の浅い湯槽から立ち昇っている。

景安は、股《もも》に薄汚れた布を巻きつけてある右足を、両手で抱え込むように伸ばして

座った。右足は奇妙にねじれている。

「どうやら、その足は、以前にも傷を負ったようにござるな」

「ふん。しくじったのよ」

この折り、外で風呂場の竈番をする雑人《ぞうにん》のところへ、べつの雑人が薪束《まきたば》を担《かつ》いでやってきた。

「薪なら足りとる」

竈番が訝ると、

「わしゃ知らん。持ってけって命じられたんじゃい」

薪束の雑人は、それを地へ下ろしながら、かえって食ってかかる。

「また牧田《まきた》どのじゃろ」

おっと一瞬、詰まったあと、薪束の雑人は、そうじゃとこたえる。

すると竈番は、訳知り顔になり、まあええわいとその話を打ち切った。

「ところで、見ない顔じゃの」

「きょうからお仕《つか》えしたのじゃ。よろしゅうの」

薪束の雑人は、おもてをふにゃりと崩した。どうにも憎めぬ笑顔ではないか。

「庄五郎と申す」

おどろ丸の手足として働いていたころと少しもかわらぬ、松波庄五郎その人であった。

庄五郎は、竈番の肩を抱くなり、鳩尾《みぞおち》へ拳《こぶし》を突き入れて当て落としている。そのからだを、竈の上の庇《ひさし》を支える柱に寄りかからせた。

風呂場の監視兵らは、裏手の竈まで見張る必要がないので、この異変に気づかぬ。

庄五郎は、薪束をとめてある縄を解き、薪と薪の間にしのばせておいた鎧通《よろいどおし》と棒《ぼう》手裏剣《しゅりけん》を取り出す。

ややあって、馬蹄《ばてい》の轟《とどろ》きが耳に届いた。ひとりうなずく庄五郎である。

ほどなく、貝が吹き鳴らされた。物見櫓《ものみやぐら》の者が、坂本城へ駈《か》け向かってくる騎馬隊を発見したのに相違ない。

「お先駈けじゃあ。お先駈けが見えたぞお」

あちらこちらで、歓呼があがる。にわかに、城内は慌ただしさに包まれた。

「ご開門」

「おお」

大手門のほうへ向かう足音が、ひっきりなしに聞こえてくる。

風呂場の監視兵らも、撤退軍の先駈けの帰城が気になるのであろう、そわそわしはじめた。

汐合《しおあ》いであった。庄五郎は、竈の前を離れて、風呂場の表へ姿を現した。

雑人の装《なり》をしているので、兵らは咎《とが》め立てせぬ。というより、かれらのほとんど、は、大手門のほうを気にしているので、庄五郎など眼に入らぬのであった。

大胆にも庄五郎は、小室の引き違い戸を開けて、中へ踏み込んだ。そのまま、振り返った法蓮房の眼の前まで進み、湯気の中でおのれの顔を近づけた。

「庄五郎」

法蓮房の驚きと歓びのほどは、形容しようもない。

「若《わか》は、まこと向こう見ずをなさる」

ちょっと法蓮房を睨んだ庄五郎だが、怖い顔ではなかった。

「庄五郎が助けにきてくれる。そんな気がしていたのだ」

「ここまで辿《たど》りつくのに、苦労いたしましたぞ」

「すまなんだ」

「ともかく、いまは早《はや》、逃げるばかりにござる」

庄五郎は、法蓮房に鎧通を渡して、にやりとする。

「内野での夜毎の武芸ご鍛練《たんれん》、存ぜぬ庄五郎とお思いか」

「かなわぬ」

法蓮房は照れた。

「さあ、早う」

「景安どの」

と法蓮房が、その肩に後ろから手をかけると、景安はびくりとした。

「ともに逃げましょうぞ」

「いや、おれは……」

なぜか景安は、躊躇《ためら》い、振り返りもせぬ。なぜなら、ほんの一瞬だが、庄五郎の顔を見てしまい、烈しく狼狽《ろうばい》したからであった。

「どなたか存ぜぬが、時がない。逃げるならば、お伴《つ》れいたすぞ」

庄五郎が景安に声をかけたとき、間近であっと驚く声がした。

「おのれは何をしている」

戸口に立った兵が、こちらを見ている。

「若、それがしに従《つ》いてきなされ。めざすは大手門にござる」

言うや、庄五郎は、棒手裏剣を投げうった。ぎゃっと悲鳴を放って、兵は仰のけざまにひっくり返る。

庄五郎が跳び出してゆく。

「景安どの。おさらば」

立ち上がろうとせぬ景安を伴うことをあきらめたか、法蓮房は別辞を投げて、庄五郎につづいた。

怒号と悲鳴と鋼《はがね》の打撃音とが、たちまち交錯《こうさく》する。

(松波庄五郎……。あやつ、おれに気づいたか……)

呂宋景安、まことの名を無量斎《むりようさい》というこの男は、胸に早鐘を打たせていた。

(松波庄五郎を甘くみた)

それが、無量斎をいまの境涯《きようがい》に転落させることになる始まりであったといってよい。

いまをさる十四年前、おどろ丸を陰ながら警固する謎《なぞ》の忍軍の正体を、無量斎が突きとめえたのは、些細《ささい》な事実をきっかけとしている。

破天丸《はてんまる》をさらう前に、ただひとり捕らえることのできた者は、何ひとつ白状せずみずから命を絶ったのだが、この者が旅職人を扮《よそお》って裏青江衆《うらあおえしゆう》の動きを探っていたさい、こうしちと名乗っていたことが判明した。

こうしちなど、ありふれた名ゆえ、それだけなら無量斎も何の疑いももたなかった。だが、その後、破天丸奪還のため美濃金華山《みのきんかざん》に現れた女忍びが、配下をへいぞうと呼んだことで、無量斎にもしやというひとつの疑いを抱かせた。

応仁の乱前後、名将・智将《ちしよう》、あるいは逆に梟雄《きようゆう》の名をもほしいままにした美濃の斎藤妙椿《さいとうみようちん》は、椿衆《つばきしゆう》とよばれる直属の忍軍を抱えていた、と無量斎は噂に聞いたことがある。諸国に数ある忍び衆の中でも、椿衆は鉄石の秘密堅持の集団で、その真の正体を知る者はほとんどおらず、また妙椿の死後、忍びとしては自然解消的に滅んだらしいという。そして、これも伝聞にすぎぬが、椿衆の面々は、甲乙丙丁戊己庚辛壬癸《こうおつへいていぼきこうしんじんき》の十干《じつかん》に数を付けた名でよばれていた、とも。

こうしちは「庚七」、へいぞうが「丙三」であるとしたら……。その心許《こころもと》ない推理を働かせた無量斎は、同時に、過去のおのれの迂闊《うかつ》さにようやくにして気づいた。

おどろ丸を守る忍軍を、櫂扇《かいおうぎ》との関わりでしか考えなかったことが、そもそも大きな間違いだったのではないか。

松波庄五郎。

おどろ丸の京都出奔《しゆつぽん》直後、無量斎の配下が探ったところによれば、かの者は、赤松氏の新参の家来として、その京邸で仕えていたものの、当時の足利義材《よしき》擁立派の放った間者《かんじや》とみられて捕縛《ほばく》されるや一転、おどろ丸と誼《よしみ》を通じて共に京を逃れ出たという。無量斎は、裏青江衆を率いて、両人の足取りを追い、美濃各務野《かかみの》の茅屋《ぼうおく》にこれを発見して襲った前後、庄五郎をどこにでもいる成り上がりを夢見る浮牢《ふろう》の徒にすぎぬときめつけていた。その素生を深く詮索《せんさく》してみようともしなければ、美濃出身であろうことも気にとめようとしなかった。

美濃の椿衆のことを探ろうと思い立って初めて、庄五郎の存在が無量斎の中で俄然《がぜん》膨《ふく》れあがったのである。

裏青江衆の総力を挙げた奔走《ほんそう》により、庄五郎の素生は暴《あば》かれた。

木曾《きそ》・長良《ながら》・揖斐《いび》の木曾三川《さんせん》の合流する濃尾《のうび》平野の西南部は、古来、一大沃野《よくや》である一方、洪水の絶えぬ地域だが、その一村に留八《とめはち》とよばれる男の子がいた。きっと八人兄弟の末子であったろう。

村は、ある夏の終わりの洪水で、水没した。夜半過ぎ、上流で集中的に降った豪雨によって水量の増した三川が、草木も眠る頃合いに平野部で暴れたため、村民が気づいたときにはすでに濁流《だくりゅう》に呑み込まれていたという。阿鼻叫喚《あびきょうかん》の中、村の全戸が潰《かい》滅《めつ》し、生き残ったのは、小さな男の子ひとり。それこそ留八であった。

当時、被害状況の検分に出張《でば》った斎藤妙椿が、この留八を引き取ったそうな。憐《あわ》れんだからではなかろう。留八は悲劇の子であると同時に、水没の村でただひとり生命を安んじられた、いわば稀有《けう》の幸運児なのである。おのが行く末に野心を秘める妙椿は、その幸運にあやかろうとしたのに違いない。

その後、妙椿が、留八をどこに住まわせ、どのような育て方をしたかは判然とせぬ。やがて年月を経ると、妙椿の陣中に時折、ひとりの猿頰《さるぼお》武者が出入りするようになり、妙椿から親しげに、しょうご、とよばれていたという。これが留八の成長した姿とみて間違いあるまい、と無量斎は断じた。

妙椿は、留八に松波庄五郎の名を授けて、影の任務の遂行者とすべく鍛《きた》えあげたのであろう。さらに想像を膨らませれば、妙椿は、直属の忍軍椿衆の存在をより深く秘すために、庄五郎をその唯一《ゆいいつ》の連絡役としたのではないか。

かくて無量斎は、おどろ丸でも櫂扇でもなく、庄五郎との関わりで、謎の忍軍へと辿りつくよう、配下にさらなる探索を命じた。

結句《けっく》、無量斎の心許なかった推理も想像も的中していた。永く裏青江衆を苦しめてきた謎の忍軍は、まさしく椿衆だったのである。

そして、猫と称するらしい女首領の隠れ家を突き止めると、一挙に復讐《ふくしゅう》の念に駈り立てられた無量斎は、一隊を率いて、山科の小栗栖《おぐるす》にこれを急襲した。いったん屋外へ闘いに出てきた猫は、甲壱《かんいち》とよんでいた配下が斬られると、もはやこれまでと観念したのか、火炎地獄と化した家の中へみずから跳び込んだ。これこそ無量斎にとっては、十四年前の夏の快事であった。

無量斎が刀工備中《びっちゅう》青江派の長老からよびだされたのは、それから半月ばかり後のことになる。出向いてみると、長老屋敷で待っていたのは、長老以下、青江派の主立《おもだ》つ者たちと松波庄五郎であった。

「われらは頭領を失った」

と庄五郎は言った。猫のことであろう。

「このうえの戦いを好むところにはあらず。されど、そちらが、あくまでおどろ丸どのの命を奪うおつもりならば、是非もない。青江かわれらか、いずれかが滅ぶまで殺し合いをつづけ申そうぞ」

すでにおどろ丸と訣別《けつべつ》していた庄五郎は、この儀の成立を、消えゆく二人の友情への餞《はなむけ》とするつもりで、命懸けの談判に赴いてきたのである。

そんな心情まで察せられるはずもない無量斎であったが、長老屋敷が椿衆に包囲されていることを察知し、庄五郎の決意に並々ならぬものをおぼえると、おのれの早計を後悔した。憎悪《ぞうお》の念に押されて小栗栖を急襲する前に、策を練るべきではなかったか。すなわち、椿衆のすべてとはいわぬまでも、せめてその過半ぐらいが猫のもとへ集まるときを狙《ねら》って、一挙に殲滅《せんめつ》しておけばよかったのである。

さらに、このとき長老の返したことばが、庄五郎はむろんのこと、無量斎でさえ耳を疑うものであった。

「十代隠岐《おき》允《のじょう》どのを、わが青江派に迎え奉りたい」

その唐突な申し出の理由を、長老は悪びれることなく明かした。

かつて貞次《さだつぐ》・恒次《つねつぐ》・次家《つぐいえ》らが後鳥羽院《ごとばいん》御番鍛冶《かじ》として天下に聞こえ、また南北朝期にも華麗な丁子乱《ちょうじみだれ》の次直《つぐなお》・守次《もりつぐ》らの名人上手が輩出して、備前長船に劣らぬ隆盛をきわめた青江派であったが、その後は名工が生まれぬまま、束刀《たばがたな》の時代に突入してしまった。

戦乱相次ぐ世では、武器の需要が急激に増大したので、これに応じるべく、刀工たちは右から左へと刀剣を製作して売る。この一束いくらという粗製濫造《そせいらんぞう》の刀剣を、束刀とか数打物《かずうちもの》と称した。

しかし、いかに注文打《ちゅうもんうち》に比して質的に劣る束刀といっても、どれでも同じというわけではない。名人の指図で作られたものは、数打物でもそこそこの作品が出来上がる。その点、名ある刀工の多い備前と、古くから斬れ味の鋭さを追求してきた美濃の鍛冶は、諸国の武士に信をおかれた。

ここに備中鍛冶、なかんずく青江派は、大きく後《おく》れをとることになる。

さらに青江派に追い打ちをかけたのは、武士たちの様変わりであったろう。

かつて将軍と皇胤《こういん》を殺《あや》めたとされる備中刀は、その品格を問われた時代があった。なればこそ、青江派は裏青江衆を放って、その真の鍛刀《たんとう》者である櫂扇派を抹殺《まっさつ》せんとしつづけてきた。

ところが、下剋上《げこくじょう》の風潮が世を覆《おお》い尽くすや、おのれの度胸と才覚だけで成り上がろうとする者たちは、そういう猛々《たけだけ》しい刀をこそ最上として要《もと》めるようになり、

「将軍の首を刎《は》ね、天子の血筋をも両断した凄《すさ》まじき刀は、青江派の作ときいておる。まさに乱世の剣。いささかの瑕瑾《かきん》は問わぬ。数を打て」

と青江派に期待する武士が、増えはじめたのである。

もとより、赤松囃子《あかまつばやし》とよばれた伝説の魔剣は青江派の作刀ではないが、初代隠岐允以来の櫂扇と青江派との確執を説いたところで、余人に理解されるものではない。というより、赤松囃子は青江派の鍛刀ではなかったと喧伝《けんでん》することは、かえって逆効果になろう。

青江派は、諸国の他流派と同じく、大量の束刀を打った。そして、実戦では備前物・美濃物に劣ることが露呈《ろてい》してしまう。

赤松囃子を期待した武士たちは、期待した分だけ落胆し、一転して青江派に冷たくなっていく。

青江派の起死回生《きしかいせい》策は、二百数十年の怨讐《おんしゅう》を超えて、櫂扇隠岐允を迎えることではないのか。実に長老以下、青江派の刀工たちがそれと決した時期に、松波庄五郎は乗り込んできたのである。

「おどろ丸どのは、十代隠岐允たるおのれを捨て去られた。二度と鎚《つち》をふるわれることはござらぬ」

庄五郎からそう返辞をされると、長老は心から残念そうなようすであった。

「そのかわり、青江派が櫂扇から手を引いていただけるのなら、十代隠岐允が鍛えし稀代《きたい》の魔性の太刀を、引き渡し申そう」

庄五郎は、おどろ丸が斎藤妙純《みょうじゅん》に捕らえられて櫂扇の太刀を没収されたあと、これをひそかに盗み出していたのである。おどろ丸の手に戻すつもりでやったことだが、その後の訣別により、果たせなかった。

実際には、太刀を戻すぐらいのことはできたはずなのに、思うところあって戻さなかったといったほうが正しい。最愛の宝であった破天丸を喪い、心に底なしの空洞を抱えたおどろ丸は、櫂扇の太刀の魔に魅入《みい》られて、みずから命を絶つやもしれぬ。その危惧《きぐ》を庄五郎は抱いたのである。

長老は、庄五郎の言を諒《りょう》とした。

何年か前の青江派ならば、櫂扇を入手できれば、その場で叩《たた》き折るか、溶かしてしまうか、いずれかを択んだであろう。だが、いまや違う。魔剣の存在を喧伝することで、乱世の武人たちを青江派へとひきつける。同時に、その櫂扇の太刀を手本として、刀工たちに一層の研鑽《けんさん》を令する。それが長老の働かせた算勘であった。

無量斎にすれば、青天の霹靂《へきれき》というほかない。櫂扇隠岐允とその作刀を、永年にわたり追跡しつづけてきた苦労は、どうなるのだ。配下をどれだけ討たれたことか。無量斎自身も、そのときは正体を看破できなかったが、遊女を扮《よそお》った猫に不覚をとって右足跛行《はこう》の身となっている。いまさらおどろ丸から手をひけるものか。

無量斎は、猛然と異議を唱えたことで、長老からかえって疎《うと》まれる。

「裏青江衆は、青江派の扶持《ふち》によって働く手足にすぎぬ。手足が物を申すか」

長老は、櫂扇隠岐允を迎えたいと思いつく以前、おどろ丸との闘いに不首尾つづきの無量斎を、裏青江衆頭領の座から降ろそうと考えていた。

「九蔵《きゅうぞう》はよい手足じゃ」

長老のその一言で、裏青江衆頭領の座は、無量斎から、配下随一の利《き》け者《もの》の九蔵へと移ったも同然であった。

　燿扇の太刀は、その日のうちに、庄五郎から長老へと手渡される。青江派に手をひかせるため、当初から燿扇の太刀を犠牲にする覚悟であった庄五郎は、これを持参してきていた。

　怨《うら》みを含んだ無量斎は、青江派を見限る決心をすると、九蔵と折り合いの悪い幾人かの配下と語らい、翌日未明、燿扇の太刀を盗み出すべく、長老屋敷へ忍び込んだ。かねてこの魔剣の入手を切望する美濃関鍛冶之定《せきかじゆきさだ》への手土産《てみやげ》とし、それと引き替えに、関鍛冶において、裏青江衆と同様の影の軍隊をつくりあげることを、之定に承引《しょういん》させる算段であった。

　だが、無量斎は、長老屋敷において、九蔵以下の裏青江衆の待ち伏せをうけ、一転して死に物狂いの逃走を余儀なくされた。裏切りを長老に看破されていたのである。

　ただひとり命からがら逃げのびたものの、その日から無量斎は、裏青江衆の追及をうける身となった。かつてのおどろ丸と同じ境涯へ落ちたというべきであろう。

　燿扇の太刀がなくとも、美濃の之定を頼ることはできた。破天丸拉致《らち》に手をかしたことを、おどろ丸に告げると威《おど》せば、之定は無量斎の言いなりになるはずだからである。

しかし、配下をひとりももたぬのでは、美濃行きは危険すぎた。こんどは、逆におどろ丸と錦弥《きんや》から襲われるに違いない。

それだけでなく、無量斎がおどろ丸殺害の執念《しゅうねん》を捨てきれぬことを知る長老が、先手をうつやもしれなかった。椿衆との要《い》らざる衝突を避けるためにも、裏青江衆を放って陰ながらおどろ丸の身辺に網を張らせ、無量斎の出現を待つことは充分にありえよう。

日本六十余州に寄《よ》る辺《べ》なき無量斎は、翌年、海へ逃れた。すなわち九州から対馬、そして対馬から朝鮮の乃而浦《ネイポ》へと渡ったのである。呂宋景安と名乗って……。

(庄五郎がおれに気づいたはずはない)

自分の風貌《ふうぼう》は、あまりに変わり果ててしまった。それに、裏青江衆から逃れるため、国訛《くになま》りも消したのである。

法蓮房には、おれにはまだ逃れようがあると嘯《うそぶ》いてみせた無量斎だが、実のところ、浦上村宗という鋭利な男の前では、義村をまるめこむ自信がなかった。

いま風呂場《ふろば》を跳び出したところで、逃げきれるという保証もなければ、庄五郎を欺《あざむ》きとおすこともできぬかもしれぬ。だが、逃げずにいれば、いずれ義村か、でなければ村宗に殺されるだけだ。

（くそ。どうにもならぬわ）

心中で悪態を吐くや、無量斎は決然と立ち上がった。

小室から出ると、周辺に兵たちが仆《たお》されていた。着替え用に置かれてあった小袖《こそで》を一枚ひっかけ、帯を結ぶと、地に転がっていた打刀《うちがたな》を拾いあげる。

首から血を流しながら呻《うめ》く兵が、顫える腕を伸ばしてきた。その喉首《のどくび》へ、無量斎はずぶりと切っ先を突き刺す。老残の孤狼《ころう》に精気が蘇《よみがえ》った瞬間であった。

無量斎は、一歩ごとに右肩を沈ませる奇妙な走り方で、大手門めざして疾駆《しっく》する。

四

陣笠《じんがさ》を被り、筒袖の上衣《うわぎ》に股引《ももひき》姿の法蓮房は、袖をたすきがけに括《くく》りながら、城内の曲輪《くるわ》から曲輪へと五体を飛ばす。衣類も物の具もすべて、風呂の見張兵から手早く引き剝《は》がしてきたものだ。

具足《ぐそく》や陣刀は、並走する庄五郎が引っ担《かつ》いでいる。

「若。裸馬にお乗りいただきまするぞ」

「馬の稽古《けいこ》はしたことがない」

「ご懸念《けねん》無用。よくよく馴らした馬なれば、手綱《たづな》をとらずに、ただまたがって胯《また》に力を込め、鬣《たてがみ》にしがみついておらるるだけでようござる」

城兵がこの二人に不審の眼を向けぬのも、無理はない。いましも主君義村の帰陣を知らせる先触れが到着するというので、誰もが出迎えるべく大手門へ急いでいるからであった。

法蓮房が着用順を無視して、さいしょに陣笠を被ったのは、言うまでもなく、髪のちろちろ生えはじめた頭を隠すためである。笠の下から垂らした長手拭《ながてぬぐい》が、ひらひら靡《なび》く。

「庄五郎、言っておくことがある」

両籠手《こて》を受け取った法蓮房は、それを着けて、胸の前で紐《ひも》を結ぶ。

「いかがなことにござりましょうや」

「坊主をやめた」

「なんと……」

庄五郎は、啞然《あぜん》とする。

「なりませぬぞ、若。なんのために十四、五年もの間、仏道に勤《いそ》しまれ、学識を身につけたのであられまするか。徳高き僧侶《そうりょ》となられて、戦国の世に苦しむ人々を救済するためではございませなんだのか」

「それは、わが意ではない」

「もとより亡《な》きお母上の願いではござった。であればこそ、なおさら……」

「庄五郎」

法蓮房は、庄五郎のことばを遮《さえぎ》った。

「母上が公家《くげ》の下婢《かひ》あがりというのは、うそだろう」

「何を言わっしゃる」

明らかに庄五郎はうろたえている。

「小栗栖の家を襲った輩《やから》も、山賊ではなかったのではないか」

「山賊にござった。間違いござらぬ」

「具足だ」

「へ……」

「へ、ではない。具足をよこせ」

法蓮房は、庄五郎の手から具足をとりあげると、肩上《わたがみ》を摑んで、肩に打掛ける。走りながらでも、器用なものであった。

鉤《かぎ》の手やら食い違いやら、故意に曲がりくねらせた城内の通路を、大手門めざしてすすむ二人の耳に、戛々《かつかつ》という馬蹄《ばてい》の轟《とどろ》きがにわかに大きくなっていく。

「鎧通をもたせたのは、庄五郎、そなただぞ」

風呂場の見張兵を仆すのに、法蓮房は庄五郎から渡された鎧通を用いた。

「人を殺《あや》めたからには、坊主に戻れまい」

山科川でも弘山御所でも、法蓮房は人を斬っている。

「僧侶とて、やむをえざるときは、たたかいまするぞ。南都北嶺《なんとほくれい》の法師然《しか》り、根来寺《ねごろじ》の行人《ぎょうにん》また然り」

「あの者らは、半俗だ。雑々《まざまざ》にいたすな。それに僧兵とて、宗法護持の大義がなければ、刀槍《とうそう》をふるうことは断じてゆるされぬ」

語尾に力が入った。草摺《くさずり》下で繰締《くりじめ》の緒《お》を強く結んだのである。

「刀」

腕を伸ばした法蓮房に渡さじと、庄五郎が陣刀を抱え込む。

「いまさらおそいぞ、庄五郎」

法蓮房は、くすっと笑った。

「夜毎の武芸稽古のことを知りながら、とめなかったそなたが悪い」

「あれは、おからだのご鍛練と思うたのでござる。まさか還俗《げんぞく》あそばすための備えであったとは思いもよらぬこと」

「わたしは仏門には馴染《なじ》まぬ」

「さようなことはあられませぬ」

「わかるのだ」

きっぱり言って、法蓮房は庄五郎の手から陣刀をもぎとった。

「刀をもつと、どこか懐《なつ》かしいところへ戻ったような気がする」

「………」

庄五郎は返すことばに窮《きゅう》した。

(血はあらそえぬ……)

こうして法蓮房の成長した姿を見れば、おどろ丸の荒々しい血を仏門に閉じ込めようとしたのは、はじめからあやまりであったのやもしれぬ。

法蓮房と庄五郎は、大手門へ通じる坂道を駈け下りはじめた。と同時に、外から門内の枡形《ますがた》の勢溜《せいだまり》へ、赤松氏の左巻三巴《ひだりまきみつどもえ》紋の旗印を翻《ひるがえ》し、母衣《ほろ》に風を孕《はら》ませた騎馬武者の一隊が駈け入ってきた。六騎と、乗替馬《のりかえうま》であろう裸馬が二頭だ。

勢い余って、それぞれの乗馬《じょうめ》を棹立《さおだ》てたり、輪乗りしたりする六騎に、勢溜に出迎えた城兵らは、わあっと逃げ散る。それでも、かれらは鞍上《あんじょう》の武者たちへ、口早に思い思いの質問を浴びせた。

「お屋形さまは、恙《つつが》ないであろうな」

「大内の兵は追い討ってくるのか」

「京のようすはどうじゃ」

敗《ま》けいくさと聞いているのだから、寸時でも早く情報を得たいのは、人情というものであろう。

だが、その中に、騎馬武者たちへ怪訝《けげん》そうな視線をあてている者がいた。大手門守備の物頭《ものがしら》のひとりである。

「おぬしら……」

物頭は、騎馬武者たちの兜《かぶと》の下の顔を、ひとりひとり窺い見た。

法蓮房と庄五郎が勢溜へ走り込み、城兵らの間を割って姿を現したのは、露顕《ろけん》寸前のこのときのことである。

先触れ隊に化けた椿衆の六名は、丁組《ていぐみ》の丁壱《ていいち》、丁二、丁三、丁五、丁六、丁七だ。〈死〉につながる四は名付けぬ。

その椿衆の面々は、両人の姿をみとめるや、馬首を返した。二頭の裸馬の尻が法蓮房と庄五郎のほうへと向いた。

「若。こうでござる」

言うや庄五郎は、馬の尻めがけて助走をつけると、背梁《せみね》後ろの小高い百会《ひゃくえ》に両手をついて跳びあがり、排鞍肉《くらおきどころ》へ見事に跨《また》がった。

法蓮房は逡巡《しゅんじゅん》せぬ。具足を着けたまま、庄五郎よりもむしろ軽やかな動きで、裸馬の背へわが身を落ちつけた。

「あっ、あれは……」

「法蓮房とかいう坊主ではないか」

ようやく城兵どもに気づかれる。

「騙《かた》り者だ。こやつら、ご当家の者ではない」

物頭も、騎馬武者たちを指さして叫んだ。

が、すでにおそい。法蓮房と庄五郎をのせた二頭の裸馬は駈け出し、間髪《かんはつ》入れず、六人の椿衆もつづいていた。大手門外へ、八頭の馬が続々と走り出てゆく。

「追え」

「逃がすな」

「矢だ。矢を射放《いはな》て」

櫓《やぐら》や土塁の兵たちが、急ぎ、弓に矢をつがえては、次々に弦《つる》を鳴らしはじめた。

「庄五郎。この方々は、何者か」

自分の城脱出の協力者の正体を、法蓮房は知りたかった。

「若。それどころではござりませぬ」

矢が、椿衆の母衣に幾本か突き刺さり、法蓮房の陣笠へも一本中《あた》って撥《は》ねる。

「そのようだ」

法蓮房は首をすくめた。

矢雨の中を、八騎は遁走《とんそう》する。

「法蓮房」

悲鳴とも聞こえた呼びかけに、馬上の法蓮房は後方へ首をひねって見た。抜き身をひとふり担いで、大きく前をはだけた小袖の裾《すそ》を翻し、下帯もあらわな男が、追手の城兵らを追い越して、大手門から突出してきたではないか。

呂宋景安であった。

痩《や》せさらばえたからだと、一歩ごとにがくりと右肩の沈み込む足送りにもかかわらず、思いの外に迅《はや》い。だが、とてものこと、逃げきれるとも見えぬ。

「庄五郎、あの御仁《ごじん》を助けよ」

法蓮房に命じられた庄五郎だが、馬は裸で、おのれの身は甲冑《かっちゅう》を帯びてもいない。

それとみて丁二が、おまかせくだされ、と馬首を転じた。

景安の背後から、矢が風を切って飛来する。

「あっ……」

右手の甲を掠《かす》めて、矢は行き過ぎた。景安は刀を取り落とす。

そのからだが、戻ってきた丁二に、鞍上よりひょいと抱えあげられる。骨と皮ばかりの軽い痩身《そうしん》が幸いした。

丁二は、背に母衣をつけているので、自身は鞍の後輪《しずわ》のところまで腰をずらして浮かせ気味にし、景安のからだを居木《いぎ》の前輪《まえわ》寄りへ押し込めた。

勢溜で、怒号が沸《わ》いている。

「道をあけよ」

「退《の》け、退けい」

城兵の群れが左右へ分かれ、騎馬の一隊が出現する。

その馬蹄の音に、大手門前から坂道を下って遠ざかりつつある庄五郎も椿衆も、驚いて振り返った。厩《うまや》から馬を曳《ひ》きだしてくるのが、あまりに早すぎるではないか。

追手の騎馬隊の鞍上は、いずれも弓矢を携《たずさ》えたり、槍《やり》を掻《か》い込むなりしているが、甲冑を身に着けた者はひとりもおらぬ。赤沢民部とその配下十五名である。風呂場前に仆されていた見張兵たちをいち早く発見したかれらは、法蓮房と景安が城を脱走したとみて、ただちに厩へ走ったものであった。

　追われる者と追う者とが、書写山南麓《なんろく》に馬を駈る。

　夢前川《ゆめさきがわ》と菅生川の合流点の近いこのあたりから、南へ向かって、広々として緩やかな扇状地となってゆく。播磨平野である。

　のどかな田園地帯に、馬蹄を響かせ、砂塵《さじん》を舞いあげ、追いつ追われつする男たち。だが、稲刈りや穂積みをする田人《たうど》たちは、逃げもせず、ちらりと視線をあげただけである。乱世の農民は、少々のことでは驚かぬ。

　田畑の間を抜けた庄五郎たちは、葦原《あしはら》の繁《しげ》るところへ乗り入った。前方に菅生川が横たわる。

　追う者は、甲冑を着けていない分だけ、馬にかける負担が軽くて済む。双方の差が、じりじりと縮まってきた。別して、丁二と景安の相乗りの一騎は、民部らに急速に詰め寄られはじめた。

（殺《や》られるものか）

　幾度となく修羅場《しゅらば》をこえてきた景安は、自分の強運を信じることができる。

「馬を射よ」

赤沢民部が弓矢をもつ配下に命じた。甲冑と母衣という防具を着けた者を射落とすのは難しいから、馬を仆すに限る。

これを察した丁壱以下の椿衆が、馬首を返して、鞍上に弓矢をかまえ、逆に赤沢隊へ狙いを定めるや、先んじて射放った。

五本の矢が、丁二と景安の頭上をこえて、赤沢隊へ降り注ぐ。

「開け」

左右へひろがって躱《かわ》そうとした赤沢隊であったが、

「ぐあっ」

「ううっ」

矢をうけて落馬する者が二名でた。

追手の肉薄をひしひしと感じていた景安が、後ろへ強く首をのめらせたのも、このときのことである。景安を背後から抱きすくめるような恰好で手綱を操《あやつ》っていた丁二は、思いもよらず、顎に頭突きを食らい、もんどりうって鞍上より転げ落ちた。

景安は、素早く手綱をとって、一散に馬を走らせる。周辺の草地に、赤沢隊の放った矢が突き立つ。

落馬した丁二を置き去りにしたまま、こちらへ逃げてくる景安に、椿衆の面々は眼を剝いた。

「丁二を助けるぞ」

丁壱の号令一下、かれらは、鐙《あぶみ》で乗馬《じょうめ》の腹を打った。

先行する法蓮房と庄五郎が振り返ったときには、椿衆と赤沢隊とは激突寸前であり、景安ただ一騎が、二人を追って突っ走ってくるではないか。

「庄五郎。加勢せずともよいのか」

「若のお命が第一にござる」

「案ずるな。馬にも馴れてきた」

そうして法蓮房がにわかに乗馬の四肢《しし》を地へ踏ん張らせてみせたので、庄五郎は瞠《どう》目《もく》しながら、おのれも手綱をひいて馬をとめた。

鬣《たてがみ》にしがみついていたはずの法蓮房が、いつのまにか手綱をとって馬を御《ぎょ》しているではないか。それも鞍も鐙もつけぬ裸馬の背にあって、である。庄五郎よりも巧《たく》みな乗り方と見えた。

「よいから往《ゆ》け、庄五郎」

「されば、若。夢前川に沿うて、飾磨《しかま》の浜まで出られよ。そこに船を待たせてござるゆえ」

周到な脱出計画といえよう。

（やはり庄五郎は、尋常一様《じんじょういちよう》の者ではない……）

駈け戻っていく庄五郎の背を見送りながら、法蓮房はあらためてそう思わざるをえなかった。

法蓮房が庄五郎に初めて会ったのは、七歳のときであったが、幼心《おさなごころ》にも、どうもふつうのおとなとは違う印象をもったものである。只者《ただもの》ではない、という表現がよいのやもしれぬ。母の小夜《さよ》の話では、庄五郎は小夜に手をつけた貧乏公家の下僕《げぼく》であった者だという。

その後、法蓮房の八歳の正月から夏まで小栗栖の屋敷で共に暮らした庄五郎は、小夜が山賊に殺されたあとも、京都妙覚寺に入った法蓮房を、畿内《きない》近国の物産を手土産に年に一、二度は訪ねてくるようになった。西岡の灯油商奈良屋《ならや》の奉公人として、荏《え》胡麻油《ごまあぶら》を遠方まで売り歩いているのだという。

しかし、ただの油売りが弓馬に長じているはずもなし、また、これほどいくさ馴れした仲間をもつこともあるまい。となれば、その庄五郎になかば傅《かしず》かれていた小夜も、まことの素生を秘していたのではないか。

そこまで思いめぐらせたとき、法蓮房の視線の先で、信じられぬことが起こった。

こちらへ向かってくる景安が、鞍上より上体を横へ傾けて腕を伸ばし、すれ違う瞬間、庄五郎の足をすくいあげたではないか。

庄五郎の五体は、横ざまに葦原へ放り出された。

（どうしたというのだ……）

馬上に茫然《ぼうぜん》とする法蓮房の視界で、景安の姿がみるみる大きくなっていく。

右半面に醜《みにく》く火傷の痕《あと》をのこす顔が、にたっと笑った。うすら寒さをおぼえさせるような、いやな笑いだ。

「景安……」

声をかけようとした法蓮房の左側を、景安は物も言わずに駈け抜けてゆく。

法蓮房は、あっと口を開け、色を失った。一瞬の駈け抜けであったればこそ、峰丸の記憶が閃光《せんこう》のごとく鮮烈に蘇ったのであろう。

（あの男だ）

穏やかそのものであった小栗栖の生活に突然の破壊をもたらした賊のひとりを、八歳の峰丸は、庄五郎の背にしがみついて逃げるさい、その眼に捉えた。

半首《はつぶり》の鉄面《かねめん》をつけてはいても、顔のほとんどは見える。それも、燃え熾《さか》る炎の明かりの中で捉えた。

その記憶は、法蓮房として暮らした永年月の間に、忘れ去られたのでも、希薄になったのでもない。どこか奥深くにそのまま眠っていて、蘇生《そせい》の時機を窺っていたのである。

いまにして思えば、坂本城の土牢《どろう》の中でおぼえた名状しがたい感覚は、記憶の蘇生する前触れであったのだ。

法蓮房は、馬首を転じるや、手繰《たぐ》り寄せていた手綱の余した部分を、左右へ鞭《むち》のように振って、乗馬の平頸《ひらくび》を叩く。裸馬は、力強い蹴り出しで、四肢をとばしはじめた。

逃げる景安は、菅生川の岸辺で、いったん馬をとめ、川のようすを素早く眺めた。深浅をたしかめたのである。それから浅瀬へ乗り入った。

川中へ達しても、馬の下腹をようやく打つ程度の浅さである。渉《わた》りきるのは造作もない。

それが景安の油断であったろう。ふいに背中へ重い衝撃を浴び、その痛さに、思わず手綱を離してしまった。痩せたからだが、背中に命中した陣笠と一緒に、川へ落ちた。馬は、おかまいなしに、向こう岸へと渉ってゆく。

川中に立った景安は、裸馬から下りて、岸辺に立った法蓮房と視線が合った。

「待て、法蓮房。おぬし、何か思い違いしておる。おれが馬から落ちそうになって、横ざまになったとき、折悪《おりあ》しく、すれ違《ちご》うた庄五郎どのとぶつかったのだ」

景安が言い訳する間に、法蓮房は、繰締《くりじめ》の緒を解いて、具足を脱ぎ捨てていた。具足は、川に入れば邪魔になる。そして、陣刀の栗形《くりかた》に左手を添えて、川へ足を浸《つ》けた。

「小栗栖の屋敷をおぼえておろう」

景安ほどの者がぎくりとした。その表情の変化を見逃さず、法蓮房は一歩、一歩、川底の安定をたしかめながら、足を運ぶ。

「わ……汝《われ》も、椿衆であったか」

「つばきしゅう……。何のことだ」

法蓮房は訝った。

「いまさら、とぼけるな」

眼を血走らせた景安は、両腕を無闇《むやみ》に振って、法蓮房へ水をひっかけては後退する。

だが法蓮房は、瞬《まばた》きひとつせず、差を詰めてゆく。

「わが母を殺したわけを申せ」

「汝が母だと……」

「この期《ご》に及んで、しらをきるか」

「そうか。汝は、あの女首領の伜《せがれ》……」

「女首領……」

わけの分からぬことばかり口走る景安の表情を、法蓮房はさらに窺った。

（狂うているのか）

土牢の中でも、狂気が垣間《かいま》見えた。

石を踏んだか、窪《くぼ》みにでもはまったかしたのであろう、景安の痩身は後ろざまに水音たてて倒れた。

「ゆるしてくれ。たのむ」

にわかに涙声を洩らした景安であったが、よたよたと立ち上がりながら、右腕だけを鋭く振りだした。

とっさに法蓮房は、顔の前に双腕《そうわん》で壁をつくった。拳大《こぶしだい》ほどの石が、籠手にあたって落ちる。

瞬間、景安が川底を蹴り、上体を思い切り伸ばして、法蓮房の腰の陣刀へ跳びついた。

二人は折り重なって倒れた。夥《おびただ》しい飛沫《しぶき》があたりに散った。

先に立ち上がったのは、景安である。奪い取った抜き身を、振り上げた。

法蓮房は、川底に尻をついたまま、川面に首から上と、両膝頭《りょうひざがしら》だけをのぞかせている。

「阿呆《あほう》が。この無量斎を甘《あも》うみたのが、汝のしくじりや」

勝利を宣して、景安は、陣刀を打ち下ろした。

「ぎゃっ」

悲鳴を虚空《こくう》へ撒《ま》いたのは、しかし、景安であった。

景安の打ち込みより一瞬早く腰をあげた法蓮房が、腰紐《こしひも》の後ろにたばさんでおいた鎧《よろいどおし》通を突きあげたのである。

胸の真ん中を下から突き抉《えぐ》られた景安は、そこに鎧通の刺さったままに、仰向《あおむ》けにゆっくり倒れた。

倒れながら、掠《かす》れ声で、最期の一言を絞り出している。

「おのれ……おどろ丸……」

いったん沈み込んだそのからだは、浮きあがってくると、緩やかな流れにのって、少しずつ遠ざかってゆく。

（おどろ丸……）

何のことであろう。人の名か、それとも船の名か。

ますます疑念の湧いた法蓮房であったが、庄五郎の叫びを耳にして、我に返った。

「若。お逃げなされい」

庄五郎は、おのれの足で、葦原をこちらへ駈けてくるではないか。背後に敵の二騎が迫っている。

（赤沢民部と大神卯兵衛だな）

法蓮房は、景安が落とした陣刀を、川底から拾いあげると、岸辺へ戻って、ふたたび裸馬の背へ跨《また》がった。そのまま庄五郎のほうへ走り出す。

「世話がやけるわい」

困ったような呟《つぶや》きを洩らした庄五郎だが、顔は綻《ほころ》んでいる。

民部と卯兵衛が、後方、十間足らずに急迫した。刹那《せつな》、庄五郎は、振り向きざまに、棒手裏剣を投げうった。

狙いあやまたず、民部の乗馬の面中《おもなか》の溝《みぞ》である三高《さんこう》へ、棒手裏剣は突き刺さった。

前肢《まえあし》を急激に折り敷いた馬は、走りの勢いのまま、頭から地へ叩きつけられる。平《ひら》頸《くび》の骨の折れる音がした。

前方へ大きく投げ出された民部は、空中で身をひねったが、左肩から強《したた》かに落ちて、自分のからだより発した音に、顔をしかめた。肩が折れたか、抜けたかしたらしい。

民部という男は、闘いに馴れている。この場の不利を悟ると、急速に向かってくる法蓮房へ一瞥《いちべつ》をくれたあと、ひとり遁《に》げをうった。

「民部さま」

卯兵衛は、輪乗りしつつ、走り去る民部を眼で追って、束《つか》の間逡巡《ましゅんじゅん》のようすをみせた。が、敵を逃がすのがよほど業腹《ごうはら》なのであろう、抜刀すると、馬脚を煽《あお》って庄五郎へ迫った。

庄五郎の右手から、もういちど棒手裏剣が投げうたれる。

「その手は食わぬわ」

卯兵衛は、手綱を引いて、馬首をわずかに横向け、飛び来たった棒手裏剣を、刀で払い落とした。

ふたたび背をみせて逃げようとした庄五郎だが、不運にも、絡《から》みあっていた葦に爪《つま》先《さき》を引っ掛け、前のめりに倒れた。下馬した卯兵衛は、刀の柄《つか》を逆手にもって、切っ先を庄五郎の背へ向け、雄叫《おたけ》びを放つ。

「ひいっ……」

刀を突き下ろす前に、卯兵衛は息をひいて、後ろへよろめいた。その腹から背へかけて、陣刀の刀身に刺し貫かれている。

ごぼっ、と口から血泡を吹き出すなり、卯兵衛は葦原の中に崩れ落ちた。

「若」

顔をあげた庄五郎は、陽光を背負った馬上の法蓮房を眩しく仰ぎ見る。

「椿衆は無事か」

法蓮房が訊くと、

「皆々、斬り死にいたしましてござる」

悲痛な声を洩らした庄五郎であったが、すぐにおのれの不覚に気づいて、顔色を変じた。

「そうか。やはり、椿衆というのだな」

「若。それは……」

「あとで明かしてもらうぞ、庄五郎。おどろ丸のこともだ」

彼方《かなた》を見霽《みはる》かしながら、法蓮房は言った。田園の中の道を、濛々《もうもう》たる砂埃《すなぼこり》を立たせて、こちらをめざしつつある一団がいる。坂本城から繰り出された追手に違いない。

「浜へ出るのであったな」

法蓮房が、また馬首を返す。

庄五郎は、卯兵衛の馬を頂戴《ちょうだい》した。

菅生川を渉った二騎は、夢前川との合流点まで馬をすすめると、そこから一路、海をめざして疾走《しっそう》していった。

五

その日の暮方、赤松義村が足利義澄の遺児《いじ》である次子亀王丸を奉じて、坂本城へ帰還したが、正室の松にとって、心の通わぬ良人《おっと》の無事など、さしたる慶事ではない。

その松が、追手の城兵を振り切って法蓮房がいずこかへ逃れ去ったと聞くと、ひとり寝所へ入ってから、さめざめと泣いた。安堵《あんど》と悦《よろこ》びと、そして言い知れぬ淋《さび》しさとに襲われたのである。

洞松院と浦上村宗とが実権を握る赤松氏に、もし法蓮房を松の子として迎え入れたとしたら、一日とて生き延びることは叶《かな》わぬであろう。二度とふたたび法蓮房に会ってはならぬし、自分以外の何者にも真実を語ってもなるまい。

松は、縁へ出て、夜空を見あげた。

「法蓮房……いいえ、峰丸。母は毎夜、そなたを思うて、あの月をながめまするぞ」

胸に抱いた雛巻《ひなまき》を掌《て》で撫《な》でながら、暈《かさ》に被《おお》われた幻月《げんげつ》に祈りをこめる松は、哀《かな》しい母であった。

潮騒《しおさい》の音が聞こえる。

月下に星が流れて、水平線の向こうへ消えた。

湊《みなと》に碇泊《ていはく》中の船の小間《こま》（船首甲板）に佇んで、流れ星を眺める者がいる。法蓮房であった。

その後ろ姿をまた瞶めているのが、庄五郎である。

（若は何をお考えか……）

胴の間（船室）の出入口からのぞかせた庄五郎の顔は、いささか不安げとみえた。

夢前川の河口で法蓮房と庄五郎を拾ったこの船は、ただちに瀬戸内海を東進したのだが、風向きが芳《かんば》しくないので、陽が落ちるころ、福泊《ふくどまり》に碇《いかり》を下ろした。船主の堺《さかい》商人は、かつて隊商を東国へ派遣したさい、腕のたつ牢人者を庄五郎に目利《めき》きしてもらった縁で、その頼み事を事情も質《ただ》さず聞き届けてくれたのである。

（なんとか言い繕《つくろ》うたが……）

乗船してすぐ、法蓮房に問い詰められた庄五郎は、おのれの素生と、椿衆の正体そのものについては、小夜が首領であったことも含めて、嘘偽りなく語った。また、おどろ丸というのは、備中青江派と確執のあった伝説の刀工櫂扇派の末裔《まつえい》で、無量斎の率いる裏青江衆に命を狙われていた人であることも明かした。

「足利義視《よしみ》公のためにお働きであった小夜さまと、裏青江衆に追われていたおどろ丸どのは、京において出遇《であ》い、互いを恋い慕うようになられた。そしてお生まれになったのが、若、あなたさまにあられる」

「では、それ以後、椿衆と裏青江衆とがたたかうようになったということか」

「左様にござる。おどろ丸どのは、若がお生まれあそばしてすぐ、討たれてしまわれた」

それにしても、と庄五郎は溜《た》め息をつく。

「あの景安なる者が、実は無量斎であったことに気づかなんだは、それがしの不覚にござった」

庄五郎は、告白を始める前に法蓮房から、景安が最後に無量斎と名乗ったことを聞いて仰天したのだが、右足の奇妙なねじれ方や、風貌《ふうぼう》などをよくよく思い起こしてみて、ようやく得心したものである。

「なにゆえ母上まで……。父上を討った無量斎に、もはや母上を殺める理由はなかろう。母上は櫂扇派でも刀工でもない。にもかかわらず、父上を討ってから七、八年ものちに、なにゆえだ」

「若。あなたさまにござる」

「わたしがどうしたというのだ」

「われらは、若の誕生をひた隠しておりましたが、ついに裏青江衆の知るところとなり申した。彼奴《きゃつ》らには、櫂扇派の血がのこることがゆるせなかったのでござる。無量斎もまた、多くの配下を椿衆に討たれて、報復の念を抱きつづけており申した」

「それで、わたしを逃がして寺へ入れたのか」

「仰《おお》せのとおり」

「なれど、わたしが寺入りしたからとて、行く末は刀工にならぬとも、また子をなさぬとも限らぬではないか。裏青江衆は、なにゆえ妙覚寺にわたしを討ちにまいらなんだ」

「世が変わりましてござる」

裏青江衆の小栗栖襲撃の直後、決死の覚悟で備中へ談判に赴いた庄五郎に対して、備中青江派の長老が語った内容を、庄五郎は包み隠さず法蓮房へ話した。

「おどろ丸どのが鍛えし櫂扇のひとふりを長老に渡すことで、永きにわたった争いを双方とも水に流したのでござる。これにひとり異を唱えた無量斎は、その日から逆に、裏青江衆に追われる身となり申した。無量斎が呂宋景安と名をかえて朝鮮へ渡ったのは、追手から逃れんがためでありましたろう」

「ならば、なおさらのこと、わたしの寺入りの必要はなかったではないか」

「仏門に帰依《きえ》して乱世に苦しむ弱き者を救済してほしい。小夜さまが若に望まれたことに、嘘偽りはまったくござらぬ。もとはと申せば、小夜さまは、美濃の斎藤妙椿さまが卒《しゅっ》し、また足利義視公も逝去《せいきょ》せられたあと、修羅の世界から退かれるお心づもりにあられた。おどろ丸どのとのことがあって、それは叶わぬことになりましたが、なればこそ、せめてわが子の代よりのちは血腥《ちなまぐさ》き場所に身をおかせたくはない。切なる親心にあられまするぞ」

　これには、さすがにうなだれてしまった法蓮房を、うしろめたい思いで眺めねばならぬ庄五郎であった。胸が痛んで仕方がない。

　いくつも嘘を交えた庄五郎だが、しかし、その中でも、おどろ丸が生きているという事実だけは、口が裂けても明かせぬ。

父が生きていると分かれば、法蓮房は会いたがるであろう。だが、いまや西村勘九郎《にしむらかんくろう》と名乗るおどろ丸は、美濃において、〈犬眼《いぬめ》武者〉と恐れられている。犬眼とは、血の通わぬ冷酷無残の性状の持ち主のことを、犬畜生にも劣るという意味で使うことばであった。

灯油の行商でたびたび美濃へも赴く庄五郎は、おどろ丸のことをそれとなく気にかけているのだが、もはやそこに、かつてのおどろ丸は存在せぬ。西村勘九郎という狂気を宿した殺戮者《さつりくしゃ》がいるばかりであった。

そんな男に法蓮房を会わせてはならぬ。というより、おどろ丸にわが子の存在を知られることのほうが、むしろ庄五郎には恐ろしい。破天丸を喪って以来、ひとりの子もできぬおどろ丸は、法蓮房を犬眼武者の後継者にしようとするやもしれぬ。

この場合、錦弥も忘れてはなるまい。自分の腹を痛めて産んだ破天丸にすら嫉妬《しっと》せずにはいられなかった女である。ほかの腹より出た法蓮房に対して、いかなる行動に出るか、想像しただけで、庄五郎の背筋は凍る。

「何もかも一時に押し寄せて、心が落ちつかぬ。風にあたってくる」

庄五郎の告白を聞きおえると、法蓮房はそう言って、胴の間から小間へ出た。

以来、航海のあいだも、福泊に碇を下ろしたあとも、ひとり小間に佇んで、遠い眼をしつづけている法蓮房なのである。

小夜の切なる願いに応《こた》えて法蓮房が再び仏門に戻ってくれればよいが、いまとなってはそうもゆかぬであろう。庄五郎には、待つことのほかに、何もできなかった。

庄五郎の総身がぞくぞくしてきた。秋夜の海上である。更《ふ》けるにつれて、冷気が増している。怺《こら》えようとしたが、大きな嚔《くさめ》がひとつ、出てしまった。

「庄五郎」

背を向けたままの法蓮房が、呼んでいる。

ようやく何か結着をつけたのだと察した庄五郎は、足早に歩み寄った。

「商《あきな》いはおもしろいか」

と法蓮房が訊く。

「油売りのことで」

「そうさ」

「それがしには合うているようにござる」

明るい声で、庄五郎は応じる。

「決めた」

「決められたとは、何を……」

すると法蓮房が振り向いた。頭に髪が伸びて、無精ひげも生やしたその顔は、庄五郎に眼を剝かせるほど晴々《はればれ》としているではないか。

法蓮房は、吹きつけてきた海風を胸いっぱいに吸い込んでから、宣言した。

「わたしも油売りになる」

第十章　奈良屋判官《ならやはんがん》

一

春ののどけき光とそよ風に、絹毛の花穂をさらす川べりの猫柳《ねこやなぎ》が、気持ちよさそうに見える。

四条河原《しじょうかわら》は、玄人《くろうと》も素人《しろうと》もとりまぜた様々な芸の披露《ひろう》と見物とで、賑《にぎ》わっている。わけても人気の猿楽《さるがく》は、盛んであるだけに、観《み》るにたえない一座も少なくない。いまにも崩れ落ちそうな急拵《きゅうごしら》えの舞台では、猿面をつけた大男がとんだりはねたりして、耳を被《おお》いたくなる音をたてるだけでもおかしいのに、そのうえ謡《うたい》も囃子方《はやしかた》も調子っ外《ぱず》れという、ひどいものであった。

〈大和猿楽・叡阿弥夢清《えいあみゆめきよ》〉などと仰々《ぎょうぎょう》しく染め抜いた幟《のぼり》を立ててはいるが、眉唾《まゆつば》に違いあるまい。むろん見物は、芝居だけで、桟敷席《さじきせき》など設けられておらぬ。

どうやら猿面男が叡阿弥夢清であるらしい。

「なんとまあ、へたくそな……」

「見料を払《はろ》うて損したわ」

「味噌《みそ》が腐る」

などと、あきれたり腐したりする者もいたが、おおかたの見物衆は、くすくす笑っている。

赤地金襴《あかじきんらん》といっても、どうやら紙で作ったまがいものらしいが、その打掛《うちかけ》に虎皮とみせた頬貫《つらぬき》を踏み開いて、叡阿弥が橋掛《はしがかり》の高欄《こうらん》へ躍《おど》りあがった。

「ああっ……」

猿面の下から、くぐもった悲鳴を洩《も》らす。

無理もなかろう。足下の高欄が折れてしまったのである。

叡阿弥は、一ノ松と二ノ松の間から地へ転がり落ちた。

もはや見物衆が怺《こら》えきれるものではない。大波が磯《いそ》を叩《たた》いたような哄笑《こうしょう》が湧《わ》いた。

転落した叡阿弥は、腰をさすりながら立ち上がるや、猿面をはずして見物衆へ投げつけた。

「笑うな」

これでも懸命にやっているのだ、とでも言いたげではないか。

ぎろりと眼を剝《む》いた大男から、いまにもとって食いそうな形相《ぎようそう》をされては、見物衆も黙らざるをえぬ。場はいっぺんで興醒《きようざ》めた。

それでも、中にはまだ笑いを引っ込めることができず、声を立ててしまう者がいた。

聞きとがめた叡阿弥は、芝居の中へ割って入り、笑った男の首根っこを摑《つか》んで、ひきずり倒す。ほかの見物衆は、おそれて、蜘蛛《くも》の子を散らすように逃げた。

這《は》って逃げる男の腰を蹴《け》りつけようとした叡阿弥であったが、

「生兵法《なまびようほう》は大疵《おおきず》のもとというを、ご存じか」

その声に、足をひっこめ、視線をあげた。

「手猿楽《てさるがく》も同様にござるよ」

手猿楽とは、素人の猿楽をいう。

そう言って穏やかな笑みを浮かべた瓢然《ひようぜん》たる風姿に、叡阿弥は見覚えがあるような気がした。

その若者は、ぱりっとした烏帽子《えぼし》を頭にいただいて、枝垂桜《しだれざくら》を肩から垂《た》らした艶《あで》やかな模様の小素襖《こすおう》を清々《すがすが》しく着こなし、腰の大小もぴたりと決まっている。

「奈良屋《ならや》の判官《はんがん》どのや」

遠巻きの野次馬が言ったのを、叡阿弥は聞き逃さなかった。

「ほう……」

叡阿弥は、顎をわずかに引き、細めた双眸《そうぼう》で、あらためて対手《あいて》を値踏みする。

「おぬしが、ちかごろ洛中《らくちゅう》に隠れもない奈良屋判官であったか」

「判官は、京童《きょうわらべ》の戯《ざ》れ言《ごと》。わたしは、油屋の奉公人にすぎ申さぬ」

四年前の秋に法蓮房《ほうれんぼう》の僧名を捨てたこの若者は、以後、松波庄九郎《まつなみしょうくろう》と名乗っている。庄五郎《しょうごろう》の甥《おい》という触れ込みで、西岡《にしおか》の油問屋奈良屋又兵衛《またべえ》に奉公したものだ。

物騒な世の中だから、当時の商人はみずから武装しなければならなかった。別して奈良屋のように京中でも指折りの大商人は、富家ゆえに押込・強盗の標的にされやすいので、腕におぼえの牢人《ろうにん》を多数抱え置いた。完全な自警団である。

庄九郎は、奈良屋に奉公するやいなや、群を抜く練達の武芸を実戦で見せつけ、ほとんど一朝にして他の牢人衆から一目置かれる存在となった。庄九郎の常に清爽《せいそう》の気を漂《ただよ》わせる風貌《ふうぼう》と挙措《きょそ》、さらには学識の豊富さや、弁舌の爽《さわ》やかさなども、宰領《さいりょう》と仰《あお》がれるに充分すぎる要素であったろう。

又兵衛の信頼をかち得たのは言うまでもない。大名の注文で他国へ油を届けたり、あるいは行商に出る場合には、その隊商の指揮と護衛は、すべて庄九郎に委《ゆだ》ねられた。

また、奈良屋は富商の常として金融業も兼ねている。庄九郎は、借金の取り立てにあたって、返す気持ちのある者には、家財や能力を運用できるよう工夫してやって少しずつ稼がせ、その中から返済させた。逆に、明らかに踏み倒そうとする悪質な債務者に対しては、果断な処置をもって臨んだ。そのやり方が、他の金貸しと違って公明《こうめい》正大《せいだい》だというので、京童は庄九郎を、九郎判官義経《くろうはんがんよしつね》になぞらえ、親しみをこめて奈良屋判官と称《よ》ぶようになったのである。

「ふん。おれのような小物に、判官おんみずから取り立てにまいられたとは、名誉なことだ」

皮肉たっぷりに吐き捨てた叡阿弥へ、

「銭《ぜに》一貫文は、小さくはない」

と庄九郎は返す。米一石を買える額であった。

叡阿弥は、大和猿楽の上手と吹聴《ふいちょう》して、それだけの銭を奈良屋から借りている。

そのとき庄九郎は他行中で、叡阿弥には会わなかったが、摩須《ます》の手紙《ふみ》を持参していたので、又兵衛もやむをえず貸したという。

摩須は、又兵衛のひとりむすめで、師為《もろため》とかいう名の公家《くげ》に嫁《とつ》いでいる。師為の目的は、奈良屋の金銭的援助であったろう。見返りに又兵衛は、四品家扶《しほんかふ》なる官位をもらった。しほんかふとはまた大層な響きだが、何のことはない、師為の家の執事というほどの意である。

摩須は、かねを貸してほしいと泣きついてくる者を、何の疑いももたずに憐《あわ》れんで、みずから書いた手紙をもたせて奈良屋へ行かせるのが常であった。生まれついて富家の御寮人《ごりようにん》であったせいか、公家の姫君よりもおっとりとしたところがあるので、そこをつけこまれるのであろう。

もっとも庄九郎自身は、摩須にいちども会ったことがない。

「乱れた世だ、判官。借りた者勝ちよ」

と叡阿弥がうそぶいた。

「何があったか知らぬが、随分と荒《すさ》んでしまったようだな。四年前は、もう少し可愛《かわい》げのある男であったが……」

落胆も露《あら》わに、庄九郎は言った。

「四年前だと……。何のことだ」

「まだ分からないかね、叡阿弥。いや、凱全坊《がいぜんぼう》」

大男は、ぎくりとする。

「おぬし、どうして……」

「それとも、源太之助《げんたのすけ》とよんだほうがよいかな」

言いながら、腰の大小を鞘《さや》ごと抜いた庄九郎は、それらを脇へ置いて、だしぬけに双肌脱《もろはだ》ぎになった。無駄のない、しなやかで、美しい筋肉が春陽《はるび》にさらされた。

「妙覚寺《みようかくじ》の法蓮……いや、峰丸《みねまる》」

ようやく凱全も、大きくうなずいた。道理で見覚えがあったはずだ。

四年前も、やはり春の出来事であった。

延暦寺《えんりやくじ》の所司《しよし》栄潤《えいじゆん》が、妙覚寺の南陽房《なんようぼう》に宗論で打ち負かされたので、叡山《えいざん》随一の荒法師凱全は、一条戻橋《いちじようもどりばし》に辻説法《つじせつぼう》を行う南陽房を懲《こ》らしめるべく、同僚をひきつれて洛中へ出た。ところが、南陽房の兄弟子の法蓮房と闘う成り行きとなった。そのさい、お互いの宗派に後日の迷惑を及ぼさぬようにと、両人は法衣を脱いで、源太之助と峰丸という、それぞれの俗名を名乗り合って、相撲《すもう》で結着をつけることにしたのである。

「おぼえておるか、源太之助。あのときのことを」

「おお、忘れようものか。結着がついておらぬわ」

四年前は、双方、幾度投げとばし合っても降参せず、そのうち陽が落ちてしまったので、引き分けと認め合っている。そして、二人とも、心から愉快に笑った。

「やるか」

「うれしや」

源太之助も、双肌を脱いだ。こちらの裸軀《らく》は、雄偉《ゆうい》そのものだ。

源太之助のほうから組みついた。

細身の庄九郎は、これをうけとめて、にやりとする。

「約束いたせ、源太之助」

「何をだ」

「わたしが敗《ま》ければ、一貫文は帳消しにしてやる」

「二言はないな」

「もとよりのこと。なれど、おぬしが敗けたときは、わたしの言うことに何でも服《したが》ってもらう」

「承知じゃ。首でも何でもくれてやろうぞ」

口角泡《こうかくあわ》を飛ばした源太之助は、庄九郎の袴《はかま》の両腰のあたりを強く摑んで、吼《ほ》えた。

「うおおっ」

投げとばされた庄九郎の五体は、宙を舞った。

野次馬たちから悲鳴があがる。

庄九郎は、しかし、猫のように身をしならせて、鮮やかに足から着地した。

期せずして、称嘆《しょうたん》が湧く。

「判官」

「奈良屋」

の懸け声はまだしも、

「堪《た》え難《がた》や」

という嬌声《きょうせい》には、どっと笑いが起こった。この堪え難やは、庄九郎があまりに颯《さっ》爽《そう》としているので、もうがまんできない、という思いの込められたものだ。

四条河原の本日最高の演《だ》し物《もの》は、奈良屋判官の立回《たちまわり》と決まったといえよう。

声援をもらえぬ源太之助は、むかっ腹を立てたものか、またしても猪突《ちょとつ》して、庄九郎の腰を摑んだ。

その両腕を、庄九郎はかんぬきに決めてしまう。

はじめに組みつかれた時点で、実は庄九郎は源太之助の力を見極めていた。

（鈍《なま》っている）

何を思ったか知らぬが、叡山の荒法師が猿楽に転じたのだから、武芸稽古《げいこ》から遠ざかっているのに違いなかった。

のちに源太之助本人の明かしたところによれば、堂衆《どうしゅ》の中に叡山の神木《しんぼく》を売って利を得る者がいたので、その追放を訴えたところ、かえって破門されてしまったという。乱妨者《らんぼうもの》でも、理非曲直《りひきょくちょく》には厳であった。猿楽を始めたのは、思いつきであったそうな。

庄九郎が、かんぬき絞《じ》めのまま、押した。あまりの痛さに、源太之助は踏ん張ることもできぬ。

力押しされて、ひたすら後退するほかない源太之助の背後に、舞台が迫る。このままでは目附柱《めつけばしら》のあたりにぶつかる。

「ううっ」

呻《うめ》いて、源太之助は、渾身《こんしん》の力を振り絞った。両者の立場が入れ替わる。

入れ替えたのは、しかし、庄九郎の策であった。対手に一瞬の安堵《あんど》を芽生えさせておき、その隙《すき》を捉《とら》えて、庄九郎は源太之助の右腕を巻き込んだ。

「あっ……」

腰車にのせられた源太之助は、投げ出した両足に放物線を描かせて、腰から目附柱へ叩きつけられた。

舞台全体が軋《きし》んで傾いた。

舞台上に残っていた者たちは、慌てて、外へ飛び出す。

倒壊していく音は、さながら雷鳴のようであった。凄《すさ》まじい塵埃《じんあい》を撒《ま》き散らして、舞台も橋掛も瞬時にして木っ端《こっぱ》に変わり果てたのである。

庄九郎は、源太之助が舞台の下敷きにならぬよう、気絶せしめたからだを、肩に担《かつ》いでいた。そのまま、鴨川《かもがわ》の水辺まで歩をすすめる。その間にも、まわりから喝采《かっさい》が浴びせられた。

巨体を水辺にうつ伏せに寝かせると、顔を流れに浸《つ》けさせ、庄九郎は放っておく。

稍《やや》あって、源太之助の頬を浸《ひた》す水際《みずぎわ》に、泡が浮いてきた。

「ぷはっ……」

とつぜん、源太之助は、気づいて、流れから急激に顔をあげる。息遣《いきづか》いが荒い。

かたわらで庄九郎が笑っているのを見て、悔《く》やしそうな面持ちになった。事態を理解した源太之助である。

「わたしと夢を見てみないか」

と庄九郎は言った。

「どんな夢だ」

「乱世の夢」

「風雲に乗ろうというのか」

「乗ったら、さぞ心地よかろうな」

蒼穹《そら》を見あげる庄九郎の表情を、源太之助は窺《うかが》った。

「おぬしの言うことに服《したが》えとは、そのことか」

「その気がなければ、いいさ。このまま、どこぞへ去《い》ね」

庄九郎はあっさりしたものである。

「借銭をどうする」

かえって源太之助のほうが、むっとした。

「あの舞台のざまでは、返せまい。おぬし、役者は向かぬぞ」

肩を顫《ふる》わせて庄九郎は笑う。

つられて、源太之助も、唇許《くちもと》をゆるめてしまった。

「必ず返す」

「どうやって」

「乱世の夢に一貫文だ」

庄九郎が照れて視線を逸《そ》らす。

「くそ、奈良屋判官。おぬし、人たらしじゃ」

口とは裏腹に、源太之助の心身は昂《たかぶ》りをおぼえていた。

口笛に似た音を耳にして、庄九郎はその源を探す。

対岸の土手上の桜の木で、蕾《つぼみ》をついばんでいた小鳥が、飛び立つと、川面《かわも》すれすれを滑空してきて、二人の頭上を掠《かす》め過ぎていく。頰から喉《のど》にかけて、艶やかな紅色と見えた。

雄の鷽《うそ》である。

灰褐《はいかっしょく》色の雌鷽は、その冴《さ》えない色をもって雨鷽《あめうそ》の俗称で敬遠された。雄鷽は、紅色や桃色を日輪《にちりん》の色に見立て、晴鷽《はれうそ》または照鷽《てりうそ》として愛される。

(吉兆だ)

身内に自信の漲《みなぎ》る若き庄九郎であった。

二

蒼々《あおあお》として広大な天空と、瑞々《みずみず》しい万緑の大地を截然《せつぜん》と別《わ》けて屹立《きつりつ》する真っ白な雲の峰は、大自然の夏の象徴であろう。

光きらめく川の流れに、釣り糸の浮子《うき》が顫えている。

釣り糸のもとを辿《たど》れば、川岸に生えた槐《えんじゅ》の木から垂れ下がっているではないか。

釣り竿《ざお》を持たずに別の枝の上へ寝かせたまま、みずからは幹と枝の股《また》に腰を下ろしてまどろんでいるのは、庄九郎であった。淡い黄白色の蝶形花《ちょうけいか》の群れの陰に午睡《ごすい》する姿は、屈託のない貴公子を思わせる。

その昔、空海《くうかい》が鴨川の東岸に槐を植えたところ、雷はすべてそちらへ落ちるようになったそうだが、この川は同じ京都でも桂川《かつらがわ》である。

丹波高原の大悲山《だいひざん》あたりに源を発する流れは、保津川《ほづがわ》、大堰川《おおいがわ》、梅津川《うめづがわ》と名をかえて、京都西郊の桂の里に至って桂川となる。さらに下れば、淀川《よどがわ》に合流する。

丹波の木材を陸揚げする河港の梅津より下流の桂川と、西山の丘陵に挟《はさ》まれた南北に長い一帯を西岡という。この地に、油問屋奈良屋又兵衛は屋敷を構えている。

夏の桂川といえば、鮎《あゆ》であった。しかし、庄九郎は、釣りと称しながら、こうやって眠っていることのほうが多い。あるいはこの若者は、源太之助に一緒に見ようとすめた乱世の夢を、見ているのやもしれぬ。

樹上にまどろみの貴公子を抱く槐の木の下に、夏草を踏んで、入道頭の男がやってきた。庄五郎《しょうごろう》である。

いまは、庄五郎ではなく、別の名でよばれていた。

「庄五郎と庄九郎とでは、まぎらわしい」

と庄九郎が言いだしたことがきっかけであった。庄五郎にすれば、迷惑な話である。

「白楽天《はくらくてん》を知っておるか」

と庄九郎は訊《き》いた。

「弁財天《べんざいてん》さまのご縁戚《えんせき》か何かで」

「唐土《からくに》の歌人だ」

「ははあ……」

「白楽天はこういう歌を詠《よ》んでおる」

暁日《ぎょうじつ》　竹籃《ちくらん》を提《ひっさ》げ
家僮《かどう》　春蔬《しゅんそ》を買えり
青青《せいせい》たる芹蕨《きんけつ》の下《もと》
畳臥《じょうが》す　双白魚《そうはくぎょ》……

そうして、滔々《とうとう》と朗詠《ろうえい》する庄九郎の声と佇《たたず》まいの佳《よ》さに、

（さすが学問に励まれた御方《おかた》はちがう）

我が子を誇る父親のような気分を抱いた庄五郎であったが、

「辛苦して明珠《めいしゅ》を覓《もと》むることを」

と最後の一節を詠じ終えた庄九郎から、

「されば、庄五郎、そなたに号を授ける」

そう言われたときには、何のことやら分からなかった。

「本日より、放魚《ほうぎょ》と号せ」

「放魚……」

「なんだ、間の抜けたつらをして。わたしの詠んだ唐歌を聞いておらなんだのか」

「それはもう、聞いており申した。なれど、その、放魚とは……」

「では、決まりだ。そなたによく合うた号ではないか」

白楽天の放魚詩は、下僕《げぼく》の買ってきた二匹の魚を、まだ生きていたので南湖に放ってやったが、それは、漢の武帝が魚を助けた池の近くで珠玉《しゆぎよく》を手に入れたという故事を思って報恩《ほうおん》を期待したからでは決してない、という内容である。

庄九郎は、庄五郎の無償の忠義心を、放魚の心になぞらえたのであった。

「ありがたく頂戴《ちようだい》いたしまするが、名乗りはひきつづき庄五郎でも……」

「まぎらわしいと申したであろう。そなたは放魚だ。よいな」

ついでに、と庄九郎は言った。

「頭をまるめよ。そのほうが放魚らしい」

かくて、しぶしぶ承知することになった庄五郎であったが、馴れてしまえば、放魚も悪くない号で、ちかごろは気に入っている。

その放魚が、流れの浮子の動きで、魚がかかっているとみて、樹上へ声をかけた。

「若。引いておりまするぞ」

眼を閉じたままの庄九郎の返辞が降ってくる。

「鮎ではない」

「さようで……」

放魚は、あらためて川面へ視線をあててみるが、何用か問われて、そうでござったと用事を思い出した。

「源太之助が備前《びぜん》より戻りましてござる」

庄九郎が、ようやく双眼《そうがん》を開け、放魚を見下ろす。

「恙《つつが》ないか」

「それはもう、真っ黒に陽灼《ひや》けいたして、意気揚々と」

「手柄話をするから、わたしをよんでこいと申したのではないか、源太之助は」

「ご慧眼《けいがん》。なんでも野伏《のぶせり》を五度までも追い払《はろ》うたとか」

くすっと放魚が笑い、庄九郎も温かい微笑《ほほえ》みを浮かべた。

油の原料となる荏胡麻《えごま》が畿内《きない》ではほとんど栽培されていないので、京の油問屋は隊商を組んで、遠国《おんごく》まで買いつけに出向く。そのさい、荷駄を盗賊や野伏の兇徒《きょうと》から守るために、警固隊が付き添う。この隊長を過去三年間つとめてきた庄九郎が、いきなり源太之助を指名してあたらせた。

実は庄九郎は、いずれ、ともに乱世へ躍りだそうと誓い合った盟友が、この大任をひとりで果たすことができるか否《いな》か、みたかったのである。そして、源太之助は、見事にやってのけたらしい。

（やはり、一軍の将になりうる男であった……）

庄九郎は、釣り竿を放魚の手に放って、木から跳び下りた。

「若。鮎を」

「そなたが釣れ」

「それがし、放魚にござれば、釣っても放たねばなり申さぬ」

「鮎ではないと申した」

笑って、庄九郎は、その場を離れようとして、ふと、野の花に眼をとめた。枝先についた鮮やかな黄色の花は、形が薊《あざみ》に似ている。

（紅《べに》の花か……）

以前にも、この花に魅《ひ》かれたことがある。理由は、庄九郎自身、分からぬ。葉のふちの棘《とげ》に気をつけながら、庄九郎は一輪、手折《たお》った。

匂《にお》いを嗅《か》いでみる。

（なつかしい……）

と思った。しかし、その感情の湧《わ》く理由も、やはり説明がつかぬ。

「若。大物にござるぞ」

いつのまにか放魚が、川岸に足を踏ん張らせている。釣り竿は大きくしなっていた。

「川に放たずとも、腹の中へ放てばよい」

などと勝手な理屈をつけて、放魚は一気に釣り上げた。

「あっ……」

釣り針にひっかかっていたのは、褌《ふんどし》であった。上流で舟遊びでもする者が、野嬬《やごう》に及んで流してしまったのであろう。

庄九郎と放魚が奈良屋又兵衛の屋敷へ戻ってみると、あちこちで賑《にぎ》やかな笑声があがっていた。隊商の備前からの無事帰還を、皆で歓《よろこ》んでいるのである。

庄九郎も、会う顔ごとに、労《ねぎら》いの声をかけた。

夕刻から帰還祝いの宴《うたげ》を張るというので、賄方《まかないかた》の者たちも、忙しく立ち働いている。

ただ、玄関土間に、立派な女乗物が据えられているのが、奇異であった。

「おお、庄九郎」

奥から、廊下をどやどやと踏んで、源太之助が出てきた。放魚の言ったとおりの黒々とした顔である。

逞《たくま》しくなって帰ってきた友に、庄九郎のおもては綻《ほころ》ぶ。

「野伏を五度追い払うたそうだな」

「六度だ」

「きょうは一日、おぬしの手柄話をきかされるのか」

「きかせるぞ。だが、いまはまずい」

何を慌《あわ》てているのか、源太之助は庄九郎の袖《そで》を引いて戸外へ連れ出した。

「どこへゆくのだ」

「女乗物を見たであろう」

なぜか声をひそめる源太之助である。

「それがどうした」

「たったいまお摩須どのが戻った」

摩須は、油小路《あぶらのこうじ》に住む師為という公家に嫁いだ又兵衛のひとりむすめである。

だが、この春、師為は卒《しゆっ》した。ちょうど庄九郎と源太之助が鴨川で再会した直後ぐらいのことであったろう。心の臓が弱っていたらしい。子もできなかったので、摩須は、諸々《もろもろ》の後始末をつけて、奈良屋へ戻ってきたのである。

「では、挨拶《あいさつ》にまいろう」

奈良屋に奉公して足掛け五年目の庄九郎だが、いまだ摩須に会ったことはない。

「まて、庄九郎」

「どうした、源太之助」

「実は、お摩須どのがの……」

言いよどんだ源太之助は、憐れむような眼で庄九郎を眺めた。

「なんだ。早う申せ」

「いや、やめておく」

「なんだ、それは」

「にげろ、庄九郎」

「何を申しておる。おぬし、長旅から戻ったばかりで、つい、つむりまでくたびれたか」

苦笑して、ふたたび屋敷内へ入りかけた庄九郎を、また源太之助は引き戻す。

「では、言うぞ、庄九郎。放魚も聞け」

大きく深呼吸をした源太之助の顔つきがおかしくて、庄九郎と放魚は笑いだしそうになる。

「戯《ざ》れ言《ごと》ではない」

「早《はよ》う申せというに」

「お摩須どのが、戻ってまいった早々、おぬしと夫婦《めおと》になりたいと言いだしたのだ」

「やはり、つむりがおかしくなったな」

「戯れ言ではないと申した」

源太之助がむっとしたので、庄九郎はどうやら嘘《うそ》ではなさそうだと思い直した。しかし、ありえぬことである。

「わたしは、お摩須どのの顔も知らぬ」

「むこうは存じておる」

「さようなことがあるものか」

「洛中に隠れなき奈良屋判官が往来をゆくとき、あまたの女子《おなご》衆がこっそり盗み見ておるのを、おぬし、気づかぬのか」

「大仰《おおぎょう》なことを申すな」

ふしぎなことに庄九郎は、女を性的な対象としてみたことがない。幼いころに寺入りして、男だけの聖域で十数年を過ごしたことと無関係ではあるまい。といって、男色でもなければ、先輩僧に弄《もてあそ》ばれた経験もない。

学僧時代は知識の吸収も、夜毎《よごと》のひそかな武芸稽古も充実していたし、還俗《げんぞく》後も奈良屋の仕事を愉《たの》しくこなしている。要するに、女と接したいとも思わぬし、女の容姿の美醜《びしゅう》も気にしたことすらないのが、庄九郎という男であった。

「おぬしの申したことがまことだとしても、わたしがにげねばならぬ理由はあるまい。だいいち、又兵衛が承知すまいよ」

「あまいぞ、庄九郎。又どのこそ大乗り気なのだ」

「ふうん……」

何か思案するように、庄九郎は顎を撫《な》でた。

「ふうん、て……まったく、のんきなやつだ」

源太之助は、もどかしげに地団駄《じだんだ》を踏む。

「そんなふうでは、お摩須どのをくっつけられてしまうぞ」

「どのような女子だ、源太之助」

奈良屋から借銭するのに、摩須に口利《くちき》きを頼んだことのある源太之助は、そのとき師為邸で姿を垣間《かいま》見ている。

「にげろと申したではないか」

「それが分からぬ」

「奈良屋は京でも指折りの有徳人《うとくにん》（金持ち）だ。その御寮人ともなれば、嫁入り先は引く手あまたのはず。それが、師為なんぞという屁《へ》のような官位の貧乏公家に嫁いだ。ここまで申せば、どのような女子か察しがつくであろう」

「ありていに申せ、源太之助」

「だから、似ているのだ、又どのに」

「なんだ、さようなことか」

庄九郎は拍子《ひょうし》抜けの声をだした。

「親子が似るのはあたりまえだ」

「かまわんのか、おぬし」

あっけにとられた源太之助に、もはやかまわず、庄九郎は背を向けて、屋敷内へ戻ってゆく。

「待て、庄……」

呼び戻そうとした源太之助であったが、庄九郎が振り返りもせず、ひらひらと手を振ったので、とうとうあきらめた。

（わからぬ男よ……）

外見も心根も涼やかな庄九郎だが、何を考えているのか見当のつかぬときがある。

「願ってもないこと」

と放魚が、とつぜん、うれしそうにうなずいたので、源太之助はおどろく。

「なんだと」

「若はいまだ、女子を存じておられぬ。初めての女子は、年上の情の濃《こま》やかなおひとがよい」

摩須に幾度か会ったことのある放魚は、その人となりを知っていた。

「これだぞ」

源太之助が、おのれの両頬を掌《て》で挟んで、ひねるようにして押しつぶしてみせる。

「愛嬌《あいきよう》のあるお顔だちじゃ」

「まったく、主従しておかしなやつらだ。知らんぞ、おれは」

源太之助は、放魚の担《かつ》いでいた釣り竿をひったくると、憤然《ふんぜん》とした足取りで、屋敷前から離れてゆく。

その背へ、放魚が声を投げた。

「褌なぞを釣らぬようにな」

三

当時の商工業は、その許可権をもつ京都・奈良の有力寺社を本所として、座というものを組織し、この一員となって営業するのが、定められた姿であった。荏胡麻油の本所は大山崎八幡宮《おおやまざきはちまんぐう》で、奈良屋などの座員は八幡宮へ許可料と歩合金を納めている。座に属さず無許可で営業する者に対しては、武装の神人《じにん》を派遣して、これを徹底的に叩き潰《つぶ》してしまう。

つまり、座は商工業の独占形態で、だからこそ、その儲《もう》けは莫大《ばくだい》なものであった。

奈良屋の洛中の出店はさしたる建物ではないが、この西岡の屋敷は、屋根など母屋《おもや》が瓦葺《かわらぶき》、その他も檜皮葺《ひわだぶき》という贅沢《ぜいたく》さで、広さは管領《かんれい》屋敷をすら凌《しの》ぐ。広々とした庭もある。搾油機《さくゆき》を備え、幾棟《いくむね》もの土蔵を列《つら》ね、奉公人も多いからというより、座は桁外《けたはず》れの儲けを生み出すことの例証が、この屋敷であるといってよい。

ただ奈良屋が、これだけの屋敷を、洛中ではなく桂川の西に構えたのは、それでも内裏《だいり》や将軍邸を憚《はばか》ってのことである。

奥座敷へ通じる渡廊《わたどの》のところで、庄九郎は又兵衛に出くわした。

「又兵衛。お摩須どのは、いずれにある。挨拶にまいった」

「わざわざ庄九郎さまがご挨拶なぞ……」

又兵衛は、大きな赤い鼻を、さらに赧《あか》めて、ばたばたと手を振った。いつも大人然《たいじん》として悠揚《ゆうよう》迫らぬ又兵衛にしては、めずらしいことである。

「源太之助から聞いた」

「何をお聞きにならはりました」

「お摩須どのは、わたしと夫婦になりたいそうだな」

「あっ……」

その驚愕《きょうがく》と困惑の表情に、ははあ、と庄九郎は察した。

「源太之助のやつ、おぬしとお摩須どのの話を盗み聞きいたしたらしい」

するとと又兵衛は、深い吐息をついてから、観念したように、ゆっくりうなずき返した。

「実はお摩須は……」

言いかけて、しかし、かぶりを振った。

「いや、手前の口からは申し上げげんとこう思います。親ばかになりますさかい」

こちらへ、と又兵衛は庄九郎を招いた。

奈良屋又兵衛と庄九郎の関係は、表向きはあるじと奉公人だが、実質はまったく異なる。庄九郎は貴人の扱いをうけていた。

これには、理由がある。

又兵衛は、三十年以上前、商旅の途次、追剝《おいはぎ》に襲われたところを、当時は松波庄五郎と名乗っていた放魚に助けられた。以来、二人は昵懇《じっこん》となった。

それから時を経て、放魚が峰丸という幼い男の子を預けにきたのが、いまから十八年前のことになる。そのさい、又兵衛は初めて、放魚の素生《すじょう》を知った。

松波家は、御所警固にあたる近衛府《このえふ》の家柄だが、この乱世で没落した。しかし、官位をひきつづき朝廷より拝命しており、松波家の嫡家《ちゃつけ》は正六位左近将監《さこんしょうげん》を称することを許されている。峰丸はその嫡家の跡継ぎで、自分は叔父であると放魚は明かしたのである。なればこそ放魚は庄九郎を「若」と敬称する。

小栗栖《おぐるす》にあった左近将監家が山賊に襲われ、一家皆殺しにされたので、ひとり命拾いした峰丸を、しばらくの間預かってほしいと放魚から頼まれ、又兵衛は一も二もなく引き受けた。だが、峰丸が奈良屋に滞在したのは、半月ばかりの間のことであったろう。峰丸はほどなく、放魚に手をひかれて妙覚寺へ入った。

その峰丸が、四年前の秋、還俗して、ふたたび放魚とともに奈良屋へ現れた。その凜々《りり》しい男ぶり、弁舌のさわやかさ、たしかな教養、錬達の武芸などに、又兵衛はあらためて、主上の「近《ちか》き衛《まも》りのつかさ」の由緒《ゆいしょ》正しき武官家の出自《しゅつじ》を納得したものである。

洛中指折りの富商の奈良屋又兵衛といえども、正六位左近将監の名跡を受け継ぐ庄九郎を、なみの牢人《ろうにん》者扱いにすることはできぬ。それゆえ又兵衛もまた、庄九郎さまと敬称し、事にあたっては、命ずるのではなく、まずはその意向をうかがうのが常であった。

もっとも、又兵衛は、左近将監云々《うんぬん》の話は放魚の真っ赤な嘘だと明かされたとしても、庄九郎への接し方を変えることはあるまい。それほど庄九郎に惚《ほ》れ込んでいる。

ほどなく、母屋の奥まった一室の前までゆくと、又兵衛は、いちど頭をさげてから、踵《きびす》を返した。その皺深《しわぶか》い顔には、何やら諦念《ていねん》ともとれる色が滲《にじ》み出ていた。

「申し上げる」

庄九郎は障子戸《しょうじど》の向こうへ声をかける。

「わたしは、ご当家にて警固の役を仰《おお》せつかる松波庄九郎と申す者。ご挨拶に参上いたした」

「どうぞお入りにならはって……」

蚊《か》の鳴くような声が返ってきた。鋭敏な庄九郎の耳でなければ、聞き取れなかったであろう。

「御免」

障子戸を開けた途端、庄九郎は、どんよりとした空気に触れた。陽あたりも風通しも悪い、板敷の薄暗い部屋である。

富商奈良屋の御寮人が、なにゆえこのような虫の湧《わ》きそうな部屋に閉じこもっているのか。屋敷には、もっと明るく清々とした部屋がいくつもある。

上座を見ると、御簾《みす》が垂らされていて、その後ろに人影があった。置き畳の上に端《たん》座《ざ》している。

部屋に、ほかの人影はない。

「御寮人。それではお顔が拝せぬ。御簾を上げていただきたい」

「堪忍《かんにん》しておくれやす」

「この先、御寮人の警固を仰せつかることもござろう。お顔を知らぬでは、警固の役はつとまらぬ」

「警固の必要はあらしまへん。わたくしは、他行《たぎょう》をいたしませぬによって」

そこまで言われては、引き下がらざるをえない。庄九郎は押し黙った。

「昔をよすがに……」

と消え入るように、摩須は言った。

「……想《おも》い描いてくだはりませ」

昔をよすがに、とはどういう意味であろうか。庄九郎は、微《かす》かに首をかしげた。

（わたしは、お摩須どのと会うたことがあるというのか……）

しかし、どう思いめぐらせても、会った記憶はない。油小路の師為邸に出向いたことも ないのである。

「わたくしは十《とお》、あなたさまは八つでおいやした」

「八つ……」

といえば、小栗栖の屋敷を無量斎《むりようさい》率いる裏青江衆《うらあおえしゆう》に襲撃され、庄九郎が母小夜《さよ》を喪《うしな》った歳《とし》ではないか。

（そうであった。わたしは、短い間だが、奈良屋にあずけられたのだ）

だが、あのときの奈良屋でのことは、ほとんどおぼえていない。ひとりで、ただ泣きつづけていたような気がする。

「お母上を亡《な》くされたというあなたさまを、わたくしと山崎屋《やまざきや》のお阿耶《あや》さまとで、お慰《なぐさ》めいたしてござります」

「………」

そんなことがあったろうか、と庄九郎は思い出そうとしてみる。が、やはり記憶は戻らぬ。母を殺された衝撃で、何もうけつけなかったのに違いない。

それよりも、庄九郎はいま、摩須の声に心を動かされていた。美しいのである。

「わたくしの膝《ひざ》でお眠りにならはりました」

「わたしが……」

「そうどす」

「それは無礼を」

「やがて、妙覚寺へお入りにならはる日、あなたさまは、礼と仰せられて、わたくしに花を摘《つ》んできておくれやした」

摩須の語りは、唄《うた》うがごとくといってよい。よほどに心楽しき思い出なのであろう。

そして庄九郎も、花といわれて、はじめて記憶を蘇《よみがえ》らせた。だが、朧《おぼろ》げな記憶であり、それも奈良屋におけることではない。

(母上……)

子守唄を口ずさむ小夜。その唇。微かに漂う臙脂《べに》の匂《にお》い。

ようやくにして庄九郎は悟った。

日が経《た》つと赤色になる紅の花の花弁は、臙脂の材料にされる。紅花に、なつかしさをおぼえたのは、母親の姿が重なるからであったのか。

とすれば、庄九郎が摩須に摘んでやった花も、紅の花であろう。摩須の膝での眠りは、庄九郎を心地よい錯覚へと誘《いざな》ったのに相違ない。

「わたくし、殿方より花を貰《もろ》うたんは、あのときが最初で最後。うれしゅうて、いまもこの胸が……」

そこで、はっとしたように、摩須は声を途切らせた。はしたないことを口走ったと後悔したらしい。

庄九郎は、立ち上がって、つつっと前へ進んだ。そのまま、御簾をはねあげて、中へ入ってしまう。摩須が腰をあげうる暇とて与えなかった。

摩須は、長い袂《たもと》で顔を隠した。

「おゆるしくだはりませ。後生にござります、後生にござります」

身も世もあられぬようすで、うち顫える摩須であった。

「この花であろうか」

庄九郎は、懐《ふところ》から取り出した一輪の紅花を、摩須の袂の向こう側へ、ゆっくり差し出した。

摩須の顫えが、にわかに、とまる。

「お顔を」

やさしく庄九郎は促した。

袂が下ろされていく。おずおずと。

現れた摩須の容貌《ようぼう》は、源太之助の指摘したとおり、又兵衛に似ている。そのうえ、ひょろりと長々しい顔や、垂れ下がって大きく長い赤鼻や、出すぎたひたいなど、父親の特徴的なものはさらに誇張されていた。

ただ、肌だけは、雪をあざむくほどに白い。色白は七難を隠すというが、しかし、摩須の場合は隠しきれぬようだ。

これほどの醜女《しこめ》を、息のかかるほどの近さで見れば、声を失い、戸惑いの表情をみせ、腰を引いてしまうのが、若い男のふつうの反応であろう。

庄九郎という男は、にっこり微笑んだ。作り笑いではなかった。摩須が顔をみせてくれたことを、心から喜んだのである。

その笑顔に、かえって摩須のほうが驚いていた。

「峰丸にござる」

あえて幼名を、庄九郎は名乗った。

（なんとお美しい殿御《とのご》やろ……）

摩須はうっとりする。

峰丸は摩須にとって、初恋のひとであった。というより、摩須が恋をしたのは、峰丸ただひとりである。

峰丸が妙覚寺入りしたあとも、幾度訪ねてみようと思ったか知れない。だが、できなかった。わが身の醜《みにく》さに気づいたときから、西岡の屋敷を一歩も出たことのない摩須は、人前に醜貌《しゅうぼう》をさらす勇気がなかったのである。その後、師為に嫁ぐ日まで、ついに摩須はいちども外出をしなかった。

師為は、露骨に奈良屋の財産が目当てで、摩須を娶《めと》った。又兵衛がそれを承知で嫁にやったのは、摩須にも人並みに女のしあわせを与えてやりたい、と願ったからであろう。

摩須も父の心を知るだけに、よろこんで嫁ぎまする、と挨拶して奈良屋を出た。が、摩須に対して愛情のかけらもない師為との生活は、砂を嚙《か》むような味気ないものであった。

それでも、この春、師為が病死したとき、摩須は奈良屋へ戻ろうとは思わなかった。小さな峰丸から、京童《きょうわらべ》に奈良屋判官と喝采される凜々しい庄九郎に成長した若者にこそ、醜い容姿を見られたくなかったのである。

にもかかわらず、十八年来、女の身内の奥深いところでくすぶりつづけていた火種は、かえって勢いを得て、一挙に燃えあがってしまう。気づいたときには、摩須は奈良屋へ戻り、思いの丈《たけ》を又兵衛に告白していた。

しかし、上流公家の令息とも見紛《みまが》うほどの庄九郎が、自分のような醜女を好いてくれるはずはない。告白したそばから、摩須は後悔し、おのれへの嫌悪感《けんおかん》に苛《さいな》まれた。そこへ、思いもよらず、庄九郎が挨拶にきたのである。もはや観念するほかなかった。

「お摩須どの」

名をよばれて、摩須はふたたびうろたえた。また袂を上げようとしたが、それを、庄九郎の手に制せられる。

「お離しなされてくだはりませ。お眼が汚れます」

「離さぬ」

庄九郎は、摩須を凝《じ》っと瞶《みつ》めた。

「ああ、わたくし、死にたいわあ……」

ひそかに恋しつづけてきた男の視線に堪えきれず、摩須は双眸を潤《うる》ませる。

「お摩須どの。御身《おんみ》は美しい」

「おなぶりにならはりますのか」

摩須は唇を嚙んだ。

すると、庄九郎は、摩須が想像だにしなかったことを言いだした。

「唇《くち》を吸うてもよろしいか」

返辞のしようもなく、摩須は絶句する。

「わたしはいまだ、女子の唇を吸うたことがない。わたしのことを存じておられるお摩須どのなれば、安心だ」

「お……おたわむれを……」

摩須は着物の中で総身を熱くさせてしまう。

「どうすればよい」

庄九郎は大真面目《おおまじめ》である。

「ほんに、わたくしの唇を……」

「ならぬか」

「そないなこと、お返辞できしまへん」

摩須の伏せた眼許《めもと》から桜色が浮きでる。

「では、まいる」

庄九郎は、両手を自分の膝のあたりに置いたまま、上体だけを傾けてくる。その姿を上眼遣《うわめづか》いに見た摩須は、

（まあ……）

心より驚いた。女と唇を交わしたことがないというのは、嘘ではないらしい。

庄九郎ほどの美しい若者が、と思うと、摩須はおかしくもあり、同時に母性本能を強く刺激された。

摩須は受《う》け唇《くち》である。その下唇を、庄九郎は、鳥が餌《えさ》をついばむようにして吸った。吸ったというより、噛んだと表現したほうがよかろう。

「あ……」

と摩須が声をあげたので、庄九郎は唇を離した。

「それでは、痛《いと》うてかないまへんえ」

「すまぬ。大事ないか」

くすっ、と摩須は笑う。

(なんて可愛《かわい》らしい庄九郎さま……)

八歳の幼子《おさなご》と変わらないとさえ思った。

すうっと腰を浮かせて膝立ちとなった摩須は、あぐらをかいている庄九郎を見下ろす恰好《かっこう》になる。

「こういたしますのどす」

庄九郎の両頬を、やんわりと挟みこんで、摩須は赤鼻の長い顔を近寄せた。

紅花は、別名を末摘花《すえつむはな》という。『源氏物語《げんじものがたり》』に登場する女たちの中でいちばんの醜女も末摘花である。赤鼻の象を女にしたような顔だ、と紫式部《むらさきしきぶ》は記す。

光源氏《ひかる》は末摘花の心ばえのよさにうたれた。

庄九郎の手から畳の上へ、末摘花がぽとりと落ちる。この瞬間、摩須は庄九郎の聖女《せいじょ》となった。

四

浅緑《せんりよく》とよぶにふさわしい薄白く靄《もや》のかかった空から、やわらかい陽射しが降り注ぐ。

籠《こ》もよ　美籠《みこ》もち
ふくしもよ　みぶくし持ち
この丘に　菜《な》採《つ》ます児《こ》
家聞《いえき》かな　名告《なの》らさね……

初花の咲く春野に、万葉集の長歌を詠ずる明るい声は、摩須のものである。摩須は、奈良屋に奉公する女たちとともに、土筆《つくし》・野蒜《のびる》・芹《せり》・蓬《よもぎ》などの菜を摘んでいた。

その顔かたちは以前とまったく変わらぬが、表情は輝くばかりではないか。昨年の夏に想い焦《こ》がれた庄九郎と祝言《しゅうげん》を挙げた新妻の幸福感が、そうさせるのであろう。

「御寮人さま」

奉公人の小僧が走ってきて、摩須に告げた。

「駿府《すんぷ》の山崎屋はんから、左右吉《そうきち》はんゆう遣いのおひとが訪ねてござらっしゃいました」

摩須のおもては、いちだんと華やいだものになる。

「客間へ通してくれはったやろな」

「はい」

「すぐにまいります」

駿河国《するがのくに》府中の山崎屋というのは、奈良屋と同じ油問屋で、今川範国《いまがわのりくに》が足利尊氏《あしかがたかうじ》から駿河守護に任ぜられて国入りするさい、京より随行して、そのまま駿府に店《たな》をかまえた。当時は、屋号のとおり山城国山崎に本家をおき、駿府のそれは別家であったが、やがて今川氏の肝煎《きもい》りもあって、駿河ばかりか遠江《とおとうみ》・伊豆《いず》・相模《さがみ》・甲斐《かい》まで販路をひろげると、駿府の別家が事実上の本家となった。

その山崎屋の当代の長右衛門《ちょうえもん》に嫁いだのが、もとの本家の出の阿耶である。摩須と幼なじみであった。摩須が自身の容姿を気にして外へ出たがらないので、阿耶はいつも奈良屋へやってきて、幾日でも泊まっていったものである。摩須のほうが二歳の年長で、ふたりは実の姉妹のように仲が良かった。

京と駿府。遥《はる》かなる距離を隔てて、摩須と阿耶は毎年一度、消息を伝え合っている。山崎屋の本家と別家とで商売上の連絡の行われるさい、互いに書状《ふみ》を託すのである。

長右衛門が三年前に病没したため、いまは阿耶が女主人として山崎屋を切り盛りする。

ただひとりの女友達の書状を早く読みたくて、摩須はいそいそと屋敷へ戻った。

ところが、客間へ入ってみると、そこに待っていたのは、山崎屋の遣いの左右吉だけではなかった。庄九郎、又兵衛に、放魚と源太之助までいるではないか。

「お摩須。書状は二通あるのや」

と又兵衛が言って、両方とも摩須の膝前へ置いた。ひとつは摩須に宛《あ》てられ、他方は又兵衛にである。いずれも差出人は、阿耶であった。

「わしに宛てられたものは、いま、皆さまに披見《ひけん》して貰《もろ》うたところや」

いささか憂《うれ》い顔の又兵衛であった。

摩須には、事情が呑《の》み込めぬ。

「おまえさま……」

と庄九郎に説明をもとめる。

「まずは、お摩須。そなたも、親父《おやじ》どの宛ての書状から披《ひら》いたがよい。話はそれからだ」

微笑を絶やさず言う良人《おっと》に、摩須の心はすぐに落ちつく。庄九郎のいう親父どのとは、むろん又兵衛のことである。

言われたとおりに披いた摩須は、いつものことながら阿耶の手蹟《て》の美しさと、筋道立った文章から、その聡明《そうめい》さと教養の深さを、あらためて思った。だが、内容は、深刻なものである。

「難儀なこと……」

読了した摩須の感想である。

「そなたへの書状には何が書いてある」

庄九郎に促され、摩須は自分宛ての書状にも眼をとおした。

「日々の細々としたことのほかには、何も。ただ、わたくしからも父《とと》さんに口添えをしてほしいと……」

「左右吉。相模の三浦義同《みうらよしあつ》が油代三万貫を払わへんゆうのは、ほんまか」

書状の内容について、又兵衛が左右吉にたしかめた。

左右吉は、二十歳に充《み》たぬ若さだが、さすがに駿府からの長旅で、疲れた顔をしている。

「はい、そのとおりにござりまする。三浦家を鎌倉《かまくら》以来のご名門と信ずればこそ、掛け売りをつづけてまいりましたに、いまになって一銭とて払えぬと……」

ほとんど悲痛な声を洩らす左右吉であった。

「三浦はかりにも守護であろう。あきれたものだ」

と源太之助が憤慨《ふんがい》してみせたので、放魚がその耳へささやいた。

「おぬしも一貫文、踏み倒そうとしたことがある」

「な、何を言う。あれは夢代《ゆめだい》だ」

三万貫といえば、小大名の石高《こくだか》ほどもある。この莫大《ばくだい》な未払い額は、何年もの間に積み重ねられた。その回収について、又兵衛の助力を仰ぎたいというのが、阿耶の書状の内容である。

乱世に突入してからは、座の権限の及ぶ範囲は畿内《きない》に限られた観があり、はるか遠隔地の駿河にまで、本所も座も関わることは不可能というほかない。それに、買い手の代金未払いなど、神人《じにん》の出動を仰げるような事柄でもない。商取引そのものは、各店の才覚で行うべきものだからである。

それで阿耶は、思いあまって、個人的つながりの深い奈良屋に泣きついたのだと察せられた。奈良屋は、幕府の有力者と昵懇である。

しかも、山崎屋にとって、事態は切迫していた。というのも、三浦義同は、伊豆の伊勢宗瑞《いせそうずい》に攻められて、新井城《あらいじょう》に籠城《ろうじょう》すること三年、いつ落城してもおかしくない窮地に立たされている。もし三浦氏が滅ぼされれば、三万貫は完全に回収不能となってしまう。

「せめて半分だけでも取り立てることができませぬと、山崎屋はたちゆかなくなりまする」

左右吉は、口惜《くちお》しさに涙を流しはじめた。

「父《とと》さん。お阿耶さまを助けてあげておくれやす」

摩須が又兵衛に縋《すが》るような眼を向ける。

「あかんわ、お摩須。京におっては、何もできひん。幕府にたのんだかて、関ケ原を越えよったら、その力も及ばへんのが今の世やさかい……」

この乱世では、武士でも商人でも農民でも、おのれの実力がものをいう。

「そやけど、庄九郎さまなれば、よきお智慧《ちえ》があらはると思うで」

意味ありげな言いかたをして、又兵衛は庄九郎を見やった。

「山崎屋はんを窮状より助けることもさりながら、関ケ原の東をご見聞ならはることもおもしろきことやと存じます。どないなものですやろ、庄九郎さま」

たしかに庄九郎は、西国ならば船で筑前《ちくぜん》あたりまで旅したが、京より東となると、いまだ近江《おうみ》までしか赴いたことがない。

だが、そのことよりも、庄九郎は又兵衛の鋭さに瞠目《どうもく》した。

（親父どのは、わたしが乱世の夢を見ていることに気づいていたのか……）

気づいていて、その実現に向けて乗り出すことをすすめるような口ぶりではないか。

ならば、躊躇《ためら》うことはあるまい。

「わたしが駿河へ往《ゆ》く」

庄九郎は宣言した。

「若。何を仰せられる」

慌てたのは放魚である。

「取り立ては、奈良屋判官のいちばん得手《えて》とするところだ」

奈良屋に銭を借りておきながら、居直って返済せぬ難儀な対手《あいて》からの取り立てを、庄九郎はいちどとしてしくじったことがない。

「対手は相模守護にござりまするぞ。生きて帰ることは叶《かな》い申さぬ」

「愛《いと》おしい妻の無二の友を見捨てよと申すか、放魚」

「あ、またそういうことを仰せられる」

愛おしい妻の、などと言われては、返すことばがないではないか。

耳まで真っ赤にした摩須が、そこにいる。

庄九郎は人前でも平然と、摩須を褒《ほ》めたり、愛おしいと口に出す。からだが蕩《とろ》けそうになるほどうれしい半面、羞《は》ずかしさもひとしおの摩須であった。

「お摩須どの」

と源太之助が声をかけた。

「山崎屋のお阿耶どのとは、その……なんだ……」

美しいのかと訊きたいのだが、そのことばは摩須を傷つけるような気がして、源太之助は言いよどんでいる。

しかし、いまの摩須は、美醜を問われて動揺などせぬ。むしろ、源太之助の心配りを察して、微笑んだ。

「お阿耶さまは、それはお美しい御方《おかた》どす。御所さまが行幸《ぎょうこう》の折りに、お阿耶さまを見初《みそ》められて、宮中へお召しあそばそうとなされたことがおいやした」

御所さまとは、天皇のことである。

「まことにござるか」

「はい。そやけど、お阿耶さまはお召し出しに応じられませなんだ」

「それはまた……」

「お阿耶さまは、小さいころから男子《おのこ》のようなところがあらはって、ひとつところにじっとしていることができしまへん」

「なるほど、それでは宮中暮らしには向かんな。お阿耶どのは美しいばかりか、気も強いということか」

なぜか、ひとりで悦に入ったようにうなずいてから、源太之助は、よし、と気合声を発した。

「おい、庄九郎。まいろう、駿河へ。おぬしの愛しき御寮人の幼なじみを助けに」

「阿呆《あほう》。若を焚《た》きつけるようなことを申すな」

放魚に叱《しか》りつけられても、源太之助はどこ吹く風である。

「よいか、お摩須、わたしが駿河へまいっても」

と庄九郎が摩須の眼を瞶めた。

庄九郎は語らぬが、その本音を明かせば、駿河行きを決した最大の理由は、三浦氏を滅ぼさんとしている伊勢宗瑞の存在にあった。

後世に北条早雲《ほうじょうそううん》として名高い伊勢宗瑞は、幕府政所《まんどころ》執事の京都伊勢氏と同族で、備中国《びっちゅうのくに》荏原荘《えばらしょう》・高越山城《たかこしやまじょう》の伊勢盛定《もりさだ》の次男として生まれ、長ずると申次衆《もうしつぎしゅう》に列せられて幕府に出仕し、幕府と駿河今川氏との取次役をつとめたが、今川義忠《よしただ》が没して今川氏に家督争いが起こるや、その調停のために駿河へ赴いた。これには、義忠の室の北川殿《きたかわどの》の強い要請もあった。北川殿は宗瑞の実姉である。

家督争いに鮮やかな手並みで結着をつけた宗瑞は、以来、家督を嗣《つ》いだ北川殿の子氏親《うじちか》の後見人として、今川氏に重きをなすようになった。その後も、駿河と伊豆の国境の興国寺城《こうこくじじょう》を拠点に縦横無尽《じゅうおうむじん》の働きを示し、やがて堀越公方《ほりごえくぼう》足利茶々丸《ちゃちゃまる》を討って伊豆一国を手中に収める。いかに有名無実であったとはいえ、当代の将軍足利義稙《よしたね》

（義材《よしき》・義尹《よしただ》改め）の従兄弟《いとこ》である者を殺してしまったのだから、下剋上《げこくじょう》のきわみというほかない。

さらに宗瑞は、堀越公方討伐の勢いを駈《か》って相模にまで攻め入り、いまやこれも平定間近という。

いわば宗瑞は、乱世の申し子であった。

庄九郎にとって、いささか大げさな言いかたをすれば、宗瑞を知らずして乱世の夢は見られぬ。

「わたくしに否《いな》やはあらしまへん。おまえさまならば、山崎屋はんを助けることがおできにならはります」

摩須は賢い女子であった。庄九郎が一介の商人で終わろうとする男でないことを、とうに見抜いている。庄九郎みずから駿河行きを決したことで、その行く末に新たな地平が拓《ひら》けるような気がした。それは、あるいは、摩須に不幸をもたらすことになるやもしれぬ。それでも悔いはない。

（わたくしは、この一年足らずのうちで、一生涯のしあわせを味わうことができましたんやもの……）

庄九郎を瞶め返す摩須の双眸は、そう訴えていた。

「親父どの」

庄九郎は又兵衛に向き直った。

「散財をいたすことになる」

「なんの」

又兵衛もまた、醜貌のひとりむすめに至福の時をもたらしてくれた庄九郎には、いくら感謝してもしきれないと思っている。奈良屋の身代など惜しくはない。

「奈良屋は庄九郎さまのもの。御意のままにお遣いにならはればよろしゅうおす」

京洛《けいらく》屈指の富商は莞爾《かんじ》として笑った。

皆の心はひとつになった。ひとり、放魚をのぞいては。

放魚の思いは、はるか二十七年前の夏へ飛んだ。

（おどろ丸どの……）

流浪《るろう》の刀工から、武士として崛起《くっき》せんというおどろ丸を、乱世第一等の武将にのしあがらせるため、放魚もまた心血を注ぐ覚悟で、たった二人で美濃《みの》をめざした。永らく心の奥底に封印しておいたあの夏が、いまや蘇《よみがえ》ろうとしているのである。

心ならずも訣別《けつべつ》しなければならなかったおどろ丸は、その後、西村勘九郎《にしむらかんくろう》と改名して、狂気の殺戮者《さつりくしゃ》と化した。そうさせた責任の一半は自分にもある。

そのことで放魚は、どれだけ悔やんだことか。

だからといって、庄九郎をとめる術《すべ》をもたぬ放魚であった。もたぬ以上は、黙して、どこまでも付いていくほかあるまい。

（若に父親の轍《てつ》を踏ませてなるものか）

ようやく、それと決意したとき、庄九郎の声がした。

「放魚。とめても、むだだ」

放魚は、ぷいっと横を向いてみせる。

「もはやとめるつもりはござらぬ」

「そう申すと思うた」

「とめぬ代わりに、ひとつ、願いの儀がござる」

すると庄九郎は、先んじてうなずいたものである。

「軍師が要《い》る。たのんだぞ、放魚」

「へ……」

間抜けな返辞をした放魚であったが、顔色にうれしさを隠し果《おお》せぬ。老練であるはずの放魚が、いつのまにか若い庄九郎の掌《たなごころ》の上にのせられていた。

松波庄九郎が、腕におぼえの選《え》りすぐりの牢人《ろうにん》二百名を率いて、馬上、京を発《た》ったのは、永正《えいしょう》十三年（一五一六）初夏のことである。
めざすは、遥《はる》けき駿河国……。

（中巻へつづく）

本作品は、平成二十二年十二月、徳間書店より文庫判で刊行された、『ふたり道三㊤』を著者が加筆・修正したものです。

一〇〇字書評

切り取り線

購買動機（新聞、雑誌名を記入するか、あるいは○をつけてください）

□（　　　　　　　　　　　　　　　　　）の広告を見て
□（　　　　　　　　　　　　　　　　　）の書評を見て
□ 知人のすすめで　　　　　　　　□ タイトルに惹かれて
□ カバーが良かったから　　　　　□ 内容が面白そうだから
□ 好きな作家だから　　　　　　　□ 好きな分野の本だから

・最近、最も感銘を受けた作品名をお書き下さい

・あなたのお好きな作家名をお書き下さい

・その他、ご要望がありましたらお書き下さい

住所	〒				
氏名		職業		年齢	
Eメール	※携帯には配信できません	新刊情報等のメール配信を 希望する・しない			

この本の感想を、編集部までお寄せいただけたらありがたく存じます。今後の企画の参考にさせていただきます。Eメールでも結構です。

いただいた「一〇〇字書評」は、新聞・雑誌等に紹介させていただくことがあります。その場合はお礼として特製図書カードを差し上げます。

前ページの原稿用紙に書評をお書きの上、切り取り、左記までお送り下さい。宛先の住所は不要です。

なお、ご記入いただいたお名前、ご住所等は、書評紹介の事前了解、謝礼のお届けのためだけに利用し、そのほかの目的のために利用することはありません。

〒一〇一‐八七〇一
祥伝社文庫編集長　坂口芳和
電話　〇三（三二六五）二〇八〇

祥伝社ホームページの「ブックレビュー」からも、書き込めます。
www.shodensha.co.jp/bookreview

祥伝社文庫

ふたり道三《どうさん》(上《じょう》)

令和 元 年10月20日　初版第 1 刷発行

著　者　宮本昌孝《みやもとまさたか》

発行者　辻　浩明

発行所　祥伝社《しょうでんしゃ》

東京都千代田区神田神保町 3-3

〒101-8701

電話　03 (3265) 2081 (販売部)

電話　03 (3265) 2080 (編集部)

電話　03 (3265) 3622 (業務部)

www.shodensha.co.jp

印刷所　堀内印刷

製本所　ナショナル製本

カバーフォーマットデザイン　中原達治

Printed in Japan ©2019, Masataka Miyamoto　ISBN978-4-396-34574-7 C0193

祥伝社文庫の好評既刊